迷蛇記

The Essex Serpent

Sarah Perry

莎拉・派瑞——著　聞若婷——譯

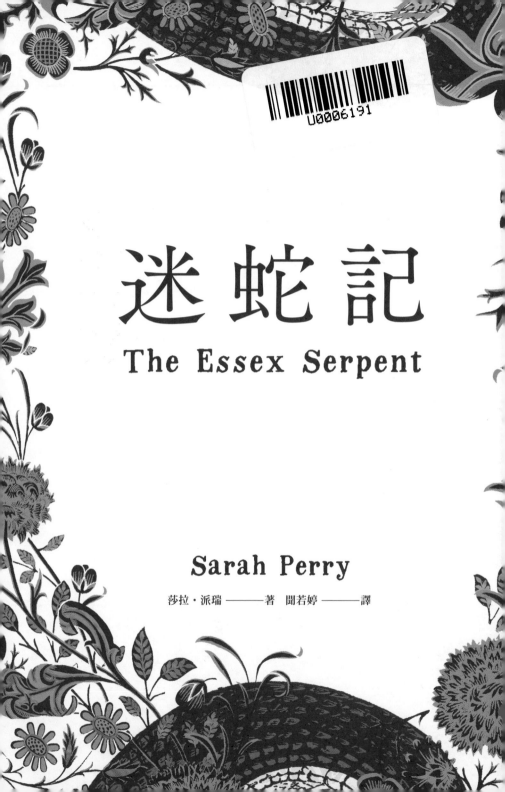

獻給史蒂芬・克羅（Stephen Crowe）

《迷蛇記》媒體好評

「一本以無悔愛欲為主題的美好小說，故事中欲望與信念在沼澤間交融，但真正的奇蹟卻是友情……這是一位看透人生的作者。」——潔西．波頓（Jessie Burton，《娃娃屋》作者）

「展現大量智慧與魅力的作品，出自才華洋溢的作者之手。」——莎拉．華特絲（Sarah Waters，「維多利亞三部曲」作者）

「一本快樂且誘人的書，它將我裹覆其中。」——凱西．瑞森布克（Cathy Rentzenbrink，《愛的最後一幕》作者）

「若是狄更斯和史托克聯手寫一本維多利亞小說巨作，我很懷疑會比《迷蛇記》更好嗎？天知道，不過莎拉．派瑞僅僅第二次出手，就確立了她是當今英國文壇首屈一指的小說家。」——蘇格蘭詩人暨小說家約翰．布恩塞德（John Burnside）

「派瑞的第二本小說結合了維多利亞時代背景的哥德風以及對社會病灶的狄更斯式關注，令人耳目一新、驚喜連連。……派瑞筆下卓越的角色們都是運用具體且有感染力的感情描繪出來的，觀察細膩的季節變化則給了讀者呼吸的空間，讓整體閱讀體驗更加享受。」——《觀察家報》

「我好愛這本書。《迷蛇記》既神祕、親密又睿智，是一本令人驚嘆的小說，它探討人生的運作、愛與信念、科學與宗教、祕密、謎題，以及人類心靈複雜且難以預期的變動——此外它以我讀過最美的方式呈現出一些風土人情。它含金量高到彷彿會自體發光。我一讀完，馬上從頭再讀一遍。」——海倫・麥克唐納（Helen MacDonald，《鷹與心的追尋》作者）

「派瑞是個描寫能力一流的作者，極度擅長化日常為新奇……她敘述在抗生素問世前半世紀執行的心臟手術，或是自閉症兒童質疑罪的本質，在在讓你喘不過氣。派瑞對哥德傳統有深入而專業的熟悉度，由此她巧妙地將光亮打入黑暗，再由黑暗中逆向回照。」——《泰晤士報》

「《迷蛇記》是設定在一八九〇年代的歷史小說，無論是以原創性、文采或角色刻劃的深度而言，今年恐怕都難有另一本作品能出其右……派瑞能夠營造出一種感覺，好像有許多令人印象深刻的完整人生在我們眼前展開。《迷蛇記》充滿關於人類行為和動機的智慧，並且以特殊的、風格獨具的筆法呈現出來，是近十年內最值得印在腦海的歷史小說之一。」——《週日泰晤士報》

「一本令人難以抗拒的小說……派瑞筆下的維多利亞風貌是我印象所及最清新的一種……她的文采時時可見……語氣太高明了……你能感覺到瑪麗・雪萊、布蘭姆・史托克、威爾基・柯林斯、狄更斯和希拉蕊・曼特爾的影響力，被派瑞透過某種維多利亞式降神會傳導而來。這是我好幾年來讀過最好的新小說。這樣的作品讓你鮮活地感覺到世界以及我們歷史的奇妙。」——《每日電訊報》

「很美妙的一本書……一開始就毫不保留地要讓人心情愉快……文字本身有種輕快的節奏感……故事手法本身屬於維多利亞式——一個無所不知的敘事者撒下大把的同情——但它要傳遞的訊息永不過時：若是我們不能偶爾將心比心，世界將是一個更貧瘠的地方。」——《觀察者》雜誌（Spectator）

「《迷蛇記》表裡如一，美得不可方物。以歷史小說此一範疇而言，派瑞達到了幾乎不可能的成就；她創造的小說中蘊含一個世界，那世界彷彿是完完整整且發展成熟地從小說描寫的時代直接跳出來——一本失落已久、典型的十九世紀末哥德經典文學——但以那個時代而言，她的角色們都富有迷人的現代特質……派瑞亦展示了最誘人的寫景技巧……就僅僅第二本小說而言，這真是驚人的成就。」——網路版《獨立報》

「莎拉·派瑞寫出一本引人入勝、作風老派、令人手不釋卷的作品，其中的角色個個令人印象深刻，尤其是動人、固執又任性的珂拉。派瑞也描繪出一個即將產生重大變化的社會，透過科學進步的稜鏡用不太舒服的方式重新審視它的世界觀。《迷蛇記》全書充滿該時代鮮明而生動的氛圍，讀來彷彿是狄更斯最平易近人的作品，《英倫魔法師》的書迷們也會在這迷人且有高度娛樂性的哥德小說裡找到許多亮點。」——《每日快報》

「結果是這本小說設法具體呈現出它的角色們迷迷糊糊感受到的、身體與心靈的愉悅與狂喜，隱隱暗示那不只是那個時代在發酵，也是我們自身有什麼事物在發酵。同樣令人印象深刻的是，它歡欣鼓舞地寫出那隻虛有其名的蛇所居住的過渡空間，本質上即擁有的可能性：在陸與海之間、舊與新之間，甚至是生與死之間。機敏、新潮、輕盈得美妙無比，它極度可喜。」——《澳洲人報》

要是你非逼問我為何愛他，我只能說因為他是他，而我是我。

——米歇爾．德．蒙田，《論友誼》

目錄

主要角色

珂拉・西波恩：業餘博物學者，視古生物學家瑪麗・安寧為偶像。在政治家丈夫麥可・西波恩病死後，得以擺脫不幸的家暴婚姻，成為富有的遺孀。她帶著兒子和保姆瑪莎從倫敦來到艾塞克斯郡，聽說了「艾塞克斯之蛇」的傳說後，認為可能是尚未發現的古生物，決心追查真相。

瑪莎：出身工人階級家庭，信奉社會主義，到珂拉家當她兒子法蘭西斯的保姆，與珂拉成為好友。

法蘭西斯・西波恩：暱稱法蘭奇。珂拉的十一歲兒子，喜歡蒐集各種小東西當護身符，沉默寡言，個性古怪奇特。

喬治・史賓塞：出身良好、家財萬貫的外科醫生，路克的同窗好友，愛慕瑪莎。

路克・蓋瑞特：綽號「小惡魔」。貧窮的天才外科醫生，樂於嘗試各種嶄新手術，期望在外科領域一展長才，在為麥可・西波恩治療時，愛上珂拉。

查爾斯・安布羅斯：麥可・西波恩的前同事，個性慷慨仁慈，內心卻非常保守。他樂於交朋友，將珂拉介紹給蘭森姆一家人。

威廉・蘭森姆牧師：暱稱威爾。才智過人，卻選擇到鄉下當牧師。兄長是國會議員，因此認識安布羅斯。他信仰虔誠，但也會研讀馬克思、達爾文等人的著作。他拒絕承認有所謂的「艾塞克斯之蛇」，希望消除教區居民對未知怪物的恐懼。

史黛拉．蘭森姆：牧師的妻子，嬌小美麗，熱情好客，喜愛談論八卦，和珂拉一見如故。

喬安娜．蘭森姆：威廉和史黛拉的長女，聰明且熱愛吸取知識，崇拜瑪莎。

娜歐蜜．班克斯：喬安娜的好友，漁夫亨利．班克斯的女兒。

愛德華．波頓：保險公司職員，心臟遭人刺傷，成為路克的病人。

湯瑪斯．泰勒：艾塞克斯的乞丐，在地震時失去雙腳，在廢墟前乞討時，告訴珂拉「艾塞克斯之蛇」的傳說。

克萊克尼爾：奧溫特村民，家人過世後獨居在人稱「世界盡頭」的房子，養了兩隻山羊，堅信村裡有怪物「艾塞克斯之蛇」。

跨年夜

冷冷的一輪滿月下，有個年輕男人沿著黑水河堤岸行走。他先前一直在喝酒，把舊的一年喝到只剩酒渣，直到他的眼睛發痛、腸胃翻攪，直到他厭倦了明亮的燈光和眾聲喧譁。「我下去河邊待一下，」他親吻身旁那張最靠近他的臉頰，說：「我會在午夜鐘響前回來。」現在他往東看向正在轉向的潮水，看向徐緩而陰暗的河口，以及在水波上閃閃發亮的白色鷗鳥。

天氣很冷，他應該感覺得到才是，但他灌了滿肚子啤酒，又穿著他那件上好的厚外套。外套領子刮著他的頸後。他感覺昏頭昏腦、束手束腳、舌頭發乾。他心想：**我要去泡泡水，那能使我全身舒展開來**。他沿著小徑往下走，一個人站在岸邊，所有小河灣都在黝暗的泥巴深處等待潮水來臨。

「**我要喝一杯好酒**。[1]」他用教堂唱詩班的甜美男高音唱道，唱完笑了出來，有人用笑聲回應。他解開外套鈕釦，把衣襟敞開，但這還不夠，他想要感覺寒風用他的皮膚來磨利其鋒刃。他走近河水，伸出舌頭嚐一嚐有鹹味的空氣，心想：**對，我要去泡泡水**，一邊把外套脫在草澤地上。畢竟他以前就做過這種事了，那時他還小，而且有人陪同，在新舊年更迭之際，鼓起愚勇在午夜時分到河

1　此句出自著名蘇格蘭詩歌〈友誼萬歲〉（*Auld Lang Syne*，又譯〈友誼地久天長〉），曲名原意為「過去的時光」，作者為羅伯特．伯恩斯（Robert Burns, 1759-1796），按照傳統，人們會在跨年夜唱這首歌來揮別舊的一年。

裡泡水。潮水退得很低，風勢減弱了，黑水河嚇不著他：給他一個杯子，他會把河水喝乾，連同所有的鹽、貝殼、牡蠣等各種東西。

但是潮水的轉向或空氣的變化裡，有什麼東西在游移：他跨步向前，河口的水面波動，看起來跳了一下，然後又歸於靜止；緊接著水面劇烈地抖了一下，像是畏縮著躲避觸摸。他走得更近，這時還不覺得害怕。鷗鳥接連飛上天空，最後一隻發出驚慌的尖叫聲。

冬天像一記重拳砸向他頸後，感覺穿透了他的上衣，直鑽入骨頭。酒精帶來的歡快感消失了，他在黑暗中覺得不舒服。他尋找自己的外套，但雲層遮蔽月亮，讓他為之目盲。他的呼吸緩慢，空氣裡像充滿千萬根針。他腳下的草澤地瞬間都是水，好像河裡有什麼東西把水推了過來。他心想：**沒什麼，根本沒什麼**，然後拍摸身上的口袋尋找勇氣。不過，那感覺又來了：世界在剎那間靜止得異常，好像他正看著一張照片，緊接而來的動靜狂亂不已，那不可能只是月球對潮水的引力。他覺得他看見——他「確定」自己看見某個很大的東西弓著身體慢慢移動，物體表面覆滿粗糙交疊的嚇人鱗片，然後那東西消失了。

在黑暗中，男人的恐懼漸生。他感覺到那裡有個東西伺機而動——躁動不安、巨大可怖、水性極佳，一隻眼睛永遠盯著他的方向。那東西在水底深處休眠許久，最後終於浮上來：他想像那玩意兒破水而出，貪婪地嗅聞空氣。男人驚駭不已，心跳因而暫停，就在那瞬間遭到起訴、定罪、審判：噢，他是個罪人——他的核心是多麼烏黑！他感覺遭到洗劫，所有的善念都被掏空，使他無從辯護。他看向黑色的黑水河，又來了，有東西將水面劈開，然後沒入水中。對，那東西一直都在那兒等待，現在終於來找他了。他感到異樣的平靜。畢竟正義必須伸張，而他甘願認罪。他只能痛悔，沒有贖罪的機會，這是他應得的。

不過這時候起了一陣風，拉扯蔽月的雲，害羞的月娘露出臉來。沒錯，這光線很微弱，但不失為一種慰藉，而且畢竟他的外套就在不到一碼之外，下襬沾著泥巴。鷗鳥回到水面上，他感覺自己太荒謬了。上方的小徑傳來笑聲：有個女孩和她的男友穿著參加節慶的衣服。男人揮揮手喊道：「我在這裡！我在這裡！」他心想：**我確實在這裡**，這裡是他比自己家還熟悉的草澤地，潮水緩慢地起起落落，根本沒什麼好怕的。**巨大可怖！**他心想，一邊笑自己蠢，獲得緩刑讓他喜孜孜的：好像河裡除了鯡魚和鯖魚還會有別的東西似的！

黑水河沒什麼好怕的，他也沒什麼值得懊悔的，只是在黑暗中一時昏了頭，而且喝了太多酒。河水湧上來迎接他，又成為他的老朋友了，為了證明這一點，他走得更近，靴子都濕了。他張開雙臂，叫道：「我在這裡！」所有鷗鳥都回應他。他心想：**只是很快地泡泡水，為了紀念「過去的時光」**，笑聲從他的上衣裡溜出來。

鐘擺從前一年擺入後一年，深水的表面只見黑暗。

第一部　來自艾塞克斯郡的奇聞異事

一月

1

在某個陰鬱沉悶的日子，下午一點鐘的時候，格林威治天文台屋頂上紅色的時間球落下了。本初子午線上覆著一層冰，放眼繁忙的泰晤士河，那些寬體駁船上的索具也結了冰。船長記下時間和潮汐狀況，然後迎著東北風揚起深紅色的船帆。有一船的鐵要運往倫敦白教堂區的鑄鐵廠，那裡的鐘會在鐵砧上連敲五十下，好像時間所剩無幾。時間在新門監獄的圍牆後服役，被哲學家在河岸街的小酒館裡虛度。希望在當下重返過去的人錯失時間，但願當下快點成為過去的人憎惡時間。柳橙和檸檬敲響聖克萊門教堂的鐘聲[2]，西敏宮的表決鐘啞然無聲[3]。

在皇家交易所，時間就是金錢，一些人在那裡耗去下午的時間，降低他們把駱駝穿過針眼的希望[4]；而在霍爾本大樓的一間間辦公室裡，某座主鐘的長齒齒輪造成一個電荷，促使主鐘底下十幾

---

2 典故出自著名英國童謠，童謠內容提及倫敦內外數座教堂的鐘，其中一句是：「柳橙與檸檬，聖克萊門教堂的鐘如是說。」

3 西敏宮又稱國會大廈，是英國國會（包括上議院和下議院）的所在地。設置在此的表決鐘（division bell）功能為通知國會成員表決即將開始，鐘響後國會成員需在八分鐘內進入贊成或反對的表決廳。

4 典故出自《馬太福音》第十九章第二十四節：「我又告訴你們，駱駝穿過針眼，比財主進神的國還容易呢！」

座子鐘都響了起來。所有職員都從他們的帳簿抬起頭，嘆口氣，然後再次垂下目光。在查令十字路上，時間用它的雙輪馬車交換成群結隊疾速奔馳的公車和出租馬車；而在聖巴多羅買醫院和皇家自治市醫院，疼痛讓幾分鐘有如幾小時。在衛斯理禮拜堂內，他們唱著聖詩〈玉漏沙殘〉[5]，並希望沙子落得再快一點；幾公尺之外，邦希墓園墳頭上的冰正在融化。

林肯律師學院和中殿律師學院的律師覷著他們的行事曆，發現訴訟時效已到期；在康登區和伍利奇區的房間裡，時間對愛侶們很殘酷，他們納悶歲月怎麼一下子就匆匆流逝，卻又能適時善待他們日常生活的傷口。在整座城市的排屋和廉價公寓裡，在上流社會、下層階級和中產階級之間，時間被消耗、被揮霍、被節約使用、被盼望流逝；而在這整段時間裡，冰冷的雨一直下著。

倫敦地鐵在尤斯頓廣場站和帕丁頓站接收乘客，他們像大批倒入的原始材料，等著被研磨、加工，再從模具中翻出來。在一列西向的環線車廂裡，斷斷續續的燈光顯示《泰晤士報》上沒有什麼可喜的消息，走道間有個袋子灑出碰傷的水果。空氣裡瀰漫著雨衣上的雨水味，路克・蓋瑞特醫師是乘客之一，他縮在翻起的衣領內，正在背誦人類心臟的部位名稱。「**左心室，右心室，上腔靜脈**。」他說，扳著手指計數，希望這單調的唸誦能夠減緩他自己焦慮的心跳。他身旁的男人疑惑地抬頭看了一眼，又聳聳肩別開了視線。「**左心房，右心房**。」路克壓低音量說。他對陌生人的異樣眼光已經習以為常，但覺得沒有必要過度惹人側目。別人稱他為「小惡魔」，因為他的身高鮮少能

5 此詩第一句「玉漏沙殘時將盡」（the sands of time are sinking）原文即與詩名相同，第一段是：「玉漏沙殘時將盡，天國即將破曉，所慕晨曦即降臨，甘甜加上奇妙。」

超過其他男人的肩膀，而且步伐大而急切，讓人感覺他可能突如其來就跳到窗台上。即使隔著外套，也能看出他的四肢有種迫切的力量，而他的聰明才智是如此海納百川又火花四濺，幾乎像要把他的額頭撐爆一般。他有一道黑色長劉海，狀似渡鴉翅膀的邊緣，而在劉海底下是一雙黑眼睛。他現年三十二歲，是個外科醫師，有一顆飢渴而不馴的心靈。

燈光滅掉又亮起，路克的目的地逐漸接近。他預計將在一小時內出席一名病患的喪禮，而從來沒有人像他一樣穿著如此淺色的衣服弔喪。六天前，麥可・西波恩死於喉癌，死前對磨人的疾病與醫生的關注同樣不感興趣，只是默默忍受。現在路克的思緒飄向的對象並不是亡者，而是亡者的遺孀。路克帶著微笑心想，她現在可能正在梳理亂七八糟的頭髮，或是發現自己那件比較好的黑色洋裝少了顆鈕釦。

就他的經驗來看，珂拉・西波恩表現出的喪夫之痛是最奇怪的一種，不過話說回來，打從他第一回踏進珂拉位於福里斯街的住宅以來，他就知道事有蹊蹺。在那些天花板高聳的房間裡，瀰漫著確切無疑的不安氛圍，而且似乎跟疾病毫不相干。當時病患的狀況相對來說還算不錯，不過喜歡戴著一條領巾兼作繃帶。他所戴的領巾總是絲質的，總是淺色的，而且經常微微染上汙漬；以一個如此講究的人來說，很難想像這是無心之過，因此路克懷疑他是刻意想讓訪客侷促不安。麥可因為極度瘦削，而給人一種個子很高的印象，講話聲音小到要湊得很近才能聽見他說話。他的嗓音帶有氣音。他很有禮貌，指甲甲床呈現藍色。他平靜地熬過了第一次會診，並拒絕了動手術的提案。「我打算怎麼來到這世界就怎麼離開，」他拍拍喉嚨上的絲巾說，「不要有疤。」

「沒有必要受苦。」路克說，提供人家沒有尋求的安慰。

「受苦！」這想法顯然引麥可．西波恩發噱。「我相信這是很有教育意義的經驗。」然後他彷彿很自然地由某個念頭聯想到下一個念頭，說：「告訴我：你見過我太太了嗎？」

路克經常回想他與珂拉．西波恩初次見面的情景，不過說實話，他的記憶不值得信任，因為那記憶是建立在以下所述的畫面上。在那一刻，珂拉有如受到召喚般現身，在門口暫時停頓來審視訪客。然後她走過地毯，微蹲下來親吻丈夫的額頭，接著站在丈夫的椅子後面，把手伸出來。「查爾斯．安布羅斯告訴我其他醫生都不夠格。他給我看了你寫伊格納茲．塞麥爾維斯[6]生平的文章；如果你用刀的功夫跟用筆一樣強，我們全都會永生不死。」這番信手拈來的奉承之語令人難以抗拒，路克只能一個勁兒地笑，並且朝對方伸出的手俯下頭。珂拉的嗓音很低沉，音量卻不小，路克起初覺得她有種從未在一個國家久待的游牧民族口音，但其實她只是有輕微的言語障礙，並藉由拖長特定子音來跨過障礙。她穿著樸素的灰衣裳，不過裙子布料像鴿子的頸部一樣閃著光澤。她個子挺高，身材並不纖細，她的眼睛也是灰色的。

在接下來的幾個月裡，路克漸漸明白了福里斯街的空氣裡，伴隨著檀香和碘酒氣味的那縷不安。麥可．西波恩即使處於極度疼痛中，仍然發揮著一股有害的影響力，而且不是通常在病人身上會看到的那種特權。西波恩的妻子隨時準備好冷毛巾和好酒，心甘情願地學習如何把針頭送入靜脈，簡直就像是一字不漏地背下整本婦女職責手冊。但路克從未在珂拉和她丈夫之間，看過任何可認為是

6 伊格納茲．塞麥爾維斯（Ignaz Semmelweis, 1818-1865）是匈牙利婦產科醫生及科學家，是現代消毒程序的先驅之一，因為發現醫生在接生前先消毒雙手，可有效降低產褥熱的發病率，被尊稱為「母親們的救星」。

感情的表現。有時候路克懷疑珂拉甚至希望那短暫的生命燭火熄滅，有時候他擔心珂拉會在他準備針劑時，將他拉到一邊，說：「多給他一點，再多給他一點。」如果珂拉彎腰親吻枕頭上那張有如挨餓聖人般的臉，動作會小心翼翼，好像是怕丈夫會猛然坐起來，滿帶惡意地擰她的鼻子。他們請了護士來負責更衣、倒便盆以及保持床單乾淨，卻幾乎沒有人能撐滿一星期。那群護士中的最後一個，是名虔誠的比利時女孩，她在走廊上與路克擦身而過時，用法語輕聲說：「簡直就是地獄！」並且給路克看她的手腕，不過她的手腕上什麼也沒有。只有那隻沒有名字的狗，那隻忠心耿耿、長著疥癬、從不離開床邊太遠的狗，毫不畏懼牠的主人，或者至少已經適應了這個男人。

最終，路克．蓋瑞特跟兩個人變熟了，一個是西波恩夫婦沉默寡言的黑髮兒子法蘭西斯，一個是男孩的保姆瑪莎，瑪莎喜歡一手摟著珂拉．西波恩的腰站著，路克不喜歡她那股宣示主權的意味。草草粗略評估完病患後，路克就會被拉去看寄給珂拉的牙齒化石，或是被細細拷問他對精進心臟手術有什麼野心，畢竟也沒什麼其他可做的了。他對珂拉施行催眠術，並解釋這種做法曾在戰爭中用來減緩士兵截肢時的痛苦；他們下西洋棋，最後珂拉發現對手集結大軍來對付她，因而忿忿不平。路克診斷自己戀愛了，他並沒有為這相思病尋求治療方法。

路克總是感覺到珂拉體內有種能量，儲存起來等待釋放，他認為當麥可．西波恩的死期到來時，珂拉的腳搞不好會在人行道上擦出藍色火花。死期終於到來，路克在場看到他嚥下最後一口氣，那口氣很費力、很響亮，好像病患在最後一刻把所謂「死亡的藝術」拋在一邊，只在乎再多活一下子。結果珂拉終究沒有變，既沒有悲悼也沒有鬆了一口氣：有次她在告知家裡的狗死了的時候，嗓音變得沙啞，不過不確定她是想笑還是想哭。死亡證明書已簽妥，麥可．西波恩剩餘的部分也都安置在別處，路克並沒有正當理由造訪福里斯街，但他每天早晨醒來，腦中都只有一個目標，而抵達鐵製柵門時，也總會發現有人在等自己上門。

列車駛入堤岸站，人群帶著他通過月台。這時他心中生出一股類似悲悽的情緒，不過既不是為了麥可．西波恩，也不是為了西波恩的遺孀；令他揪心的是，這或許是他最後一次與珂拉見面了，當喪鐘敲響，他回頭一瞧，將看見珂拉的最後身影。他說：「不過我還是要去，哪怕只是為了看著棺材蓋子牢牢鎖緊。」出了驗票閘門後，人行道上的冰融化了，白色的太陽正在下沉。

珂拉．西波恩坐在鏡子前，穿著一身適合這個日子的衣服。她的雙耳各垂著一只吊在金絲下的珍珠耳環。她的耳垂很痛，因為她不得不重新穿耳洞。「要看到我的眼淚嘛，」她說：「大概就只能趁現在了。」她的臉因為撲了粉而顯得很白。她的黑帽子不適合她，不過附了面紗和黑羽毛，能適當傳達出哀悼的意味。她黑色袖口的布面鈕釦怎麼也扣不起來，於是在她袖子邊緣與手套之間，可見一道白色皮膚。她洋裝的領口稍微比理想中低了點，露出鎖骨上一條長度與寬度都近似她拇指的華麗疤痕。那疤痕是放在銀鏡兩旁銀燭台上銀葉子的完美複製品，當時她丈夫把那燭台壓進她的肌膚，彷彿在將圖章戒指壓入一團封蠟。她考慮過用化妝品遮蓋疤痕，卻對疤痕漸生愛憐，而且她知道某些圈子的人還嫉妒她，以為她有個刺青呢！

她在鏡子前轉身，打量室內。任何訪客都會困惑地在房間門口駐足，在看到屬於貴婦人的柔軟高床和錦緞窗簾的同時，也看到貌似學者的住處。房間最裡面的一角貼滿植物圖片、從地圖集撕下來的單頁地圖，以及一張張紙，她在上面用黑色大寫字母抄了好幾句引文，像是：**手握著船舵時絕對別做夢！不要背對著羅盤！**[7]壁爐架上有十二個鸚鵡螺化石，按照大小排列；在這些化石上方有一方鍍金相框，相片中捕捉到古生物學家瑪麗．安寧與她的狗，在觀察萊姆里傑斯[8]當地岩石上一塊掉落的碎片。那張地毯、那些椅子、這只仍散發酒味的水晶杯，現在都歸她所有了嗎？她想確實如此，想到這裡，有種輕鬆湧入她的四肢，彷彿她可能掙脫牛頓定理的束縛，發現自己呈大字型浮在天花板上。她很得體地壓抑著這股感覺，不過仍然能清楚分辨那是什麼樣的情緒：確切說來並不是開心，甚至也不是滿足，而是如釋重負。肯定也有悲傷，這毋庸置疑，她因此心懷感謝，因為不管到最後她是多麼憎惡她的丈夫，那男人畢竟塑造了她，至少是一部分的她，而自我厭棄從來就不是件好事，不是嗎？

「噢，他造就了我……沒錯。」她說，記憶浮現，像是蠟燭吹熄後，燭芯飄起的煙霧。十七歲時，她與父親住在倫敦以北的一座屋子裡，母親早早就過逝，不過在離世前已先確保女兒不必面臨整日刺繡和學法文的悲慘命運。她父親不確定該怎麼處理自己那筆小小的財富，房客即使喜歡他，又不免有點瞧不起他，後來這男人出門做生意，回來時身邊跟著麥可．西波恩。她父親自豪地喚來自己的女兒——打著赤腳、滿口拉丁語的珂拉，訪客牽起她的手細細打量，然後斥責她弄斷了一片指甲。

---

7 出自赫曼．梅爾維爾（Herman Melville, 1819-1891）的《白鯨記》（*Moby Dick*）。

8 萊姆里傑斯（Lyme Regis）是英國多塞特郡的一個濱海城鎮，其懸崖和海灘屬於世界遺產侏羅紀海岸（Jurassic Coast）的一部分。瑪麗．安寧（Mary Anning, 1799-1847）在萊姆里傑斯發現許多恐龍和其他史前爬蟲類動物的遺跡，該鎮每年還會舉辦「瑪麗．安寧日」活動來紀念她。

麥可．西波恩又來了一次，然後又一次，直到他成為固定班底。他帶一些薄薄的書送珂拉，還有毫無用處的堅硬玩意兒。麥可會嘲弄她，把拇指擱在她掌心摩擦，讓她的皮膚都發痛，感覺整個意識都集中在那個被撫摸的位置。跟麥可一比，漢普斯特德的池塘、黃昏時的椋鳥、綿羊在軟泥巴上留下的蹄印，全都顯得乏味、無足輕重。她對自己寬鬆而不整齊的衣服，以及沒有編好的髮辮感到難為情。

有一天麥可說：「日本人會用熔化的黃金來修補破損的容器。要是我能把妳打破，再用黃金修補妳的傷口，該有多好啊。」但是當時她才十七歲，年輕就是她的盔甲，她並沒有感覺到刀子刺進身體的痛；她反倒是笑了，麥可也笑了。在她十九歲生日當天，她用鳥鳴交換羽毛扇，用長草裡的蟋蟀交換綴滿甲蟲翅膀的外套；她被鯨魚骨箍住，被象牙刺穿，頭髮被玳瑁夾起。為了掩飾口齒不流利，她講起話來變得無精打采。她哪也不去了。麥可送了她一只尺寸太小的金戒指，一年後又送了另一只，而且尺寸更小。

上方傳來的腳步聲將寡婦由遐想中喚醒，那腳步聲很慢，經過精準測量，就像時鐘的滴答響。「法蘭西斯。」她說。她靜靜地坐著，等待著。

在他的父親去世前一年，且在早餐桌邊初次顯出病癥，也就是喉嚨裡的腫塊令乾吐司難以下咽後大約六個月，法蘭西斯．西波恩就搬到家中五樓的一個房間，位置在走廊的最末端。

他父親當時就算不是在忙著協助國會推動住宅法，對家中的調動也不會感興趣。這完全是他母親和瑪莎作的決定。瑪莎在他襁褓時就受雇當他的保姆，而套句瑪莎自己的說法：她始終找不到機會離開。她們感覺最好讓法蘭西斯待在伸手可及的距離內，因為他夜裡躁動不安，經常會出現在門口，有一兩回甚至出現在窗邊。他從不像其他孩子那樣討水喝或索求安慰，他只是拿著他的諸多護身符之一站在門邊，直到某個大人不安地從枕上抬起頭。

他搬到珂拉所謂的「上面的房間」後不久，就對夜遊失去了興致，變得滿足於蒐集他迷上的任何東西（從來沒有人用「偷」這個字眼）。他把這些東西排成複雜而令人困惑的圖案，每次珂拉發揮母親的職責來探望他時，圖案都變得不一樣。那些圖案有種奇異的美感，要是出自別人的兒子之手，珂拉應該會懂得欣賞。

這天是星期五，是他父親下葬的日子，他自己穿上了一身正式服裝。今年十一歲的他知道如何分辨襯衫的正反面，也知道襯衫對學習拼字的重要性（「襯衫『必然』只有一個領子，但有兩條袖子」）。他父親去世這件事，對他來說是巨大的不幸，不過嚴重程度還比不上前一天他遺失的一樣珍寶，亦即一根頗為平凡的鴿子羽毛，但那羽毛可以彎成一個完美的圓圈而不折斷羽軸。當他被告知這項消息時，他注意到母親沒有哭，而是身體僵硬，並且像是在燃燒一般，有如正遭受雷擊。他的第一個念頭是：**我無法理解這些事為什麼發生在我身上**。可是羽毛不見了，他父親死了，而看來他得上教堂了。這想法令他愉快。他意識到在這樣的情況下，自己算是相當平和，他說：「改變就和休息一樣好。」

麥可・西波恩死後的那幾天裡，受到最大折磨的是那隻狗。牠在病房門口哀鳴，別人如何勸慰都不管用，溫柔的撫摸或許有效，可是由於沒人願意把手伸進油膩的狗毛裡，在將遺體入殮時，那同樣尖銳的號哭聲也一路相伴（「在他眼睛上放一枚硬幣賄賂冥河的擺渡人吧，」瑪莎說：「我不認為聖彼得會願意幫他開門[9]……」）。法蘭西斯心想：當然，現在那隻狗已經死了，他滿足地輕拍從父親衣袖上蒐集起來的一小團狗毛，於是現在唯一的哀悼者自己也成了受哀悼的對象。

他不確定處理亡者這件事會伴隨著什麼儀式，不過覺得最好還是有備而來。他的外套有好幾個口袋，每個口袋都裝著一個不算是神聖、但他覺得適合這項工作的物體。一片裂了的單片眼鏡，提供破碎的視野；那團狗毛，他希望裡頭還藏著一隻跳蚤或壁蝨，而如果更幸運的話，在蟲體內還有一滴血；一根渡鴉羽毛，這是他最好的收藏品，因為末端還帶點藍色；他從瑪莎的裙襬撕下的一塊布，他發現那上頭有一塊形狀像懷特島的頑垢；還有一顆中央有個完美穿孔的石頭。他把口袋裝滿、拍一拍、逐一點算後，便下樓去找母親，在通往母親房間的三十六級台階上，他在每一級都唱誦道：「這裡……今天……逝去……明天；這裡……今天……逝去。」

「法蘭奇[10]……」珂拉心想：他好小啊。他表情木然，那張臉孔很奇妙地與父母都極不相似，除了有一對像他父親一樣頗為無神的黑眼睛。他梳過頭髮了，波浪狀的頭髮平貼著頭皮。他不嫌麻煩地把自己打理整齊，讓珂拉有點感動。珂拉伸出手，卻又讓手落空，掉回自己膝蓋上。法蘭西斯則是站在那裡輕拍每個口袋，說：「他現在在哪裡？」

「他會在教堂等我們。」珂拉該把法蘭西斯抱在懷裡嗎？不得不說，法蘭西斯看起來並不怎麼

9 根據一些基督教派的說法，聖彼得（St. Peter）是天堂的守門人。
10 法蘭西斯的暱稱。

需要安慰。

「法蘭奇，如果你想哭，不用覺得丟臉喔。」

「如果我想哭，我就會哭。如果我想做任何事，我就會做。」聽他這麼說，珂拉沒有責罵他，因為其實說起來這只是在陳述事實而已。他再次輕拍每個口袋，於是珂拉柔聲說：「你把你的寶物帶上了。」

「我把我的寶物帶上了。我帶了給妳的寶物（**拍一下**），給瑪莎的寶物（**拍一下**），給爸爸的寶物（**拍一下**），給我的寶物（**拍兩下**）。」

「謝謝你，法蘭奇……」珂拉不知所措，不過瑪莎總算來了，她一如往常地讓室內開朗起來，光是有她在，就驅散了方才空氣中微微的緊張氣氛。她輕輕撫摸法蘭西斯的頭，好像這男孩與其他孩子沒什麼不同；她有力的手臂摟住珂拉的腰；她身上有檸檬味。

「那我們走吧，」瑪莎說：「他從來就不喜歡我們遲到。」

兩點的時候，聖馬田教堂的鐘聲為亡者敲響，悠悠地迴盪在特拉法加廣場。法蘭西斯擁有敏銳到毫不留情的聽力，他用戴著手套的手摀住雙耳，在最後的鐘鳴消逝前拒絕跨入門檻，因此那些會眾轉頭望著寡婦和兒子姍姍來遲時，莫不滿足地嘆了一口氣：他們多麼蒼白啊！本來就該當如此！你看看那頂帽子！

珂拉以感興趣但疏離的心態看著下午的活動進行。她丈夫的遺體就在中殿裡，放在棺材中一塊類似肉販擱板桌的東西上，遮住了聖壇。她印象中從未見過丈夫的全身，只有在短暫、偶爾慌亂的一瞥間，看到極度白皙的肉薄薄地覆蓋在美麗的骨頭上。

她突然想到，其實自己對丈夫的公職生活一無所知，在她的想像中，那方面的生活都是在地點不同、外觀卻如出一轍的房間裡發生的，包括在下議院、在丈夫位於白廳作表面工夫用的辦公室，以及由於她不幸身為女人而不能參加的俱樂部。也許他在別處用和善來與人應對——沒錯，或許就是這樣，或許她就像是某種票據交換所，專門兌換別處應得的殘酷。如果你仔細思考，這件事其實有其高尚之處，她低頭看著自己的雙手，彷彿預期這概念會使手上浮現聖痕[11]。

在她上方是高高的黑色樓座，由幾根柱子支撐，然而在昏暗的光線中彷彿浮在柱子上方幾呎，路克．蓋瑞特就站在那裡。她心想：**小惡魔，瞧他那模樣！**她的心似乎朝朋友飛去，貼向自己的肋骨。路克的外套不適合這個場合，其程度不亞於他穿了手術服出席，而且珂拉確信他早在出門前就喝了不少酒，他身旁的女孩應該是才剛認識的，而他在經濟方面負擔不起對方的感情。儘管光線昏暗且距離遙遠，路克還是陰沉地覷了珂拉一眼，想逗她笑。瑪莎也察覺了，趕緊掐了珂拉的大腿一把，因此稍晚漢普斯特德、帕丁頓和西敏區杯觥交錯時，人們便這麼說：「牧師正說到『信我的人雖然死了，也必復活』時，西波恩的遺孀悲痛地倒抽一口氣；就某個角度來看，這一幕很美。」

坐在珂拉身旁的法蘭西斯一直在悄聲自語，他嘴巴貼著拇指，眼睛緊閉，這使他看起來又像個嬰兒，於是珂拉握住他的手。小手被大手包住，動也不動，而且很熱，過了一會兒，珂拉抬起自己的手，重新放回膝蓋上。

儀式結束後，神職人員的黑袍像烏鴉一樣在長椅間翻飛，珂拉則站在台階上恭送離去的弔唁者，

11　聖痕又譯聖傷，被視為超自然現象，為不明原因在基督徒身上出現與基督受難時相同的傷口。

他們全都很和善、滿懷關切：她一定要記住自己在城裡是有朋友可以依靠的；隨時歡迎她帶著英俊的兒子上門共進晚餐；他們會記得為她禱告。她遞給瑪莎好多的名片、好多的小花束，還有好多小紀念本和鑲著黑邊的刺繡樣品，路人搞不好會誤以為他們在辦婚禮，儘管是氣氛肅穆的婚禮。

時間還不到傍晚，但台階上的霜已變厚，在燈光下晶瑩閃爍，濃霧像一頂白色帳篷把城市罩了起來。珂拉輕輕顫抖，瑪莎湊近一些，讓她能感覺到自己結實的身體由次好的外套內送出暖意。法蘭西斯隔著一段距離站著，左手在外套口袋裡摸找，右手神經質地撫順頭髮。嚴格來說，他看起來情緒並不低落，否則這兩個女人都會把他拉到兩人之間，喃喃地說些安慰的話，如果他索討這些話語，是絕對不虞匱乏的。然而，他看起來只是客氣而無奈地接受他所珍視的日常生活崩塌的事實。

最後一批戴著黑帽子的弔唁者離去，慶幸著這件事結束了，轉而去進行夜晚的娛樂和早晨的業務，這時路克・蓋瑞特醫師說了句：「願基督垂憐吧！」然後他不由自主地立刻認真起來，一把抓住珂拉戴著手套的手。「好極了，珂拉：妳表現得可圈可點。我能送妳回家嗎？讓我送妳回家吧。我餓了，妳呢？我能吃下一匹馬和牠的小馬。」

「你買不起一匹馬。」瑪莎每次開口和醫生說話，都是一貫不悅的態度，當初就是她給醫生取了「小惡魔」這外號的，不過現在已經沒人記得了。路克起先是為了善盡職責，後來是出於個人的熱忱，而頻頻出現在福里斯街的屋宅裡，這對瑪莎來說是一種困擾，她覺得有自己在這兒盡心盡力就已非常足夠了。路克現在已經打發掉那個女伴，並且在胸前的口袋裡塞了一條鑲著黑邊的手帕。

「我現在最想做的事，莫過於來一段長距離散步。」珂拉說。法蘭西斯彷彿察覺她突如其來的疲憊，並且視之為有利可圖的機會，迅速走過來站在她腳邊，要求他們搭地鐵回家。一如以往，這並不是一個孩子氣的請求，獲得允許就會讓他開心的那種，而是直白的事實陳述。路克還沒有學會巧妙應付男孩難纏的意志力，說：「我今天已經在地府待了夠長時間了。」並招手攔下經過的出租馬車。

瑪莎牽起男孩的手，他讓自己的手留在瑪莎的手套裡，純粹是因為這膽大妄為的舉動令他太過驚訝了。「法蘭奇，我帶你去：地鐵應該很暖和，我冷到腳趾頭都沒感覺了。可是，珂拉，妳應該沒辦法一路走回家吧，至少有三哩遠呢？」

「三哩半。」醫生說，好像路上的石頭是他親手鋪的似的。「珂拉，我陪妳走。」出租馬車車夫比了個不耐煩的手勢，得到不雅的回應。「妳不該這麼做。妳不能一個人走……」

「不該？不能？」珂拉脫下手套，它們禦寒的功能不比蜘蛛網來得強。她把手套塞給路克。「給我你的手套……我想不透他們為什麼要做這種手套，也想不透女人為什麼要買這種手套。我能走路，我也要走路。你瞧？我已經為走路打扮妥當了。」她撩起裙襬秀出更適合男學生穿的靴子。

法蘭西斯已經轉身背向母親，對今晚事態可能的發展不再感興趣，他在「上面的房間」還有很多事等著做，也有幾樣東西（**拍兩下**）需要他關注。他從瑪莎手中抽回自己的手，朝城市走去。瑪莎懷疑地瞥了路克一眼，憐憫地瞥了她朋友一眼，喊了聲再見，便溜入霧中。

「讓我一個人走吧。」珂拉邊說邊套上借來的手套，那雙手套嚴重脫線，幾乎沒比她自己的手套保暖。「我的思緒糾結得好厲害，要花至少一哩路才解得開。」她輕觸路克口袋裡那條黑邊手帕。「如果你想的話，明天到墓地來吧。我說了我要一個人去，不過或許那就是重點；或許不管誰在我們身邊，我們永遠都是一個人。」

「應該要找個書記員跟著妳，記錄妳的智慧箴言。」小惡魔嘲諷地說，退開身讓珂拉的手垂落。他誇張地鞠躬，接著便坐上出租馬車，用力關上車門阻絕珂拉的笑聲。

珂拉對路克有本事使她的心情大逆轉感到驚嘆，於是她沒有先朝西走向家的方向，而是走向河岸街。她喜歡找到艦隊河在地底下改道的那個位置，就在霍爾本區東邊，那裡有一道格柵門，在安靜的日子裡，可以聽到河水奔流入海的聲音。

走到艦隊街時，她心想假如她在灰色的空氣裡聽得夠用力，或許就能聽到河流在它長長的墓穴裡奔騰的聲響，可是她只聽見城市裡寒霜或濃霧都攔不住的勞動或娛樂噪音。再說，有人跟她說過，現在這條河幾乎可說只是條下水道了，不是被漢普斯特德荒野過濾下來的雨水給漲滿，而是被聚居在河岸邊的人類所填堵。珂拉多站了一會兒，直到凍得兩手發疼，穿了孔的耳垂也開始陣陣抽痛。她嘆口氣，舉步返家，發現自己那股與福里斯街高聳白房子如影隨形的不安感，已經被留在後頭了，掉落在教堂裡黑色長椅下某處。

一個小時多一點之後，珂拉回到家，臉上的白粉下透出鮮明的雀斑，頭上的黑帽子歪了。一直焦急等待的瑪莎，深信好胃口能證明人的腦筋是清醒的，因此她滿意地看著朋友吃下煎蛋和吐司。「等這一切結束，我一定會很慶幸，」她說：「這麼多卡片，握手握個沒完。我對死亡的禮節真是厭煩透頂！」

那孩子搭過地鐵後受到了安撫，在他母親返家之前，就喝下一杯水，然後不發一語地上樓去了，手裡握著個蘋果核入睡。瑪莎先前站在他的門邊，看到他的睫毛在白色臉頰襯托下顯得多麼烏黑，感覺自己的心為了他而變得柔軟。那隻悲慘狗兒的一團毛，不知怎地跑到孩子的枕頭上去了，瑪莎想像毛裡滿是蝨子和跳蚤，便俯身越過男孩把它拿走，讓男孩能安然好眠。但瑪莎的手腕一定碰到枕頭套了，在一瞬間，男孩便完全警醒，看到她手裡的狗毛時，男孩發出一種無言的憤怒尖叫，因此她丟下那團油膩的東西，趕緊跑出房間。她一邊下樓，一邊心想：**我怎麼會怕他呢？他只是個失去父親的男孩啊！**於是她有點想折回去，堅持要男孩交出那個難聞的小紀念品，或許甚至再奉獻一個吻。這時一把鑰匙插進鎖孔發出嘈雜聲音，是珂拉回來了，她嚷著要烤火，一邊丟下手套，然後伸出雙臂索討擁抱。

那天夜裡，瑪莎是最後就寢的人，她在珂拉的門邊駐足：近幾年來她養成了習慣，要確認朋友一切安好她才放心。珂拉的門半敞著，壁爐裡的一根木柴在燃燒時發出劈啪聲。瑪莎站在門口說：「妳睡了嗎？要我進去嗎？」沒有得到回應，她便踏上厚厚的淺色地毯。壁爐架上擺滿名片和鑲著黑邊的弔唁卡，裡頭的字跡密密麻麻，有一束用黑色緞帶紮起的紫羅蘭掉在爐邊。瑪莎彎腰拾起花束，它們似乎縮著遠離她，再次躲在心形的葉片後頭。她將花束插進一小杯水裡，放在朋友一醒來就會看見的位置，然後俯下身去吻珂拉。珂拉發出呢噥，動了動身子，但沒有醒。瑪莎想起當初剛來福里斯街任職時，預期會見到一個頭腦簡單、整天只想著八卦與流行風潮的傲慢女主人，結果來應門的卻是一個變化多端的人物，讓她手足無措。

瑪莎發現，每當她好不容易習慣了一個版本的珂拉，另一個版本又會冒出來，這讓她惱怒又著迷。珂拉這一刻還像是個對自己的才智沾沾自喜的學生，下一刻又像是有多年交情的密友；這個女人會舉辦時尚而奢華的晚宴，然而最後一位客人剛走，她就會講起粗話、披散頭髮，笑著癱躺在壁爐邊。

就連她的嗓音都令人困惑又欣賞——當她累了的時候，或是遇到某些子音會有些發音障礙，講話總是半像唱歌、半帶口吃，營造出一種奇特效果。在她聰慧的魅力後頭有明顯的傷口，只是使她更惹人憐愛；附帶一提，瑪莎諷刺地觀察到，她那股魅力可以像浴室水龍頭一樣打開關上。麥可．西波恩對瑪莎漠不關心，態度可比他對待門廳的衣帽架：瑪莎完全不重要，麥可甚至在樓梯上遇到她都不會與她眼神交會。不過觀察入微的瑪莎沒有漏掉任何細節，她把每句客氣的羞辱聽在耳裡，把每塊隱藏的瘀青看在眼裡，她費了極大的力氣才克制自己沒有策劃一場謀殺，儘管她會樂於為殺人付出受絞刑的代價。

瑪莎來福里斯街工作後快滿一年時，某個無人入睡的凌晨時分，珂拉來到她房間。儘管那天晚上很暖和，但不知道發生了什麼事或誰說了什麼話，使珂拉劇烈顫抖。她濃密的亂髮是濕的。瑪莎沒有說話，只是掀開自己蓋的薄被，把珂拉擁入懷中。她彎起膝蓋好徹底包住珂拉，緊緊抱著對方，讓那個女人的顫抖進入自己體內。解開鯨骨與布料的傳統束縛後，珂拉的身體大而結實，瑪莎感覺到她的肩胛骨在窄窄的背部移動，感覺到自己雙臂間摟著的柔軟肚子，感覺到她大腿的厚實肌肉：那感覺就像是攀抓著一頭再也不會願意乖乖待著不動的動物一樣。後來她們醒來時，呈現微微擁抱的狀態，兩人徹底放鬆，接著互相愛撫後才分開。

瑪莎現在感到振奮，因為發現珂拉並沒有帶著哀悼的情緒上床睡覺，而是維持原本的習慣，在睡前翻閱名為「她的研究」的東西，好像她是考前臨時抱佛腳的大學生。她身旁的床上放著原本屬於她母親的舊皮革檔案夾，上頭姓名縮寫花押字的鍍金已經磨掉了，現在這東西散發著原本那隻動物的氣味（瑪莎如此堅持）。還有她的筆記本，裡頭的字跡小而清晰，連頁緣空白處都寫滿了，紙頁間夾著壓扁的草莖和草葉，還有一張地圖，地圖中是一段用紅色墨水作了記號的海岸線。珂拉周圍散布著一大堆紙張，手裡抓著她的多塞特郡鸚鵡螺化石睡著了。可是她在睡夢中施力過猛：化石被她捏碎了，讓她的手上沾滿泥巴。

二月

1

「我是說，就拿茉莉來當例子好了。」路克・蓋瑞特醫師把他桌上的紙張撥開，彷彿他可能在紙張底下找到綻放的白色花苞，結果找到的是一袋菸草，於是開始捲起菸來。「那氣味如此甜美，既討人喜歡又惹人不快；人們躲避又靠近、躲避又靠近，他們不確定自己該感到嫌惡或受到引誘。只要我們能夠認知到痛苦和愉悅不是相反的兩極，而是一體兩面，我們或許終於能了解……」他的思緒遺失了，四處尋找。

站在窗邊的男人對這類高談闊論習以為常，他啜了一口啤酒，淡淡地說：「你上星期才作出結論，說所有痛苦的狀態都是邪惡的，所有愉悅的狀態都是良善的。我清楚地記得你說的每個字，因為你說了好多遍，事實上你還為我寫下來，以免我忘了。我搞不好就帶在身上呢……」他譏諷地輕拍每個口袋，卻不禁漲紅臉，因為他從來就沒有掌握帶著善意揶揄的訣竅。喬治・史賓塞完全是路克的互補：他個子高、富裕、英俊、害羞，與其說他思路敏捷，不如說他更屬於感情細膩的類型。打從學生時代就認識他們倆的人打趣地說，史賓塞是小惡魔的良心，不知怎的與他切割開來，從此就一直跑著要追上他。

路克把自己塞到扶手椅深處。「當然這看起來完全是矛盾而不合理的，不過最優秀的頭腦可以同時處理兩個相反的概念。」他皺起眉，這表情使他的眼睛幾乎消失在黑色的眉毛和更加漆黑的劉海底下，然後把杯中的酒喝乾。「讓我來解釋……」

「我很樂意聽，不過我跟朋友約好要一起吃晚餐。」

「你『沒有』任何朋友，史賓塞。就連我都不喜歡你。聽著：最令人反感的人類經驗，莫過於引發或感受疼痛，否認這一點是毫無意義的。在我們把患者弄昏之前，外科醫生會因為他們即將要做的事而嚇到嘔吐；精神正常的男男女女寧可縮短壽命二十年，也不願忍受被刀子切割……你也是一樣，我也是一樣！不過話雖如此，要精確說明疼痛究竟是什麼，或人們真正感覺到什麼，或使某甲疼痛的因素是否也會使某乙疼痛，卻是不可能的：疼痛更偏向於想像的產物而非身體的產物，所以你就了解催眠的價值應該有多高了吧？」他對著史賓塞瞇了瞇眼，繼續說：「如果你告訴我你被燙傷了，你很痛，我怎麼知道你所描述的感覺，與我在受了同樣傷的情況下所感覺到的，有任何相似之處？我只能穩當地說，我們各自對相同的刺激產生了一些生理上的反應。的確，我們可能都會慘叫，都會潑點冷水什麼的，不過我怎麼知道你的那種感覺，如果換成我來經歷，我會不會發出完全不一樣的叫聲呢？」他模仿狼的表情齜了齜牙，繼續說：「那重要嗎？那會改變醫師可能施行的治療方式嗎？如果你開始質疑疼痛的真實——或者我想也可說是價值，你該怎麼避免用某種自己都承認純屬武斷的判斷標準，來拒絕或給予醫療照護呢？」

路克失去了興致，彎下腰去收拾起地板上掉落的紙張，然後著手分類整理成整齊的檔案。「對所有實務上的操作來說，這完全不重要。我只是突然有感而發而已。我常想到一些事，又喜歡拿來講，而我沒有別的聽眾。我應該養隻狗才對。」史賓塞察覺好友陷入抑鬱，便取出香菸，不理會滴答響的錶，坐進一張沒有椅墊的椅子裡並審視房間。這房間乾淨到匪夷所思的程度，不論多努力，吝嗇的冬陽也照不出一粒灰塵。房間裡有兩張椅子和一張桌子，桌子是由兩個倒置的貨箱拼成的，在別的地方這可算是很湊合了。有一條布用釘子掛在窗戶上，洗到又薄又褪色，白色石頭製的壁爐擦得發亮。這裡瀰漫著濃濃的檸檬味和消毒劑味，壁爐上方有幾幀裱了黑框的照片，照片中的人是伊格納茲・塞麥爾維斯和約翰・斯諾[12]。小桌子上方釘著一張圖畫，署名是「十三歲的路克・蓋瑞特」，畫中一條蛇纏繞在一支手杖上，用牠分岔的舌頭試探空氣。這是阿斯克勒庇俄斯的符號，他母親躺在火葬柴堆上時，他被人從母體的子宮中挖出來，長大之後成為醫神。這房間高踞在三層塗白的樓梯上方，史賓塞在此唯一見過的食物和飲料就是廉價啤酒和蘇打餅乾。他低頭望著好友，意識到一股熟悉的掙扎，路克總會挑起人心裡那股互相拉扯的挫折感與好感。

史賓塞能夠清楚回憶起，他們在皇家自治市教學醫院的大教室裡初次見面的場景。路克在這間醫院證明了自己已大幅超越老師，無論是在理論方面或理解力方面，他勉為其難地忍受他們的監管，只有在研習心臟解剖學和循環系統的時候例外，那時候他會變得十分淘氣又充滿熱情，以致於老師都懷疑他在嘲弄他們，而經常把他丟出教室。史賓塞知道要掩飾與克服他自己智力極限的唯一方式就是苦讀，拚命苦讀，並且刻意迴避著路克。他猜測被人看見與路克走在一起不會有什麼好結果，再說他也有點害怕路克眼底那一抹黑色的幽光。有一天晚上，在實驗室的人早已散去、門也理應上了鎖的時分，史賓塞在那裡遇見路克，他一開始認為對方一定是心情很低落。路克垂著頭坐在其中

12 約翰・斯諾（John Snow, 1813-1858）為英國醫生，是麻醉學和流行病學的先驅。

一張刮痕累累、被本生燈燒過的長椅上，聚精會神地盯著自己攤開雙手之間的某個東西。

「蓋瑞特？」當時史賓塞說：「是你嗎？你還好嗎？這麼晚了你在這裡做什麼？」

路克沒有回答，但他轉過頭，臉上通常掛著的嘲諷笑容不見了。他反倒對這個男人露出真誠的微笑，笑得如此甜美開心，史賓塞認為他一定把自己誤認為是他某個朋友了，但路克比了個手勢，說：「看！過來看我做了什麼！」

史賓塞的第一個念頭是路克迷上刺繡了。就算是也不奇怪：每年剛畢業的外科醫生都會辦一場競賽，看看誰能在白色方形絲布上縫出最細緻的針腳，有些人還聲稱自己拿蜘蛛網來練習。令路克全神貫注的是個美麗的物體，看起來像個微型日本扇子，柄部有一束編織得很精細的流蘇。它的尺寸不比路克的拇指寬，在濃郁奶油黃底布上的藍色和紅色圖案實在太過細緻，史賓塞幾乎看不出絲線是在何處勾住絲布的。他彎腰湊近去看，視線變得銳利並重新對焦，於是他醒悟到那是什麼東西了：那是以精妙手法切割下來的一塊人類胃黏膜，削得跟紙一樣薄，注射了墨水來顯示血管的紋路，再夾在兩塊玻片之間。沒有任何藝術家能比得上靜脈和動脈那精巧的迴圈與扭轉，它們完全沒有模式可言，可是史賓塞覺得在其中看出了春天的樹木那光禿禿樹枝的形象。

「**噢！**」他和路克視線相對，兩人欣喜地互望，締結了一種後來誰也沒去斬斷的關係。

「這是你做的？」

「對！我小時候看過一張和這類似的圖片，好像是愛德華・詹納[13]做的，我跟我爸說我也要自己

---

13 愛德華・詹納（Edward Jenner, 1749-1823）為英國醫生，以研究及推廣牛痘接種而聞名，後於一七九六年發明世界上第

做一個，不過我懷疑他不相信我是認真的……而現在它就在我們眼前啦。我闖進停屍間了，你不會告密吧？」

「不會……絕對不會！」史賓塞入迷地說。

「我相信對我們大部分人來說，皮膚底下的東西比皮膚外的東西更值得一瞧，至少對我來說絕對是如此。把我內外翻轉，我就成了美男子啦！」路克把玻片放進紙盒，用細繩捆好，然後將盒子收進胸前口袋，態度虔誠得像牧師。「我要到裱框師傅那裡，給它裱一個黑檀木框。黑檀木很貴嗎？不然松木或橡木好了……我有個願望，希望有一天能認識某個人，那人會像我一樣覺得它很美。我們要不要喝一杯？」

史賓塞看了看他從寢室帶來的練習簿，又低頭望向路克的臉。史賓塞頭一回察覺路克確實很害羞，而且大概也很孤單。「有何不可？」他說：「既然我都要考不及格了，還不如乾脆就放寬心隨它去。」

路克聽了咧嘴一笑。「那我希望你身上有錢，因為我從昨天就沒吃東西了。」接著他率先大步沿著走廊走去，一邊在笑自己或笑史賓塞，或是在笑他剛剛想起的老笑話。

顯然路克尚未替他的手工藝品找到合適的接收者，因為事隔多年，裝有玻片的紙盒仍在這裡，虔誠地擱在壁爐架上，白色硬紙板的邊緣都發黑了。史賓塞在指間轉動香菸，說：「她走了嗎？」

路克抬起頭，考慮假裝誤會了他的意思，不過知道自己被對方擊中了要害。「你說珂拉？她上

一支疫苗：天花疫苗，而被後世尊為「免疫學之父」。

星期走了。福里斯街的窗簾都放下來了，家具也都蓋上了防塵布。我知道，因為我去看過了。」他擺了個臭臉。「我去的時候她已經走了。那個老巫婆瑪莎在，但她不肯告訴我地址，說珂拉需要休息和安靜，等她覺得是時候了自然會和我聯絡。」

「瑪莎比你大一歲，」史賓塞淡淡地說：「而且承認吧，蓋瑞特：平和與安靜是兩項通常不會跟你連在一起的特質。」

「我是她『朋友』！」

「對，但不是平和或安靜的朋友。她去了哪裡？」

「科爾切斯特。科爾切斯特！科爾切斯特有什麼？一座廢墟和一條河，還有腳上有蹼的鄉下人，還有泥巴。」

「我讀到文章說，他們在海岸邊發現化石。時髦的女人戴著鑲銀的鯊魚牙齒項鍊。珂拉在那裡會像小學男生一樣開心，膝蓋以下都泡在泥巴裡。你很快就會見到她的。」

「『很快』有什麼好的？『科爾切斯特』有什麼好的？『化石』有什麼好的？才不到一個月，她應該還在哀悼才對。」（說完這句話，誰也沒看對方的眼睛。）「她應該跟愛她的人待在一起。」

「她跟瑪莎在一起，而沒有比瑪莎更愛她的人了。」史賓塞沒有提到贏了他好幾局西洋棋的法蘭西斯，說這男孩愛母親好像不太適切。史賓塞的錶發出更響亮的滴答聲，他看出路克內心有股憤怒的情緒在緩慢悶燒。他一邊想著等著自己的晚餐、美酒、鋪著厚地毯的溫暖房子，一邊彷彿突然想到似的說：「我早就想問了，你的論文寫得怎麼樣了？」把學術上的認可懸在路克面前晃蕩，大致說來能發揮給狗看一根生肉骨頭一樣的效果，而近來除了這個方法之外，已經沒有什麼事能把他的心思從珂拉・西波恩身上拉開了。

「論文?」這個詞像是被吃下肚的某種難吃東西又吐了出來。然後他改用比較緩和的語氣:「你說探討置換主動脈瓣可能性的論文?嗯,好吧。」他幾乎看都沒看,就熟練地從一疊筆記本中間抽出六張寫滿密密麻麻黑色字跡的紙張。「截稿期限到星期天,我乾脆就繼續寫好了。你可以出去了吧?」他轉開身,俯向桌子,開始用剃刀削鉛筆。他攤開一大張紙,紙上是一顆人類心臟的橫切面局部放大圖,上頭用黑色墨水作了些神祕的記號,有幾段文字還被劃掉,重新寫上敘述,並加了一連串驚嘆號。頁緣空白處的某個東西吸引了他的目光,那東西讓他興奮或不快:他罵了句髒話,開始振筆疾書。

史賓塞從口袋取出一張鈔票,默默地放到地上,好讓他的好友誤以為是自己掉在那兒又忘記的,然後他走出去並把門帶上。

2

珂拉・西波恩搜遍了科爾切斯特的河流尋找翠鳥、在城堡尋找渡鴉後,與瑪莎手挽著手穿過這座城鎮,由珂拉負責替兩人撐傘。這裡沒有翠鳥(「大概是坐船去逛尼羅河了……瑪莎,我們要不要去找牠們?」),但城堡堡壘滿滿都是面色凝重的禿鼻鴉,穿著牠們破破爛爛的長褲大步走動。「很不錯的廢墟,」珂拉說:「不過我原本希望看到絞刑台,或是眼珠被啄空的惡棍。」

瑪莎對歷史沒什麼耐性，目光總是鎖定幾年後更美好的前景，她說：「如果妳真的有心想要找到苦難的話，不愁沒有。」並指向一個男人，那人的雙腿膝蓋以下全沒了，他給自己在一間咖啡館對面找了個位置，這樣更有利於引發剛把肚子塞滿的觀光客的罪惡感。瑪莎並沒有隱瞞她對於被帶離城市的家感到多麼不自在：儘管她的金髮粗辮子和有力的手臂，讓她貌似喜歡鮮奶油的擠奶村姑，但她以前從未涉足倫敦主教門以東太遠的距離，並且認為長滿橡樹的艾塞克斯郡原野很邪惡，漆成粉紅色的艾塞克斯房屋裡則淨住著一些智能不足的人。她對於如此落後的地方也有喝咖啡的地方極為驚訝，其強烈程度堪比她對後來端上桌的苦澀液體的嫌棄。此外她對他們遇到的所有人，講話都客氣到過分的地步，那是她專門保留給笨孩子的態度。儘管如此，在他們離開倫敦後這兩星期以來（法蘭西斯從學校接回來了，他的老師雖然沒說什麼，但顯然鬆了口氣），瑪莎幾乎漸漸愛上這座小鎮，原因是這裡對她的朋友發揮了影響力：遠離倫敦那些目光後，珂拉就拋開哀悼的義務，退回十年前更開朗的自己。瑪莎心想：她遲早要好聲好氣地問珂拉，打算在高街上這兩間客房裡住多久，整天無所事事，只是走路走到累，還有埋首書堆，不過目前她很滿足於見證珂拉的快樂。

珂拉調整了一下雨傘，卻只是更有效率地把綿綿細雨導入兩人的外套衣領，她順著瑪莎手指的方向看去。那殘疾人士在愚弄天氣這方面做得比她們強多了，而且由他檢視倒置帽子內容物時的滿意表情研判，他今天進帳頗豐。珂拉原本以為他坐在一張石頭長椅上，但仔細一看才發現那是一塊倒塌的石造建築體。那塊石頭至少有三呎寬、兩呎深，乞丐的左腿旁還露出殘餘的拉丁文句子。乞丐看到馬路對面有兩位穿著上好外套的女士在打量他，立刻擺出一副怯懦又悲慘的表情；因為這太明顯了，他很快放棄，改換上高尚的受苦神態，隱然暗示雖然他覺得自己的職業令人厭惡，但誰也不能說他好吃懶做。這番戲劇效果讓珂拉看得很樂，她抽出與瑪莎相勾的手臂，閃身從經過的公車後頭溜過馬路，然後嚴肅地站在乞丐腳邊，那裡有一座淺淺的門廊可以稍微遮雨。

「午安。」她伸手去拿錢包。男人抬眼看向天空，就在那一刻，雲層分開，露出湛藍的內裡。「這並不是個安好的午後，」男人說：「不過還有機會變好，這我可以向妳擔保。」短暫的天光照亮他身後的建築，珂拉發現那建築像是經歷過一場爆炸而四分五裂。她左邊的那部分還多多少少維持著建築師的原始設計，看得出是好幾層樓高的建築，本來或許是棟豪宅或鎮公所；但右邊那部分被切去一大塊，還往地面下陷了幾呎。用竿子和木板權充的壁壘防止它垮落到人行道上，但其實很不牢靠，珂拉覺得在緩慢的車流聲之上，能聽見鐵與石頭磨擦的嘎吱聲。瑪莎來到她身旁，珂拉本能地握住瑪莎的手，不確定是要退後還是拎起裙襬上前細瞧。令她炸開石頭尋找鸚鵡螺化石，直到空氣中瀰漫無煙火藥臭味的那項愛好，在此刻也驅使她向前：她能看到上方有一個壁爐還完好的房間，還有一條猩紅色的地毯像舌頭一樣垂在破裂的地板邊緣。再高一些，一株橡樹幼苗在樓梯旁生了根，灰泥天花板上則有一種狀似許多無指之手的淡色真菌在那兒開疆拓土。

「慢點啊，小姐！」男人警覺地在石頭座位上挪動身體，抓住珂拉的外套衣襬。「妳這是在做什麼？不，我覺得應該再後退一點……再遠一點……對，現在夠安全了，別再這麼做了。」他說話的口氣帶有守門人的權威，珂拉覺得有點慚愧，說：「噢，對不起，我不是有意要驚動你。我只是覺得看到有東西在動。」

「那只是毛腳燕，妳完全不用煩惱牠們的事。」他一時間忘了自己的職業該有的態度，拉了拉圍巾說道：「在下湯瑪斯．泰勒，在此為您服務。我想妳應該是外地人吧？」

「剛來幾天。我朋友和我——」珂拉朝瑪莎比了個手勢，瑪莎隔著一小段距離站在傘下的陰影裡，因為不贊同她的行為而表情僵硬，「——要待一陣子，所以我想最好來打聲招呼。」珂拉與殘障都深思這句話的邏輯性何在，發現找不出來，也就不去深究了。

「妳大概是為了那場地震而來的。」泰勒邊說邊用手比畫了一下身後的廢墟。他模樣像是演講者最後再看一眼筆記似的，而總是準備好受教的珂拉表示，她確實為此而來。「你可以讓我們長長知識嗎？」她說：「如果你有空的話。」

男人說地震發生在八年前，根據他的估算，當時正好是九點十八分。那是個任何人記憶所及都算得上十分美好的四月早晨，事後這點被視為是一種恩賜，因為大部分的人都在戶外。艾塞克斯郡的土地拱了起來，彷彿試圖甩掉背上所有的城鎮與村莊。整整二十秒，不多也不少，一連串的震動，中間只暫停了一次，好像吸了一口氣，然後繼續。在科恩河和黑水河河口，海水匯聚成泛著泡沫的大浪，強浪洗劫河岸，並且把河上每艘船隻都打碎。知名的鬧鬼建築朗恩霍教堂幾乎被震成碎片，威文霍村和阿伯頓村可說只剩下瓦礫。連比利時那邊都感覺到了，桌上的茶杯被震到掉下去。在艾塞克斯郡這裡，有個男孩被留在桌下的小床裡睡覺，結果掉落的灰泥把他壓扁，還有個男人當時正在擦鎮公所的時鐘鐘面，地震使他從梯子上摔下來，一條手臂硬生生被扯斷。莫爾登鎮那裡的人以為有人引爆炸藥來製造騷亂，在街上尖叫亂跑，維里教堂毀壞到無法修復的地步，現在只有狐狸在那裡聚會，一叢叢的蕁麻取代了原本的長椅。那年果園裡的蘋果樹花都掉光了，沒有結任何果實。

珂拉心想：現在想來，她確實對報紙標題有印象，當時她只感到有點逗趣，那樸素的小地方艾塞克斯郡，地形幾乎連一點變化也沒有的地方，竟然會顫抖並破裂！「太了不起了！」她開心地說：

「在世界的這個部分，我們腳下全是古生代岩石：你想想看，這些五億年前鋪下的岩石，竟然聳聳肩膀就把教堂上的尖塔給弄塌了！」

「這我不懂。」泰勒說，與瑪莎互看一眼，眼神中有某種程度的互相理解。「不管怎麼說，如妳所見，科爾切斯特很慘，不過沒有人喪命。」他再次用拇指朝洞開的廢墟比了比，說：「如果妳要進去的話，下腳的時候當心點，仔細找找我的腿，因為它們就在不到十五碼之外。」他拉了拉長褲的布料，把空蕩蕩的布塞緊一點。珂拉的憐憫原本就已經快滿溢了，現在她彎下腰，一手按著男人的肩膀，說：「很抱歉害你想起不愉快的事……不過你大概永遠也不會忘記，對此我也非常遺憾。」她伸手拿錢包，同時思考該怎麼傳達出這不是施捨，而是付給對方的酬勞。

「唷。」泰勒說，接過一枚硬幣，態度還反倒像是幫了珂拉一個忙。「還沒完呢！」演講者的調調沒了，他換上表演者的外表。「我猜妳聽人說過『艾塞克斯之蛇』了吧？牠曾經侵擾亨納姆村和沃明福德村，最近又有人看見牠了。」珂拉喜孜孜地說她沒聽過。「啊，」泰勒擺出憂傷的表情，「我在想是否不該惹妳心煩，畢竟女士們的性情是如此脆弱。」他打量眼前的訪客，顯然得出了結論：穿著這種外套的女人不會被區區怪物給嚇到。「是這樣的：在一六六九年，王座上坐著的是叛徒國王的兒子，當時你在路上走不到一哩，就會看到橡樹或柵門柱上釘了塊警告牌。那些警告牌上寫著『奇聞異事』，有一條眼睛像羊眼的蛇怪從艾塞克斯的河裡上岸，爬進樺木林和公共用地！」他用袖子把硬幣擦亮。「那是屬於『艾塞克斯之蛇』的年代，不管牠是鱗片和肌腱做的，還是木頭和帆布做的，或只是瘋子的胡言亂語；孩子都被嚴加看管不得靠近河岸，漁夫都巴不得改行！然後牠消失的速度跟出現一樣快，接下來將近兩百年，我們沒看過牠的一塊皮或一根毛，直到地震來了，水底下那裡有什麼被搖鬆了……有東西被放出來了！據說是一個鬼鬼祟祟的大傢伙，比起蛇其實更像龍，在陸地上就跟在水裡一樣自在，天氣好的時候會曬牠的飛翼。在普安特克利爾村看見牠的第一個人立刻失去理智，從此再也沒有恢復正常，不到六個月前，那個人死在瘋人院裡，留下十幾張他用壁爐裡的碎木炭畫的圖畫……」

「奇聞異事！」珂拉說，「天地之間無奇不有……告訴我：有沒有拍到牠的照片，有沒有人想過寫一篇報導？」

「就我所知並沒有。」他聳聳肩。「不過我不太確定，因為我並不是很在乎這件事。艾塞克斯人對這類事情過於熱中了，還有切爾姆斯福德的女巫，以及吃膩薩福克郡的人肉、改來這裡巡視的黑夏克犬[14]。」泰勒打量她們一會兒，然後突然間顯得厭倦和她們相處了。他把硬幣放進口袋，拍了兩下。「那好吧，我今天賺夠了，甚至還太多了，我很快就會被接回家吃一頓好料。再說，」他挖苦地看著瑪莎，瑪莎的不耐煩在傘骨下輕輕顫抖，「我想妳們最好繼續前往妳們要去的地方，不過就像我女兒會說的，小心人行道的裂縫，因為你永遠不知道那中間有什麼。」他用傲慢的手勢揮手打發她們離開，政治家命令祕書退下的動作也不過如此。男人聽見一對年輕情侶的笑聲穿過潮濕的空氣，轉過身去，擺出哀懇的表情。

珂拉回到瑪莎身邊說：「在那裡頭的某個地方，被埋在碎石和塵土下，有一雙他的鞋子，可能

14　黑夏克犬（Black Shuck）是英國民間傳說中一種黑色的幽靈犬，其外型和本質有諸多說法上的差異，牠有時被視為死亡的預兆，有時又被視為一種同伴動物。

還有他失去的雙腿的白骨……」

「我一個字也不信。妳看，燈都亮了，而且已經超過五點了，我們該回去看看法蘭奇了。」這倒是真的：她們把法蘭西斯留在床上，包得緊緊的、硬邦邦的，像個木乃伊，由旅館老闆幫忙照料。老闆自己有三個兒子，認為珂拉是個可教化的女人，用熱湯就能融化她的冷漠。法蘭西斯萬萬沒料到會遇上一個這樣的男人，不僅沒有用懷疑的眼光看他，而且幾乎對他不感興趣，因此他答應讓對方用他母親絕對提供不了的直率親切來對待他。有人見到他送給旅館老闆他的一件寶物（一塊黃鐵礦，他有點希望人家會誤以為它是黃金），還開始讀「福爾摩斯探案」。珂拉納悶怎麼可能會有這種事，她一方面為兒子焦慮（男孩生病時臉龐會發亮、變得女孩子氣，讓她心碎），一方面又因為母子被迫分離而鬆了一口氣。住在那兩個小房間裡，使珂拉必須面對男孩的所有小儀式，她也無法裝作不知道，兒子不論對她的憤怒或溫情都滿不在乎。她今天能夠自由地在城堡堡壘旁與科恩河畔的光禿禿柳樹下散步，真是心曠神怡，她實在厭惡必須結束這一天。瑪莎有個獨門祕技，能夠在珂拉的念頭甚至尚未成形前就把它說出來，她說：「可是妳瞧，妳的大衣都拖在水坑裡了，頭髮也濕透了。我們找間咖啡館，等雨停了再走吧。」她朝著一座滴著水的遮雨篷點點頭，那底下是一對雙開窗，窗內堆滿蛋糕。

珂拉試探地說：「再說，他現在應該已經睡了，妳覺得呢？他被吵醒時總是大發脾氣……」她們兩人有如共謀般穿過低垂的夕陽所照亮的濕潤人行道，剛走到遮雨篷底下，珂拉就聽到一個熟悉的嗓音。

「竟然是西波恩太太！」

她瞥向昏暗的街道，說：「有人看見我們了嗎？」

瑪莎對於有更多入侵者占據她們的時間感到不滿，用力拉了拉手提包的帶子。「這裡有誰會認識妳？我們才來了不到一星期：難道妳就不能偶爾融入人群中一回嗎？」

那嗓音又響起了：「珂拉．西波恩，我真是千千萬萬個想不到呀！」然後那女人開心地叫了一聲，跳到人行道上並舉起手臂。「查爾斯！過來這裡！過來這裡找我！」那是安布羅斯夫婦，查爾斯與凱瑟琳，在一對大到霸占街道的傘下朝珂拉走來，他們出現在這裡簡直令人不敢置信。查爾斯曾經是麥可．西波恩的同事，擔任珂拉始終搞不懂的眾多白廳角色之一，而且似乎因此擁有政客雙倍的權力，卻不必負任何責任，由於這層關係，查爾斯成為福里斯街日常生活的一部分。他顏色鮮豔的背心，以及對所有事物難以滿足的好胃口，掩飾了多數人沒有察覺的精明。珂拉在他們第一次見面時，就一眼看穿了他，使他某種程度上甘願服從珂拉。也許說來令人驚訝，但他對自己的妻子百分百忠實，妻子注重細微處，與他的大手大腳恰好互補，此外凱瑟琳總是覺得，他有無窮的本事逗自己開心。這對夫妻慷慨、仁慈，對別人的生活很感興趣。當他們堅持除了路克沒有別的醫生能治麥可的病，感覺實在無法拒絕他們的好意。

珂拉安撫地捏了捏同伴的腰。「妳知道我寧可只有我們兩人靜靜地看書。但那是安布羅斯夫婦，查爾斯和凱瑟琳，妳見過他們，也喜歡他們……不，我是說真的，妳見過他們！**查爾斯！**」珂拉嘲諷地深深蹲下去行屈膝禮，要不是她伸出來的腳趾包在濺著泥巴的男靴裡頭，或許姿態可稱得上優雅。「你應該認識瑪莎吧？」她身旁的瑪莎挺起身體站直，冷淡地點點頭。「還有凱瑟琳……我沒想到你們知道英格蘭的國土延伸到超過帕默斯格林區以外的範圍呢，你們是迷路了嗎？要我借你們地圖嗎？」查爾斯．安布羅斯嫌惡地看著珂拉沾著泥巴的靴子、肩部剪裁得太寬的哈里斯粗花呢大衣，以及指甲啃得光禿禿的有力雙手。

「我很想說很高興見到妳，但我從沒見過有誰比妳更像個決心要搶劫的蠻族女王：難道就因為妳來到愛西尼人[15]的地盤上，妳就要模仿他們嗎？」珂拉不以為意，她拒絕穿任何勒住腰的衣物，用手隨便順一順頭髮就塞進帽子裡，而且打從一個月前摘下珍珠耳環後，就沒再佩戴過任何首飾。

「我相信布狄卡[16]若是被人看見作這副打扮一定會很羞愧的。我們要不要進去喝杯咖啡，等天氣放晴？你們夠漂亮了，可以連我們兩個的份都補足。」她挽住凱瑟琳．安布羅斯的手肘，她們互相擠眉弄眼，看著查爾斯穿著絲絨的背影威風凜凜地走進咖啡館。

「可是珂拉，妳到底**感覺**怎麼樣？」凱瑟琳在門口暫停，將年輕女人的臉捧在掌心，轉朝向光線。她審視珂拉顴骨高聳的臉，還有顏色像石板的雙眼。珂拉沒有回答，她怕洩漏自己那可恥的快樂。凱瑟琳對麥可．西波恩如何對待自己的妻子其實已心裡有數，超過珂拉所猜想的程度，此刻她找到了她要的答案，便踮起腳尖吻了一下珂拉的太陽穴。瑪莎在她們身後假咳了一聲。珂拉轉身，彎腰拾起她的帆布大旅行袋，並悄聲說：「再半個鐘頭就好，我保證……」邊說邊把同伴推進店內。

「從實招來：你們到底在這裡做什麼？我一看到你們兩個，就只會想到白廳和肯辛頓區，我原本想像你們一跨出倫敦邊界就會蒸發呢！」珂拉滿意地打量桌面。查爾斯向一名穿著白色圍裙、面

15 愛西尼人（Iceni）是不列顛鐵器時代到羅馬行省時代，早期居住在不列顛東部的一支凱爾特部落。

16 布狄卡（Boudicca, ?-61）為愛西尼王后，於西元六〇或六一年對羅馬帝國發動起義，結果失敗了。布狄卡以女武神的形象成為英國文化的重要標誌。

露敬畏的女孩下令，要她送上至少十二種她個人最喜歡的蛋糕，還有一加侖的茶。女孩顯然偏愛椰子：桌上有馬卡龍、奶油酥餅，以及浸了覆盆子果醬再裹上椰子粉的菱形糕餅。那天早上走了好幾哩路的珂拉，平靜地一路吃向有如擺在桌子中央當作裝飾的瑪德蓮蛋糕。

「是啊，」瑪莎說，帶著一股她有意讓對方察覺的攻擊性，「你們到底在這裡幹嘛呢？」

「探望朋友。」凱瑟琳．安布羅斯說。她輕巧地聳肩脫下小小的外套，帶著讚嘆的意味打量昏暗而瀰漫香氣的店內。那帶著流蘇的綠色桌巾垂在他們腿上，顯然不知為何令她發噱。她愛撫那布料，忍住笑意，然後說：「若非如此，有誰會來呢？這裡不適合購物，連一間百貨公司都沒有。本地人都到哪裡買葡萄酒和乳酪？」

「我想是葡萄園和牛棚吧。」查爾斯遞給妻子一個盤子，上頭擺好一小塊有鮮豔糖霜的蛋糕。從來沒有人看過凱瑟琳吃蛋糕，但查爾斯喜歡偶爾扮演誘惑者的角色。「我們正試著說服霍華德上校在下屆選舉中參選國會議員。他退役的日子快到了，而……」

「……而那是『非常好的消息』。」珂拉接話，這是查爾斯自己總是掛在嘴邊的陳腔濫調。在她身旁的瑪莎變得有點緊張，可能是在準備諷刺公共衛生問題，或是發表住房改革的必要。（那個帆布大旅行袋裡塞著藍色紙袋，紙袋中包著一本美國小說，書中以極度贊同的口吻描述了一個城市公社生活的未來烏托邦。瑪莎等了好幾星期才等到英國版上市，現在迫不及待想回家去好好研讀一番。）珂拉雖然很讚賞朋友悲天憫人的胸懷，卻對坐視戰爭在茶杯間開打感到疲憊。她往凱瑟琳的盤子裡添了一個瑪德蓮蛋糕，不過盤子被推開，取代的是先前瑪莎擱在桌布上的一張地圖。

「可以借我用一下嗎？」凱瑟琳攤開摺頁，直到黑白的科爾切斯特出現，其中有趣的地點得到認可，被標了出來，還附上照片作為圖解。珂拉把城堡博物館圈起來了，聖尼古拉教堂的尖塔上則有一團茶漬。

「對。」凱瑟琳說：「我們想說要搶在別人之前先去找上校：他並沒有隱藏他有野心這件事，但從未透露他的野心是往哪個方向發展。我想查爾斯說服了他下屆選舉將會改朝換代，說我們都要有信心。那老兄的耐力簡直跟只有他一半歲數的人一樣好，而且固執得要命：我們或許尚未見到史上年紀最大的首相呢。」凱瑟琳不需要明白提到首相威廉．格萊斯頓（William Gladstone）的名字，對安布羅斯家族來說，他是個古怪聖人與討喜親戚的綜合體。珂拉見過他一次：當時珂拉僵硬地站在丈夫身邊，丈夫尖銳的手指刺穿了她的上臂，格萊斯頓迎接一長串賓客時僅微微欠身，那兩道眉毛彷彿在呼喊剪刀來修剪，其下所燃燒的野蠻智慧，震懾住了珂拉。從格萊斯頓向麥可．西波恩打招呼時流露的冰冷語氣判斷，這位政治家顯然對珂拉的丈夫有難以消解的憎惡，而雖然格萊斯頓和她打招呼時也同樣冷冰冰，在接下來這幾年裡，她卻始終覺得格萊斯頓是她的盟友。

瑪莎說：「他還在跟妓女廝混是吧？」她這是在努力出洋相，不過查爾斯可沒那麼容易受到驚嚇，嘴唇貼著茶杯邊緣咧嘴而笑。

凱瑟琳匆匆說道：「我們的事就這樣了……不過珂拉，妳來科爾切斯特做什麼？如果妳想去海邊，大可以借住我們在肯特郡的房子啊，這裡連續幾哩都只有泥巴和草澤地，就算是小丑看了都要憂鬱了。除非妳打的算盤是在駐軍裡找個新丈夫，我實在看不出這裡的吸引力何在。」

「我指給妳看。」珂拉把地圖朝自己拉近，用凱瑟琳看得出不怎麼乾淨的食指，從科爾切斯特南邊朝著黑水河河口畫出一條線。「上個月有兩個男人走在默西島懸崖底下時，差點被山崩給擊昏。

他們夠聰明，仔細看了看碎石，發現化石遺跡，這裡和那裡有幾顆牙，當然還有常見的糞化石……不過也有一隻小型哺乳動物。它被送到大英博物館進行鑑定了：誰知道他們可能發現了什麼新物種！」

查爾斯警惕地看著地圖。儘管他慷慨大度且一心追求世故練達，其實他內心非常保守，不願意讓達爾文或萊爾[17]的著作進入他的書房，唯恐它們攜帶的病菌會傳染給他比較健康的藏書。他並不是特別虔誠的信徒，不過認為「有個仁慈的上帝在照管我們」的普世信仰，能夠防止社會這塊布料像用舊的床單一樣撕裂。人類在本質上畢竟並不高尚，他的族類並不是天選之人，這種說法讓他在天亮前那幾小時困擾不安，而他選擇忽略，就像對待大部分令人困擾的事情一般，直到它消失。不僅如此，他還把珂拉崇拜地質學家瑪麗·安寧這件事怪在自己頭上：珂拉有次參加安布羅斯家的晚宴，身旁坐的剛好是一位跟安寧有過一面之緣、從此念念不忘的年長男士，她直到那時才開始對在岩石與泥巴間東翻西找產生興趣。等到珂拉聽完那年長男士講古，聽到那個木匠的女兒在被閃電擊中後變得強壯，十二歲時找到第一個化石，一貧如洗，以及受癌症折磨等事蹟後，她也愛上了安寧，之後幾個月張口閉口都是藍里阿斯地層和腸胃結石。查爾斯疲憊地心想：要是有人期盼珂拉的熱情會漸漸消退，那麼他們一點都不了解珂拉。

查爾斯一邊瞄著僅剩的馬卡龍，一邊說：「現在這種事最好是留給專家去做：我們又不是活在黑暗時代，只能依靠穿著襯裙的瘋子，拿著鉚釘鎚和油漆刷滿地爬。現在有大學和學會和補助金那

17　查爾斯·萊爾（Charles Lyell, 1797-1875）為英國地質學家，是均變論的重要論述者。

些的。」

「所以呢？你覺得我該怎麼做？坐在家裡規劃晚餐菜色，並且等著新鞋子送來？」珂拉的火氣燒得很慢，此時才初次從她變得嚴厲的灰色眼睛中顯露出來。

「當然不是！」查爾斯察覺她的目光似乎有點尖銳，說：「認識妳的人都不會這麼想的。可是有些『現在』就很重要的事值得妳投注時間和心思，而不是耗費在活著時就毫無意義、死後更無足輕重的動物屍塊上！」他朝瑪莎比了個手勢，證明自己有多麼走投無路。「妳就不能加入瑪莎的團體嗎——不管它叫什麼來著，去解決白教堂區的下水道問題，或是佩卡姆區的孤兒問題，或不管她最近都在忙的什麼東西？」

「是啊，珂拉，妳就不能嗎？」瑪莎對查爾斯咧嘴一笑，讓自己的藍眼睛水汪汪地流露懇求之意，但她很清楚查爾斯對她的政治道義觀不以為然的程度，不亞於對珂拉沾滿泥巴的靴子。

「**毫無意義**！」珂拉深吸一口氣，打算發表早已練熟的演說，闡述她鍾愛的動物屍塊有多麼重要，但凱瑟琳將涼涼的玉手按在她手上，彷彿對方才這幾分鐘渾然不覺地說：「妳打算去那個地方，找到一頭屬於妳自己的野獸？」

「對！而且我會找到的，你們等著瞧吧！麥可從來不……」講到這名字時珂拉猶豫了一下，無意識地摸了摸脖子上的疤，「他覺得這是在浪費時間，而我最好是讀《淑女》雜誌，看看我應該穿什麼款式的裙子去薩伏伊飯店。」她嫌惡地把盤子推開。「唔，我現在可以做我想做的事了，不是嗎？」她逐一打量每個人，凱瑟琳說：「親愛的，妳當然可以，我們非常以妳為榮。查爾斯，你說是吧？」他謙遜地點一下頭。「不僅如此，我們還能幫忙呢：我知道有一家人正好適合妳！」

「是嗎？」查爾斯看起來很懷疑。他在科爾切斯特唯一的朋友就是暴躁的霍華德上校，而他確信，見到珂拉可能會對上校飽受戰爭摧殘的健康狀態，施予致命的最後一擊。

「查爾斯！蘭森姆一家啊！那些漂亮的孩子還有那棟可怕的屋子，還有史黛拉和她的大理花！」

蘭森姆一家！這個想法讓查爾斯臉色一亮。威廉·蘭森姆是一位自由派國會議員令人失望的弟弟，安布羅斯夫婦很喜歡那位國會議員。說他令人失望，是因為他在年紀很輕的時候，就決定不把過人的才智用在法律或國會方面，或甚至不朝醫學發展，而選擇服務教會。更糟的是，他極度缺乏一般伴隨著優秀心智而來的正常野心，以致於同意把過去這十五年花在黑水河河口旁一座荒涼的村莊裡，牧養少少的牲口，還娶了個金髮小精靈，並溺愛著他的兒女。查爾斯和凱瑟琳曾經去哈維奇鎮旅行，敗興而歸時借住蘭森姆家，從此對那家人讚不絕口，凱瑟琳還得到一紙袋大理花種子當禮物，據說那些種子能長出黑色的花朵。凱瑟琳轉頭看珂拉。

「我跟妳說，妳從沒見過更完美的家庭。親切的蘭森姆牧師和小小的史黛拉，個頭不比小仙子大，卻比小仙子美了一倍。他們住在靠南邊的奧溫特村，那裡幾乎就和它的名字一樣糟[18]，不過在月色明亮的夜晚，妳可以直接看到河對面的普安特克利爾村，早晨還可以看著那些泰晤士河駁船滿載著牡蠣和小麥啟航。要說有誰能帶妳在那附近的海邊探路，那就是他們了……別這樣看我，親愛的，妳很清楚妳不能只帶著一張地圖就出去亂跑。」

18　奧溫特（Aldwinter）的發音近似「永冬」（all winter）。

「提醒妳喔，那是一道陌生的海岸，妳可能需要一本常用語手冊。例如接吻門[19]和小農場，還有好幾畝他們稱作潮淹地的海埔地。」查爾斯舔著食指上的糖粒，眼睛不忘物色另一塊糕餅。「威爾[20]有一次陪我散步，穿過奧溫特的教堂墓園，他指給我看被他們稱作斷背型的墳墓：村民相信，如果你死於結核病，泥土會陷進棺材裡。」

珂拉試著忍住不做怪表情。某個滿口喀爾文主義和痛改前非的粗脖子鄉下牧師，還有他吝嗇的妻子！她一時間還真想不到更糟的組合了，由身旁瑪莎僵硬的肢體動作研判，好友大概也有同感。不過話說回來，能吸收一些艾塞克斯郡的當地地理知識應該很有用。此外，神職人員未必就對現代科學一無所知：她最心愛的書裡，有一篇匿名的艾塞克斯郡教區長寫的論文，主題是地球的遠古時代，文中清楚散落著藉由《舊約聖經》的系譜來計算創世日期的概念。

她試探地說：「也許這對法蘭西斯有好處。你們知道嗎，我找路克．蓋瑞特談過他的事了。不過我的意思不是說他有什麼毛病！」珂拉漲紅了臉，因為最讓她羞愧的莫過於她的兒子了。她深切地體會到，非但自己在法蘭西斯面前會感到不安，大部分見到法蘭西斯的人也有同樣反應。她實在無法為自己開脫，法蘭西斯的疏離、執著，一定都是她的錯，否則她還能怪誰呢？對此，路克一反常態，輕聲細語地說：「妳不能把他病理化……妳不能試著自己作診斷。沒有血液檢查能檢測怪癖，也沒有客觀的標準來衡量妳或他的愛！」他勉強承認，法蘭西斯或許能從分析中獲益，不過孩子的

19 接吻門（kissing-gate）是一種防止牲口通過、只容許人類通行的柵門，結構多半為一端半圓形，而柵門開關時碰觸半圓形的兩個端點，狀似接吻，故得其名。

20 威爾是威廉．蘭森姆名字的暱稱。

意識幾乎尚未定型，他實在不建議把這方式用在他們身上。珂拉能做的不多，只能繼續盡力守護他，還有在他容許的範圍內愛他。

安布羅斯夫婦互看一眼，凱瑟琳連忙說：「我想新鮮空氣對他是再好不過的了。妳願不願意讓查爾斯寫封信給牧師，為你們引介一番？奧溫特離這裡頂多只有十五哩，我知道妳曾經走過更遠的路！妳至少可以在那裡待一個下午，讓史黛拉請妳喝茶。」

「我會寫信給威爾，給他妳的地址……妳應該是住在喬治旅館對吧？我相信你們大家很快都會變成好朋友，妳還會找到一大堆討厭的化石。」

「我們住在紅獅旅店。」瑪莎說：「珂拉覺得它看起來很道地，結果發現地板上沒有鋪稻草、吧檯邊沒有綁一頭山羊，還大失所望呢。」她輕蔑地想：什麼蘭森姆牧師嘛，好像她的珂拉會對某個頭腦遲鈍的神職人員和他臉頰肥嘟嘟的孩子感興趣！但別人對她朋友展現的善意總能贏得她的忠誠，因此她把最後一點蛋糕撥到查爾斯的盤子裡，頗為誠懇地說：「我真的很高興再次見到你們，在我們離開艾塞克斯郡之前，你們還有可能再來嗎？」

「很有可能。」查爾斯擺出高尚的受苦姿態。「我們預期到了那時候，已經有一個全新的物種被發現並解剖完成，準備好送進城堡博物館的西波恩廳了。」他朝妻子比了個小手勢示意他們該走了，接著伸手拿外套，一條手臂正穿到袖子裡一半時，突然說了聲「噢！」並轉頭看著珂拉嘻嘻笑。「我們怎麼能忘了呢！妳有沒有聽說有隻奇異的野獸，把本地人嚇得夠嗆？」

凱瑟琳笑著說：「查爾斯，不要鬧啦，那只是某種玩得太過火的傳話遊戲而已。」

查爾斯掙扎著想把外套穿好，沒理會妻子的話。「這可是個科學之謎喔，把那恐怖的帽子放下來，仔細聽我說！大概三百年前，一條龍在此地西北方二十哩外的亨納姆村住下來。去圖書館打聽看看，他們會給妳看當時他們釘在小鎮周圍的傳單：農夫口述的親眼見證，還有一張圖畫，畫的是某種有皮革狀飛翼和利牙笑容的巨獸。牠以前會四處躺著曬太陽，啪嗒啪嗒地開合牠的喙（注意，是『喙』喔！），沒什麼人在意牠，直到有個男孩被弄斷了腿。在那之後不久，巨獸就消失了，但謠言始終不息。每當作物歉收或是發生日蝕，或是有大批蟾蜍侵襲，某個地方總會有人看到那巨獸在河岸邊，或是潛伏在村子裡的公用綠地上。現在聽好喔：牠回來了！」查爾斯一副得意洋洋的樣子，好像那野獸是他為珂拉親自生出來的，因此珂拉有點遺憾必須掃了他的興致，她說道：「噢，查爾斯，我知道，我聽說了！我們才聽到一番關於艾塞克斯郡大地震的演說，對不對，瑪莎？還包括地震如何震出河口裡的某個東西。我用盡全力才忍住，沒有立刻帶著筆記本和相機前往那裡親自瞧一瞧呢！」

凱瑟琳用一個吻安慰丈夫，平靜地說：「史黛拉．蘭森姆寫信來，一五一十地告訴我們事情經過。在新年那天，有個本地男人被河水沖上奧溫特的潮淹地，他的脖子折斷了。我想他是喝醉後被潮水捲走，但整個村子都強烈反對。有好幾個人說在岸邊看過巨獸，有人還發誓午夜時看到那巨獸沿著黑水河往上游移動，眼中殺氣騰騰。好了，查爾斯，你說對了：你看過誰這麼興奮的嗎？」

珂拉在座位上像個孩子般動來動去，還拉扯一綹頭髮。「就像是多年前瑪麗．安寧的海龍！每六個月就會有一篇論文發表，羅列出已滅絕的動物可能仍然以什麼樣的方式生活在哪些地方——想像一下，只要想像一下，要是我們能在艾塞克斯郡這麼無趣的地方碰上一隻這樣的動物該有多好！再想像一下這可能代表什麼意義：這進一步證明了我們生活在一個古老的世界，於我們有恩的是自然的進步，而不是某種神祇——」

「唔，這我不清楚。」查爾斯說：「不過對妳來說肯定是很有趣的。如果妳去奧溫特的話，一定要叫蘭森姆夫婦帶妳看他們自己的『艾塞克斯之蛇』：教區禮拜堂的一座長椅上，有條長著飛翼的蛇沿著扶手往上爬，不過自從最近傳言有人看到巨獸之後，這位好教區長就揚言要拿鑿子把它給挖掉。」

「就這麼說定了，」珂拉說：「寫你的信吧，要寫多少封就寫多少封：我們願意為了一條海龍忍受一百個牧師的注意，對不對，瑪莎？」三個女人走到店外的高街上，讓查爾斯去買單，並且用豐厚的小費來安撫自己的良心。雨已停了，斜陽將聖尼古拉教堂的影子投映在她們的去路上。凱瑟琳朝對街她旅館的寬闊白色立面比了個手勢。「我馬上就上樓，找一些有印抬頭的信紙，然後警告他們妳會帶著滿腦子倫敦想法和不得體的大衣登門叨擾。」她輕拉珂拉的袖子，說：「瑪莎，妳不能處理一下這個嗎？」

由於打扮成這副邋遢模樣的樂趣所在，有一半正是惹得朋友嫌惡，珂拉豎起衣領擋風，像男孩般斜戴著帽子，然後把兩根拇指插在腰帶裡。「身為寡婦的美妙之處在於，妳其實再也沒義務當個女人了——查爾斯來了，看得出來他需要喝他晚上的那杯酒。謝謝你們兩位，親愛的。」她親吻他們，握著凱瑟琳的手時用了太大的力道。珂拉很想多說一點，解釋她這些年的婚姻生活是如何大幅降低她對快樂的期待，以致於能夠捧著一杯茶坐著，不必去想福里斯街的窗簾後頭還有什麼在等著她，簡直就像是奇蹟。她微笑道別，腳步輕快地穿過馬路走向紅獅旅店，好奇她在窗口看到的是不是法蘭西斯的臉，以及法蘭西斯見到她會不會開心。

查爾斯．安布羅斯
加里克俱樂部
倫敦WC區

二月二十日

親愛的威爾：

相信你一切安好，希望我們很快能再見到你。凱瑟琳要我轉告史黛拉說，她的大理花長得很好，不過開出來是藍色而不是黑色——也許是因為土壤的關係？

我寫這封信是為了向你介紹我們的一位摯友，我認為她與你們兩個見面能獲益良多。她是麥可．西波恩的遺孀，麥可今年年初去世了（你或許還記得曾為他禱告，祈求恢復健康，但顯然全能的神另有安排）。

我們和西波恩太太已有多年交情，她非常特別，我認為她具備超凡的、甚至可說是陽剛的智慧：她算是個博物學家，凱瑟琳告訴我，這在上流社會的女子間是最新風潮。看起來這種行為無傷大雅，而且似乎在巨大的傷痛期過後帶給她一些快樂。

她最近帶著兒子和女伴來到艾塞克斯郡，要研究那裡的海岸（據我所知是關於沃爾頓內茲的化石鳥遺跡之類的），目前住在科爾切斯特。我自然對她說了「艾塞克斯之蛇」

的傳說，以及牠再度現身的謠言，還說了諸聖堂裡那幅奇妙的雕刻，她十分感興趣，打算一探究竟。

如果她來奧溫特，也許你和史黛拉能夠歡迎她一番？（以我對珂拉的了解，她現在應該已經在規劃行程了！）她允許我提供她目前的詳細地址，我附在底下，連同我們最誠摯的祝福——

您最忠實的

查爾斯．亨利．安布羅斯

3

奧溫特教區的教區長威廉．蘭森姆牧師把信收回信封裡，若有所思地將它立在窗台上。他想起查爾斯．安布羅斯時總是忍不住微笑：那個男人對於交朋友有用不完的興致，通常是出於真實的好感，但絕對不是每次都這樣，他會這麼喜歡一個寡婦一點都不令人意外。然而儘管唇邊帶著笑意，這封信卻讓牧師不安。倒不是這裡不歡迎新訪客，只是信裡的一兩個詞彙（**上流社會的女子……陽剛的智慧……**）勢必會令任何勤勉的神職人員感到困擾。他能夠精確地想像那女人的模樣，就像信封裡附了照片似的：進入孤寂的人生最後階段，由幾碼長的塔夫綢和對新科學的半吊子熱情所支撐。她的兒子想必是牛津或劍橋大學出身的，身上會帶著某種不為人知的惡習，要不是讓科爾切斯特為之興奮，就是使那兒子根本不適合跟人好好相處。那女人大概靠水煮馬鈴薯和醋維生，希望拜倫勛爵的節食法能改善她的體態，而且幾乎絕對有盎格魯天主教[21]的傾向，會強烈譴責諸聖堂的聖壇上沒有擺一個精美十字架的事。在五分鐘之內，他就為珂拉添置了一隻惹人厭的玩賞犬、一個阿諛諂媚的皮包骨女伴，再加上有斜視的眼睛。

他唯一的安慰是奧溫特這個地方實在沒有任何風景可看，他無法想像上流社會的女人會不嫌麻煩地來這一趟，即使是百般無聊且愛管閒事的寡婦。每年春天都會有少數熱切的博物學家來到這裡，記錄經過海濱草澤的幾種海鳥，但就連這些鳥都往往是你能想像到最無趣的物種，泥巴色的羽毛跟周遭環境難以分辨，根本沒有人注意到牠們。奧溫特只有一間酒館和兩間商店，雖然村中的綠地偶爾會被視為全艾塞克斯最長的、甚至是最大的，但就算是對本地居民而言，它也乏善可陳。只有教堂具有奇妙特色，然而說實在的，對每一任的教區牧師而言，那個特色都讓人略微尷尬，除此之外，方圓五哩內唯一有趣的東西，是一艘快速帆船發黑的船身，當黑水河河口退潮時就能看見，每年秋收時，村中的孩子都會把船身裝飾一番，作為某種異教徒的儀式，而他也很盡責地表示反對。鐵路只鋪到村莊以西七哩處就停了，所以農民仍靠駁船把燕麥和大麥運到聖奧西斯的磨坊，接著再繼續送到倫敦販售。也許對奧溫特最大的讚美是，雖然它既不富裕也不美麗，但至少並不特別貧苦。可憐兮兮地向改變與衰敗屈服並不是艾塞克斯郡的作風，於是當廉價進口商品威脅到了大麥的產值，

21 盎格魯天主教（Anglo-Catholic）的信徒特點是注重禮拜儀式和各種裝飾品，例如聖餐祭袍、薰香、蠟燭等。

有一兩個佃農便改種葛縷子和香菜來試試手氣，還分攤承租一部脫粒機的費用，這機器不但使他們的產量有驚人的提升，還為整個村子帶來一股節慶的氣氛，孩子們聚在一起驚嘆它的龐大、它雷鳴般的巨響以及噴出的蒸氣。

威爾突然覺得心情一陣惡劣，為了抗拒把信封丟到火裡的衝動，他將信封藏在一張紙後頭，那張紙是今天早上他的小兒子約翰拿給他的。那是一張畫，畫的可能是長出一對翅膀的短吻鱷，不過也可能是一隻巨大的毛毛蟲正在吞食一隻飛蛾。男孩的母親深信這又一次展現了男孩的天分，但威爾不以為然：他想起自己的童年，他在筆記本上畫滿各種器械和裝置，複雜到才翻到下一頁他就忘了它們的用途是什麼，結果他有成就什麼大事嗎？

破壞他心情的，不光是一個可能無害的寡婦所構成的威脅，還包括最近在教區待著不走的麻煩。他仔細審視約翰的圖畫，這次他認為那是一隻逼近村子的有翼海龍。自從新年當天早上有人在黑水河草澤地發現一個溺死的男人——他渾身赤裸，頭部幾乎扭轉一百八十度，睜大的眼睛裡滿是驚懼——「艾塞克斯之蛇」就不再只是管束孩子的工具，而開始在大街上招搖過市。每逢星期五晚上，白兔酒館的酒客聲稱見過那巨獸，在潮淹地玩耍的孩子不需要催促就趕在天黑前回家，而威爾說破了嘴也沒辦法說服他們相信，那溺死的男人只是酒精和潮水的受害者。

他決定去繞著教區走一圈，藉此讓自己精神狀態好一點。他要沿路探望幾個人，隨時消除冒出頭的海龍謠言。他拿起帽子和大衣，書房門口傳來說悄悄話的聲音（孩子們被禁止入內，但他們沒有乖到不去試開門把），他大吼威脅要罰他們連續兩週只吃麵包配白開水，然後就照他的老習慣從窗戶溜出去。

那天的奧溫特恰如其名：堅硬的土地上結著霜，漆黑的橡樹緊抓著慘白的天空。威爾把雙手塞進口袋，邁步出發。他第一次跨進身後這棟紅磚屋的門檻時，這是棟新房子，史黛拉手捧著圓滾滾的肚子慢吞吞地沿著石磚路走來，喬安娜走在最後面，用牽繩牽著一隻隱形的寵物（她始終沒有說明那是什麼物種）。上下兩層樓都做了凸窗，讓人感覺大門兩側都有淺淺的角塔，大門上方有一扇彩色玻璃鑲成的扇形氣窗，每天下午都會捕捉到一小時的天光。穿過村子的街道就只有一條，從科爾切斯特以南開始一路延伸到小碼頭，現在碼頭邊停著一艘駁船。紅磚屋是這條街上最大的房子，有種明亮而堅固的氣息，與村子其餘部分完全不搭。威爾從來不認為這房子有什麼值得誇耀之處，除了隔熱和隔音效果不錯，以及有個大到可以讓孩子們一待就是幾小時的花園之外，但他知道自己很幸運了：他有的同事必須忍受似乎陷進地裡的房子，而且飯廳高處的牆角還長出大如男人手掌的真菌。

威爾來到他們稱之為高巷的街道上，這名字是為其稍微高出海平面致敬，他在高巷穿過公有地處向左走。有幾頭綿羊無精打采地在奧溫特橡樹下吃草，據說這棵橡樹曾為效忠叛徒查理一世的部隊遮蔭，看起來黑到像是被燒成焦炭。橡樹的低枝被自己的重量壓得下垂，向下彎之後戳進地裡，過了一陣子又豎起來，於是到了春天，這棵樹看起來便像是被樹苗給圍繞一般。向下彎的樹枝形成座椅，夏天的時候情侶會坐在那裡，威爾此刻經過時，有個女人攤開紅裙子，拋出一些碎屑餵鳥。過了橡樹之後，離馬路稍遠的一道生苔的牆壁後頭，是有一座樸素塔樓的諸聖堂，那座教堂一如往常地在呼喚著他：他真的應該去那裡，在光禿禿的冰冷長椅上坐一會兒，等待他的火氣冷卻，可是搞不好有人在陰暗處等著他賜福或譴責。過去一年裡，隨著「艾塞克斯之蛇」的到來，村民就愈來愈需要占用他的時間。而他偏好把那稱之為「禍害」，因為他不願意給謠言取正式的名字。村民全都覺得自己受到審判，當然是罪有應得的，而只有威爾能解救他們（對此多半無人明言，至少在他面前）；但是他能提供什麼安慰的言詞，而又不致於同時證實他們突如其來的恐懼呢？他做不到，就像他也不能對夜裡經常驚醒的約翰說：**你和我在午夜時一起去殺掉住在你床底下的怪物吧**。建立在欺騙上的安慰，哪怕立意再良善，都承受不住第一個打擊。再說明天是主日，太陽升起後有得是時間花在講道壇和長椅上。現在他迫切地想要面對潮淹地、讓自己體內充滿空氣，他幾乎跑了起來。

他經過白兔酒館（「親愛的曼斯菲德，你應該很清楚，神職人員是不能進去的！」），經過窗台上擺著一盆盆仙客來的整齊小木屋（「謝謝妳，她很好：感謝上帝，她的流行性感冒痊癒了……」），跑到高巷往下傾斜通往碼頭的那個地方。當然啦，那其實稱不上是碼頭，只是在黑水河上的一個小水灣用石頭堆出一道屏障，似乎從來就只能維持一季，每年春天都得再用手邊的材料重做一遍。亨利・班克斯平時總開著駁船鬧嚷嚷地在河口來來回回，用一袋袋玉米和大麥作掩護，把不知道什麼東西運送到不知道什麼地方去，此刻他盤腿坐在甲板上修補船帆，凍僵的手跟帆布一樣紅。他看見威爾，招手要威爾靠近，說：「牧師，她還是沒有蹤影，還是無影無蹤啊。」一邊悲傷地抽出隨身酒瓶。班克斯好幾個月前遺失了一艘划艇，保險公司拒絕理賠，理由是他沒有把船固定在碼頭上，因為他當時可能喝醉了。班克斯非常心痛，告訴每個願意聽的人說，小船是在夜裡被默西島的採蠔人偷走的，他說自己一向很誠實，要是葛蕾絲還活著，願她安息，她會為自己作見證的。「還是沒看到嗎？我很遺憾，班克斯。」威爾真誠地說：「遭受不公正是令人最難忍受的了。我會替你留意。」他拒絕來一小口蘭姆酒，憂傷地朝自己的領圈比了比，然後繼續走——經過碼頭，低低的河水始終在他右邊，前方微微傾斜的坡道上有一排光禿禿的白蠟樹，看起來好像許多插在地上的灰色羽毛。過了白蠟樹後就是奧溫特的最後一棟房屋，就他記憶所及，村民一直稱之為「世界盡頭」。房屋彎曲的牆壁用苔蘚和地衣固定在一起，而且多年來又增添了單坡頂的棚子和附屬建築，整體尺寸大了一倍，看起來簡直像一隻會吃堅硬泥土的生物。房屋周遭的土地有三邊用圍籬圍住，第四邊直接通到海濱草澤，草澤地再過去則是一段淺色的泥巴，泥巴上布滿縱橫交錯的細流，在微弱的陽光下閃著寒光。

當威爾靠近「世界盡頭」時，唯一的住戶幾乎完美地與身後的牆壁融為一體，以致於當那人向前現身時，感覺就像施展魔法。克萊克尼爾先生似乎是用和他家一樣的材料做成的：他的大衣像苔蘚一樣綠，也差不多一樣潮濕，鬍鬚像從屋頂上掉下來的陶土瓦片一樣紅。他右手握著一隻鼴鼠的灰色小身軀，左手拿著一把折疊刀。「牧師，退後一點，免得弄髒你的大衣。」他說，威爾照辦，看到沿著圍籬上掛了至少十幾隻鼴鼠；但那些鼴鼠都被剝了皮，牠們的皮像個影子垂在下半身。那與孩子的手極為相似的蒼白腳掌，盲目地伸向土地。威爾仔細察看離他最近的屍體。「真是大豐收啊，一隻賣一便士？」儘管人類對動物有支配權，他卻始終忍不住喜歡這些穿著絲絨外套的小紳士，因此他希望農夫的消耗戰能夠以更仁慈的方式結束。

「沒錯，一隻一便士，而且幹這活兒還可以讓人暖和起來。」他把動物放平，靈巧地在手腕和腳踝各劃開一圈。

「我已經當了二十年的奧溫特人，你們的習俗還是讓我驚訝。除了用被屠殺的同類來嚇跑牠們，難道就沒有更好的方法阻止鼴鼠偷吃作物嗎？」

克萊克尼爾皺眉。「噢，我有我的目的，牧師，這你是知道的：你看得出來我有我的目的！」男人開心地將食指滑入肉和皮之間，試探他能多輕易地將皮肉分離。「我知道在某些地方，人家不把我當作所謂完整的先令[22]，倒不是說我最近有看到過先令啦，我只要偶爾拿到一便士就很滿足了……」說到這裡他停頓一下，毫不掩飾地看向威爾的口袋，然後又低頭幹活，「而你這位上帝的使者卻站在那裡，問我有沒有什麼目的！」

「我感覺到了，」威爾嚴肅地說：「就像憑著本能一般。」把皮從肉上撕開的聲音像是撕紙。克萊克尼爾舉起他的手工藝品，對自己的技巧很滿意，一縷蒸氣從熱騰騰的赤裸屍體飄進冷空氣裡。

「嚇跑牠們，沒錯——」克萊克尼爾愉快的心情被破壞了，他忙著拿起一段鐵絲，穿過鼴鼠粉紅色的鼻子，從一邊鼻孔穿到另一邊鼻孔，然後繞著圍籬的柱子捆了三圈。「他說嚇跑牠們！不過我嚇跑的到底是什麼，我敢說不管是現在或是之後可能都沒人知道，等有個聲音哭著哀悼我們的孩子，因為他們都不在了，我們得不到安慰……[23]」他握著鐵絲的手微微顫抖，威爾驚恐地發現老人的下嘴唇也在發抖。威爾出於所受的訓練以及本能，直覺反應是提供安慰的話語，但他緊接著閃現惱怒的情緒。原來這個老頭也屈服於將全村耍得團團轉的那個光線把戲了！威爾想到女兒驚恐地哭著跑回家，害怕可能沿河而上偷襲他們的怪物，也想到有人偷偷在奉獻箱裡放紙條，要他鼓吹大家懺悔把審判帶到家門口的罪惡。

---

22 不是完整的先令（not the full shilling）為形容人腦袋不正常的慣用語。

23 此處改寫自《馬太福音》第二章第十八節：「在拉瑪聽見號咷大哭的聲音，是拉結哭她兒女，不肯受安慰，因為他們都不在了。」

「克萊克尼爾先生……」威爾的語氣輕快，或許帶一點幽默感，想讓他明白除了漫長的冬天和遲緩的春天之外沒什麼好怕的。「克萊克尼爾先生，我或許沒有主教的權威，但我還能分辨引用錯誤的經文。我們的孩子跟以前一樣，沒有面臨任何危險！你的理智到哪裡去了？你把它怎麼了？」他伸出手，裝模作樣地拍拍老人的口袋。「你該不會要告訴我，你把這些可憐的動物吊起來，是為了嚇阻某種……某種謠傳住在黑水河裡的海蛇吧！」

克萊克尼爾被他逗笑了。「牧師，你竟然會提到我的理智，真是有紳士風度，因為大家都不認為我擁有理智這種東西呢。」他憐愛地拍了拍被剝了皮的鼴鼠背部。「儘管如此，我從以前到現在都認為，寧可過度小心也不要一個不小心；而如果有人或動物想要接近『世界盡頭』這裡，我的小稻草獸會讓他們猶豫一番。」他用拇指比向住處後方，那裡綁著一對山羊，正賣力地嚼著一圈草。「你知道吧，我有歌革和瑪各[24]陪我，牠們還會供應好心的蘭森姆太太喜歡的羊乳和乳酪，我可不會冒險失去牠們！我不會！我不要一個人被留在這裡！」他又發抖了，不過這次威爾覺得他比較有理由發抖。威爾在三年內與克萊克尼爾一起站在墳邊三次：先是他的妻子，再來是姊姊，再來是兒子。

威爾摟著老人的肩膀。「你不會一個人被留在這裡的。我有我的羊群，你有你的羊群，而同一位『牧羊人』在看顧著牠們。」

「也許是吧，謝謝你啦，但我明天還是不去讓你的教堂大門蒙上陰影了。牧師，我要嚴正聲明立場：全能的神帶走了克萊克尼爾太太之後，只能湊合著不把我也帶走，你還記得我這麼說過吧，

24 歌革和瑪各之名可見於許多古代宗教典籍中，以各種形象出現。

管他要上『高』山還是下油鍋，都別想勸阻我。」

他現在像個倔強的孩子般擺出頑固的表情，這比快要哭出來的表情要好太多了，威爾努力憋住笑，又想起跟上帝談條件的代價，轉而嚴肅地說：「你聲明了你的立場，而我沒有權利介入某人和他許下的諾言。」

在外頭的潮淹地那裡，河水悄悄漫向房屋，漸漸西沉的太陽很冷。從奧溫特越過草澤地朝外遠眺，不會看到黑水河對岸的其他村莊，而是看到河口與北海相接處的寬闊海平面。威爾看到一艘返航的漁船亮起燈光，想到了史黛拉：她現在應該已經累了，那雙小手為了孩子忙個不停，而此刻她拉開窗簾、越過「叛徒的橡樹」張望，想看到威爾返家的身影。威爾渴望回到史黛拉身邊，也渴望聽到孩子們在書房門口發出的聲音，突然對這棟陷進土地的苔蘚屋生出一股厭惡，但這時他記起克萊克尼爾在墓園把一鏟土拋到小小的松木棺材上的畫面，又不禁在柵門邊多站了一會兒。「再待一下，牧師，」克萊克尼爾說：「我有東西要給你。」他再次被房屋側面吸了進去，片刻之後現身，拎著一對剛抓到的、眼睛很亮的漂亮野兔，把牠們塞給威爾。「替我問候蘭森姆太太，她需要為懷孕的那幾年補充體力，克萊克尼爾太太說懷孕會讓血液變稀。」

贈予的快樂讓他容光煥發，威爾殷勤地接過來，感覺喉嚨緊緊的。他說這兔子能做成很棒的派，剛好是小約翰的最愛，然後他像是想設法回報似的，模仿農夫的作風把兔子掛在腰帶上，並說：「克萊克尼爾先生，告訴我你看見了什麼，因為我想不出該相信誰，或什麼時候該相信他們。有個可憐的男人溺死了，可是在冬天裡，溺水畢竟不是那麼罕見的事。我聽說有一頭綿羊被開膛剖肚，但狐狸也要活命啊，而他們說在夜裡失蹤的孩子，隔天早晨就在一個織品櫃裡找到了，還正在吃她母親的甜食。班克斯從聖奧西斯和莫爾登開著駁船帶回奇異的消息，但你我都知道他是個騙子，不是嗎？然後家家戶戶的門口和酒館外頭也有人在竊竊私語，說普安特克利爾有艘船上有個嬰兒被擄走了，不過白天這麼短又這麼冷的季節，有誰會帶嬰兒出海？告訴我你親眼看到了值得害怕的東西，或許我會相信。」他定定地看著老人的眼睛，老人不太敢迎向他的目光，而是越過他的肩膀瞄著後方空無一物的海平面。

威爾知道沉默的價值，堅持不開口，過了一會兒，克萊克尼爾又是嘆氣、又是聳肩、又是拿著刀子裝忙，說道：「重點不是我『看見』什麼，而是我『感覺到』什麼；我看不到空氣，但我感覺得到它進來和出去，並仰賴它生存。我『感覺到』有東西要來了，遲早會來，記住我的話。如你所知，它曾經來過，而它會再來，如果不是在我的有生之年，就是在你的有生之年，或是你孩子的有生之年，或是你孩子的孩子的有生之年，所以我會做好準備，牧師，而恕我直言，我建議你也這麼做。」威爾想到教堂裡那個古老傳說遺留下的雕刻物，再次希望他到任的第一天早晨，就拿榔頭和鑿子把它除掉。

「我一向對你寄予重望，克萊克尼爾先生，我會繼續這麼做的。也許你可以把自己當作是奧溫特的守望者，駐守在『世界盡頭』這裡，在你的花園裡樹立一座烽火台來示警。願耶和華使他的臉光照你，不管你想不想要！」威爾說，講完這句俏皮的祝福話之後，他便轉身回家了。

他想像自己走得比夜晚稍微快一點，所以他或許能比黑暗早一步抵達家門口。克萊克尼爾的稻草獸和顯而易見的恐懼讓他有點遲疑，不是因為他認為黑水河裡有什麼反常之物躲在那裡伺機而動，而是因為他覺得自己的教區竟然屈服於這種邪惡的迷信，簡直是他的失職。沒人對那東西的尺寸、外型或來源有共識，但大家似乎一致贊同牠偏愛河水和清晨。沒有人目擊任何攻擊事件，但自從夏末以來這幾個星期，每個走丟的孩子和每條骨折的手腳，都被算在那個神龍見首不見尾的生物頭上。他甚至聽過一個說法，說那怪物的尿液汙染了費托維爾的打水幫浦，害三個人在跨年夜染病身亡。他抗拒著史黛拉溫和的提議，沒有在講道壇上直接提起這個話題，而是選擇輕巧地避談「禍害」，即使當他發現每個星期天早晨，會眾都很有默契地避免坐在有蛇雕刻的那條長椅上，好像靠近它就會賦予他們的恐懼生命似的，他還是忍住沒有開口。

夜晚緊跟在後，他繼續走，中途曾回頭一次，看看白色月亮頂著坑坑疤疤的臉升上天空。蘆葦間的風變強了，發出憂傷的單音，威爾感覺肋骨後頭心跳加速，很像是恐懼，不禁笑了：瞧，僅僅因為一個影子就臉色大變是多麼容易的事。如果事實證明要忽略「禍害」是不可能的，或許聰明的做法是乾脆利用它，要讓人心確實轉朝永恆，很少有東西能比得上恐懼。奧溫特的燈光出現在前方，他的兒女就在其中某處等待著。他們的身體很實在、溫暖、散發肥皂香，每個人都像他兒時一樣，臉頰白皙而細嫩，完全真實，無可抵賴，沒有一刻安靜或靜止不動，所以沒有影子能關住他們——他感到一股喜悅沖上心頭，不禁低低地吶喊一聲（這是不是也在示警或挑戰，以免附近有隻野狗在遊蕩？），然後跑了半哩路回家。約翰在等他，穿著白色睡衣單腳站立在柵門門柱上。看到威爾時，他吼道：「我的預感成真了！」並且把臉埋進父親的大衣裡。他感覺到兔毛拂在脖子上，便說：「你真的帶了隻寵物給我！」

珂拉．西波恩
轉交地址為紅獅旅店
科爾切斯特

二月十四日

親愛的小惡魔！

你好嗎？你穿得夠不夠暖？有沒有好好吃飯？你的刀傷怎麼樣了，癒合了嗎？我真想看一看。傷口很深嗎？你一定要讓手術刀保持鋒利，頭腦則要更清晰。噢，天啊，我好想你！

我們很好，瑪莎要我代她——噢，你不會相信的，對吧？法蘭西斯完全沒有要我問候你，不過我想如果你來這裡，他是不介意再見到你的，而我們大家所能期望的也不過如此了。你會來嗎？這裡很冷，但海風很舒服，艾塞克斯郡根本沒有別人說的那麼糟。

我去了沃爾頓內茲和聖奧西斯，還沒有找到我的海龍，甚至連一點海百合都沒找到！但你知道我不會輕言放棄的。這裡的五金行老闆覺得我精神不正常，他賣給我兩把新榔頭和一種可以把榔頭掛在上面的絨面革腰帶。瑪莎說我從來沒有像現在這樣看起來這麼怪或這麼醜，但你知道我一向認為美貌是種詛咒，我非常樂意完全擺脫。有時候我會忘記我是個女人，至少我會忘記以女人自居。現在所有與女性相關的義務與舒適似乎都和我無關了。我不確定我應該如何表現，也不確定就算我知道，自己是否會遵守規範。

說到特立獨行：你絕對猜不到當我們在高街上尋找一個文明的地方等雨停時，是誰向我們搭訕？查爾斯．安布羅斯，看起來就像一群鴿子中的鸚鵡，穿著他的絲絨外套跑來跑去！他堅持我需要一個艾塞克斯朋友，以防我在淤泥灘上摔斷手腳，或發生更糟的事（他告訴我有隻惡獸在肆虐黑水河，不過等我下次見到你再對你細說從頭吧）。他揚言要介紹我認識某個鄉下牧師，雖然我有點心癢想要接受他的提議，純粹為了嚇一嚇他想到的那個可憐老兄所帶來的樂趣，但其實我寧可自己摸索就好。**親愛的，你願意來嗎？**我好想你。我不喜歡沒有你在身邊，我不認為自己該當如此。

愛你的，

珂拉

路克．蓋瑞特醫師
本東維爾路
倫敦N1區

二月十五日

珂拉——

手好一些了，謝謝。這次的感染很有用，我試用了新的培養皿，做了一些細菌培養。我想妳會喜歡的，它們是藍色和綠色的。

可能下星期會跟史賓塞去一趟，到時候見。如果可以的話，先擋著別讓雨下下來。

路克

又及：嚴格說來，上一封信算是情人節卡片吧。別想抵賴。

4

在科爾切斯特以東五哩，珂拉走在綿綿細雨中。她出發時沒有預設任何目的地，也沒考慮要怎麼回家，只想離開紅獅旅店那個寒冷的房間。法蘭西斯在房間裡把枕頭割開了，好取出裡頭的羽毛來計算數量。她和瑪莎都沒辦法解釋他為什麼不該這麼做（「是沒錯，但妳可以付錢買下來啊，那樣一來它們就都是我的了……」），而與其聽兒子不厭其煩地加總，她乾脆用皮帶束緊大衣跑下樓（她關上門時正加到一百七十三）。瑪莎聽到她喊著：「我會在天黑前回家，我有帶錢，我會找人送我回來。」只能一邊嘆氣一邊回去陪伴男孩。

才走了半小時，科爾切斯特已經漸漸消失在她身後，她選擇往東走，幾乎說服自己在她感到疲累前，能走到黑水河河口。她繞過一座村莊：她既不想被看見也不想被搭話，她更偏好沿著橡樹林邊緣延伸的那些長滿雜草的小路。來往的人車稀少而緩慢，沒人多看一眼靠邊走的那個女人。雨勢變大時，她往樹林深處鑽，抬起臉望著毫無特色的天空。那是清一色的灰，沒有變動的雲或突然綻開的藍天，也完全不見太陽的蹤跡：天空是一張未經書寫的紙，光禿禿的樹枝在它的映襯下顯得很黑。那景象理應看來陰鬱，但珂拉只看到美麗——樺樹褪下樹皮，看起來就像一片片的白布，她腳下的濕樹葉踩來滑溜。鮮豔的青苔到處占地為王，濃密的綠毛裹住樹木的腳，橫陳在小路上的斷枝也覆著薄薄的苔蘚。她被纏有白色羊毛和末端呈現灰色小羽毛的刺藤絆倒兩回，對著那植物發出無心的咒罵。

她突然醒悟到，那白色天空下的所有東西都是由同樣的物質構成的，不太算是動物，但也不只是泥土：當你把樹枝從樹幹上削下來，會留下鮮明的傷口，而她經過時，若是看到被砍斷的橡樹和榆樹殘幹在陣陣搏動，也不會意外。她笑著想像自己是其中一部分，靠在一根樹幹上，邊聽著歌鶇的嘰嘰喳喳邊舉起一條手臂，好奇會不會看到鮮綠的地衣在她指間的皮膚畫上斑點。

它一直都在這兒嗎？這片她把腳踝以下陷入其中的美妙黑色土壤，這些為她腳邊的樹枝鑲上花邊的珊瑚色真菌？鳥兒一直都在歌唱嗎？雨是否一直都這麼輕柔，彷彿她可以住在裡頭？她猜想確實如此，這些事物從來就不曾離她的房門太遠。她猜想一定曾有另一段時間，她一個人對著潮濕的樹皮發笑，或在四下無人時驚呼蕨葉舒展的過程是多麼精巧，但她不記得是什麼時候了。

過去幾週並不總是這麼快樂。她偶爾會想起自己的悲傷，有時連續很長的時間，她必須教自己如何再度呼吸，那種時候她會感覺肋骨後方開了一個洞。那是一種耗費元氣的感覺，好像她跟那個死去的男人共用某個重要器官，而現在那器官因為濫用而慢慢萎縮。在那些寒冷的時刻，她想起的不是坐立不安的那幾年，她在那幾年從未成功判斷丈夫的情緒，或繞過他傷害自己的手法；她想起的是他們剛在一起的最初幾個月，也就是她的青春年代的最後時光。噢，她愛過那男人——沒有人能愛得更深了：她當時太年輕，難以抵擋這樣的愛，像是被一點烈酒給灌醉的孩子。那男人被銘印在她的視線中，就像是看了太陽之後再閉上眼，發現黑暗中有個針孔般的光點徘徊不散。那男人是如此肅穆，以致於當她輕浮的舉止逗笑了男人，她感覺自己像是號令大軍的女皇；男人是如此嚴肅，如此疏遠，以致於男人第一次擁她入懷時，她感覺像贏得一場戰役。她當時並不知道，這些都是常見的騙子慣用伎倆，先讓她小贏一局，之後再徹底摧毀她。在接下來幾年裡，她對男人的恐懼非常近似於她的愛——伴隨著同樣快速的心跳，同樣破碎的夜晚，同樣警覺地留意他在走廊的腳步聲——

這恐懼也讓她陶醉。沒有別的男人碰過她，所以她分辨不出承受痛苦與承受愉悅的機率一樣高，是多麼奇怪的一件事。沒有別的男人愛過她，因此她無從判斷男人突然收回的認可，是否和潮汐一樣正常、一樣無可挽回。等她想到應該離婚時，已經太遲了：到了那個階段，法蘭西斯連調整一下午餐時間都難以忍受，任何變動都可能危及他的健康。再說，男孩的存在，包括他令人困擾的儀式和難以理解的脾氣，給了珂拉人生中唯一一種她沒有絲毫困惑的感知：法蘭西斯是她的兒子，她知道自己的責任；她愛法蘭西斯，有時候她懷疑法蘭西斯也愛她。

無力的風暫時止息，橡樹林默不作聲。珂拉回到了二十歲，她的兒子雙手握拳、哇哇大哭地來到這個世界。她們想從她身邊把孩子抱走，用白布包起來，而她狂吼著阻止她們。孩子盲目地從肚子爬到胸前，有力地吸吮，接生婆看了都讚嘆不已，說他真是個好孩子，也是個聰明的孩子。當時他們一定互看了有好幾小時之久，孩子的眼睛專注地盯著她，那眼珠顏色像是夜晚朦朧的深藍。她心想：**我有盟友了，他絕對不會放開我的**。日子一天天過去，她感覺自己從中間裂開，那是永遠不會癒合的傷口，而她也永遠不會後悔：因為兒子的關係，她的心將永遠曝露在風吹日曬中。她用許多奉獻的小動作來崇拜兒子，讚嘆地欣賞兒子美妙的腳，腳上的皮膚像薄薄的絲布包住靠墊。她花費數小時用指尖輕撫那小腳，看著兒子愉快地張開腳趾——他竟然能感到愉快！自己竟然能讓他愉快！兒子蜷起的手像是被太陽曬暖的鳥蛤殼，她用嘴唇含著那小手。兒子令她好驚奇，那些小手、那些小腳，包含了太多太多。但是才過了幾星期，心扉就合上了，那雙眼睛變得陰沉，她有時候這麼覺得。如果她餵兒子喝奶，這似乎讓孩子感到痛苦，或至少感到一股難以控制的怒氣；如果她抱著孩子，孩子會掙扎、扭動，用拇指上尖銳的小指甲劃傷她的眼皮。他們互相愛慕的日子似乎變得很遙遠、難以想像，自己的愛二度遭到拒斥讓珂拉不知所措，她出於羞愧而開始隱瞞那段時光。對麥可來說，她的失敗是一種好笑的事，麥可說從自己的孩子身上獲取樂趣畢竟是一種粗俗之舉，她最好還是把孩子留給保姆和家庭教師去管教。幾年過去了：她學會了兒子的那一套模式，兒子也學會了她的那一套模式。如果說他們之間的關係，一點都不像她在別的母親和她們兒子之間看到的那樣，有種無拘無束的親暱，這種關係卻是可行的，而且他們就是這樣的關係。

她繼續走，雖然冷雨和黑土應該會讓她心情低落，她卻召喚不出寡婦的悲傷。某種咕嚕聲從她喉中湧上來，化作不知羞恥的隆隆笑聲衝出口，嚇得沉默的鳥兒都說起話來。她當然覺得羞愧，不過已經習慣感覺自己生活在一種丟臉的狀態裡，也相當確信她對所有人隱瞞了自己愈來愈開心的事實，除了瑪莎以外。（瑪莎現在想必正臭著臉坐在咖啡店裡，逃避法蘭西斯最新沉迷的事物，要不就是對紅獅旅店的老闆施展迷人魅力來打發時間。）想到她的朋友，珂拉的笑聲退去，她稍微抬起雙臂，想像看到瑪莎從滴著水的樹底下朝她走來。夜裡她們背對背躺在薄薄的被單下，縮起膝蓋來禦寒，有時候轉身喃喃說兩句突然想起的閒話或道聲晚安，有時候醒來時發現自己被摟在臂彎裡。這單純的關係在其他事物把珂拉撞得七葷八素時支撐住她，如果瑪莎擔心現在珂拉的處境比較穩固了，就不再需要她了，那她可是想錯了。

走到第八哩路，珂拉有點累了，她發現自己來到一座微微隆起的坡地上，樹木從這裡開始變得稀疏。細雨停了，空氣清新，由於沒有任何陽光穿透低低的白色天幕，世界充滿濃郁的色彩。舉目四望，去年留下的一叢叢泛紅的羊齒植物都閃閃發亮，在它們上方是茂密的荊豆叢，其間開著早生的黃色花朵。一小群臀部潑上紫色墨水、看起來挺茫然的綿羊暫停吃草，抬頭看了看，然後聳聳肩又低下頭去。她現在站的小路是鮮豔的艾塞克斯郡黏土路，沿著坡道再往下一些有棵倒塌的樹，樹身已被厚厚的鮮綠色苔蘚占據。場景的改變有如高度的變化：她屏住呼吸，暫時停頓了一會兒去適應。在寂靜中，有個奇怪的聲音傳到她耳邊：有點像孩子的哭聲，不過是年紀大到懂得哭不能解決問題的孩子。她聽不出任何語句，只有奇怪的噎住、嗚咽的聲音，有時候會安靜一下，然後又響起來。接著另一個聲音加入了，這次是男人的嗓音，低吟、有耐性、深沉，也沒有確切的語句，不過她更仔細聽後覺得倒也未必：**好了……好了……好了……**接著停頓一下，在此其間她心如擂鼓，雖然事後她聲稱自己從頭到尾都不害怕——男人的嗓音再度響起，只不過這次音調比較高，嗓音也比較粗。珂拉不太能推測他說了什麼話，但覺得在焦急的催促聲中夾雜著「噢，該死！去你的！」。然後只聽到某個重物撞擊某個軟東西的聲音，接著是另一聲微弱的、噎住的叫聲。

聽到這裡，她拎起太長的大衣，衣襬已因沾了泥巴而變重，然後她循聲而去。黏土路翻過這小山丘再往下，從高聳的淺綠色樹籬間穿過，樹籬上長著歪七扭八的黑色種莢，在她經過時被碰得沙沙作響。再往前走一點，她看到一畝鏽紅色羊齒植物鋪展在眼前，幾頭綿羊在地上找草吃。她左邊有一座淺湖，湖畔有一棵光禿禿的橡樹。湖水混濁滿含泥巴，水面被雨絲刺出斑斑點點。這裡沒有長蘆葦，湖岸邊也沒有鳥忙著覓食。這裡毫無特色可言，除了在離她較近的岸邊有個男人正彎著腰，跟某個淺色的東西在搏鬥，那東西的動作很激烈，同時又發出另一聲微弱的叫聲。那聲音讓她吃驚又作嘔，而且那種可悲的懇求動作有種熟悉感，以致於當她加快腳步開始用跑的，原本希望自己是用迫切的語氣說「停止！住手！」，說出口卻成了歇斯底里的尖叫。

男人可能聽到了她的叫聲，也可能沒聽到：他既沒抬起頭，也沒有停止正在做的事。他的嗓音又壓低到珂拉剛開始聽到的奇特低吟，只不過如今在珂拉看來這令人驚駭莫名，因為他竟能在製造重大傷害的同時又表現得如此溫柔。當珂拉愈靠愈近，她發現男人的雙腳牢牢地踩在泥巴水裡，身上那襲深色冬季大衣背後濺滿泥巴。即使隔著一段距離，她仍看得出男人的模樣邋遢而粗獷：他全身都髒兮兮的，從濕透的衣服厚布料到垂落在衣領上的潮濕鬈髮。她心想：如果那些古老的故事是真的，人類一開始是由一把塵土做成的，那麼這就是亞當本人了：渾身是泥，形體不全，不具備完整的說話能力。「你到底在幹什麼？住手！」聽到這話，男人半轉過身來，珂拉看到他頂多只有中等身高，身材粗壯。他臉上的幾抹泥巴給人滿臉鬍鬚的印象，在髒汙間是一對盯著她看的炯炯眼睛。他也許有六十歲了，也可能才二十歲。他的袖子捲到肘部，前臂肌肉粗壯。他彷彿判定珂拉既不會幫忙也不會妨礙他，便聳聳肩，轉回身繼續做他的事。最令珂拉憤怒的莫過於遭到藐視了：她氣惱地喊了一聲，跑過剩下的幾碼距離。來到水邊之後，她看到在男人身體下掙扎的是一頭在淺水中扭動的綿羊，鬆了口氣：不管她原本想像的是什麼駭人聽聞的場面，都不是這個。

綿羊朝著新來的人翻了翻愚笨的眼珠，然後長聲咩叫。牠從腰部以下都被泥巴弄黑了，後腿一陣亂蹬，又設法讓自己陷得更深一點。男人右手臂勾在綿羊的左前腿底下再繞過背部，試圖用左手抓住羊的側腹，這樣比較好把羊拖到安全的地方，但男人的腳在滑溜的泥土中踩不穩。男人的動作嚇到了綿羊，牠暫時閉上眼睛，彷彿無奈地接受自己的生命來到盡頭，接著牠咩叫一聲再度掙扎起來，左前腿向外一甩，踢中男人的臉頰。男人慘叫一聲，珂拉看到泥巴面具底下裂開一道傷口。

看到血把珂拉從恍神狀態中喚醒了，她說：「我來幫忙。」男人喘吁吁地哼了一聲表示同意。珂拉心想：**男人真是愚蠢！**她已經在琢磨該怎麼向朋友說這故事，才能發揮最好的娛樂效果。綿羊再次癱軟下來，嘆氣般長長呼出一口氣，在空氣中形成羽毛狀的白煙，容許男人用兩條手臂環抱住牠的背。一人擁著一羊同時往泥裡陷去，男人扭回頭憤怒地張望，說：「嗯，快點啊！」這麼看來他並不是個蠢蛋，不過講話帶有艾塞克斯郡獨特的拖長母音口音。珂拉朝她的皮帶伸手，那是給男人用的寬皮帶。她的手指僵硬而遲緩，笨拙地解著扣環，同時嘆氣的綿羊又往下滑了幾分。然後她抽出皮帶，衝向前把皮帶套在綿羊背上，讓它卡在綿羊前腿底下的凹處，形成某種轡頭。男人鬆開手，拉了拉珂拉手中的皮帶，綿羊感覺失去了支撐力，驚慌起來，牠猛然一掙，把珂拉拖進泥巴。男人毫不關心珂拉，只粗聲說「起來！爬起來！」，並且用手勢示意珂拉應該負責拉皮帶，自己則再度抓住綿羊的側腰。有好長一段時間，他們旗鼓相當的力量緩慢地與泥巴的吸力相抗衡，珂拉感覺肩膀的骨頭都快被扯出來了，然後突然間，綿羊的兩條後腿出現在水面之上，整隻羊奮力往前撲到岸邊。珂拉和男人向後倒，她別開頭掩飾自己喘得上氣不接下氣的事實：要不是這男人如此愚昧，這綿羊也如此蠢笨，她本來是不介意沾了滿身泥巴又搞得手腕疼痛不已的。一段距離外，綿羊的同伴警覺地抬頭看，等著離群的同伴歸隊，臉上看不出喜色。珂拉心想：這應該感覺像一場勝利才對，事實上今天的好心情卻消失了，就連那一叢叢的羊齒植物都失去了原本的鮮豔。

珂拉轉回頭時，那男人將袖子壓在臉頰的傷口上，正從袖子上方打量她。男人剛才戴上了一頂毛線帽，帽子的做工非常粗糙，簡直就像他自己用紅色布塊拼湊起來似的。他將帽沿拉低到眉毛上方，眉毛上沾滿厚厚的泥巴，幾乎要把眼睛遮住。他有點生硬地說「謝了」，又是那種平平板板的母音，顯示他是個鄉下人。珂拉心想：**這麼說來他是個農夫了**。她沒有接受對方心不甘情不願給予的感謝，只是朝精疲力盡的綿羊比了比，說：「牠會沒事吧？」綿羊用嘴巴呼吸，再度翻了翻眼珠。

男人聳聳肩。「應該吧。」

「牠是你的羊？」

「哈！不是，不是我的羊。」這想法顯然觸動他內心某種慢半拍的笑意，他開始咯咯笑起來。

這麼說他是個流浪漢了，可憐的傢伙！珂拉天生會預設別人是好人，直到對方讓她有理由改變想法，再說她過不了多久就會回家，和瑪莎還有她們乾淨的白色床單為伴，而天知道他可能會睡在羊齒植物裡，唯一的同伴是一隻差點溺水的動物。珂拉露出微笑，決定在對話中展現良好的倫敦禮儀。「嗯，我得回家了。很高興認識你。」她朝滴著水的橡樹，還有仍因他們的擾動而泛著小小漣漪的池塘比畫，為了表現得寬厚一些，還說：「艾塞克斯，好地方啊。」

「是嗎？」男人的嗓音因為仍壓在臉頰上的袖子而變模糊，珂拉看到他臉頰上有血和髒水混在一起。她想問男人會不會有事，能不能安全返家，自己是否可以為他做什麼；但這裡是男人的地盤，不是珂拉的。當珂拉看到黃昏最初開始匯聚的暗影時，她才發現以他們兩人而言，她才是徹底迷失的那個，離自己的床有幾哩遠，對自己的所在位置只有模糊的概念。珂拉用巧妙的方式試圖保持占上風的感覺，說：「告訴我，我離科爾切斯特很遠嗎？我到哪裡可以坐出租馬車回家？」

男人沒有聰明到感覺詫異，只是朝水塘對岸點點頭，珂拉看出在一排橡樹間有個缺口，缺口後方是一片開闊的土地。「走那條路——往左轉，走五百碼，那裡有一間酒館：他們會幫妳叫出租馬車。」然後男人做了個非常像在打發下人的動作，轉身蹚著泥巴走開了。他為了抵禦寒冷而把肩膀往前彎，厚重的骯髒大衣讓他看起來活像個駝子。珂拉的情緒總是更容易受到歡樂而不是憤怒影響，此時忍不住笑出聲來：也許男人聽見了，因為他在小路上暫停腳步，身體半轉向珂拉，想想還是算了，又繼續走。

珂拉把她的大衣拉緊一點，聽到四周聚集了許多鳥兒進行晚禱。那頭綿羊拖著身子往岸上又爬了一兩碼，撐起身體跪坐起來，用鼻子頂著泥土尋找草葉。天光漸暗，冰冷的大地浮出細緻的白霧，漫過珂拉的靴子邊緣。在最後幾棵橡樹後方，路邊的草叢微微向下傾斜，不遠處可見一棟半是木材建成的酒館，燈火通明的窗戶像是在招呼經過的旅人。看到那晶亮的玻璃，想到自己仍然離家那麼遠，而且不認識路，讓她突然感覺到一股疲憊，有如被人揍了一拳。當珂拉走到酒館門口，看到有個女人靠在吧檯邊，頂著高高束起的亮麗鬈髮微笑歡迎她，她暫停腳步整理自己的服裝。她把大衣撫平，在皮帶扣環裡發現一小團白色羊毛，而羊毛上有一抹血，在燈光下富有光澤，好像還很新鮮。

5

喬安娜．蘭森姆還不滿十三歲，已經和她父親一樣高，她裹著父親最新的大衣，把一隻手伸到火焰上方。她讓掌心盡可能靠近那簇火苗，然後為了維護尊嚴，慢慢把手抽回來。她弟弟約翰一臉嚴肅地看著，很想把自己的手塞進口袋，但被吩咐要讓手盡量變冷到所能承受的極限。「我們要獻祭。」喬安娜說，帶著他到「世界盡頭」那棟屋子再過去的那片土地，也就是草澤地與黑水河河口的交接處，而再往外就是大海了。「獻祭要算數，我們就必須受苦才行。」

那天稍早時，喬安娜在寒冷的偏僻處悄悄向他解釋，說奧溫特村子裡有東西腐敗了。首先是那個溺死的男人（聽說他全身赤裸，而且大腿上有五道很深的抓傷！），再來是費托維爾那裡的怪病，還有他們夜裡都夢到濕濕的黑色飛翼而驚醒。還不只如此：到這個時候，夜晚應該要變得比較亮了才對，花園裡都該長出雪花蓮了，他們的母親晚上不該仍然因咳嗽而睡不好。早上應該要有鳥兒的歌唱聲了。他們躺在床上時不該仍冷得發抖。這全都是因為他們做了什麼然後就忘了，一直沒有懺悔，或者是因為艾塞克斯大地震放出了黑水河裡的某個東西，又或許是因為他們的父親說了謊（「他說他不害怕，外頭什麼也沒有，可是他為什麼不再在天黑後去海邊了？他為什麼不讓我們划船出去玩？他為什麼看起來很累？」）。無論是什麼原因，無論該歸咎於誰，他們都要做點什麼。許久以前在別的土地上，那些人會挖出心臟來讓太陽升起：想必他們為了村子好，試行一些小小的魔咒，也不是什麼太過分的事吧？「我都研究清楚了，」喬安娜說：「你相信我，對吧？」

他們站在一艘快速帆船的肋材之間，這艘船十年前就擱淺在這裡，始終沒有再移動過。在惡劣的天氣摧殘下，它只剩下十幾根黑色的彎曲柱子，看起來像極了一頭溺斃野獸敞開的胸腔，以致於觀光客開始稱呼它為「利維坦」[25]。它離村莊夠近，孩子們可以靠近它而不受到責罵，又足夠遠離眾人的目光，沒有人會注意到他們在那裡做了什麼。夏天裡他們把衣服掛在它的骨架上，冬天裡他們在它的遮蔽下生起小火堆，總是擔心船身會燒起來，沒燒起來又很沮喪。有人用筆刀在木材上刻了情話和髒話，柱子上疊了許多硬幣，沒有人拿去花用。喬安娜的小火堆用一圈石頭圍起來，離殘骸有一段距離，火燒得挺旺。她用幾條墨角藻將火堆纏住，墨角藻散發清新的氣味，此外她還把她

25 利維坦（Leviathan）為《希伯來聖經》中提到的一種海怪，外型像海蛇。

最好的七個貝殼按壓在粗糙的沙地裡。

「我餓了。」約翰抬頭看著姊姊，立刻就為自己缺乏決心感到懊悔。他在夏天之前就要滿七歲了，他強烈地覺得必須用更多的勇氣來配上自己增加的年紀。「不過我不在意。」他說，繞著火堆蹦跳兩圈。

「我們必須餓肚子，因為今晚是飢餓月之夜，對不對，喬？」一頭紅髮的娜歐蜜．班克斯背對利維坦蹲著，懇求般望著好友。就她所知，蘭森姆牧師的女兒擁有女王的權威和上帝的智慧，要是那個女孩一聲令下，她會興高采烈地赤腳踩進火焰。

「沒錯，飢餓月，也是春天來臨前的最後一次滿月。」喬安娜意識到她必須同時展現出嚴肅和仁慈，便想像她父親布道的模樣，模仿父親的態度。由於沒有誦經台，她舉起雙臂，用花了幾星期練到完美的吟誦語氣說：「我們在飢餓月之日聚集在此，乞求波瑟芬妮掙脫黑帝斯的鎖鍊，將春天帶到我們深愛的土地。[26]」她不確定自己說得恰不恰當，也有點擔心自己對父親堅持讓他們受的教育太輕率了，不禁快速瞥了娜歐蜜一眼。朋友的臉頰紅撲撲的，眼睛明亮，抬起手按在喉嚨處，喬安娜獲得了支持，繼續說：「我們已經承受了太久的冬風！暗夜已經把河中的恐怖事物隱藏了太久！」約翰想要勇敢的決心，比不上他對怪物可能就躲在不到一百碼外水裡的恐懼，忍不住哀叫出聲。他姊姊皺起眉頭，稍微提高音量。「波瑟芬妮女神，請聽我們的聲音！」她朝同伴匆匆點點頭，

26 在希臘神話中，冥帝黑帝斯將波瑟芬妮擄走為妻，導致波瑟芬妮之母大地女神狄蜜特傷心欲絕，後來在協調之下，每年波瑟芬妮可以重返人間幾個月，即是春天的由來。

他們齊聲說：「波瑟芬妮女神，請聽我們的聲音！」他們向許多位神祇祈求，向每個名字跪拜。娜歐蜜的母親過去信的是舊教，現在她拚命在胸前畫十字。「現在，」喬安娜說：「我們要來獻祭。」約翰從未忘記故事中的亞伯拉罕如何把兒子綁在祭壇上，然後拿出刀子，他再次哀叫，繞著火堆跑了兩圈。

「回來啦，笨小子。」喬安娜說：「沒有人要傷害你。」

「『艾塞克斯之蛇』可能就難說囉。」娜歐蜜說，雙手做成爪子狀撲向男孩，結果換來嚴厲譴責的目光，她不禁臉一紅，牽起約翰的手。

「我們向祢獻上飢餓。」喬安娜說，她的胃可恥地咕嚕作響（她把早餐藏在餐巾裡，後來餵給狗吃了，午餐則是佯稱頭痛來躲過）。「我們向祢獻上寒冷。」娜歐蜜刻意發抖來營造戲劇效果。「我們向祢獻上燃燒，我們向祢獻上名字。」喬安娜暫時停頓，一時間忘了她所準備的儀式，然後她伸手從口袋拿出三張紙。當天稍早，她把每張紙的一角都浸入父親教堂的洗禮盤，她很清楚父親可能會逮到她在那兒，還預備好幾個謊言來為自己開脫。紙張濕掉的角落乾了以後變成波浪狀，當她把紙交給另外兩位主持儀式的人時，紙張發出清晰的沙沙聲。「我們必須向魔咒作出承諾，」她嚴肅地說：「要獻出我們一部分的本質。我們必須寫下名字，藉由寫名字的行為向聽見我們的神祇發誓，說我們願獻出我們自己，希望冬天能很快離開村莊。」她邊說邊檢驗自己的話，對她的措詞很滿意，然後突然又生出一個新想法。她彎下腰去撿起一根斷掉的樹枝，放進火裡燒一下，接著吹熄火焰，用木炭在紙上寫下自己的名字。字跡並不清楚，紙張被燒黑撕破，女神們需要絕佳的視力，才能從那麼遠的距離看出除了她的姓名首字母以外的內容，不過這麼做的效果令人心滿意足。她把樹枝遞給娜歐蜜，娜歐蜜在紙上刻了一個大寫的Ｎ，然後幫忙約翰作記號。男孩對自己的筆跡很自豪，拉拉扯扯地用手肘頂開女孩，執意要自己來。

「好了，」喬安娜說，她收攏三張紙並且撕碎，「跟我一起到火邊來。你們的手冷嗎？它們充滿冬天嗎？」她心想：**充滿冬天，多好的一句台詞！**也許她長大以後可以像父親一樣成為牧師。約翰看著自己的指尖，好奇是不是就快要看見凍瘡的最初幾粒黑色斑點了。「我什麼感覺都沒有了。」

「噢，你會有的。」娜歐蜜笑嘻嘻地說。她的頭髮和外套都是紅的，約翰從來就不喜歡她。「別擔心，你會有感覺的。」娜歐蜜拉約翰站起來，他們走到火邊與喬安娜站在一起。有人踩到一條墨角藻，發出「啵」的一聲，潮水在一段距離外正在改變方向。

「現在，」喬安娜說：「約翰，你要勇敢一點，因為這會痛。」她把碎紙片丟進火裡，緊接著又撒了一把從母親的銀鹽罐裡取來的鹽。火焰短暫地變成藍色。然後她將雙手伸向火焰，傲慢地朝同伴點點頭示意他們也做同樣的事，接著她閉上眼睛，掌心朝下將手舉在火焰上方。一根潮濕的木頭噴出火星，燒到她父親的衣袖，她畏縮了一下，因為擔心弟弟手腕上的白皙皮膚，而把弟弟的手往上拉了一吋多。「我們不需要讓自己受重傷，」她連忙說：「只需要讓我們的手快速變暖，就會有燒起來的感覺，就像從雪地走進屋子時那樣。」

正叼著一縷鬈髮的娜歐蜜說：「瞧：妳可以看到我的血管。」確實如此，她的每根手指之間都有小小的薄膜嵌在深處，她對自己的缺陷很自豪，因為她曾聽說英格蘭王后安妮．博林也有類似的特徵，而安妮仍然為自己逮到了一個國王。在火光下，微紅的光芒通過薄薄的皮膚，照出一兩根藍色的血管。喬安娜覺得挺了不起的，不過察覺到自己必須保持主導地位，於是說：「諾蜜，我們是來抑制肉體欲望的，不是為了肉體沾沾自喜。」她用兒時的暱稱叫娜歐蜜，用來表示娜歐蜜並沒有失寵，娜歐蜜的回應是活動一下手指，非常嚴肅地說：「噢，我可以向妳保證，這真的很痛。感覺像被蕁麻刺到一樣。」

女孩們看著約翰，他的手隨著勇氣而搖擺不定。喬安娜心想：現在肯定有什麼狀況在發生，因為他的手指呈現鮮紅色，末端甚至腫腫的。若非火堆飄出的低垂煙霧刺痛他的眼睛，就是他正努力忍著不哭。喬安娜內心天人交戰，一方面確信諸神會讚許年紀這麼小的儀式參與者所奉獻的祭品，一方面也同樣確信她母親很有理由大發雷霆。她用手肘頂了頂男孩，說：「手抬高一點，蠢小子，再高一點：你想把手指燒光嗎？」聽到這話，約翰強忍的淚水湧出來，就在這一刻，滿月從低垂的藍雲中露臉（至少事後喬安娜是如此轉述的，那時喬安娜抱著膝蓋坐在學校桌子下，娜歐蜜在旁邊點頭附和，一群聽眾在她腳邊面露敬畏）。他們四周綴滿小石子的沙灘蒙上一層病態的色調，而趁著他們背對時悄悄漫過海濱草澤朝他們靠近的海水則閃著幽光。

「你瞧，一個徵兆！」喬安娜說，她把雙手從火上移開，然後匆忙放在娜歐蜜仰起的額頭上，「一個預兆！是女神……」她搜尋名字，「是女神菲碧，祂來表示收到我們的祈禱了！」

約翰和娜歐蜜轉向月亮，久久地凝視它俯下的臉龐。每個人都在那極為斑駁的圓盤上，看到一個沉浸在悲傷中的女人憂愁的雙眼和彎曲的嘴巴。

「妳覺得成功了嗎？」娜歐蜜無法相信好友可能在召喚春天這麼重要的事上犯錯，再說她感覺雙手發痛，自從前一天晚上吃了麵包和乳酪後也未再進食；而且她難道沒有看到自己的名字寫在受洗過的紙張上，在火星之中燃燒殆盡？她把外套的釦子扣得更高一點，然後越過海濱草澤朝海外望去，有點預期看到早來的日出，以及隨日出而來的一群褐雨燕。

「噢，諾蜜，我不知道耶。」喬安娜亂踢著沙子，發現自己已經對這場演出有點羞愧了。自己竟然一直揮舞手臂還唸唸有詞！說真的，她年紀早已大到不該做這種事了。「不要問我，」她先發制人地阻止進一步的問題，「我並沒有做過這樣的事，不是嗎？」她滿懷罪惡感地蹲在弟弟身旁，生硬地說：「你表現得很勇敢，如果不成功的話，錯不在你。」

「我想回家，我們會弄到太晚，會惹上麻煩，到時候晚餐一點都不剩了，而今天是我最愛吃的菜。」

「我們不會弄到太晚的。」喬安娜說：「我們說了天黑前會回家，現在天還沒黑，不是嗎？天還沒黑。」但是天已經幾乎黑了，她覺得黑暗彷彿來自河口再過去的海那一邊，而河口看起來像是一片黑色的固態物質，如果她想的話，她可以走在上頭。她這輩子都住在這個世界的邊緣處，從來沒想過要懷疑它多變的領土：鹽水透過草澤地滲過來，泥濘的河岸和小河灣圖案改變，她幾乎每天都會用父親的曆書對照檢查的河口潮汐，這些全都像是她家庭生活的模式一樣不值得煩惱。在她能夠在紙上辨認出來前，她就能坐在父親的肩膀上用手指著，神氣活現地講出孚內斯島、普安特克利爾、聖奧西斯和默西島的名字，還有牆上的聖彼得禮拜堂的方向。他們家有個獨門絕活，把她轉個十幾圈後，說：「她停下來時總會面向東方，面向海口。」

但是在他們進行儀式的過程中，有某些事改變了：她有種奇妙的衝動想要回頭張望，好像她能恰好看到潮水反轉方向的那一刻，或是看到水分開來，就像曾經為摩西所做的一樣。當然，她聽說了謠言，說現在有東西住在河口的深處，那東西必須為抓走一隻小羊和弄斷一隻手腳負責，不過她不怎麼在意這件事：童年生活本來就充滿可怖的事物，相信某件事更甚於另一件事是沒有意義的。她想再看看月亮裡那位女士悲傷而蒼白的臉，於是抬起頭，卻只看到草澤地上空堆疊起濃密的雲層。風停了，黃昏時分經常如此，他們上方的馬路上泥土將因結霜而變硬。約翰顯然感覺到自己的不安，忘了他即將增長的年歲，把手塞進姊姊手裡；即使從未顯露懼色的娜歐蜜，也焦躁地吸吮著鬢髮，把身體湊近好友。他們默默地走過火堆將滅的餘燼，經過往岸上移動一些好來過夜的利維坦，他們頻頻回首看著越過泥巴不斷逼近的黑水。「**女孩和男孩都出來嬉遊，**」娜歐蜜唱道，但她不太能讓嗓音停止顫抖，「**月光亮得有如白晝……**[27]」

　這一切似乎都屬於令孩子們感到莫名羞恥的儀式一部分，因此過了很久之後，而且是在被逼問之下，他們才各自聲稱看到有個特定位置，就在海濱草澤的盡頭、河床陡然向下傾斜之處，那裡的水位上升並且變得異常渾濁。他們沒有聽到什麼聲音，也沒有看見長長的四肢或轉動的眼珠這類令人安心的駭人事物，只有一個動靜，速度之快又沒有特定方向，不可能是水波的推送。約翰聲稱它周圍有些泛白，但喬安娜覺得那只是月亮探出頭來，用目光讓水面變亮。第一個開口的娜歐蜜給這事件加油添醋，又是飛翼又是長長的口鼻，以致於大家一致贊同她什麼也沒看見，於是她的證詞被棄而不用。

　「喬喬，我們還要多久才會到家？」約翰拉了拉姊姊的手，他身體緊繃，渴望跑回家找媽媽和他想像中在桌上變冷的晚餐。

27 〈Girls and Boys Come Out to Play〉為十八世紀的英國童謠。

「快到了，瞧，看到煙囪冒出的煙和船上的船帆了嗎？」

他們走到了小徑上，突如其來的寒意和不安讓他們牙齒打顫，前方「世界盡頭」那棟屋子窗戶內的油燈，像聖誕樹一樣充滿魔力。他們能看見克萊克尼爾出來夜巡，把歌革和瑪各關進羊圈，然後在柵門邊暫停腳步向他們道晚安。

「**女孩和男孩都出來嬉遊**，」他聽到他們走近便唱道，還敲著柵門柱子來打拍子，「雖然我注意到今天是滿月，但你們不會有跟白晝一樣亮的月光，因為月光只是借來的，要連本帶利歸還，每個月都在減損價值，因此那東西才會如此昏暗。對吧？」他對自己的思路很得意，咧嘴一笑，招手要他們靠近，再近一點，近到他們聞到他大衣口袋散發潮濕的泥土味，看到倒掛在圍籬上剝了皮的鼴鼠屍體。

「他很急著要回家，對吧？」克萊克尼爾朝約翰點點頭，約翰是他的老朋友了，通常不會放過機會跨坐在歌革或瑪各背上繞著棚屋走，之後再直接從蜂巢裡吃蜂蜜。約翰現在已想像他的晚餐被拿去餵狗了，臉色一沉，或許正因如此，老人也用臭臉回應，並揪住男孩的耳朵。「你們三個給我聽好了，這陣子我不光是對『女孩和男孩都出來嬉遊』有疑慮，可能也是唯一有疑慮的人，而我是不會後悔的，『主耶穌啊，我願祢快來』，我跟那類言論有所牽扯時我可能會這麼說……就像那首歌謠裡說的，『到街上找你們的玩伴』，但你們在黑水河的黑水裡結交的是奇怪的玩伴，別以為我不知道，別以為我沒在月光明亮時親眼看過兩三回……」他把約翰的耳朵揪得有點太緊了，男孩哀叫一聲。克萊克尼爾訝異地看著自己的手，彷彿它未經允許擅自行動，然後放開約翰。約翰揉揉臉，哭了起來。「好了，好了，這是幹嘛呢？」克萊克尼爾拍了拍身上好幾個口袋，卻沒找到任何可以安撫孩子的東西，那孩子現在需要的是母親的懷抱和熱騰騰的晚餐。「我只說好話，只說好話，我一向希望如此，我不希望有東西咬你們或悄悄爬向你們或監視你們。」約翰還沒有停止哭泣，喬安娜有一會兒工夫擔心老人也要哭了，因為羞愧以及其他原因，她懷疑是恐懼。她伸手越過掛著鼴鼠的圍籬，拍了兩下老人油膩的大衣衣袖，正在搜尋一些安撫的話，這時克萊克尼爾身體一僵，舉起一條手臂，吼道：「站住！**誰在那裡**？」

孩子們畏縮不迭：約翰把臉埋進姊姊的腰部，娜歐蜜霍地轉身，倒抽一口氣。有個奇形怪狀的黑色生物沿著小路朝他們走來，速度很慢，喉嚨深處發出低沉的聲音。那東西並不是用爬的，而是用後腿站立，幾乎具備人形——牠伸出雙臂，或許是個威脅，但牠發出的聲音幾乎像笑聲。那想必是個男人吧，確實，那不疾不徐的步伐幾乎令人感到熟悉。牠靠近克萊克尼爾的油燈所投射出的光線，停下了腳步，喬安娜看到牠長長的大衣撒下厚厚的泥巴屑，還看到沉重的靴子。那張臉被一頂壓低到眉毛的帽子及厚圍巾遮住，這隻生物渾身上下都覆滿泥巴，有些地方是濕濕的黑色，有些地方是乾掉的白色，只有骯髒帽子的某些部分顯露出原本紅色的毛線。

「你們不認得我了嗎？我有這麼嚇人嗎？」男人再度伸出雙臂，然後拉掉毛線帽，一頭濃密而凌亂的鬈髮在燈光下閃耀，髮色是跟喬安娜的長辮子一樣的赤褐色。

「爸爸！你跑去哪兒了？你做了什麼——你的臉頰怎麼受傷了？」

「約翰，小夥子，你不認得自己的爸爸了嗎？」威廉．蘭森姆牧師一手摟著一個孩子，伸手慈祥地拍了拍娜歐蜜的肩膀，然後朝克萊克尼爾點點頭。克萊克尼爾說：「牧師，見到你真好，我建議把小傢伙們帶回家，讓他們好好待在那兒，我這就向你們道晚安了。」老人朝所有人鞠躬，尤其對約翰深深行禮，然後退回「世界盡頭」並把門用力關上。

「你們為什麼這麼晚還在外面？我們都得向你們的媽媽交代了；至於妳，班克斯小姐，我該怎麼向妳爸爸解釋？」他擰了一把娜歐蜜的臉頰，然後推著她走回臨近碼頭的灰色石屋。女孩回頭看了朋友們一眼，接著便匆匆進屋，他們聽到門閂鎖上的聲音。

「是啊——可是爸爸，你去了哪裡？你的臉怎麼了？你需要縫傷口嗎？」（喬安娜這話說得熱切，因為她暗自渴望當外科醫生。）

「別管那個了，約翰為什麼在哭？他都這麼大了！」威爾把男孩抱緊一點，男孩把最後的哽咽吞下肚。「至於我呢，我在外面救綿羊，還有嚇女士，我必須說……」他們來到方格狀的花園小徑，黑暗中的花園邊界有雪花蓮在隱然發光，「我已經好久沒有如此愉快了。史黛拉！我們回來了，我們需要妳！」

三月

史黛拉．蘭森姆
諸聖堂教區牧師寓所
奧溫特

三月十一日

親愛的西波恩太太——

我寫這封信時，希望不會寫得像陌生人的來信，因為查爾斯．安布羅斯向我保證，妳正期盼有艾塞克斯郡奧溫特村蘭森姆家族的人聯絡妳，看好囉：我們來了！

不過首先，對妳最近的喪親之慟，希望妳能接受我丈夫和我致上最誠摯的哀悼之意。我們很少聽說倫敦的消息，然而我們透過查爾斯知道西波恩先生的大名，有時候甚至會在《泰晤士報》上看到！我們知道他是備受景仰的人士，我相信也深深受人喜愛。我們為妳禱告，尤其是我，因為我想我最能夠想像失去丈夫的妻子有多麼悲傷。

現在，言歸正傳吧。查爾斯和凱瑟琳夫婦倆下星期六要來寒舍吃晚餐，如果妳能共襄盛舉，我們再開心不過了。我知道妳身邊還有令公子和一位查爾斯讚譽有加的女伴，我們也很樂意認識他們。這不是什麼正式的社交場合，只是一個見見老朋友和認識新朋友的機會。

我們的地址如信件所示，從科爾切斯特很容易就能找到。恐怕沒有火車可搭，不過搭出租馬車可以享受一段愉快的旅途。當然，你們一定要留宿：我們有客房，而你們可不會想那麼晚還坐車回家。我會等候妳的回音，於此同時計畫一下，看我能用什麼講究的菜色來招待有倫敦品味的女士！

您誠摯的，

史黛拉．蘭森姆

又及——如妳所見，我忍不住附送給妳一朵報春花，不過我太心急了，沒有好好做成壓花，結果它的汁液染到了信紙。我從來就學不會耐心等候！——S.

1

路克．蓋瑞特醫師不太情願地用滿意的目光打量他在科爾切斯特喬治旅館的房間：顯然史賓塞是下了重本了。他已經用手指抹過每個表面，而他的指尖仍然一塵不染。「我可以在這裡進行切除盲腸手術。」路克說，他的朋友正確地解讀出他的語氣有種希望路人生病的意味。確認完房間夠乾淨之後，路克撥開他行李箱的黃銅搭扣，取出兩件皺巴巴的上衣、幾本作了摺頁記號的書，以及一捆紙。他把紙放到梳妝台上，上頭恭敬地擱著一個白色信封，信封上以整齊而堅定的筆跡寫著他的名字。

「她在等我們？」史賓塞朝信封點點頭：他對珂拉的筆跡很熟悉，因為最近好友習慣把珂拉的每封信都拿給他看，要他幫忙釐清每句話的言外之意。

「等我們？等我們！要是讓我自己決定的話，我才不會來——我有太多事要做了。說實話，史賓塞，那女人簡直是在求我。她說『親愛的，我好想你』，」他露出狼一般的笑容，上方的黑眼睛閃閃發亮，「『親愛的，我好想你』！」

「我們今晚會見到她嗎？」史賓塞漫不經心地問。他如此迫不及待有他自己的理由，不過既然連目光犀利的路克都沒看出來，他也不想主動透露。他的朋友太專心在重讀珂拉的信（用嘴形唸了兩遍「親愛的！」），什麼也沒察覺，只是說：「會啊，她們住在紅獅旅店。我們跟她們約八點——如果我了解珂拉的話，她們八點整會準時出現，而我確實了解她。」

「那我去散散步。今天天氣這麼好，不該悶在屋子裡，而且我想看看城堡。聽說現在還可以看到艾塞克斯大地震留下的殘骸，你要來嗎？」

「當然不要，我討厭走路。再說，我這裡有一份某蘇格蘭外科醫師寫的報告，他相信他可以對脊椎施壓來改善癱瘓——你知道嗎，我經常覺得我在愛丁堡會比在倫敦有前途：那裡的醫界人士個個都很有膽識，而且悲慘的氣候也很適合我……」路克已經忘了史賓塞和城堡，盤腿坐在床上，將十幾張打了細密黑字、間或夾雜著脊椎骨插圖的紙攤放在面前。史賓塞因為獲得一下午的獨處時光而微微鬆了口氣，他扣上大衣鈕釦，走出房間。

喬治旅館是俯瞰寬敞高街的高級白色旅館。旅館老闆顯然以鎮上最好的旅館自居，藉由灌木叢般的吊籃來展現他們的資格，吊籃中是脾氣暴躁爭搶空間的黃水仙和報春花。這天天氣很好，彷彿天空很遺憾冬天這麼慢才鬆開魔掌：高空的雲急著趕往另一座城鎮去辦更要緊的事了。聖尼古拉教堂的尖塔在前方閃著光澤，四處可聽見鳥兒歌唱。史賓塞只在迫不得已的情況下才能夠區分麻雀和喜鵲，現在他發現自己因為鳥叫聲，還有這整座歡樂的城鎮，包括人行道上方有鮮豔條紋的遮雨篷和落在他大衣袖子上的一朵朵櫻花，而感到既困惑又愉快。當他遇到一棟毀壞的房屋，屋門口有個殘廢的男人像個下崗的哨兵般坐在那兒，他也覺得這畫面很迷人：房子曝露出已被常春藤和橡樹苗占據的內部，而殘廢的男人脫下外套，像隻貓在漩渦般的陽光中曬太陽。

因為對自己家財萬貫感到難為情，史賓塞出手大方得離譜，再加上他想分享一點這天的喜悅，因此他把口袋裡的錢盡數掏出來放進男人倒置的帽子裡。硬幣的重量弄凹了破舊的毛氈。男人把帽子舉到眼睛高度，像是懷疑遭人惡作劇般睨著，然後顯然感到很滿意，咧嘴笑著露出一排潔白的牙。

「看來我今天可以收工啦，是吧？」他伸手到石頭座位後頭，拖出一台裝著四個鐵輪的低矮木推車，然後熟練地把自己的身體蕩上推車，穿上一雙保護手掌的皮革長手套，靈巧地把自己推向人行道。史賓塞發現推車的作工非常精細，木材在裁切時融入了節疤的設計元素：在戰爭中受重傷的凱爾特戰士有了這樣的代步工具都會很滿意的，因此不管他對這男人的虛弱有什麼自然而然的憐憫，似乎都是一種侮辱。

「你想參觀一下吧？」男人抬了抬下巴，指向後方那棟房屋敞開的遺跡，傳達出他對那破敗的四壁握有權威的印象。「這是被地震震得最慘的一棟房子，如果你問我的話，它危及生命和四肢，但從來沒人問我。不過在法庭上吵得可厲害了，他們談不出結論該由誰來付帳單，而在那之前倉鴞已經跑進飯廳了。」地上有一對倒塌的大理石板，上頭殘餘的羅馬文字正在累積青苔，男人設法繞過這對石板，帶著史賓塞走到房屋門口。大部分的前側牆壁已經被削去了，使得房間和樓梯曝露在外。除了實在摸不到也無法被搜括的東西之外，已經什麼也不剩了：較低的樓層空無一物，只剩巨大的地毯，紫羅蘭在地毯上自行播種，長得茂密如同床墊，其中藏著害羞的藍色花朵。較高的樓層還留有畫作和一些小裝飾品：窗台上有銀製物品閃著光，樓梯口的枝形吊燈那些水晶吊飾，看起來今天早上才擦過，準備迎接晚上的盛會。

「很壯觀，對吧？見吾傑作，爾等能者，也得折服，[28]結果剩下什麼？」

「你真的應該賣門票。」史賓塞說，一心想看到倉鴞，「想必每個路人都會想瞧一瞧。」

28 出自英國詩人雪萊（Percy Bysshe Shelley, 1792-1822）的十四行詩〈奧西曼德斯〉（Ozymandias），奧西曼德斯是埃及法老拉美西斯二世的希臘名。

「確實如此，史賓塞先生，但他們未必總會獲准參觀。」這並不是有輕柔艾塞克斯郡母音的男性嗓音，也不是從下方傳來的，而是女性嗓音，還帶有倫敦腔。史賓塞到哪裡都認得這嗓音，當他轉身背對廢墟時，知道自己臉紅了，但他無法控制。

「瑪莎，妳來啦。」

「顯然你也來了，而你見過我的老朋友了？」瑪莎微笑彎下腰，伸手握住殘廢的手。他跟瑪莎握握手，然後又搖了搖裝滿的帽子，說：「我想這夠我買一兩條腿啦！」接著他作了個道別的手勢，開始推著輪子把自己送回家。

「這裡沒有倉鴞，他只是故意這麼說來討觀光客歡心。」

「這個嘛，我聽了絕對是挺開心的。」

「你聽了什麼事都開心，史賓塞！」瑪莎穿著藍色外套，肩上掛著個皮革包，裡頭伸出幾根孔雀羽毛。她左手拿著一本白色雜誌，史賓塞看到封面上以精緻的黑色字體印著《一名英國女性對社會及產業問題之評論》。史賓塞試著向她獻殷勤，說：「唔，至少見到妳讓我很開心。」可是瑪莎偏偏是最不吃這一套的女人。她挑起一眉，捲起雜誌打史賓塞的手臂。

「別耍嘴皮子了，來見見珂拉，她會很高興你來了。我想小惡魔應該也來了吧？」

「他在研讀癱瘓以及治療癱瘓的方法，不過他晚點會來找我們。」

「很好，我有件事想跟你說，」她晃了晃雜誌，「而有那個男人在場，根本不可能談任何正經事。你們的旅途還順利吧？」

「有個孩子一路從利物浦街哭到切爾姆斯福德市，結果蓋瑞特跟他說他會耗盡身體所有的水分、皺縮成一團，到了曼寧特里就會死掉，他才不哭了。」

瑪莎噗哧一笑。「我真搞不懂你或珂拉怎麼能忍受和他相處。這是你們的旅館嗎？」她審視喬治旅館白色的立面以及成排的吊籃。「我們住紅獅旅店，再往前一點。我原本沒想到會住這麼久，只不過法蘭西斯滿喜歡旅店老闆的，所以最近生活還算平靜。羽毛是最新流行：你會以為他想給自己做一對翅膀，雖然那男孩並不具備太多天使的特質。」

「那珂拉呢？她還好嗎？」

「我從沒看過她像現在這麼快樂，不過有時候她會想起來自己不應該很開心，就會換上黑衣服，坐在窗邊，表現出藝術家筆下該有的悲傷模樣。」他們經過一個花販，她準備晚上要關店了，一大把黃水仙只賣一便士。史賓塞從口袋掏出最後一兩枚硬幣，替花販清掉了庫存，然後抓著十幾束黃色花朵說：「我們把春天帶給珂拉吧。我們把她的房間填滿，她就會忘了曾經為任何事傷心。」史賓塞迅速瞥一眼同伴，擔心自己說錯話了：也許最好還是維持一個得體的女人得體地哀悼的假象。

但是瑪莎微笑說道：「她也會感謝你的。她一整個月都在外頭走路，尋找春天的跡象，然後渾身泥巴、脾氣暴躁地回家，接著某一天，就在正午的時候，春天來了，好像有人把它召喚來似的。」

「艾塞克斯有提供任何化石嗎？我在報紙上看到，在一場冬季風暴後，諾福克海岸邊發現了某種新物種：有時候我覺得我們一定是在不知情的狀況下走在一群群的屍體上，整個地球就是座大墳場。」史賓塞鮮少把異想天開的想法說出口，此時臉微微漲紅，準備好迎接瑪莎的言詞攻擊，不過他多慮了。

「她說找到了一兩塊蟾蜍石，不過就這樣而已。但她對『艾塞克斯之蛇』寄予重望——瞧，就是這裡了。」史賓塞看到前方不遠處有個鑲著木材的旅店，店門口掛著鐵招牌，上頭刻有用後腿立起的紅獅圖案。

「『艾塞克斯之蛇』？」史賓塞邊說邊低頭張望，彷彿預期會在人行道上看到一條小蛇。「她現在整天都把這事掛在嘴邊——她沒在信裡說給小惡魔聽嗎？那是村子裡的傻瓜一直在傳的傳說，說有人看見一條長了飛翼的蛇從河口冒出來，危害沿岸的村莊。她有個根深蒂固的想法，相信那是據說可能從大滅絕存活下來的恐龍——你有聽過這種事嗎？」他們來到旅店門口，隔著斑駁的厚玻璃看到壁爐裡生著火。空氣中瀰漫著啤酒打翻的強烈氣味，某個看不見的地方還在烤著帶骨肉。「對於不會閱讀跟寫字的可憐鄉下人，你還能抱多大的期望？」瑪莎那種倫敦人的輕蔑無比巨大，把聖尼古拉教堂的尖塔、地震的無足輕重、紅獅旅店以及旅店內的所有人都一網打盡。「但是珂拉對這些古怪的念頭執著得很：她說『艾塞克斯之蛇』很可能是個活化石，她下定決心要找到牠。她會跟你說那些化石的名字，我永遠記不住。」

「蓋瑞特總是說，除非珂拉的名字出現在大英博物館的牆上，她是不會安分下來的。」史賓塞說，「我相信也許真有那麼一天。」

提到醫生的名字，瑪莎哼了一聲，並推開門。「上來我們的房間，看看法蘭西斯：他會記得你，而且不會介意你來。」

路克因為嘗試用混凝紙漿做出人類脊椎骨模型而姍姍來遲，他到的時候發現朋友們都坐在一張磨得變薄的小地毯上，衣服上插滿羽毛。瑪莎坐在窗邊的座位翻著雜誌，看著法蘭西斯默默地把海鷗和烏鴉羽毛穿過史賓塞的大衣布料，直到他看起來像是因墜落人間而沮喪不已的天使。相對而言，珂拉算是受創輕微地挺過來了，她的洋裝背後有根孔雀羽毛直直豎立，肩膀上散落著枕頭的填充物。沒有人注意到小惡魔來了，因此他轉身，發出噪音並重新入場：「怎麼回事？我來到瘋人院了嗎？我的翅膀在哪裡？還是我得被困在地面——珂拉，我帶了書給妳。史賓塞，給我弄點喝的——你的大衣上有東西。」

珂拉開心地輕喊一聲，跳起來親吻新來者的兩頰，然後伸直手臂抓著他：「你來了！你長高了嗎？至少半吋——不，這太毒舌了，對不起，只是你遲到了嘛。法蘭奇，打聲招呼吧（你應該看得出來，法蘭奇有了新嗜好，我們都拿出很大的耐性）。你記得路克嗎？」男孩沒有抬頭，不過感覺氣氛改變了，而他並沒有同意這種變化，因此他默默地開始從地毯上收回每一片掉落的羽毛，邊收邊倒數計算。

「三百七十六——三百七十五——三百七十四……」

「現在我們的遊戲結束了。」珂拉憂傷地說：「不過現在他會很安靜，在他數到『一』以前……」

「妳看起來糟透了。」路克說，他好想逐一撫摸珂拉額頭上新冒出來的雀斑。「鄉下地方的人都不梳頭嗎？妳的手好髒。而且妳穿的是什麼？」

「我免除了自己試圖保持美麗的義務，」珂拉說：「我從來沒有像現在這麼快樂過。我都不記得上一次照鏡子是什麼時候的事了——」

「就是昨天，」瑪莎說：「那時候妳在欣賞妳的鼻子。晚安，蓋瑞特醫師。」

她的語氣冷淡到刺人心扉，路克忍不住打了個冷顫，要不是旅店老闆剛好進來，路克可能會反唇相譏。旅店老闆著實令人敬佩，他對滿是羽毛的房間和唸唸有詞的男孩視而不見，只是在餐具櫃上放了一托盤的啤酒。隨後他又送來一大盤乳酪和嵌有大理石紋般黃色脂肪的冷牛肉，一條白辮子麵包，一碟撒了鹽的白奶油，最後是鑲著櫻桃、散發白蘭地酒香的蛋糕。面對如此盛宴實在不可能維持壞脾氣，路克對瑪莎擠出他最親切的笑容，拋給她一顆青蘋果。

史賓塞坐在瑪莎身旁的窗邊座位上，看樓下濕潤黑色人行道上的來往行人，這時拿起瑪莎的雜誌說：「妳本來要跟我說這個，說妳在讀的文章？可以借我看一下嗎？」他翻看薄冊子，裡頭收納了令人困惑的統計數據，說明倫敦有人口過剩的問題，以及都市清理政策會帶來什麼災難性後果。

瑪莎因為酒意帶來的暫時性暖意而溫和地看著他。老實說，史賓塞會引起她某種反射性的厭惡，要費點工夫才能壓抑住。當然，史賓塞似乎夠善良，也很溫柔。瑪莎看過他以其他訪客做不到的方式試著跟法蘭西斯相處（那麼多盤速戰速決的西洋棋，最後都是史賓塞輸！），她也很佩服史賓塞煞費苦心地讓小惡魔不致於太失控。此外，這一點也最重要，就是史賓塞對珂拉的態度友善而不失禮，從未逾矩地想了解珂拉超出他本分的程度。但在瑪莎眼中，史賓塞的財富和特權就像毛皮裹在他身上。儘管她對史賓塞的家境所知不多（只知道他的財產多到用不完，他自由到可以把學醫當作一種嗜好，而女人只能甘於過著替他倒便盆、端湯送水的生活），但所知的部分已將史賓塞列入她這一生都視為仇敵的那群人。

瑪莎的社會主義根深蒂固，不亞於任何繼承而來的信念，那些信念仍然與兒時的熱情密不可分。

社區活動中心和罷工警戒線是她的聖殿，社會主義家安妮・貝森[29]和愛琳娜・馬克思[30]就站在聖壇，她沒有讚美詩集，但有滿腔的民謠，可以為英國人的苦難譜上英國人的旋律。她父親的雙手被磚塊粉塵染紅、指尖渦紋都被磨平了。他會在他們位於白教堂區住家的廚房裡點算工資，把工會會費拿出來放在一旁，然後用謹慎的字跡簽下連署書，向國會請願限制工作日的工時上限是十小時。她母親曾經以縫製教士的聖帶和法衣為生，法衣上的圖案包括金色十字或是啄開自己心臟的鵜鶘[31]，現在裁了布料製成布條高舉在罷工警戒線上方，還壓縮家庭預算，送牛肉湯給正在罷工抗議的「布萊恩與梅」火柴工廠女工。「**一切堅固的都煙消雲散，**」她父親虔誠地複誦政治運動先驅的信條，「**一切神聖的都被褻瀆！**[32]瑪莎，不要向現狀以及一直以來的現象低頭——許多堂皇的帝國都只是被常春藤和時間給扳倒的。」父親在小小的錫製澡盆裡洗上衣，水變成紅色，他一邊擰乾衣服一邊唱道：「**當亞當在耕地、夏娃在織布的時候，哪裡有所謂的英國人？**[33]」當瑪莎從萊姆豪斯區走到柯芬園，

---

29 安妮・貝森（Annie Besant, 1847-1933）為英國社會主義者及女權運動分子，倡導自由，支持愛爾蘭及印度自治，並在英國致力推動改善工作條件、居住環境以及低收入族群的教育。

30 愛琳娜・馬克思（Eleanor Marx, 1855-1898）是卡爾・馬克思的么女，家人都稱她為塔西（Tussy）。由於她跟愛德華・艾威林（Edward Aveling）是伴侶關係，也有人稱她愛琳娜・艾威林。愛琳娜・馬克思於一八八五年成為社會主義同盟（Socialist League）的共同創辦人，安妮・貝森也是這個組織的成員。

31 在中世紀歐洲，鵜鶘被視為母愛特別強烈的鳥類，在食物缺乏時甚至會啄傷自己的胸口，用自己的血來餵幼鳥。因此鵜鶘成為耶穌的愛及聖餐的象徵。

32 出自卡爾・馬克思（Karl Marx, 1818-1883）所寫之〈共產黨宣言〉（The Communist Manifesto）。

33 此句改寫自英國教士約翰・鮑爾（John Ball, c.1338-1381）的布道內容，原句是：「當亞當在耕地、夏娃在織布的時候，哪裡有所謂的紳士？」（When Adam delved and Eve span, who was then the gentleman?）約翰・鮑爾是一三八一年農民起義的重要人物，此句的意思是指在上帝造人之初並沒有階級之分。

她看到的不是高聳的窗戶和多立克式柱，而是這些雕粱畫棟背後勞工的血汗。在她看來，這座城市的磚塊是被市民的鮮血染紅的，灰泥是被市民的骨粉給染白的。在城市的地基深處，整齊地埋著一排排頭尾相連的婦女和兒童，他們用背扛起了城市。

她在珂拉家工作純粹出於實際考量：這麼做能換得某種程度的社會接納以及合理的薪資。這個職位既讓她穩固地處於她所鄙視的階級之外，卻也同時穩固地處於那個階級之內。但她沒料到會認識珂拉．西波恩這樣的人──畢竟誰能料想得到呢？

史賓塞憂鬱愁苦的臉漲得通紅──瑪莎知道史賓塞一心想討好她，這引起她捉弄史賓塞的玩心：「**一切堅固的都煙消雲散。**」她說，測試史賓塞的膽量。

「莎士比亞嗎？」史賓塞說。

瑪莎心中一軟，微笑說道：「恐怕是卡爾．馬克思說的，不過他也算是吟遊詩人。對，我有事想跟你說──」悲哀的事實是，不管史賓塞之流受到再多唾棄，他們卻是很有用的影響力與資金來源。瑪莎翻開雜誌給他看一張地圖，地圖上顯示倫敦最貧窮的住宅區與新開發計畫重疊。瑪莎說新住宅會很衛生又寬敞：孩子們有綠地可以玩耍，住戶不必忍受房東的反覆無常。但是要符合入住資格，住戶必須展現良好品德（瑪莎輕蔑地朝那張紙彈了一下手指）。「他們被要求要活得比你或我都更循規蹈矩，才配讓孩子有個遮風蔽雨的屋頂：他們絕對不能喝醉酒，或是騷擾鄰居，或是賭博，而且最好不要有太多不同父親生下太多孩子，或太常生孩子。你，史賓塞，以你擁有的財產和家世，你可以狂飲紅葡萄酒和波特酒喝到爛醉，沒人會嫉妒你所擁有的任何一棟房屋，可是把手上僅有的一點錢花在廉價啤酒和鬥狗上，你的道德地位就不夠你睡在一張乾爽的床鋪上了。」

史賓塞無法公正地說，除了報紙標題引起的興趣之外，他曾進一步思考過首都的住房危機，而現在他很確切地感受到瑪莎的話語背後，藏著對他財富地位的不屑。但是義憤填膺的瑪莎在他眼裡，似乎比以往更加吸引人，瑪莎的憤怒像是有傳染力一般，讓他感覺腹部也有種類似氣憤的情緒在擾動。他說：「如果你被分配到這樣一棟房子，後來公家發現你在街上拿啤酒杯砸鄰居的頭，會怎麼樣？」

「那你就待在街上吧，你的孩子也是，這是你自找的。我們在懲罰貧窮。」瑪莎邊說邊推開盤子，「如果你又貧窮又悲慘，而你的行為符合你預期中又貧窮又悲慘的人，既然你沒有多餘的資源去打發時間了，那麼你的處罰就是更加悲慘與更加貧窮。」

他很想問自己能夠做什麼，但不安地感覺到自己的特權就像是裝滿冰冷黃金的口袋，於是他只能囁嚅地講些附和及譴責的話——這件事絕對要處理，要有人提出質疑等等……「『我』正打算要做點什麼。」瑪莎倨傲地說，然後像是為了搶先阻止他追問細節，瑪莎提高音量說：「好了，珂拉，妳有沒有跟小惡魔說妳那個可憐的艾塞克斯牧師還有蛇的事？」

珂拉剛才一直坐在路克腳邊，敘述她如何從一個艾塞克斯食人妖的魔掌中救出一隻迷途的羔羊，現在則解釋她們如何巧遇查爾斯．安布羅斯，以及如何聽說黑水河裡有隻怪物被地震給震出來的事。她給路克看在萊姆里傑斯發現的蛇頸龍照片，朝著牠的長尾巴以及頗像是飛翼的鰭足比畫。「瑪麗．安寧稱牠為『海龍』，你看得出原因吧？你看不出原因嗎？」她洋洋得意地把書用力闔上，告訴路克她打算去海邊，去科恩河與黑水河在河口交會再出海的那個地方，還有查爾斯．安布羅斯如何硬把他們塞給一個毫無戒心的鄉下牧師及他的家人。她朋友驚駭的笑聲簡直要把撐起屋頂的黑色屋梁都震成兩半：路克笑到折彎了腰，手指著珂拉男人款式的靴子、她指甲底下的泥土，以及窗台上那一小堆褻瀆上帝的藏書。那封親切的邀請信被攤開來傳閱，信中所附的報春花都捏碎了：大家都贊同這個叫史黛拉．蘭森姆的女人很窩心，應該要不計代價地保護她不被珂拉傷害，因為珂拉給她的驚嚇勢必會超越任何海蛇。

「希望那個好牧師的信仰夠虔誠，」路克說：「他會需要的。」只有在窗邊座位默默觀察的史賓塞，從路克的戲謔中看出他的不安，因為這個男人寧可獨占珂拉，不希望珂拉有其他朋友或知己，即使是個戴著如狗項圈般的教士領圈、而且頭腦遲鈍的人。

稍晚的時候，瑪莎在窗邊看著史賓塞協助喝醉的好友走過短短的距離回去喬治旅館，她說：「我喜歡他：我一直以為他很笨，不過我發現他其實只是很善良。」

珂拉說：「有時候這兩者很難區分，有時候結果是相同的——妳可以帶法蘭西斯回他房間嗎？我來收拾羽毛，否則女僕會以為我們舉行了黑彌撒、在搞撒旦崇拜呢，那我們的名聲可就毀了。」

2

史黛拉．蘭森姆站在窗邊，扣著藍色洋裝的釦子。這是她最愛的景色，望著方格狀的步道和長著藍鈴花的花園外緣，再過去是高路，那條路上有一棟棟小木屋、商店、堅實的諸聖堂塔樓，以及學校的鮮明紅磚牆。這種周圍的一切都充滿生命力的感覺讓她再歡喜不過了，她也好愛春天的初始，

「叛徒的橡樹」上加速長出綠芽，村裡的孩子也都由厚重衣物與室內遊戲的禁錮得到解放。她那通常難以遏抑的歡快被漫長的冬天給蒙上陰影，這個冬天沒有充滿魔力的雪，只是一段沉悶寒冷的時期，就連聖誕節都無法讓人能夠忍受這個冬天。隨著天氣變暖和，讓她夜不成寐的咳嗽緩和了，疲憊的雙眼底下灰色的拇指印也幾乎消失了。這也讓她開心：她並不虛榮，她喜愛自己的外表，就像是很高興見到草地上黑色花床裡深紅色的山茶花開花了一樣。鏡子中，她淡金色的頭髮、心形的臉龐和三色堇般的藍眼睛令人賞心悅目，不過她視為理所當然。確實，威爾再也不能用張開的雙手圈住她的腰，但她喜孜孜地欣賞自己新的壯實感：這證明了她生過五個孩子，而且其中三個活下來了。

她聽到他們在樓下，提早開始的晚餐即將結束，她閉上眼睛，就像親自去廚房一樣能清楚看見每一個人。詹姆斯俯著身體在畫他奇妙的機械，他無視所有食物，只專心地描繪出另一個齒輪或飛輪，而長女喬安娜則嚴肅地在看顧著么子約翰，不消說，約翰肯定在對付他的第三塊蛋糕。孩子們知道今晚有客人要來都很開心（他們非常喜歡查爾斯・安布羅斯，所有孩子都喜歡他，因為他的口袋很深，外套又色彩繽紛），他們幫忙拿家裡所有銀餐具和玻璃杯擺設餐桌，讚嘆母親繡上勿忘我圖案的餐巾，那是他們被禁止使用的奢侈品。屆時只有喬安娜會醒著迎接客人，她答應兩個弟弟會盡可能蒐集八卦，留到早餐時供他們娛樂。「我猜那個寡婦會胖得跟拉車的馬一樣，邊喝湯邊掉眼淚，」喬安娜說：「她的兒子會英俊、有錢又愚笨，會請求我嫁給他，我會拒絕，然後他會舉槍自盡。」

史黛拉此刻就像她經常有的感覺一樣，因為覺得幸運而有點暈眩，她知道這種幸運是個禮物，而她並沒有做任何事去掙得這份禮物。她對威爾的愛始自她十七歲那年，愛來得像熱病一樣突然，也同樣令人昏沉，而在他們十五年的婚姻之中，這份愛沒有減輕或削弱分毫，連一下子都沒有。她母親對人生幾乎各方面都失望透頂，警告她應該壓低對幸福的期望：那個男人很可能對她提出令人不愉快的要求，而她應該為了孩子勇敢地承擔下來；男人很快就會厭倦她，不過到時候她反而會謝天謝地；男人會變肥；男人被指派為鄉下教區的教區長了，永遠不會變有錢。但是對史黛拉而言，光是威廉．蘭森姆這個人的存在，包括他嚴肅的眼神、誠懇的態度和深藏不露的幽默，就已經是足以跟迦拿的婚禮[34]媲美的奇蹟了，因此史黛拉忍不住笑母親傻，親吻母親的臉頰。她從那時候到現在都憐憫那些頭腦不夠清楚，沒有嫁給她的威爾的女人。她母親活得夠久，因為女兒沒能失望而感到失望。這女孩沉溺於婚姻的每個層面，愉快得不像話，而且似乎每生完一個孩子馬上又懷孕了。他們手牽手在奧溫特村的高路上散步，即使失去兩個孩子也沒有打擊他們的愛情，只讓愛情的根基更加穩固。史黛拉偶爾會承認，她在倫敦或薩里郡可能更快樂，在那些地方幾乎只要過馬路就會認識新朋友，但她是個和善又孜孜不倦的長舌婦，在奧溫特能找到足夠的陰謀詭計來支撐她對同胞的興趣，又從來不會讓人聽到她說任何人的壞話。

另一方面，威爾從早餐後就沒有從書房裡出來過。這是他的習慣，每逢星期六就要到晚上才跟人見面，而晚上他會盡可能拖長時間慢慢品味一杯好酒。親友們對他自願被放逐到這個小教區都困惑不已（大部分人預測不出一年他就會失去興致），然而他卻認真地看待他星期天的聖職，彷彿他

34　根據《約翰福音》記載，耶穌參加在迦拿舉行的一場婚禮時，當主人的酒用盡了，耶穌便施展神蹟，把水變成了酒。

是在燃燒的荊棘[35]邊接下了任務。他信奉的並不是只墨守成規的宗教，好像他是個公務員，而上帝是某個天國政府部門有終身職的首長。他深刻地感覺到他的信仰，尤其是在戶外，天空的穹頂就是他大教堂的中殿，橡樹是耳堂的柱子：當信仰未能發揮作用，有時候確實會這樣，他會看到天空宣告上帝的榮耀，聽見石頭吶喊。

他在祈禱書裡標記出早晨要朗讀的段落，並擬了一篇為奧溫特及其所有村民的安全祈禱的禱文，這時他也聽見走廊另一邊的房間裡孩子們的吵鬧聲。這是不受歡迎的提醒，他知道安詳的獨處時間即將結束了：壁爐架上的時鐘走到了六點，只剩下區區兩個鐘頭，門鈴聲就會打擾他的寧靜。

他並不是個不好客的人，不過他從不曾像妻子一樣，時時刻刻渴望與人相伴。他喜歡安布羅斯夫婦更甚於他自己的兄弟，焦慮的教區居民經常在不合時宜的時候來訪，他也總是歡迎他們。他也喜歡看到史黛拉受到崇敬，看史黛拉用她的溫情和智慧主掌全桌，她美麗的頭左右轉動，照看著樂在其中的客人。但是一個倫敦寡婦，和她的醜老太婆女伴，再加上她放縱的兒子！威爾搖搖頭，用力把筆記本闔上：他會盡自己的義務，因為他一向如此，但他不會縱容貴婦人在自然科學領域中亂攪和，或許還會因此損害到她自己的心靈健康。要是那女人要求威爾陪伴她進行一些輕率的活動，去尋找她認為可能埋在艾塞克斯黏土裡，或仍然住在河口外的東西，她將得到禮貌而堅定的拒絕。威爾心想：這全都是「禍害」的一部分，他一如往常地拒絕給村中焦慮的謠言冠上野獸或巨蛇等名

35 根據《出埃及記》，這株植物位於西奈山，雖然著火但焚而不毀，上帝任命摩西帶領以色列人離開埃及進入迦南的起始點就在這裡。

號。它們都要像黃金經過火的試煉，並且以淨化後的狀態浴火重生。「讚美上帝。」他說，不過語氣有點挖苦，然後他去倒茶喝了。

「妳跟我想像中完全不一樣！」

「妳也是──妳怎麼這麼年輕就守寡了，而且妳好漂亮！」

八點十分，史黛拉．蘭森姆和珂拉．西波恩並坐在最靠近爐火的沙發上。才過不到幾分鐘，兩人都對彼此生出莫大的好感，她們一致贊同兩人不是青梅竹馬真是太可惜了。瑪莎早就習慣好友來得快去得也快的感情，對此不以為意，只是看著喬安娜害羞地在洗牌。瑪莎對女孩認真而聰慧的臉龐及細髮辮心生愛憐，便湊近她，提議兩人玩一局牌戲。

「噢，我哪裡漂亮了，一點也不漂亮。」珂拉被對方善意的謊言逗得心花怒放，「我母親總說我最大的指望是在思想方面一鳴驚人，這我並不介意。不過我今天確實打扮得比平常更正式一點。我擔心妳要是看到我今天下午的模樣，絕對不會讓我進妳的家門。」這是實話：在瑪莎的堅持之下，珂拉穿上她的高級綠洋裝，你很容易想像在洋裝的布褶裡長著各種各樣的苔蘚。她用一條淺色的圍巾遮住鎖骨上的疤，而且難得一次穿上女鞋。瑪莎用梳子梳了她的頭髮一百下，然後勉強用髮夾固定住，已經有幾支髮夾被撐到鬆脫而掉在地毯上了。

「威爾好高興妳們來了，他會很抱歉遲到的：他剛才臨時被找去見住在村子盡頭的一位教區居民，不過很快就會回來。」

「我好期待見到他！」這也是實話：珂拉判定這個有張小仙子臉孔和淡金色秀髮的開朗女人，若是跟一個反應遲鈍的愚蠢牧師生活在一起，勢必不會這麼開心。她已經準備好要張開雙臂喜歡那個牧師了，於是拿著酒杯愉快地靠坐在靠墊裡。「妳連我兒子一同邀請真的非常好心，不過他身體不太舒服，我不想讓他長途跋涉。」

「啊！」史黛拉的眼裡盈滿淚水，使得眼珠的藍更為明顯，她快速抹去眼淚。「失去父親是很殘酷的事——我很為他難過，當然我應該要想到他不會想跟陌生人相處一整晚。」

以珂拉誠實的性格來說，她實在受不了看到史黛拉為了可能根本沒人感到的悲傷而同情落淚，於是她說：「他適應得很好，他是個……特殊的孩子，我想他對事物的感受不像妳以為的那麼深刻。」珂拉看到女主人露出困惑表情，很慶幸這時門口傳來一陣騷動，還有靴子在腳踏墊上摩擦的聲音，讓她脫離進一步解釋的窘境。一大串沉重的鑰匙伸向門鎖，史黛拉跳起身來。「威爾——克萊克尼爾怎麼了？他生病了嗎？」

珂拉抬起頭，看到門口有個男人彎下腰親吻女人的金髮分線處。史黛拉個子太過嬌小，男人似乎整個把她籠罩在陰影中，儘管男人本身並不是特別高。他的打扮很俐落，一件黑色大衣肩線剪裁得很漂亮，凸顯出寬肩與健壯肌肉，這又與他代表聖職的小小白色領圈形成有趣對比。他長著那種永遠都不整齊的頭髮，除非削短到貼著頭皮的長度：淺褐色的鬈髮披垂下來，在油燈的照耀下散發偏紅的光澤。他擁抱妻子，雙手輕輕擱在妻子腰部，手指粗而略短，接著他轉身面向大門說：「不，親愛的，克萊克尼爾本人並沒有生病……瞧我在步道上發現誰了？」他讓到一旁，拔下喉間的白領圈丟到一張桌子上，然後穿著深紅色禮服大衣的查爾斯．安布羅斯便走進門，後頭跟著被一束溫室花朵遮住的凱瑟琳。珂拉心想：那股花香很不禮貌，讓她反胃，她不懂為什麼會這樣，直到她想起自己最近一次看到百合花時，那些花鋪在她丈夫棺材所安放的擱板桌周圍。

眾人一陣忙亂地彼此問候，珂拉很慶幸自己難得一回被人遺忘，跑去看正專心玩接龍的瑪莎和女孩。「女王在她的會計室裡。[36]」喬安娜說，同時再發了一張牌。接著短暫的寧靜打破了，那一小群人往屋子裡走。查爾斯和凱瑟琳擁抱珂拉，輕拍她的臉頰，驚嘆她的洋裝好美，還有她的鞋子竟然沒沾到泥巴。她還好嗎？瞧她的頭髮，這麼乾淨又閃亮！還有瑪莎，他們好奇她最新的計畫是什麼？還有法蘭西斯：他還喜歡鄉下的空氣嗎？那隻海龍呢？珂拉終於要在《泰晤士報》上頭看見她的名字了嗎？她們是不是已經愛上史黛拉了，她對好牧師威爾又有什麼想法？

聽到這句話，有個低沉的聲音帶著幽默感、但珂拉認為絕對缺乏熱情地說：「我還沒見到我們的客人呢——查爾斯，你的光芒使我目盲，其他的我什麼都看不見了。」查爾斯．安布羅斯讓到一旁，舉起一臂將他們的主人引導至珂拉所坐的沙發邊。珂拉在黑色上衣敞開的領口上方看到一張抿成笑容的嘴，一對紋理有如光滑橡木的眼睛，和一邊像是在刮鬍子時嚴重失手刮傷的臉頰。她過了多年的社交生活，自豪能夠敏銳判斷所見到之人的身分地位與人格特質：這位是對自身成就感到難為情的富商，那位是落魄的貴族仕女，家中樓梯頂端還掛著一幅范戴克[37]畫作。但眼前是個不肯被歸類

36 此句改寫自英國著名兒歌，原句是：「國王在他的會計室裡，數算他的金幣。」（The king was in his counting house, counting out his money.）

37 安東尼．范戴克爵士（Sir Anthony van Dyck, 1599-1641）是英國國王查理一世時期的英國宮廷首席畫家，許多皇族的肖像都是出自他的筆下。

的男人，不管珂拉盯著對方擦得發亮的鞋子與被手臂微微繃緊的袖子再久也沒用：他太魁梧，不是整天坐辦公桌的人，但他的眼神太若有所思，又不是會甘於務農的人；他的微笑客套到不夠真誠，不過眼睛閃爍著詣趣的光采；他的嗓音帶著艾塞克斯郡的腔調，但是他說起話來像個學者（這聲音珂拉好像聽過，或許是在科爾切斯特街頭，或是在倫敦的火車上？）。珂拉站起來，百合的氣味仍讓她反胃，她努力擺出最親切的態度伸出手。

威爾這裡呢，看見一個相貌不俗的高個子女人，優美的鼻梁上灑滿雀斑，苔蘚綠的洋裝從那雙主要是灰色的眼眸中，引出了一點綠色調（他猜對了這衣服的價值是史黛拉所有衣服加起來的兩倍）。她在喉嚨上圍了一條類似紗布的布料（挺怪的：她真的認為那能夠保暖嗎？），無名指上戴了一枚鑽戒，鑽石將光線打破並拋向牆面。儘管衣著華美，她卻有股男孩子氣：除了鑽戒外她沒戴任何珠寶。她的臉沒有撲粉，被艾塞克斯郡的海風吹拂後散發自然光澤。她站起來的時候，威爾注意到她並不像自己女兒所斷定的像匹拉車的馬，不過倒也不苗條：她個子高大，體格結實。威爾心想：無論你多麼努力，都不可能忽略她的存在。

威爾始終不確定關鍵在於珂拉抬手的動作，還是自己意識到她的身高完全不亞於自己，總之就在那一刻，他馬上就認出了珂拉。珂拉就是那天早上在科爾切斯特路上從霧裡衝出來、大吼大叫的潑婦，後來他們合力把綿羊從泥濘的陷阱中拖出來，他的臉頰還被弄傷。他確定珂拉沒有認出自己：珂拉的笑容很和藹，雖說也許有點高高在上的意味。他握住珂拉的手之前表現的遲疑勢必太過短暫，他們的同伴沒有察覺，不過卻使得珂拉更加仔細地盯著東道主瞧。威爾自從那天晚上穿著泥巴大衣返家後，只要一想到湖邊的奇遇就忍俊不住，現在更是無法再隱藏笑意，他又笑起來，輕觸羊蹄留下的紅印子。

珂拉總能迅速評估周圍的人的情緒變化，此時卻一時之間搞不清楚狀況。威爾把手放進珂拉手中，或許是威爾手的力道，使她又看了看對方臉上傷口的位置，以及他衣領處的鬈髮，接著她驚呼一聲「噢！**是你！**」，也開始大笑。瑪莎懷著一股近似恐懼的情緒看著他們的互動，看到好友與她們的東道主抓著彼此的手，被難以說明的歡樂弄到手足無措。珂拉沒忘了禮貌，不時試著要克制住自己，向困惑的史黛拉解釋他們是出於什麼原因而笑到停不下來，但她做不到。最後是威爾鬆開她的手，嘲諷地伸長一條腿鞠躬，像是在女王的宮殿裡，並說：「很高興認識妳，西波恩太太，我可以為妳拿杯飲料嗎？」

珂拉振作了一下，說：「我很樂意再來一杯酒。你見過我的瑪莎沒有？我去任何地方都一定要有她作伴。」這刻意為之的客套應答顯然太過分了，她用力抿住嘴唇避免另一陣狂笑迸發，輕聲說：「我像綿羊一樣害羞。」然後開心地看著威爾無法克制地又大笑不已。

史黛拉雖然感到逗趣，但她對外界事物一向不太敏銳，她說：「你們是不是見過面？」她的嗓音讓威爾冷靜下來，威爾把她拉到珂拉面前，說：「妳還記得上上星期，我渾身泥巴地回到家嗎？因為我從湖裡拽出一頭綿羊，還有個陌生女人幫我忙，唔，她就在這裡。」他轉向珂拉，突然一本正經地說：「我覺得我該道歉，我相信當時我很失禮，而且要是沒有妳的話，我真不知該如何是好。」

「你簡直像個怪物，」珂拉說：「不過你為我的朋友提供了莫大的娛樂，我完全原諒你——剛好瑪莎就在這裡，她不相信我說你是從泥巴裡爬出來的生物，絕對會再爬回去。瑪莎，來認識一下威廉・蘭森姆牧師。蘭森姆先生，這是我朋友。」她摟住瑪莎的腰，突然感覺需要用熟悉的事物拴住自己，她看到好友用評估的眼神迅速瞥了牧師一眼，幾乎可以肯定牧師是不及格的。

與此同時，查爾斯在鼓掌，好像整件事都是為了討他歡心而安排的節目，接著他想起更緊急的事，可憐兮兮地把手擱在凸肚上，對史黛拉說：「我好像聽妳說晚餐有野雞可以吃？還有蘋果派？」他站起來，把左手伸給妻子，右手伸給女主人。喬安娜想起她被賦予的任務，從撲克牌前一躍而起，跑去打開通往飯廳的門。光線照耀出水晶杯身的鏤刻花紋，並讓上過蠟的木桌鍍上一層光澤，史黛拉繡的勿忘我在餐巾上盛放。房間很小，眾人必須排成一列從高背餐椅後頭走過。綠色壁紙和壁爐上方的水彩畫都與時尚沾不上邊，但珂拉認為她從未看過如此溫馨的空間。她想到福里斯街的房間，高聳的天花板上有灰泥圖案，還有那些長長的窗戶，麥可禁止她在那些窗戶上掛窗簾，她不禁強烈地希望永遠不必再看到它們。喬安娜對這個穿著綠洋裝、笑個不停的高個子女人頗為敬畏，羞怯地朝一張卡片比了比，約翰用他最漂亮的字在卡片上寫了珂拉的名字。

「謝謝妳。」她的客人悄聲說，輕輕拉了一下女孩的辮子，「看來妳玩牌贏了瑪莎，妳比我聰明多了！」（稍晚的時候，喬安娜帶著一盤巧克力去找弟弟，並向他們敘述今晚的經過，她說：「她不老，不過很有錢。她帶了一個用鱷魚皮做的小行李袋，還有我不知道為什麼，但她讓我聯想到聖女貞德。另外——約翰，別一個人吃光——她的聲音很奇怪，有種腔調。我不知道她是哪裡人，不過一定是很遠的地方。」）

史黛拉對客人的好奇心愈發強烈了，從金色長睫毛底下打量珂拉。她想像中的珂拉是個悲傷成自然的女士，對食物挑挑揀揀，有時候會沉默下來並把玩婚戒，或是翻開項鍊盒墜凝視亡夫的照片。

結果令她困惑的是，眼前的女人優雅地用餐，但食量可不小，只是微笑道歉說自己當天早上走了十哩，而且隔天還要再走十哩，所以胃口才會這麼好。有她在場，話題從威爾的布道內容（「我對那一段很熟：『所以地雖改變，我們也不害怕』[38]，什麼什麼的？對你的會眾來說真適合，你好聰明啊！」）切換到查爾斯．安布羅斯和他的政治計謀（「查爾斯，霍華德上校被你說動了嗎？牧師，你贊成有個新的國會議員嗎？」），速度之快令人頭暈，中間短暫地停頓，插入她自己在海邊找化石的事。

「我們跟珂拉說了你們的『艾塞克斯之蛇』的事。」查爾斯邊說邊剝開巧克力包裝紙，「兩個都說了。」

「我知道的只有一個。」威爾不動聲色地說：「如果我們的客人有興趣，明天早上當然可以跟我一起去看看。」

「它很美喔。」史黛拉湊近珂拉說：「一條纏在教堂長椅扶手上的蛇，還有一對收在背後的飛翼。威爾認為它對上帝是種褻瀆，每個星期都揚言要拿鑿子把它挖掉，但他不敢。」

「謝謝，我很想看！」壁爐裡的火快燒完了，珂拉把咖啡杯貼向胸前，「請告訴我：關於他們說的河裡那隻生物，還有沒有新的消息？」史黛拉知道丈夫不喜歡提到「禍害」，焦慮地瞥了他一眼，準備用咖啡來岔開話題。

「沒有新消息，因為沒有什麼生物——不過恐怕我的一個教區居民會抗議！我剛才去見克萊克

38　出自《詩篇》第四十六章第二節。

尼爾，」威爾轉向史黛拉說：「歌革和瑪各其中之一死了。」

「噢！」史黛拉噘著嘴說，打定主意隔天一早就要送餐點去給那老人，「可憐的克萊克尼爾——他已經失去夠多了。」她遞給客人一杯咖啡，說：「他住在草澤地邊緣，不久前才剛埋葬他僅存的家人。歌革和瑪各是他的山羊，是他的驕傲和喜悅，也為我們供應充足的奶油和鮮奶。威爾，發生了什麼事？」

「聽他的說法，妳會覺得有某種怪物出現在他家門口，從他懷裡搶走其中一頭山羊——沒人比克萊克尼爾更相信巨蛇的說法了。不過當然事實只是某天晚上那頭山羊溜出羊圈，被困在草澤地，後來就漲潮了。」他嘆口氣，說：「他說他發現山羊驚恐到全身僵硬，可說是名副其實地被嚇死的。恐怕這件事是火上澆油，完全無助於把那些胡說八道趕出他們的腦袋。我要怎麼讓他們明白，我們的心智有能力玩聰明的把戲，若是沒有信仰作為我們的後盾，我們很容易會看見……」他活動雙手，彷彿想抓住正確的詞彙，然後重講一遍：「我認為我們可能會以恐懼為骨架，在其上添加血肉，尤其是當我們背棄上帝時。」他感覺到珂拉正定定地望著他，眼神中帶著興味，但沒有藐視的意思。他用咖啡杯浮出的蒸氣把臉藏住。

「而你認為他瘋了——你認為他說的話不可能是真的？」珂拉對老人的憐憫絲毫沒有減輕她的好奇：這算是某種證據呢！

牧師噗哧一笑。「一頭被嚇死的山羊？太荒謬了。就算那頭山羊能夠分辨海龍——或不管他們說牠是什麼——與草澤地上一根漂流木的差別，這種缺乏智慧的動物也不可能懂得恐懼到那種地步。活活嚇死！不，牠本來就很虛弱了，又剛好溜出羊圈跑到寒冷的外頭。這裡除了教堂裡的雕刻之外，沒有什麼蛇怪，而我們也會除掉那個雕刻，只要我太太肯難得一回由著我。」

珂拉總是喜歡唱反調來刺激對話，說：「可是你是神職人員，而上帝想必會發送徵兆和奇蹟給祂的子民：若是把這視為祂又在做這樣的事，目的是要求我們懺悔，難道會很奇怪嗎？」她沒能掩飾語氣中無神論者的那股挖苦意味，威爾聽得清清楚楚，不禁揚起一眉。

「好了，妳跟我一樣不相信這番說詞。我們的上帝是理性和秩序之神，不是在夜裡降災的神！這只不過是一個忘了要對造物主保有忠誠的村莊所傳出的不實流言罷了。我的職責是引導他們回到安心與篤定的狀態，而不是向謠言屈服。」

「那萬一其實既不是謠言也不是上帝要子民懺悔，只是有一隻生物，等著被檢驗與分類與解釋呢？達爾文和萊爾──」

威爾不耐煩地推開杯子。「啊，這些名字總是遲早會出現的。我並不懷疑他們是聰明人：這兩人的著作我都讀過了，他們的理論或許有很大一部分會被後世證明為正確的。不過明天會有另一個理論，然後又一個，一個會被視為不足信，另一個會被讚揚；它們會被潮流淘汰，十年後捲土重來，加上一些註腳成為新的版本。西波恩太太，一切都在變，大部分是愈變愈好，不過試著站在流沙上頭有什麼好處呢？我們會踉蹌跌倒，跌倒之後淪為愚行與黑暗的獵物──這些怪物的謠言，只是證明我們鬆開了那條將我們固定在所有良善與確切事物上的繩子。」

「但你的信仰不也滿是奇異和神祕，滿是鮮血和地獄裡的硫磺，滿是在黑暗中盲目地跌跌撞撞，滿是只能用手摸索模糊的形狀？」

「妳說得好像我們還活在黑暗時代，好像艾塞克斯郡還會焚燒女巫！不，我們的信仰是經過教化的，是清楚透澈的：我並沒有跌跌撞撞，我很有耐性地在為我設定的比賽中奔跑，我的道路上有燈！」

珂拉微笑。「我判斷不出你這些話是自己想的，還是引用別人的話：你讓我很為難呢！」她把最後的咖啡喝掉，舌頭上留下一層苦苦的咖啡渣，然後她說：「我們都在說要照亮世界，但是你和我所指的光源是不同的。」

威爾無法解釋地處於興奮狀態，他感覺自己應該因為在自家餐桌上被這怪女人挑釁般的灰色目光給激怒，但他反而微微一笑，並保持笑容說道：「那麼我們就等著瞧是誰先吹滅對方的蠟燭。」然後舉起咖啡杯致意。史黛拉就算花錢在戲院裡買了個好座位，也不會比此刻更陶醉在兩人的互動裡，她兩隻手掌合在一起，好像鼓掌到一半的樣子，但有某種東西鯁住她的喉嚨，她開始咳嗽。對一個這麼嬌小又脆弱的軀體來說，發出這麼低沉的聲音似乎很奇怪。她咳得全身發抖，抓著桌布，把一杯酒弄倒了。威爾立刻從愉快的情緒中驚醒，蹲到她身邊，熟練地輕拍她窄窄的背，並在她耳邊低喃安慰的話。

「我們應該倒熱水來——她應該吸水蒸氣。」凱瑟琳．安布羅斯說，不過咳嗽就像發作時一樣快地結束了。

女人挺直身體，用水汪汪的藍眼睛看著大家，說：「對不起，我真失禮，現在你們都會染上流感了，這要好久才會好！可以恕我先上樓去睡覺嗎？我今晚好開心……」她伸手越過桌面，雙手握住珂拉的手，「但妳明天早上還會在這裡，而我知道我們至少可以帶妳去看一條蛇。」

3

隔天早晨真相揭曉，諸聖堂那隻蛇只是王政復辟時期留下的長椅扶手上，一個貌似無害的雕刻。它是在「艾塞克斯之蛇」時代的末期刻下的，當時謠言轉化為傳說，橡樹和路標上也不再釘有警告牌。顯然那淘氣的工匠毫不懼怕這頭巨獸，他讓有層層交疊銳利鱗片的蛇尾巴繞了紡錘狀的扶手三圈，卻省略了爪子和牙齒。珂拉笑著承認，那對飛翼是有一點邪惡，看起來好像蝙蝠強迫麻雀跟自己交配，此外陰影掠過那張咧嘴而笑的臉時，使它像是在眨眼，不過說真的，要說它是神祕學的符號都嫌牽強了。這玩意兒兩百年來承受會眾充滿愛憐的撫弄，背脊都被磨得光滑無比。

喬安娜陪珂拉和父親出來進行晨間散步，用手指描畫木頭上一道新的溝槽。「那就是他弄的，」她說：「他打算從那裡用鑿子把它挖掉，但我們不讓他動手。」

「他們把我的工具箱藏起來，」威爾說：「他們不告訴我工具箱在哪。」這天早晨的威廉・蘭森姆看起來頗為嚴肅，跟珂拉記憶中那個溫暖小房間晚餐桌上的他不同，好像他戴上領圈時也穿戴上他的職務一般。這不適合他，他的黑衣服和剛刮乾淨的鬍子也不適合他，後者使他帶疤的臉頰紅得像發炎。儘管如此，他疲憊的眼睛深處仍潛藏著一股輕快，當他帶珂拉參觀小村莊以及低塔樓式的教堂，教堂的燧石牆壁因為夜雨而濕潤，在朝陽下閃著光澤，珂拉試著將那股輕快引誘出來。

珂拉把小指末端放在蛇的嘴巴裡。**咬我一口我就相信**。「如果你聰明的話應該以這個為特色，自己散布一些謠言，在講道壇製造隆隆聲，然後在門口收費讓人看怪物。」

「我猜那樣賺的錢或許夠買一扇新窗戶，不過艾塞克斯郡充滿怪力亂神，我們比不過哈德斯托克的丹麥人皮門。」看到珂拉皺眉，威爾說：「那裡的教堂門上鑲滿鐵栓，鐵栓下有一塊塊人皮。聽說有個棄教的丹麥人被逮住並被剝皮，以前他的皮還有擋雨的功能呢。」珂拉打了個冷顫，聽得入迷，為了多滿足她一些，威爾拋開最後的嚴肅，說：「也許他們對他施行了維京人的血鷹懲罰，從他的脊椎把肋骨剪斷，再把肋骨攤開來像翅膀一樣，並扯出兩邊肺臟──噢，妳臉色發白，而且我讓喬喬想吐了！」

女孩輕蔑地看了父親一眼──**你讓我失望了，真的**──然後扣起外套鈕釦，走出去跟那些來執行早晨工作的敲鐘人打招呼。

「你真幸運，或許該說是有福之人吧！」珂拉衝口而出，看著女孩輕巧地穿梭在墓碑之間，並站在停柩門底下揮手。「你們似乎全都有快樂的訣竅……」

「妳不是嗎？」威爾坐到珂拉身旁的長椅上，摸了摸長椅上的蛇。「妳總是在笑，妳的笑很有傳染力，就像打呵欠！」威爾心想：**我們對妳戒慎恐懼，結果瞧妳的模樣！**「妳跟我們預期中不一樣。」

「噢，最近確實是這樣。最近──我在不該笑的時候笑。我知道我不符合別人的預期……最近這兩三個星期，我一直反覆在想，我應該成為的樣子和我實際上的樣子，沒有什麼比這差異更大的了。」一向幾乎是陌生人的對象如此直言不諱真是奇怪，不過他們畢竟見過對方最狼狽的樣子，再怎麼樣的對話也不會比科爾切斯特路旁那座小湖讓他們陷得更深。「我知道，我現在的狀態很丟臉：我一向如此，但以前還沒這麼明顯。」珂拉突然轉為悲傷，威爾驚恐地看到她的灰眼睛變得水亮，於是摸著自己的領圈，用在這種場合總是發揮良好效果的凝重語氣說：「我們被如此教導，我也如此相信：當我們最迷失方向，並感到最缺乏恩典之時，其實慰藉的源頭離我們最近……請原諒我，我無意多加干涉，只是若不說這些話，就好像明明看見妳口渴卻不給妳一杯水。」最後這句話完全偏離他平常慣用的說法，他詫異地低頭看著自己的手，彷彿在確認那是從他自己的身體裡說出來的。

珂拉微笑說道：「我很渴，我隨時都很渴——渴望**所有的一切**！但我很久以前就放棄這一切了。」她比向有白色石材的高屋頂和橫過屋頂的梁柱，以及鋪著藍布的聖壇。「有時候我想我是出賣了自己的靈魂，好讓我能以自己不得不接受的形式活下去。噢，我指的不是活得沒有道德觀或良知——我只是說讓我能隨心所欲地去思考腦中冒出的每個念頭，往我要想的方向去，不讓思緒沿著別人設定好的軌跡發展，只能導向這樣或那樣的結論……」她皺著眉，用拇指滑過蛇的脊骨，說：「我從沒說過這番話，沒對任何人說過，不過我是想說的：沒錯，我出賣了我的靈魂，雖然恐怕並沒有賣到什麼好價錢。我曾經有信仰，你可能與生俱有的那種信仰，不過我看到了它的作用，便拿去換購了別的東西。背過身去不看所有嶄新奇妙的東西，不去正視顯微鏡底下那些不亞於福音書的奇蹟，是一種盲目，或是選擇性瘋狂！」

「妳認為……妳真的認為……妳的信仰和妳的理性，是無法並存的？」

「不光是我的理性，我的理性的分量不足以抵銷我的靈魂！而是包括我的自由。有時候我擔心我會為此遭受懲罰，但我很了解懲罰，我學會了忍受……」威爾聽不懂，又不敢問，不過這時喬安娜走進來站在中殿，敲鐘人在她身後拉繩子，室內隱約聽到鐘聲。

「妳跟我們料想的不一樣。」他重申。

「你也是。」珂拉說，她突然異常地羞澀起來，必須努力直視威爾的眼睛。她認為威爾的領圈賦予的權威，不過就像是鐵匠身上的圍裙，但就連鐵匠也是他自己煉冶場裡的領主。「對，你也跟我料想的不一樣：我以為你很肥又不可一世，史黛拉又瘦又虛弱，而你的孩子全都虔誠得嚇人。」

威爾咧嘴一笑。「虔誠！」他說：「妳是說每天早上恭恭敬敬地晃進教堂，爭先恐後地要拿到《聖經》嗎！」就在這一刻，喬安娜以誇張的動作跪到聖壇前，在胸前畫了三次十字（她在學校有個朋友是天主教徒，而喬安娜很羨慕朋友可以做各種儀式和擁有念珠）。她的頭髮像光環一樣束在耳朵上方，穿著白衣，還擺出極為拘謹的表情，嘴巴簡直像是消失了一樣。她徹徹底底呈現出牧師之女的惱人形象，以致於珂拉和威爾喜孜孜地互看一眼，忍不住又像上次那樣笑不可抑。

「我找不到我的祈禱書。」喬安娜傲然說道，她不明白自己做了什麼，決定因為被笑而感到不快。

他們還在笑的時候，會眾抵達了，把他們的牧師逮了個正著。威爾走到門廊去迎接他們，珂拉試了一兩次想吸引他的目光，像是學校裡的男生想拉人一起惡作劇，卻失敗了：威爾切斷了連結。有蛇的長椅在一個陰暗的角落裡，珂拉在此不會被人看見，而她並不想離開涼爽又安靜的教堂，心想不如再待一會兒。

這座小村莊集結出一群熱情的會眾，珂拉覺得幾乎有種節慶的氣氛，或是面臨共同敵人而帶來的高昂士氣。她坐在座位上，不引人注目，聽到他們低聲談論「禍害」和蛇，以及前天晚上有紅色滿月時有人看到的東西；有些作物提早枯萎了；又有另一個人扭傷腳踝。有個一身黑衣、外表嚴肅，彷彿在跟蘭森姆較勁的年輕人，朝任何從他長椅旁經過的人伸出手，並談到審判和末世之類的事。

鐘聲停了，人們安靜下來，威爾穿過中殿。他用左手臂夾著一本《聖經》，帶著（珂拉覺得）

有點羞赧的表情走到講道壇的台階，這時教堂門被推開，克萊克尼爾站在門外。一道長長的黑影投射在他前方，而且他帶著濃烈的濕泥味，以致於有個忘了戴眼鏡的女人尖聲叫道「牠來了！」，並且把手提包緊緊按在胸口。老人顯然對自己製造的效果樂在其中，他在門口逗留，直到確定大家都看見他了，然後走到教堂前方，扠起手臂坐下來。他在平常總是穿著的苔蘚大衣外頭套上另一件大衣，這件大衣有毛皮領子，毛皮裡有受驚的蠼螋在跑來跑去，此外大衣上也有很多黃銅鈕釦。

「早安，克萊克尼爾先生。」威廉毫不意外地說：「也向諸位道聲早安。『人對我說：我們往耶和華的殿去，我就歡喜。』克萊克尼爾先生，你坐好之後，我們就從第一百零二首讚美詩開始吧，我知道那是你最喜歡的篇章。我們很想念你，還有你的歌聲。」他走到講道壇，把自己關進去。「我們站起來吧？」

克萊克尼爾臭著一張臉，考慮坐在位子上生悶氣，拒絕加入這個活動，但大家一向很崇拜他美妙的男高音，他實在抗拒不了音樂的誘惑。他本來下定決心不上教堂了，藉此抗議全能的神施予他的命運，不過現在他既然破了戒，乾脆一不做二不休。他幾天前失去歌革，那隻羊被發現側躺在地，細瞳孔的黃眼睛驚恐地往後翻，身上沒有任何傷口，這讓他有了新的確信：「禍害」不是從空氣和水裡變出來的謠言，而是具有血肉和骨頭，每夜都悄悄離得更近。這天早上班克斯才說在水面下看見某種黑而光滑的東西，而前天在聖奧西斯那裡，有個男孩在晴朗的白天溺死了。克萊克尼爾絞盡腦汁也想不出，小村莊的小奸小惡與神的審判有什麼關聯，但這絕對是神的審判。如果教區牧師不打算要求大家懺悔，他最好自己來。

對蘭森姆牧師來說很幸運的是，克萊克尼爾選中一個被陽光曬暖的座位，而在春天的暖意和他兩件大衣的包裹下，他陷入一種昏昏欲睡的狀態，不時用鼾聲和喃喃聲為短禱告分段。

珂拉在她陰暗的角落裡，看著會眾低頭禱告並起立歌唱，她微笑看著被母親抱著趴在肩頭的嬰兒，伸手抓弄坐在後一排的孩童；她聽到牧師由禱告切換成讀經時，嗓音有些微的變化。在她身後的牆壁上有個磨損的牌匾，上頭刻著「大衛・貝里・湯普森，唱詩班男童，一八六八—一八七一，安息吧」。她心想：他是只活了短短三年，還是只在唱詩班待了三年？她腳下的拼花地板呈現人字形圖案，淺色木頭散發光澤，所有彩色玻璃上的天使都長著松鴉的翅膀。第二首讚美詩的某部分——也許是旋律，或是兒時記憶中還有印象的一兩句歌詞——碰觸到了珂拉以為已經結痂的地方，她哭了起來。她沒有帶手帕，因為她從來不哭。有個孩子詫異地看到她的眼淚，用手肘頂了頂母親，那母親轉頭，沒看到什麼，又別開了視線。眼淚就是停不下來，珂拉除了頭髮沒有別的東西可以用來擦眼淚。只有站在白色石頭高台上的牧師看到她了，看到她用深呼吸來努力克制哽咽，還有她試著把臉藏起來。威爾和她視線相對並盯著她，她印象中不曾被男人用這樣的目光看過。那目光不帶諧趣，或是貪欲，或是驚恐，其中不含傲慢或殘酷。她想像如果威爾看到詹姆斯或喬安娜心情沮喪，可能就會這樣看著他們；然而又不可能如此，因為這是一種看待平起平坐對象的目光。那一眼很短暫，他的眼神繼續移動，一方面是出於體貼，一方面也是因為音樂結束了，由於要掩飾失態已嫌太遲，珂拉乾脆讓淚水落下。

禮拜進行到尾聲時，珂拉的好心情已恢復得差不多，能夠笑自己還有她洋裝前側的濕印子。她繼續待在座位上，直到威爾在門口被支持者和孩子團團包圍，讓她可以放下心來。她其實不在意被人看見自己悲從中來，不過擔心別人可能會憐憫她，寧願在這裡等候時機，直到可以回到瑪莎身邊，以及充滿鸚鵡螺化石與筆記本的安全環境，它們從來沒惹她哭過。她判定是時候可以安全地離開了，便從長椅最陰暗的一側溜出去，卻遇上顯然在等她、穿著毛皮領大衣的克萊克尼爾。

「妳好啊！」他說，因為嚇了珂拉一跳而樂得很，「我發現我們之中有個陌生人。妳穿著那雙綠靴子在這裡做什麼？」

「我或許是陌生人沒錯，」珂拉說：「但我至少沒有遲到！而且我的靴子是棕色的。」

「說得也是，」克萊克尼爾說：「說得也是。」他彈掉袖子上一隻蠼螋。「我猜妳聽過一些關於我的事，而且那些事也沒錯，因為牧師是我很特殊的朋友，在我所剩不多值得珍惜的事物中，他是我所珍惜的一個人。」他朝珂拉伸出手，並報上自己的名字。

「啊——克萊克尼爾先生！」她說：「我當然聽過你，昨晚也聽說你痛失愛寵。很遺憾——是隻綿羊對吧？」

「她說綿羊！**綿羊！**」他咯咯笑，四處張望想找人分享珂拉的愚蠢，卻只找到上方長著松鴉翅膀的天使，於是對著它們叫道「綿羊！」，然後又笑了一會兒。接著他像是想起什麼，止住笑，傾向前抓住珂拉的手肘。他壓低音量，於是珂拉不知不覺地湊近好聽清楚一點：「那他們告訴妳了？他們告訴妳了，而妳聽仔細了？關於月光下有什麼在黑水河活動，最近我聽說大白天也會出現，因為聖奧西斯那男孩被抓走時是中午，而且天上一朵雲也沒有？他們告訴妳了，妳或許自己也看見了，或許也聽見了，或許也聞到了，就像現在在我大衣表皮上的東西和妳表皮上的東西，我也會被鎖定……」他湊得更近，口氣帶著魚腥味和腐敗的氣味。他把珂拉往更陰暗處逼去。「噢我看出妳知道了，**噢我看出妳知道了**：妳很害怕對不對？妳夢到牠，妳聽牠的動靜，妳等牠出現，妳希望見到牠……」他在最沒有料想到的地方發現了真相，將嘴巴湊得離珂拉很近，低哼著：「噢，多麼邪惡的小東西啊，知道審判要來了，知道沒有地方可躲，到頭來妳希望見到牠對吧，**妳希望見到牠**，只要妳能見到牠，妳就能忍受牠——妳心想也許甚至就是現在，就是在這裡，趁我們都低著頭時爬過門檻？」陰影變濃了，空氣變冷了，珂拉聽到威廉．蘭森姆的嗓音從一小段距離外傳來。她尋找威爾，卻沒找到。克萊克尼爾在她面前搖擺，遮擋她的視線，低吟著：「噢他看不見，他感覺不到，他幫不上忙——往那裡看沒用，那麼做沒好處。」

「讓我走。」珂拉邊說邊摸著自己脖子上的疤，想起她和牧師先前坐在她現在站的位置時，自己說的話：**我很了解懲罰，我學會了忍受它**。她追求的是懲罰嗎——難道麥可對待她的方式扭曲到她希望別人也做一樣的事——難道因為她被擠壓和捏塑了太久，以致於她現在是個畸形的殘廢了？或者她真的出賣了自己的靈魂，必須實踐交易？「讓我走。」她說，把手放在長椅上穩住身體，發現長椅是濕的。她的手一滑，踉蹌地跌在克萊克尼爾身上，摸到他油膩的大衣，聞到難聞的鹽味和牡蠣味——他也一個顛躓，為了站穩腳步而舉起雙臂。他的長大衣敞開來，露出油油的黑色皮革內裡，像翅膀一樣披垂著。「**讓我走！**」珂拉說，門開了，喬安娜站在門口，讓光線灑進來，瑪莎和她在一起，她們在說：「是誰把門關起來的？誰讓門關上的？」克萊克尼爾跌坐到長椅上，說他真的很抱歉，只是這幾個月紛紛擾擾，壞事一樁接著一樁。「我來了。」珂拉喊道，然後又說了一次，以確保她的嗓音沒有啞掉：「我來了，如果我們要趕上火車的話，最好動作快點。」

史黛拉站在教區牧師寓所的窗前，看著一群孩子穿過公有地，躲在「叛徒的橡樹」的樹枝之間。她大半夜都在咳嗽，幾乎沒怎麼睡，睡著時夢到有人來她房間，把所有東西都漆成藍色。牆壁是藍色的，天花板也是，原本的地毯變成藍色地磚，被窗外透進來的光線給映照得鮮豔無比。天空是藍的，樹上的葉片也是，樹上還結出藍色果實。她醒來時沮喪地發現壁紙上仍是原本的玫瑰，仍掛著原本奶油白的亞麻窗簾，於是派詹姆斯去花園採一些藍鈴花。她把藍鈴花以及她在早春做的乾燥紫羅蘭壓花，還有以前威爾放在她枕頭上的一枝薰衣草，都排放在窗台上。她覺得有點熱，不過不會不舒服。教堂鐘聲響起時，她執行了自己的儀式。她用拇指觸碰每朵花，歌唱般反覆地說：「青金石、鈷藍、靛藍、藍色。」但事後自己也說不上為什麼。

第二部　殫精竭力

四月

喬治．史賓塞
轉交地址為喬治旅館
科爾切斯特

四月一日

親愛的安布羅斯先生：

如您所見，此信寫於科爾切斯特一間剛好與我同名的旅館，我和路克．蓋瑞特醫師將在這裡住一段時間，您可能還記得，就是他在去年秋天介紹我們認識的，當時的場合是已故的麥可．西波恩在福里斯街舉辦的晚宴。

希望您能原諒我貿然來信，並尋求您的建議。我們上次見面時，曾短暫地談到最近為了改善勞動階層的居住環境而設計的國會法令。如果我記得沒錯，您對法令具體納入政策的速度太慢表示沮喪。

最近幾個月，我有機會更加了解倫敦的居住問題，特別是那些不在地主[39]收取的高額租金。我了解諸如皮博迪信託[40]這類慈善機構，將在對抗過度擁擠、貧窮的居住空間以及無家可歸的問題上發揮愈來愈重要的功效。

我很渴望找到適當的方式妥善運用史賓塞信託——我知道我父親期望我不要只是將資金投注在奢侈的生活上——我急於向比我更有學識的人士求取建議，以明白該怎麼達成這個目標。我相信您已經非常熟悉這個議題，不過還是附上倫敦都會住房委員會的傳單供您參考。

我最近得知了一些提案，目標在於擴建現有供倫敦窮人居住的新房子，並且不要對居民施加道德義務——亦即用安全健康的家獎勵「表現好」的人，剩下的人則任由他們待在髒亂的環境裡，我認為應該要讓我們的同胞在沒有任何附加條件之下脫離貧窮。

我再過一到兩週會回到倫敦，如果您能撥點時間，我們可以談一談嗎？我深刻地體會到在這件事上，就如其他大部分的事，我的資訊都很貧乏。

期盼收到您的回音。

您最誠摯的，
喬治．史賓塞

39　即不居住於土地所在地區的土地所有權人。

40　皮博迪信託（Peabody Trust）創立於一八六二年，是倫敦歷史最悠久、規模也最大的一個住房互助協會，業務包括建造社會住宅租給低收入戶，早期對住戶有嚴格的道德規範。

珂拉．西波恩
轉交地址為紅獅旅店
科爾切斯特

四月三日

我親愛的史黛拉：

我們上次見面真的只是一個星期前的事嗎？感覺至少有一個月了。再次感謝妳親切又周到的招待——我想我從沒吃過那麼豐盛的食物，也沒吃得那麼開心過。

我寫這封信是希望能引誘妳某一天下午來科爾切斯特這裡。我想去參觀城堡博物館，想說也許孩子們也可以來：瑪莎好喜歡喬安娜，我都有點吃味兒了呢。那裡也有座漂亮的花園，有很多妳喜歡的藍色花朵喔。

隨信附上一封給好牧師的便箋，還有一張我希望他會覺得有趣的傳單……

快點回信喔！

愛妳的，
珂拉

親送

親愛的蘭森姆牧師——

希望你一切安好，我想藉此信感謝你們全家親切且周到的招待。我好慶幸能在比之前更和樂融融的狀況下見到你。

我們認識後不久，發生了一件非常奇怪的事，我想立刻告訴你。我們去了一趟番紅花沃爾登鎮，去看行會會館，還有參觀博物館。那座城鎮好美，在任何人眼中都能挽回艾塞克斯的形象：我幾乎能相信街上飄散著番紅花的氣味。而我在一個位於陽光明媚街角的書店裡發現什麼呢？正是這個（請見附件）：當初那本警告有飛天巨蛇的小冊子的摹本。

上面寫道：「來自艾塞克斯郡的奇聞異事」，千真萬確有關！有個叫米勒．克利斯帝的人不嫌麻煩地複製了這份摹本，我們必須為此心懷感謝。上頭甚至還有圖畫，不過我得說沒有人露出害怕的樣子。

要當心牠，好嗎？搞不定一頭綿羊的男人，我是不期待能勝過這麼可怕的對手的。

您誠摯的，

珂拉．西波恩

威廉．蘭森姆
諸聖堂教區牧師寓所
奧溫特

四月六日

親愛的西波恩太太：

謝謝妳寄來的小冊子，我讀得興味盎然，在此奉還（恐怕約翰以為這又是一本著色本，而詹姆斯自得其樂地設計了一把十字弓來捍衛家園）。我以我的牧師身分所能容許的程度，盡可能誠摯地向妳保證，要是我在公有地看到一條飛翼像雨傘的蛇怪，把牠的喙敲得咔啦響，我會用漁網把牠逮住，立刻送去給妳。

我很高興認識妳。我在星期天早晨經常很緊張，很歡迎妳分散我的注意力。

妳會在科爾切斯特待很久嗎？奧溫特隨時歡迎妳。克萊克尼爾很喜歡妳，我們也都是。

懷著基督徒之愛的，
威廉．蘭森姆

1

四月的最後一週，當艾塞克斯郡每個灌木樹籬都綴滿白色的峨參花和黑刺李花時，珂拉帶著瑪莎和法蘭西斯搬進奧溫特公有地旁邊一棟灰色的房子裡。他們厭倦了科爾切斯特和紅獅旅店：法蘭西斯已經把旅店老闆珍藏的「福爾摩斯探案」都看完了（用紅色墨水標記出描述不精確之處，用綠色墨水標記出有違常理之處），而珂拉漸漸覺得鎮上那條整齊乾淨的小河滿足不了她，那條河絕對藏不了比狗魚大的生物。

珂拉一想到跟克萊克尼爾會面的經過就感到焦躁不安，回想起他大衣衣領上鹹鹹的氣味，以及他如何從黑暗的角落裡召喚出在黑水河蟄伏等待的巨獸。珂拉覺得奧溫特那裡有什麼在等她，雖然她也說不上來自己想找的是活的東西還是死的東西。她經常覺得自己偏偏想在艾塞克斯郡河口找到一隻活化石，是很幼稚又輕易相信沒有根據說法的行為，但既然查爾斯・萊爾都贊同有一個物種用智慧免於滅絕的想法，她也可以。而且克拉肯海怪原本不也只是傳說，直到有隻大王烏賊出現在紐芬蘭島的沙灘上，然後被放在摩西・哈維（Moses Harvey）牧師的錫製澡盆裡拍照？除了那些之外，她現在腳下踩的正是艾塞克斯的黏土，裡面藏著天知道什麼，在等待著時機。她會走到外頭，大衣下襬沾著泥巴，臉頰上有雨水，說：「我不懂為什麼就不能是我，為什麼就不能在這裡：瑪麗・安寧本來也什麼都不懂，直到她的狗死於山崩。」

捎來消息的人是史黛拉・蘭森姆，說公有地旁的灰色房屋空著。她先前去科爾切斯特買了好幾匹藍色布料，那時候她說：「妳對這座城鎮厭煩了以後，要不要來奧溫特？蓋恩斯佛斯夫婦從好幾個月前就開始找房客了，可是只有很奇怪的人才會去那裡跟我們住在一起！那是棟好房子，有花園——夏天就快到了。妳可以雇用班克斯載妳到河口：妳在高街上是絕對找不到妳的蛇的！」她牽起珂拉的手，說：「再說，我們想要你們離我們近一點。喬安娜想要瑪莎，詹姆斯想要法蘭西斯，而我們都想要妳。」

「我確實一直想學開船。」珂拉微笑說道，牽起史黛拉的小手，「妳可以幫我跟蓋恩斯佛斯夫婦聯絡，並且替我的人格作擔保嗎？老天，史黛拉，妳的手好熱，把大衣脫掉吧，告訴我妳感覺怎麼樣。」

法蘭西斯在他喜歡待的新位置，也就是桌子底下聽，他非常贊成：搬來科爾切斯特給了他可以征服的新王國，他已經準備好迎接更多挑戰。他已經把這座城鎮少量的珍寶搜括殆盡（吹出蛋液留下蛋殼的海鷗蛋、乞丐泰勒讓他從高街廢墟裡拿走的銀叉子），而且他和母親一樣確信黑水河草澤地上有東西等在那兒。他父親去世後這幾個月以來，他感覺自己或多或少成了大人：珂拉和瑪莎都不再試著把他捧在手心嬌寵，他也絕對沒有索討這樣的待遇。他過去經常會在夜裡或清晨不請自來地出現，警醒地站在門口或窗邊，這種情況也早就停止了——他不知道自己以前為什麼要這樣，只知道現在已經沒有這個需要了。他反倒是變得很封閉、很滿足地保持沉默，並欣然跟著母親和瑪莎去奧溫特作客。牧師的兩個兒子對他態度友善但輕慢，他覺得這樣正好：他們見過兩次面，三個男孩在公有地閒晃，好幾個小時下來只交談了大概十幾個字。「奧溫特。」他說，試著判斷可不可行，「奧溫特。」他喜歡這三個音節；他喜歡往下降的句調。他母親低頭看他，如釋重負地說：「法蘭奇，你想去嗎？那好，就這麼決定了。」

2

路克・蓋瑞特醫師在他位於本東維爾路的房間裡，用睡眠代謝劣質葡萄酒，結果被他窗戶底下的一陣騷動吵醒。有個跑腿的男孩帶了信件來，固執地站在門口等待回應。路克攤開那張摺起來的紙，讀道：

> 建議立刻前往病房。傷患左側有穿刺傷口，位置在第四肋骨上方（已通知警方）。傷口尺寸為一乘八分之一吋，穿透肋間肌直達心臟。初步檢查顯示心肌未受損；心包膜有傷口（？）。傷患為二十幾歲男性，意識清醒，呼吸正常。若是在一小時內處理，或許可接受手術治療。料想你會來，會先作好準備。——莫琳・弗萊

他發出極度欣喜的一聲大吼，等待的男孩嚇了一跳，放棄拿到小費的希望，悄悄溜回人群中。在整間醫院裡，除了史賓塞以外，莫琳・弗萊修女是路克唯一的擁護者和女性知己。她本身受到限制而無法如願操作手術刀和針線，卻覺得路克那顛覆性的猛烈野心能代替她自己的野心。她的服務年資及傑出的智慧，再加上作為武器用來對付那些傲慢男人、絕不妥協的沉著，使她成為支撐起醫院結構不可或缺的元素，就像醫院任何一道牆壁。路克已經習慣手術室裡有她幾乎沉默地隨侍在旁，並且懷疑因為有她這位盟友，自己才有機會嘗試幾場原本可能會被視為風險太高的手術，不過這份懷疑始終不夠確定到能夠向她道謝。而先前的手術風險都比不上眼前這一場：從來沒有一個外科醫

生成功縫合心臟的傷口。做到這件事的可能性之低，竟使它染上冒險故事和傳奇小說的色彩，好像這是由一個沒人奢望能討好的女神所設下的任務。不到一年前，愛丁堡醫院最被看好的一位外科醫生，相信自己能取出受傷士兵心臟裡的子彈，結果在手術檯上失去了病人，他在羞愧與悲傷中默默回家，舉槍自盡。（他當然瞄準了心臟，可是因為手在發抖，他射歪了，結果死於感染。）

路克．蓋瑞特站在陽光照耀的門口，把那張紙按在胸口時，完全沒想到這些事。「上帝保佑你們！」他朝一頭霧水的路人喊道，他指的包括傷患和護士，還有很湊巧地揮了刀子的那個人。他穿上大衣，拍拍口袋，他的錢都拿去買酒了，沒剩下任何錢搭出租馬車。他笑著全速衝刺，跑了一哩來到醫院大門口，每跨一步都卸去一點昨晚的沮喪，抵達之後發現有人在等他。有個資深外科醫生擋住他進病房的路，那醫生留著顏色和形狀都像園藝鏟的鬍鬚，有點算是用門框抵住自己的身體。史賓塞站在資深醫生旁邊，他經常一副焦慮的模樣，此刻也不例外，雙手抬起擺出安撫的手勢，不時比向自己手中的字條，路克看出那顯然也是弗萊修女寫的。在他們兩人身後，有扇門打開又迅速關上，但路克已經瞥見白色被單下伸出一雙又長又窄的腳。

「蓋瑞特醫師。」較年長的外科醫生拽著鬍鬚說：「我知道你在想什麼，你不能這麼做……就是不能。」

「不能嗎？」這話說得溫和無比，史賓塞警戒地倒退一步。因為他知道路克這個人沒有絲毫的溫和可言。「他叫什麼名字？」

「我的意思是你不但不能，也不准。他的家人跟他在一起，讓他平靜地去吧。我就知道有人會派人找你來！」他扭著雙手，「我不會放任你讓這間醫院蒙羞——他母親在陪他，那女人進來後就一直在說話。」

路克向前跨出一步，聞到外科醫生散發某種像洋蔥的濃郁氣味，在那之外還有令人安心的刺鼻碘酒味。

「告訴我他的名字，羅林斯。」

「他的名字對你沒用。等我查出是誰找你來的……你不准進去，我不准你進去。從來沒有人在治療心臟的傷口後，病人還能存活的，那些都是比你更優秀的人。而且他是個人，不是你那些沒有生命的玩具……想想這間醫院的名聲！」

「我親愛的羅林斯，」這句話說得客氣文雅至極，史賓塞不禁整個人畏縮起來，「就算你試著阻止我，也擋不住我。如果他們答應讓我動手術的話，我會放棄收費，而他們會答應的，因為他們已經走投無路了。再說，皇家自治市教學醫院就算有任何名聲，也全是拜我所賜！」

羅林斯在門口挪移，好像希望自己的身體能膨脹來塞滿四角並變成鋼鐵，他肥厚的臉漲成深紅色，史賓塞不禁靠上前去，擔心他會昏倒。「我說的不是規定，」他說：「我說的是一條人命……根本不可能……你會毀了你的名聲……那是他的心臟！那是他的心臟！」

路克沒有移動，只是在陰暗的走廊上，他似乎不是變大了，而是變得更有分量，密度更高：他並沒有發脾氣，卻似乎散發著一股難以抑制的巨大能量，幾乎讓他發出得得的聲音。羅林斯癱軟地靠在牆上：他知道自己輸了。路克帶著幾乎是和藹的表情經過他身邊，快步走進一個非常乾淨的小房間。消毒過的明亮空氣散發石炭酸的氣味，另外有一股薰衣草香，來自坐在病人床邊那女人手中攥著的手帕。女人不時傾身向前，像在傾訴祕密般對白被單底下的男人說悄悄話：「你應該不會過太久才回去上班吧……我們先不要驚動他們。」

莫琳．弗萊穿著漿得硬如紙板的連身裙、戴著薄橡皮手套，站在窗邊調整棉布窗簾，讓夕陽能照進室內。她轉身向剛進來的男人平靜地點頭打招呼，就算她聽見了一門之隔的激烈爭吵，顯然也絕對不會承認。「蓋瑞特醫師，」她說：「史賓塞醫師。午安。你們在檢查病人前當然要先準備，他的狀況良好。」她遞給史賓塞一小疊檔案，上頭記錄著愈來愈低的脈搏和達到高峰的體溫。路克和史賓塞都沒有被那套話術所騙，這麼說的用意在於不向病人母親透露任何事。傷者狀況並不好，而且很可能永遠都好不起來了。「傷者名叫愛德華．波頓。」她說：「二十九歲，身體健康，是保誠保險公司的職員。他走回貝斯納格林區的家時，遭到陌生人攻擊，在聖保羅座堂的台階上被人發現。」

「愛德華．波頓。」路克說，轉向被單下的男人。

男人好瘦，幾乎沒有撐起蓋住他的白布，不過很高，所以腳和肩膀都露在外面。他的鎖骨很突出，鎖骨間的喉嚨凹陷處明顯地抖動著。史賓塞心想：**他吞了一隻飛蛾**，不禁感到反胃。患者的臉頰寬而飽滿，黑痣叢生，臉頰上漫開紅暈。他的髮線提早開始後退了，留下一片白色額頭，上頭明顯可見一粒粒汗珠。就外表來看，他可能二十歲，也可能五十歲，在這一刻，他大概比過往都要美麗。他意識清醒，散發著一股極為專注的氣息，好像吐氣是一項耗費他數年才練到完美的技能。他仔細聽母親說話，在母親停頓時插話，不過只是講一些烏鴉和禿鼻鴉的事。

「他幾小時前還好好的。」他母親帶著歉意說，好像他們錯過時機，沒能看到兒子的最佳狀態，這下會失望離去似的。「他們貼了個貼布上去。妳可以給他們看一下嗎？」護士先是抬起他細瘦的手臂，然後撩起被單。史賓塞看到一大塊方形貼布固定在傷者左側乳頭上，並往下延伸幾吋。沒有看到血或膿：看起來就像他睡著時有人替他蓋上一塊布。他母親說：「他們送他來的時候他還好好的。他在說話。他們稍微把他貼起來，修補一下。他沒流多少血，也沒什麼其他不對勁的。他們把他放在這個不礙事的地方，然後好像就忘了我們了。他只是累了。為什麼都沒有人來？為什麼我還不能帶他回家？」

路克溫柔地說：「他快死了。」他讓這幾個字在空氣裡待一會兒，看看女人會不會接住，但女人只是露出不確定的微笑，好像這是個品味欠佳的玩笑。路克蹲在她的椅子旁，輕輕按著她的手，說：「波頓太太，他快要死了。到明天早晨他就會死了。」

史賓塞知道路克是多麼渴望能等到這樣的傷勢，他看過路克切割與探查狗和屍體，好為此做準備，有一次他還讓路克反覆縫合自己一道長長的割傷，以精進他的針線功夫，現在看到朋友如此有耐性，不禁又是驚奇又是讚賞。

「胡說！」女人說，他們聽到她指間的手帕發出布料撕裂的聲音。「胡說！看看他！他睡一覺就會好了！」

「他的心臟受了刀傷，血都流在裡面，都在這裡……」路克搥了一下自己的胸口，「他的心臟愈來愈虛弱了。」路克努力思考女人可能聽得懂的說法，說：「他的心臟會像一隻在森林裡流血的動物一樣愈來愈虛弱，然後會停止不動，那時候妳兒子身體裡所有地方都不會再有血液了，於是所有器官，包括他的肺和腦，都會停止運作。」

「**愛德華**……」女人說。

路克看到他擊中了要害，他的獵物很虛弱。他伸出手按在女人肩上，說：「我的意思是——除非妳讓我幫忙，否則他就會死。」

女人掙扎了一會兒不肯面對現實，然後哭了起來。路克發揮了史賓塞從未見過的權威感，用穿透哭聲的輕柔嗓音說：「妳是他母親，妳把他帶到這個世界來，妳也可以把他留在這個世界。妳願意讓我動手術嗎？我……」他對成功機率的信心確實在跟他的誠實心交戰，最後達成不安的休戰協定，「我非常厲害……我是最強的，而且我願意免費動手術。沒有人做過這樣的手術，而且他們會跟妳說這是做不到的，不過凡事總有第一回，那一回才是最重要的。我知道妳要我保證成功，我不能保證，但妳能不能至少相信我？」

門外傳來短暫的騷動。史賓塞懷疑羅林斯通知了好幾個管理當局，於是扠起手臂用背抵住門。他與護士四目相對，兩人各自默默傳達出「我們真的是在玩火呢」。騷動遠去了。

女人在喘息的空檔中說：「你要對他做什麼？」

「說真的，沒有那麼可怕。」路克說：「他的心臟被某種袋子保護著，就像子宮裡的胎兒一樣。刀傷就在那裡，我看到了，我可以指給妳看嗎？……嗯，或許妳還是不要看比較好。總之刀傷就在那裡，不比妳的小指長。我會把傷口縫起來，出血會停止，然後他就會……他可能就會……好起來。如果我們什麼都不做……」他兩手一攤表示氣餒。

「會痛嗎？」

「他不會有任何感覺。」

女人開始一點一滴地振作起來，先從腳開始，她把兩腳踩得分開一點，最後是頭髮，她把頭髮從臉上撥開，好像在炫耀她新獲得的決心。「好吧。」她說：「你想做什麼就做吧，我現在要回家了。」她沒有看她的兒子，只在經過病床時握了一下兒子的腳。史賓塞陪她一起出去，去做他每次都做的事：安撫、勸慰，以及用財富地位賦予他的權威，保護朋友不必面對自己的行為所帶來的後果。

與此同時，路克俯向病床，簡潔地說：「再過一會兒你就能好好睡一覺——你累了嗎？我覺得你累了。」接著他握住男人的手，覺得有點愚蠢地說：「我是路克．蓋瑞特，希望你醒來時會記得我的名字。」

「一隻禿鼻鴉是烏鴉，」愛德華．波頓說：「但是兩隻烏鴉是禿鼻鴉。[41]」

「譫妄是意料中的。」路克說，把男人的手腕放回白被單上。他轉向弗萊修女，說：「妳可以跟刀嗎？」不過這只是禮貌性的詢問，因為很難想像她會不跟。她點點頭，在這沉默的回應中傳達出對路克醫術的高度信心，以致於路克自從一路跑到醫院尚未平靜下來的脈搏，終於開始變慢了。

路克和史賓塞雙手刷洗到發紅，走進手術室時，推病床的傳送員已經離開了。愛德華．波頓躺在高高的床上，眼睛緊盯著弗萊修女，後者已經換上一套乾淨制服，正以熟練而單調的動作取出一連串瓶子和器材，放在鋼鐵托盤上。史賓塞想要向病人解釋接下來會發生什麼事——氯仿發揮作用的速度緩慢且讓人不適，病人不該反抗面罩，時候到了自然會甦醒（他還會醒嗎？），醒來後會因

41 英國有句俗語說：「一群烏鴉就是禿鼻鴉，一隻禿鼻鴉就是烏鴉。」（A crow in a crowd is a rook and a rook on its own is a crow.）指的是這兩種外型相似的鳥有不同的習性，禿鼻鴉常成群行動，烏鴉則單獨行動。

為管子伸進喉嚨讓乙醚通過而喉嚨痛。但路克需要安靜，而史賓塞和護士都已經培養出察言觀色的能力，只憑點頭和手肘輕輕一碰就知道他接下來需要什麼，或是他白色口罩上方的黑色目光是如何清楚示意他們行動。

傷者動也不動，橡皮管拉扯他的嘴唇，讓他貌似在冷笑，路克撕下貼布審視傷口。皮膚的張力使傷口敞開，呈現盲眼的形狀。波頓的脂肪量太少，以致於在被割開的皮膚和肌肉底下，灰白色的肋骨清晰可見。開口大小不足以進行手術，於是路克先用碘酒沖洗傷口後，拿刀子往各個方向劃了一吋，把傷口擴大。史賓塞和弗萊隨侍一旁負責吸取、擦拭，讓他能看清楚傷口，而路克發現他必須先切除一段擋住受傷心臟的肋骨。路克曾經用很細的骨鋸切除某個女孩被壓碎的一根腳趾，不顧那女孩抗議說如果只剩四根腳趾，她就沒辦法穿著涼鞋跳舞了，而現在他就用這把骨鋸把那根肋骨鋸到比原始狀態短四吋，再把骨頭放在一旁的手術盤裡。接著他用拿在鐵路工程師手裡也不奇怪的鋼鐵牽開器撐開一個空間，並往裡窺視。史賓塞心想：**我們塞得好滿**，他一如往常地讚嘆人體內的鮮豔美麗。大理石紋狀的紅色和紫藍色，還有少量堆積的黃色脂肪：這並不是自然界裡會有的顏色。有一兩回開口周圍的肌肉緩緩伸展，像是打呵欠打到一半被阻止的嘴巴。

還有心臟本身，在它黏滑的包膜中彈動，似乎只受到了輕微的損害。路克曾保證刀傷只傷及包膜，沒有更深入內裡，他相信自己說的是實話，現在用指頭觸診後，發現他沒說錯。心室和瓣膜都完好無缺：他如釋重負地輕喊出聲。

史賓塞看到路克把手滑進去，手腕稍微彎成某個角度，手指拗起，設法把心臟捧起來，去感覺它，因為這是最親密的行為，是感官性的（路克總是這麼說，即使對象是屍體），他憑觸覺能看到的不亞於視覺。他用左手扶牢心臟，用右手接過弗萊遞給他的彎針，針上已穿好羊腸線，那線細到可以用來縫婚紗的絲布。

過了許久之後，史賓塞會在病房裡和走廊上被攔下，別人會問他：「那場手術花了多長時間？總共縫了幾針？」而他喜歡說：「一千個鐘頭，一千針。」雖然事實上他似乎才吸進一口氣再吐出一口氣，就聽到牽開器的螺栓摩擦聲，以及那工具被取出時發出濕潤的滑脫聲。傷口邊緣的肌肉啪嗒密合，接著就只剩皮膚要縫合了，皮膚底下是原本有肋骨的空洞。

然後他們度過了漫長的一小時，在床邊走動，把氯仿替換為鴉片劑、敷藥膏、包紮傷口，緊張地觀察有沒有緩慢或突然滲血的狀況。莫琳．弗萊修女背脊挺直、眼神明亮，彷彿她很樂意全部重來一遍、然後再一遍。她倒了水給兩位醫生，史賓塞喝不下去，路克大口狂飲，幾乎嘔吐。其他人來來去去，好奇地在門邊觀望，希望手術成功或失敗或兩者皆是，不過看不到也聽不到任何動靜，只能失望地離去。

第二個小時才剛開始，愛德華．波頓便睜開眼睛，大聲說：「我只是剛好在聖保羅座堂旁邊，納悶穹頂怎麼不會掉下來。」然後他放輕音量說：「我喉嚨好痛。」對這些看過太多生命如潮水起落的人來說，他臉頰的顏色以及試圖抬頭的動作已經說明一切，就跟一整天小心翼翼記錄脈搏和體溫的結果一樣準確。太陽已落山了，而他會看到它再升起。

路克轉身離開，從許多存放布巾被單的櫥櫃中挑了一個，在黑暗中蹲了許久。他陷入一股可怕的顫抖中，身體抖得好厲害，唯有用雙臂緊抱住自己，像穿上束縛衣般，才能阻止身體整個撞向關閉的櫃門。後來顫抖消退了，結果他哭了起來。

3

威廉・蘭森姆沒穿大衣走在公有地上，看到珂拉朝他走來。還隔著一段距離時，他就馬上知道那是他們的客人了：珂拉走路像男孩一樣邁大步，而且似乎總是會停下來察看草叢裡的東西，或是撿起什麼放進口袋。低垂的斜陽照亮珂拉披散在肩頭的頭髮，她看到威爾時，微笑舉起一手。

「午安，西波恩太太。」威爾說。

「午安，牧師。」珂拉說。他們頓了一下，然後微笑，沒把招呼當真，好像彼此已有多年交情，使得這些細節很突兀似的。

「妳剛才去哪兒了？」威爾問，看出珂拉顯然走了好幾哩路：她的大衣沒有扣起，上衣領口處微濕且沾上苔蘚，而且她手裡還握著一枝峨參花。

「我不確定耶，我已經當了兩星期的奧溫特人，這裡對我還是神祕無比！我知道我是往西走。我買了些我喝過最香醇的鮮奶，擅闖了一棟豪華住宅的領土，嚇到一群野雞。我的鼻子曬傷了，你看！後來我從一座梯磴上摔下來，膝蓋流血了。」

「我想是康寧福會堂，」他並沒有關心珂拉受的傷，「那裡是不是有塔樓，還有一隻被關在籠子裡的悲傷孔雀？妳很幸運，沒有被當成盜獵者擊斃。」

「這麼說來是個壞心眼的大地主囉？我應該放走那隻孔雀的。」珂拉平靜地打量威爾。沒有人比他看起來更不像個牧師了：他的上衣下襬沒紮，袖口髒兮兮的，指甲底下有泥土。他星期天刮得乾乾淨淨的臉頰現在長出短短的鬍子，綿羊的蹄子留下彎曲疤痕的位置則沒長出任何毛髮。

「最惡劣的大地主！你若是在他的地盤上抓到一隻兔子，他早餐前就會把你扭送到地方法官面前。」

他們很自然地並肩行走，步伐一致。威爾想到他們的腿一定一樣長，身高也一樣，說不定手臂張開的寬度也一樣。慵懶的和風中飄著櫻花。珂拉感覺自己滿溢著可以奉獻的事物，簡直忍不住要分享：「我剛才看到你之前，有一隻野兔就在那裡的小路上停下來看著我。我原本都忘了牠們毛皮的顏色，像是剛從殼裡剝出來的杏仁，牠們的後腿好有力量，還有牠們好高喔，突然就竄過原野，好像想起有什麼事該做似的！」她瞥向威爾，或許鄉下人會覺得她這麼開心很幼稚？不過並沒有：威爾露出微笑並低下頭。「我看到一隻蒼頭燕雀，」珂拉說：「還有黃色的東西一閃而過，可能是黃雀——你對鳥類在行嗎？我可不行。到處都有橡實裂開來，伸出根和莖：白白的東西鑽進去年的葉子還沒爛光的泥土，而新的綠葉又開始要展開了！我以前怎麼從來沒看過呢？真希望我有一個可以拿給你看。」

威爾困惑地看著她伸出來的手以及空空的掌心。珂拉多奇怪啊，會注意這些事情，還想到要告訴他。她的男款大衣掩飾不了高級的絲質上衣、珍珠扣環以及手上的鑽戒，綜合起來的效果耐人尋味。「我對鳥類的知識是心有餘而力不足，」威爾說：「不過我能告訴妳，藍山雀戴著攔路強盜的面罩，大山雀則戴著要把強盜吊死的法官黑帽子！」珂拉大笑，威爾羞怯地說：「希望妳直接喊我的名字就好。妳願意嗎？『蘭森姆先生』像是在喊我父親。」

「如果你想要這樣的話。」珂拉說：「威廉。威爾。」

「妳有沒有聽到啄木鳥的聲音？我總是會注意聽牠們的聲音。還有，妳有沒有找到『艾塞克斯之蛇』——妳是來拯救我們脫離恐懼的束縛的嗎？」

「既沒找到牠的皮也沒找到牠的毛！」珂拉憂傷地說：「我提到的時候，就連克萊克尼爾看起來都樂得很。我相信你向那討厭的生物通風報信說我要來了，還把牠罵跑到薩福克郡去了。」

「並沒有，」威爾說：「我向妳保證，謠言還傳得火熱呢！克萊克尼爾或許在女士面前裝勇敢，但他從來不會讓窗口沒有點著蠟燭。他把可憐的瑪各關在屋裡，牠的奶都乾了。」珂拉微笑，威爾說：「不僅如此，若非聖奧西斯那裡的人對牲口粗心大意，不然就是有什麼東西從母牛那裡抓走兩頭小牛，從此再也沒人見到牠們。」威爾心想：**更有可能是偷竊，不過讓她做做白日夢吧**。

「唔，至少那挺振奮人心的。我想……」她神情凝重地說：「應該沒有別的人溺死吧？」

「沒有，西波恩太太——珂拉？——不過我真不願意讓妳失望。好了，妳剛才正準備去哪裡？」

他們很有默契地來到了牧師寓所的柵門前。他們身後的公有地上，「叛徒的橡樹」拉長了影子，前方的方格狀步道則被藍色風信子圍繞。它們散發濃烈花香，令珂拉有些暈眩，她覺得那香味不太莊重，令她產生的反應很像不由自主的欲念，脈搏都變快了。

「我剛才正準備去哪裡？」她低頭看自己的腳，好像雙腳未經她許可帶著她走。「我想我正準備回家吧。」

「妳一定要回家嗎？妳不進來嗎？孩子們出去了，史黛拉見到妳會很開心的。」確實如此：他們還沒敲門，門就開了，好像有人在等他們，而史黛拉就在門內，全身的色彩在陰暗的門廊上顯得鮮明無比——她泛著銀色的頭髮披散著，眼神明亮。

「西波恩太太——真有趣，我們早餐時還提到妳，對不對？我們希望妳很快就會來！威廉·蘭森姆，別把客人晾在門口呀，帶她進屋，讓她舒適些——妳吃過了嗎？要不要喝茶？」

「我隨時都能吃東西，」珂拉說：「隨時！」她看到威爾如何微彎下身親吻妻子；他的手指如何輕柔地滑過史黛拉耳朵上方柔細的金色鬈髮，並讚嘆他動作之溫柔（麥可曾說「我要用黃金修補妳的傷口」，然後一根一根拔掉珂拉頸背處的頭髮，留下一塊硬幣大小的光禿）。

過了一小段時間後，他們在灑滿陽光的房間裡悠閒地吃蛋糕，欣賞桌上盛開的黃水仙。「告訴我：凱瑟琳還好嗎？查爾斯還好嗎？」史黛拉對別人生活的興趣，使她成為很好相處的同伴，因為她只想要別人說故事給她聽，而且不太在乎對方有沒有加油添醋。「他們兩人知道妳搬來這裡都嚇壞了。查爾斯說他要送一箱法國葡萄酒來，而且妳頂多只能撐一個月。」

「查爾斯忙到沒空想葡萄酒的事——即使是法國葡萄酒。為什麼呢？因為他變成慈善家啦！」

威爾揚起一眉，把茶喝乾。這想法似乎不太可能是真的：查爾斯心腸是很好，不過具體說來表現在關注自身的幸福快樂上，以及關注他喜歡的人的幸福快樂（他總是覺得反正是舉手之勞）。若說他會耗費自己的精力，去為他總是惡劣地稱之為「髒窮階層」的那群人謀福利，確實令人驚訝。

「查爾斯．安布羅斯？」威爾說：「我對他的喜愛天下少有，不過他關心他襯衫的剪裁更甚於國家大事！」

「真的！」珂拉笑著說：「都是瑪莎的功勞。」（珂拉本想為查爾斯辯護，不過知道要是在加里克俱樂部絲絨座椅上打盹的查爾斯聽到威爾的話，一定也會笑著點頭贊同。）珂拉轉向史黛拉，說：「瑪莎是個社會主義者。這個嘛，說到底，有時候我覺得我們應該都是社會主義者，如果我們有一點判斷力的話——但是對瑪莎來說，那就像是一種生活方式，就像晨禱和晚禱對我們這位牧師的意義一樣。俗話把人最在意的話題比喻為帽子裡的蜜蜂，而瑪莎的帽子，老實說簡直就像蜂巢，裡頭最吵的一隻蜜蜂就是倫敦的住房問題：勞工被打入貧民窟，除非他們能證明自己值得擁有一座屋頂，另一方面地主則靠著租金和傷風敗俗的行為吃得腦滿腸肥，國會則安坐在塞滿地主賄賂的錢幣軟墊上。她是在白教堂區長大的，她父親是個勤勞的工人，一家人生活得還算寬裕，不過她從未忘記一走出家門就會看到什麼。一兩年前報紙上是怎麼寫的——『倫敦棄兒』！你們記得嗎？你們看到了嗎？」

顯然他們並沒有看到，珂拉完全忘了她現在並不在貝斯沃特區或騎士橋區，讓倫敦議論好幾個月的八卦，可能並不會傳到離泰晤士河太遠的範圍，她忍不住帶著批評意味分別看看他們兩人。「也許我只是因為瑪莎的關係才對此很熟，我想瑪莎現在應該已經把那文章倒背如流了吧。幾年前它反覆複印，你幾乎可以預期小販拿來包炸魚薯條。」

「妳說是怎樣——它是怎麼說的？」史黛拉說。**倫敦棄兒**！這句話勾起她一觸即發的憐憫。

「我想是一群教士製作的小手冊吧——《倫敦棄兒的悲情哭喊》，一旦讀過就不會輕易忘記。我以為這座城市最好的到最壞的我都見識過了，但我從沒見過那種畫面。有一對父母帶著一群孩子和他們的豬住在地窖裡，而桌上就躺著一個死去的嬰兒，切開來等著驗屍官驗屍，因為停屍間已經沒空位了！還有女人每天工作十七小時縫鈕釦和釦眼……停下來的時間短到不夠她們吃東西，賺的錢也始終不足以讓她們保暖，所以她們等於在縫自己的裹屍布。我記得瑪莎好幾年都不肯買新衣服，說她才不要把姊妹們的苦難穿在身上！」

史黛拉眼中泛淚。「我們怎麼都沒聽說？威爾……你的職責不就是要知道還有幫忙這種事嗎？」

珂拉看出威爾坐立難安，若是沒有旁人在，珂拉可能會出於調皮的個人原則而故意讓他更不自在。不過貶損男人在妻子眼中的形象太不應該了，於是珂拉說：「很抱歉讓你們難過了！那本小冊子發揮了作用，哭喊聲被聽見了，他們拆掉了貧民窟，不過聽說取代那些爛房子的新房子也並沒有比較好。瑪莎在處理這件事。她找到我們的朋友史賓塞幫忙，史賓塞非常有錢，而史賓塞又聯絡查爾斯。我聽說他們甚至組了委員會。嗯……希望這對那些人有幫助。」

「我希望有！我希望有！」史黛拉說。令珂拉沮喪的是，史黛拉抹了抹眼淚，說：「我突然累了……珂拉，能不能原諒我先上樓去躺一下？我流感一直好不了，妳一定覺得我身體很虛弱，可是其實直到上個冬天之前，我幾乎連一天都沒臥病在床過，連我懷孕的時候也是一樣。」史黛拉站起身，她的客人也跟著起身。珂拉親吻她，感覺到她濕潤的臉頰好燙。

「可是妳的茶還沒有喝完，而且我知道威爾有東西要給妳看，所以妳能不能待久一點？威爾，當個稱職的主人啊！」史黛拉朝他們露出酒窩，「或許你們可以討論你準備布道的事，而珂拉可以提供意見？」珂拉笑了，說她沒有資格發表評論；威爾也笑了，說無論如何他都無意讓珂拉受這種罪。

史黛拉出去後把門帶上，他們聽到她踩在樓梯上的腳步聲，對他們兩人來說，空氣裡似乎都有了輕微的變化。嚴格來說，並不是房間彷彿突然變小且變熱了——雖然事實上確實如此，因為太陽降得更低，而且桌上的黃色花朵在大盆中像是燃燒的火焰。那是一種自由的感覺，好像他們先前穿過公有地時雙雙感覺到的無拘無束又回來了。威爾也察覺到自己有些委屈：他完全不認為他的客人是有意讓他出糗的，不過確實造成這樣的效果。珂拉只用一個眼神就讓他覺得遭到訓斥，而且是他罪有應得——他的道義心什麼時候縮減到只及於自己的教區之內了？「恩惠，」他突然說：「星期天我要講慈悲這種特質，我猜這算是一種天賦——能給予他人不應得的、意料之外的善意和仁慈。」

「以你的講道來說，這樣就行了，」珂拉說：「很夠了。放他們早點回家，到森林裡走走，在那裡尋找上帝吧。」這話非常接近威爾自己偏好的敬神方式，因而他的煩躁登時煙消雲散。他躺進一張扶手椅，用手勢示意珂拉也坐下。

「你要給我看什麼東西？」在史黛拉面前，珂拉的坐姿很淑女，長裙底下兩踝交叉，現在她蜷在沙發一角，斜靠著扶手，用一手托著下巴。

「說真的，」威爾說：「我真希望她沒提到那個，那沒什麼啦，只是我上星期在潮淹地發現的東西，我想說妳可能想看看，就放進口袋了。跟我來！」

當下威爾並沒有想到，除了史黛拉之外，從來沒有人進過他的書房。他的書房既不乾淨也不整齊，而且任何人只要用心看一看桌上和地上那些亂七八糟的書和筆記，可能就能猜到他心裡在想什麼。就連孩子們都不准進來，除非他特別找他們進來，而且那也只是為了訓斥或教誨他們。對他來說，中午時分對著「叛徒的橡樹」小便，都沒有比讓別人進到書房來得曝露隱私。但他打開門往後站，讓珂拉經過時，完全沒想到這些，也沒有因為珂拉的注意力立刻轉向他的書桌而不快，也不在意珂拉的信就放在他的文件旁邊，摺痕處因為一再打開摺起而變薄。「請坐。」他說，比向原本屬於他父親的皮革扶手椅。珂拉乖乖坐下，把裙子攤開。威爾從書架高處拿下一個白紙包裹，放在書桌上，然後小心翼翼地打開，拿出一個比孩童拳頭稍大的淺色團塊。團塊中嵌著好幾個黑色和有凹痕的碎片，好像有個質地粗糙的盤子被打碎了，然後基於某種原因藏在一團黏土裡。威爾拿起這東西展示給珂拉看，蹲在她的椅子旁。珂拉低頭看到威爾頭頂的髮旋，以及兩三根長得很粗、像鐵絲一樣發亮的白髮。「我相信這不是什麼了不起的東西，」威爾說：「但它就在那兒，從小河灣岸邊剝落。我經常去那裡，以前從來沒看過類似的東西，但是在妳來之前，我根本不會想到要去注意！妳覺得呢？我們應該聯絡科爾切斯特的博物館，主動提出捐贈嗎？」

珂拉不太確定：她對鸚鵡螺化石和蟾蜍石很熟悉，也認識咬穿一團黏土、令人震懾的白色彎曲鯊魚牙齒；她看到膨脹的脊狀海膽化石時一望即知，也能辨識三葉蟲向外開展的肋骨，而且深信一旦到了萊姆里傑斯，她就能幸運地找到裡頭藏有小型脊椎動物骨骸的裂縫。但她已學會了學者的謙卑：她知道的事愈多，不知道的事也愈多。威爾活動了一下手掌，團塊在他掌心滾動，有一塊黏土剝落，從他張開的手指間掉到地上。「好了，」他說：「專家的意見如何？」他看起來既熱切又害羞，好像確信他拿不出什麼能取悅珂拉的東西，但仍然希望能辦到。珂拉用拇指指甲劃過黑色表面，它被威爾的手給捂得微溫，觸感光滑。「我在想，」珂拉說，慶幸自己靈光一閃，「這是不是某種龍蝦——我始終記不住牠的名字！——對了，是『古劍蝦』。我沒辦法告訴你牠的年代，不過我想應該有好幾百萬年了。」（威爾會不會用「世界才剛被創造出來」的說法來反駁這個論點？）

「不會吧！」威爾說，他顯然喜出望外，又試圖掩飾，「不會吧！唔，既然妳都這麼說了，西波恩太太，我願意向妳的知識低頭。」他果真站起來低頭鞠躬，手上還拿著那團一直在掉渣渣的泥巴，行完禮後，他畢恭畢敬地把團塊放在壁爐架上，那恭敬的態度不完全是出於嘲諷。

「威爾，」珂拉說：「你怎麼會跑到這裡來的？」她的語氣和善中帶有傲慢，活像是在圖書館的啟用典禮上，一個低階貴族在向地方顯要打招呼。兩人都聽出這番趣味，不禁泛起笑意。

「妳是指這裡？」他邊說邊比向對著草坪、未掛窗簾的窗戶，還有一罐漏水的筆，以及幾張機械裝置的草圖，那些裝置除了一直旋轉外沒有別的用途。

「我是指這裡！奧溫特這裡。你應該在別的地方的，像是曼徹斯特、倫敦、伯明罕——而不是永遠在鄉下教堂方圓五十步的範圍內打轉，身邊連個跟你相配的人都沒有！要是我在別的地方遇到你，我會以為你是個……律師，或是工程師，或是政府官員……是怎樣，莫非你十五歲還是個孩子時，就立誓要接受聖職，後來不敢違背承諾，擔心會因為背叛而遭天打雷劈嗎？」

威爾倚在窗台上打量他的客人，皺起眉頭。「我真的這麼有趣嗎？妳以前都沒遇到過別的神職人員嗎？」

「噢，抱歉，不好意思喔！」珂拉說：「我遇過的神職人員多到我都記不清了，可是你讓我出乎意料，就這樣而已。」

威爾很刻意地聳聳肩。「西波恩太太，妳是個唯我論者——難道妳真的無法想像我可能走在一條和妳不同的道路上，還走得很開心嗎？」

珂拉心想：**不，我無法想像**。

「我並不是個很特別或很有趣的男人，如果妳這麼以為的話，那是妳誤會了。我曾有一段時期想當工程師，很尊敬普里查德和布魯內爾，有一次還蹺課搭火車大老遠地跑去看鐵橋[42]，畫了一堆

---

42 鐵橋（Ironbridge）是位於英國施羅普郡塞文河上的橋，於一七八一年開通，為世界上首座由鑄鐵建造的主要橋樑。該橋的設計者為湯瑪斯．法諾斯．普里查德（Thomas Farnolls Pritchard, 1723-1777）。伊桑巴德．金德姆．布魯內爾（Isambard Kingdom Brunel, 1806-1859）則是多項工程學成就的紀錄創造者。

鉚釘和支柱的圖畫。我坐在教室裡時會嫌上課無聊，畫圖設計箱梁橋。但是到頭來，我要的不是成就，而是使命——妳能看出差別所在嗎？我的頭腦還不錯，要是我下對每一步棋，我現在甚至可能坐在國會的後排座位，針對某個法律小細節爭辯不休，好奇晚餐是不是吃多寶魚、安布羅斯有沒有找到另一個國會候選人、我該去德魯里巷還是林蔭路吃晚餐這些事。但這讓我不寒而慄。給我一下午的時間引導克萊克尼爾回到從未離開他的上帝身邊，勝過一千頓德魯里巷的晚餐。給我一晚上的時間在潮淹地讀《詩篇》、看天空破開，勝過在攝政公園散一千次步。」威爾想不起曾講自己的事講這麼久過，納悶珂拉是耍了什麼詭計讓他如此失常。「況且，」他有點煩躁地說：「史黛拉就是跟我相配的人啊。」

「我只是覺得很可惜罷了。」

「可惜！」

「對——可惜。在這個現代化的時代裡，竟然有人能白白耗損他的智慧，甘於相信神話和傳說——甘於背對整個世界，把自己埋在連你父親勢必都覺得落伍的想法裡！沒有什麼比善用腦力到最後一絲一毫來得更重要的事了！」

「我沒有背對任何事，我做的事正好相反。妳認為所有事都可以用等式和土壤沉積來解釋嗎？我的著眼點在上面，而不是下面。」空氣裡再度發生小小的變化，好像壓力降低了，有場風暴逼近了：兩人都察覺自己生起對方的氣，卻不確定原因。

「毫無疑問，你似乎沒有在往外看，我至少知道這件事！」珂拉發現自己靠著椅子扶手繃緊了身體，刻意想表現得有點刻薄：「你對現在的英格蘭有幾分了解？馬路鋪得怎麼樣，通往什麼地方——你知道倫敦有些地方的孩子從沒看過泰晤士河，也沒見過一片青草地嗎？你一定很自得其樂吧，對著空氣朗誦《詩篇》，然後回家找你漂亮的老婆以及三百年前就從印刷機吐出來的書！」她知道這話很不公平。她有點躊躇，既不想退兵也不想窮追猛打。如果她的本意是激怒東道主的話，她成功了。威爾用能夠割傷珂拉的尖銳語氣說：「妳觀察力真敏銳，能在我們第三次見面時就掌握我的個性與動機。」他們四目相接。「在泥巴裡到處翻找死去生物的人可不是我——逃離倫敦讓自己迷失在幾乎不了解的一門科學中的人也不是我。」

「的確，」珂拉說：「哎呀，說得中肯！」並嫣然一笑。這效果意在完全卸除威爾的武裝。

「好吧，」威爾說：「那妳又跑來這裡做什麼？」

「我不確定耶，我想是為了自由吧。我在束縛之下過了好長的日子。你納悶我為什麼要在泥巴裡找東西，但這是我的兒時記憶。我幾乎從來不穿鞋子，摘金雀花來做花露，看池塘像煮沸一樣滿是青蛙。後來麥可出現了，他很……文明。他會把每一片林地都鋪上馬路，把每一隻麻雀都固定在展示架上。他就把我固定在展示架上。我的腰被夾緊，我的頭髮被燒成髮鬈，我臉上的顏色被塗掉，再用另一個顏色補回來。現在如果我想，我可以自由地陷進大地了，讓自己全身長滿苔蘚和地衣。或許你對我們不比動物高等的想法感到驚恐——或者就算我們比動物高等，也只在梯子上高了一級而已。但是，不、不，這給了我自由。沒有任何其他動物遵守規定，為什麼我們就得是例外？」

即使威爾能夠暫時把他牧師的職責擱下，也絕對不會擱得太遠。就在珂拉說話的同時，威爾摸著自己的喉嚨，彷彿希望找到能給他慰藉的白色領圈。他怎麼能相信珂拉當人或當動物都甘之如飴，活得滿不在乎、沒有靈魂，也不預期將來靈魂會有殞落或獲救的一天？尤有甚者，珂拉處處自我矛盾：那個動物性的珂拉，根本就無法與另一個達成平衡，另一個珂拉似乎永遠都在抓取她不太能掌控的新鮮概念。此刻降臨的沉默帶來的效果，恰似一個複雜長句子結束時的句點，有好一會兒工夫沒人打破沉默。然後珂拉故意如釋重負般看了一眼時鐘，面帶微笑，因為她沒有受到冒犯，也希望自己沒有冒犯對方。她說道：「我該走了。法蘭西斯不是真的需要我，但他確實希望六點鐘一到桌上就有晚餐，而我會在那裡吃。而且我已經餓了！我隨時都處於飢餓狀態。」

「我注意到了。」珂拉站起來，威爾打開門。「那我陪妳走回去，我該去巡村了，就像醫院裡的醫生一樣。我得去看看克萊克尼爾，然後去找馬修・艾文斯佛德，他在跨年夜的屍體被人發現那天，立下自我節制的誓言，從此開始穿黑衣，對巨蛇和末世的事焦慮不安。妳第一次來諸聖堂的時候可能有看到他——一身黑衣，看起來好像肩膀上應該扛著一具棺材。」

他們回到公有地，夕陽西斜，沒有風，兩人心情輕鬆地走著，意識到他們已經穿過了不確定的地形，結果沒有受到嚴重傷害。珂拉用崇拜的語氣聊著史黛拉，也許算是一種道歉。威爾則要求珂拉教他，怎麼藉由化石在發現地點的一層層沉積物來判斷其年代。陽光照在諸聖堂的塔樓上，在燧石建材上閃爍，小路旁那些有禮貌的黃水仙都在他們經過時點頭致意。「說正經的，珂拉，妳現在還是認為妳可能在黑水河河口這種凝滯的淺水處，找到一隻活化石嗎？妳說是魚龍？」

「我覺得有可能，我相信有可能。我始終不確定覺得和相信之間的差別，改天你可以教我。而且不管怎麼說，這都不算是我的點子：查爾斯・萊爾很篤定地認為可能會有一隻魚龍現身，雖然我承認沒什麼人把他的話當一回事。那個——我還剩十分鐘的自由時間，讓我跟你走到『世界盡頭』那裡，還有河邊吧。我相信我們會很安全的：對海龍來說，四月這個月分太溫和了。」

他們走到河邊，潮水退了，泥巴和鵝卵石在夕陽餘暉中閃耀，有人用黃色的金雀花枝給利維坦的骨架掛上花圈。柔軟的淺色莎草一束束地長著，一陣風吹過時微微發亮。在一段距離之外，他們聽到葦鳽發出很不真實的低沉隆隆聲。空氣甜美而清澈，入喉像美酒一樣甘醇。

他們兩人都不確定是誰先用手遮在眼睛上方，阻擋水面反射的波光，因而看見了更遠處的東西。兩人都不記得曾經驚呼，或是曾經跟對方說「快看、快看！」，只記得突然之間，兩人都入神地站在潮淹地上方的小路上，朝東方眺望。在海平面那裡，在水天交界的銀線上，飄著一段淺色薄紗似的空氣。在那段空氣中有一艘駁船航行在遠高於水面之上的位置，緩緩地通過較低處的天空。你可以看出每一片暗紅色的船帆，似乎在強風下擺動著；甲板、索具和深色的船頭也能看得頗為清楚。駁船就這樣在河口高空繼續前進，鼓滿船帆飛翔。它閃爍、縮小，然後又變大，接著有一會兒工夫，可以看到它的影像上下顛倒地緊接在下方，好像底下有面巨大的鏡子。空氣變得很冷，葦鳽低吼，兩人都聽到對方呼吸急促，他們的感受不完全是驚懼，不過有點類似。然後鏡子消失了，駁船獨自向前駛去，一隻海鷗飛在黑色的船身下方，在閃耀的水面之上。接著某個幽靈船員拉了條繩索，或放下船錨——駁船不動了，只是默默地懸著，美妙無比，在風平浪靜中停滯於天空前。威廉·蘭森姆和珂拉·西波恩被剝除了禮教和習俗，甚至說話的能力，只是站在那兒，珂拉有力的手握在威爾手中：他們是大地之子，迷失在奇觀之中。

閱覽室
大英博物館
四月二十九日

親愛的西波恩太太——

如妳所見，我是從大英博物館的閱覽室寫信給妳的。我的領圈成了我的通行證，不過我種蠶豆時在指甲底下殘留了泥土，所以我來到櫃台前時，他們上上下下打量我。我來這裡是為了臨時抱佛腳，為我要寫的《詩篇》第二十二章中基督的存在相關文章找資料，結果卻發現自己一心想查明我們昨晚到底看到什麼。

一等我們恢復說話能力後，妳還記得我們一致贊同，絕不可能看見了「飛翔的荷蘭人」[43]，或任何其他超自然異象？妳好奇那是不是某種海市蜃樓，就像在沙漠中出現的湖，欺騙垂死的人快要有水可以喝了。唔，妳猜得很接近了。妳準備好上一課了嗎？

我相信我們看到的是複雜蜃景，音譯為法達摩加納（Fata Morgana），名稱源自名叫摩根．勒菲的仙子，她在海面上方的空氣裡建造冰雪城堡，藉此蠱惑水手並害死他們。

43 飛翔的荷蘭人（Flying Dutchman）是傳說中一艘永遠無法靠岸的幽靈船，注定永遠在海上漂泊。

珂拉，妳要是知道這方面的資料有多豐富，一定會很訝異！我在這裡抄錄一段引文，出自某位朵蘿希．伍爾芬登已出版的日記（請包涵我筆跡不夠優美！）：

> 一八六四年四月一日，卡拉布里亞區：今天起得早，我站在窗前，看到不可思議的現象，若是別人講給我聽，我是絕對不會相信的——天氣很好，我看到美西納海峽上方的海平面上有一層薄霧，隔著薄霧我漸漸地看出一座閃爍的城市。一座大教堂就在我眼前建造起來，有尖頂和拱門，還有一小座柏樹林，彷彿遭到強風衝擊般一下子全彎下腰——片刻間，出現一座裡頭有很多高窗、宏偉閃亮的高塔，然後好像垂下一塊面紗似的，視覺的饗宴結束了，城市消失了。我在驚訝之餘跑去告訴我的同伴，她們都睡得很熟，什麼也沒看見，不過她們相信那是惡名昭彰的法達摩加納，目的是引誘男人走向死路。

那位仙子也不是光靠著船艦和城市就滿足了：維爾維耶戰役時天空出現幽靈大軍，古代挪威人則稱呼這種現象為「希林格」（Hillingar），他們會在平原上看到根本不可能出現的懸崖峭壁。

想當然，這件事有個乏味的解釋，不過我現在仔細想想，它其實不會比摩根．勒菲跟著我們去潮淹地這個說法來得遜色。就我的了解，當冷空氣和暖空氣以特定方式接觸，形成一片折射鏡片，這種幻象就產生了。傳到觀測者眼中的光以特別的方式向上彎折，以致於海平面或地平線以下或以外的物體，被折射到遠高出實際位置的高度（我猜想妳正在筆記本裡振筆疾書吧，是嗎？希望是！）。當那兩團冷空氣和暖空氣移動，鏡片也跟著移動——妳是不是像我一樣看到那艘船似乎行駛在自己的倒影上？物體不但被放錯了位置，而且還會重複和變形，原本不起眼的東西可能會複製許多次，變成一塊塊磚頭，進而建造出整座城市！

所以當我們一頭霧水地站在那兒，我想其實是班克斯在某個看不見的地方，開船載著小麥去克拉克頓碼頭吧。

我知道我常常會開始說教，但我似乎無法擱下這個話題。當時我們的感官遭到徹底的蒙騙——有一段時間我們站在那兒不知所措，好像身體密謀要推翻我們的理智。而且我後來失眠了，不是因為幽靈船可能存在而讓我心神不寧，而是因為我發現我的眼睛竟然不值得信任，或者至少應該說，我不能相信我的心智可以解讀我的眼睛看到的。今天早晨我走去搭火車時，看到路上有一隻快死去的鳥，牠盲目地在小路上拍打翅膀的模樣，莫名讓我不舒服。然後我才意識到那只是一團被風吹得滾來滾去的濕樹葉，但那股反胃感還是過了好一會兒才消退，於是我驚覺到，既然我身體的反應像是看到了鳥，那麼即使那只是樹葉，我的感知又真的是虛幻的嗎？

我的思緒轉個不停，如同過去經常發生的一樣，我緊接著想到「艾塞克斯之蛇」，直到我開始明白牠在我們所有人眼中，可能以各種不同的偽裝現身，而真相遠不止一個，可能有好幾個，沒有一個可以證明為真或證明為假。我多麼希望妳哪天早上走過去，在岸邊發現牠的屍體，然後牠被人拍照，照片加上註解發送出去。那時候我們勢必就會有一些肯定的答案了吧？

不過我想到妳和我一起站在那裡時，覺得很開心。我這麼想很壞心，但我寧可我們兩人都受蒙騙，也不願只有我一人上當。

祝安好，

威廉・蘭森姆

親送

我在現場！我看到你所看到的；我感覺到你所感覺到的。

你永遠的朋友

珂拉

五月

1

五月，溫柔的天氣誘哄玫瑰提早起床。娜歐蜜・班克斯望著月亮，將和緩的雨勢以及溫和的清晨都歸功於自己，不過她還是悶悶不樂。她記得那天下午他們在潮淹地命令春天來臨，但她眼中那天的重點並不是她和喬安娜牽著手舉在火焰上，而是有東西在水裡伺機而動。她身為漁夫的女兒，比任何人都清楚潮水的變幻莫測，知道河水可能猛然漫過沙洲，或是挾帶著橡樹斷枝。儘管如此，她還是對黑水河心生忌憚，不肯踏上駁船甲板，還繞著碼頭走，彷彿深信底下有什麼東西會趁她經過時，一把抓住她的腳踝。

她的老師斥責她懶惰又不負責任，罰她抄寫句子，但紙上的文字像蒼蠅一樣時而停住時而移動。結果，她反而用炭筆畫起畫來，一條長著黑色飛翼、平坦鳥喙的海蛇在紙頁上對她張牙舞爪。然後她低頭看著自己手指間的薄膜，想起她的同學第一次注意到這件事的狀況，不禁畏縮了一下。當時她好害怕，遭到無數謾罵，直到高大的喬安娜拿出頗有乃父之風的威嚴出面干涉。不過事實擺在眼前，她是個不自然的畸形兒。她看著燈光照出小小的囊狀皮膚裡的血管，「艾塞克斯之蛇」從人群中挑中她，也是再正常不過的事了，也許她跟「艾塞克斯之蛇」還有血緣關係呢。有一陣子她拒絕喝水，因為她堅信水裡有蛇背上蛻下的蛇皮微粒。

有一天傍晚，她出門找爸爸沒有找著，回家途中經過白兔酒館敞開的店門。酒的氣味是如此熟悉，就好像聞到爸爸的口氣，於是她在門口徘徊。男人們招呼她進門，讚美她的紅頭髮，以及她戴的白鑞盒墜（裡頭裝著一塊她出生時的胎膜，這是為了保護她不會溺水）。她漸漸發現自己有一股原本未察覺的力量。她應要求踮起腳尖旋轉，笑著回應他們對她的腳踝和白皙的膝蓋骨的讚賞。受到欣賞的感覺是如此甜美又陌生，以致於她允許他們拉扯她的長捲髮，翻弄貼在她皮膚上的盒墜。她笑著說：對，她全身都布滿雀斑。她閃身溜開，他們喊她回來，當她返回時，他們說「小美人，小美人」，而她心想也許自己畢竟是個美人。接著她被拉到一雙等待的大腿上坐著，並且突然間察覺有什麼事非常不對勁——她感到既害怕又憤怒，卻發現自己動彈不得。身後某個她看不見的男人發出一個聲音，聽起來像動物在找食物。

那天夜裡她睡覺時，「艾塞克斯之蛇」讓自己濕潤的尾巴末端從她枕頭下露出來，並且朝她閉上的眼皮呼著寒氣。她醒來時，預期身體底下的床單會沾滿濕濕的海水。那個夢似乎跟幾年前失去她母親有關（雖然她母親是體面地死在窗簾拉起的臥室裡，離黑水河遠得很），並且害她焦慮得吃不下東西。

「艾塞克斯之蛇」並不因為找上一個孩子就滿足了。牠還趁馬修・艾文斯佛德翻閱《啟示錄》時現身，炫耀七個頭和十根角，頭上寫著褻瀆的名號[44]。牠在強勁的東風中狠狠敲打克萊克尼爾的門；牠等待著班克斯，後者一邊修補船帆，一邊想著失去的妻子、失竊的船，以及不肯與自己對視

44　此句內容出自《啟示錄》第十三章第一節。

的女兒。牠從長了蟲似的長椅扶手向威廉・蘭森姆眨眼睛，讓牧師確信自己失敗了——他唸短禱告時激昂得讓會眾欣喜：**主啊，懇求祢光照我們的黑暗；祢無上的慈悲護衛我們遠離任何危險**。牠化身為輕微的熱病找上史黛拉，卻不是對手：史黛拉對牠唱歌，憐憫牠是個懦弱爬行的生物。在加里克俱樂部的餐廳裡，吃得太飽的查爾斯・安布羅斯一手按在肚子上，向同伴開玩笑說自己被「艾塞克斯之蛇」附身了。

到處都能看到比較廣義的神之審判證據：花園裡滿是沫蟬留下的泡沫，母貓在壁爐前小產。艾文斯佛德聽說聖奧西斯發生一起驗屍官無法解釋的死亡事件，於是他把週日殺雞的血留起來，當天晚上出門在奧溫特每扇門的門楣上塗血，希望上帝的審判能略過他們。天亮前下了場大雨，誰也不知道他做了這件事。

瑪莎觀察同伴有沒有想要回福里斯街的跡象，可是完全沒有，因為珂拉漸漸覺得，她的快樂根源就在奧溫特的黏土裡。有一天下午她去東默西村，在暈眩的喜悅中走著，擔心自己總有一天會因為這種喜悅遭到懲罰。赤褐色的峭壁被一條山溪打濕了，水流經之處長著黃色的款冬。她在底下的溪岸邊蹲下來檢視岩石，以及從沿岸漂流物中淘洗下來的碎石，沒有找到鸚鵡螺化石或蟾蜍石，但找到一小塊光滑的琥珀，能完美地卡進珂拉的掌心。

她不時會回顧儲存的艾塞克斯記憶：那頭笨綿羊的掙扎、克萊克尼爾在諸聖堂走道上的低語、史黛拉密謀般挽住她的手臂、寂靜無聲地駛過天空的船；而她覺得自己一定已經在那裡住了好多年，才會想不起別的生活方式。再說，她還可以思考巨蛇的事：她搭船繞行默西島，她造訪亨納姆村，她讀了維京英雄朗納爾・洛德布羅克（Ragnar Lodbrok）臨死前寫的頌歌，這位英雄曾經手刃一條巨蛇，為自己贏得一位新娘。她用瑪麗．安寧的精神激勵自己，瑪麗．安寧絕對會追蹤有翼海蛇的謠言到世界的盡頭，以及她自己生命的盡頭。

珂拉經常去牧師寓所，還會帶伴手禮給蘭森姆家的孩子：送書給喬安娜，送雅各的梯子玩具[45]給詹姆斯（而他馬上就把玩具給拆了），送甜食給約翰。她親吻史黛拉的雙頰，而且是真心誠意的。接著她會走到書桌上放著那塊琥珀的書房，威爾就在裡頭等著，而每次看到對方第一眼時，兩人都會又驚又喜地心想：**你真的在這裡**。

他們並肩坐在書桌前，打開又捨棄一本本書。珂拉問威爾有沒有讀過這個或那個，他覺得怎麼樣；威爾回答他確實讀過，覺得實在不怎麼樣。威爾試著畫下讓他們看到法達摩加納這個複雜蜃景的折射光線；珂拉則畫出三葉蟲的各部位。他們彼此砥礪切磋，輪流當刀子和磨刀石。當話題轉向信仰和理性思考，他們隨時準備好爭執，脾氣很快變得暴躁，連他們自己都驚訝（「你不懂！」「你根本沒有試著講道理，我怎麼可能會懂？」）。

有一天下午，他們幾乎為了「絕對的善是否存在」這個問題大吵一架，珂拉持否定立場，並提到愛偷閃亮東西的喜鵲。威爾祭出高高在上的態度，切換成牧師的口吻。接著珂拉喜孜孜地提起「艾塞克斯之蛇」——威爾說牠只是謠言和神話，但珂拉不接受：難道威爾不知道一七一七年有一條十四呎長的生物被沖上莫爾登海岸嗎？虧他還是艾塞克斯人呢！兩人都認為對方的觀點含有致命

45 雅各的梯子（Jacob's Ladder）是將幾個木塊用繩子或緞帶串在一起製成的玩具，玩法是拎著整串木塊的其中一端，木塊就會翻動而造成不斷由上往下滾動的錯視效果。此種玩具的名稱源自《創世紀》第二十八章第十二節中提到的通往天堂的梯子。

瑕疵，按理說這會抹煞彼此間的友誼，但卻有點困惑地發現事實上並非如此。他們通信的頻率高於會面。「我比較喜歡紙上的你。」珂拉說，她好像隨身攜帶威爾的信，塞在口袋裡或用線掛在脖子上，把它當成永不熄滅的光源。

史黛拉從敞開的門外經過，露出滿意而縱容的微笑：她自己擁有那麼多和樂融融的同伴，很高興能看到丈夫找到一個合拍的朋友。有一次某個唯恐天下不亂的奧溫特主婦好奇地向史黛拉探聽，史黛拉玩心大發，半是火上澆油地說：「噢，我從沒見過交情更好的朋友：他們幾乎連外表都愈來愈像了。上星期珂拉回家時，走到半路才發現她穿到威爾的靴子了。」史黛拉早晨站在鏡子前梳頭，有點同情珂拉，因為珂拉在難得剛好有那種心情時，確實可以呈現出漂亮華貴的模樣，但總體說來絕對不會有人誤以為她是個美女。史黛拉放下梳子，她的手臂瘦了，之前的流感讓她有點虛弱，有點懶得出門：她寧可在黃昏前的藍色時刻坐在窗邊，看著草地上的黃花九輪草盛開。

路克．蓋瑞特不安地發現自己成了名人。外科醫學生之間掀起一波短暫的風潮，爭相模仿原本遭到強烈嘲弄的個人習慣：他們在手術室掛上一面面鏡子，並開始戴白色棉布口罩。他在前輩面前還是不討喜，他們擔心走廊上會擠滿街頭鬥毆的傷者，拉開上衣要求醫生替他們縫合。史賓塞訂做了一條皮帶送給路克，既是出於慷慨，也是想避免朋友沒完沒了地借用自己的物品，皮帶上有個沉重的銀扣環，他還要求師傅在扣環刻上纏繞著手杖的阿斯克勒庇俄斯之蛇，藉此紀念路克的醫學成就。

路克原本不確定一旦證明縫合心臟傷口是可行的之後，事情可能會有什麼改變，但他發現一切都保持原狀。他仍然幾乎付不出房租，依靠他懷疑是史賓塞偷藏在他房間裡的鈔票度日；他仍然是個彎腰駝背、眉毛烏黑的傢伙；他人生中累積的所有羞辱，並沒有隨著十二號手術室裡最後的氯仿一同消散。再說，他並沒有真的觸及心臟：那兩刀都在碰到心室之前就停住了，其實他根本不能說那算是什麼成就。

他只向史賓塞一人承認，說他以為這件事終於能提升他在珂拉眼中的地位了：珂拉當然愛他（至少嘴巴這麼說），也崇拜他，但他覺得自己被別人比下去了。珂拉交了些新朋友，寫信告訴他牧師的太太臉蛋之標緻，讓人覺得她經過時花朵都會羞愧得枯萎了，還有他們的女兒把瑪莎據為己有，甚至連法蘭西斯都能忍受和他們相處一兩個鐘頭。

珂拉搬去奧溫特讓路克大感訝異：後來他想說珂拉只是陷入寡婦應有的低潮，而且想到自己有機會提振珂拉的精神反而還大感振奮。可是當他們在科爾切斯特見面時，珂拉提到威廉・蘭森姆，興奮到灰眼睛都因閃亮而變藍了。珂拉說，真像是上帝可憐她沒有兄弟，於是在最後一刻給她安排了一個人選。她談到那個男人時態度毫不忸怩，沒有臉紅也沒有左顧右盼，不過路克還是抬起頭對到瑪莎的視線，頭一回發現他們完全心有靈犀。他們無聲地對彼此說：**發生什麼事了？現在是什麼狀況？**

史賓塞埋首於倫敦的住房醜聞中。起初只是為了討好瑪莎的手段，現在卻成為一種偏執：他仔細研讀國會議事錄以及委員會的會議紀錄，他穿上最劣等的大衣走過德魯里巷。他發現國會的陋習是在制定政策時頗為仁慈寬厚，一轉身又蒙上雙眼，跟業界的資方握手合作。

有時候他所看見的貪婪和惡意讓他太過驚駭，以為自己一定誤會了。他再看一遍，結果卻比他想的更糟。地方當局拆除貧民窟，再根據損失的房租補貼房東。由於要提高出租房屋利潤的方式，不外乎傷風敗俗的勾當以及塞進過多的住戶，房東就像街頭的皮條客一樣積極助長這兩種狀況，而政府也給予他們豐厚的獎賞。於是接下來房客發現自己被視為道德太過低落，不配住在皮博迪信託所建的漂亮新房子裡，只好到廉價旅舍裡去找房間：有時候滿街都是火光，因為房客在把爛到不能賣的家具燒掉。史賓塞想到他位於薩福克郡的老家，最近他母親剛發現一個原本大家都沒注意到的空房間，不禁感到反胃。

在「世界盡頭」那裡，克萊克尼爾警戒地望向河口。他讓圍籬上始終掛著密密一排剝了皮的鼴鼠，窗口也一直點著一根蠟燭。

2

有一天接近傍晚時分，威廉．蘭森姆走在潮淹地上，嘴裡叨唸著《詩篇》經文，這時他遇見珂拉的兒子。威爾在那張難以捉摸的小臉上搜尋好友的五官特徵，卻沒找著。這麼說來，那雙眼睛應該是遺傳自他猜想珂拉愛過的那個男人了，那臉頰和下巴的輪廓也屬於那個男人。但男孩的眼神只是帶著詢問意味，並不像他想像中西波恩勢必會有的殘酷眼神；不過那眼神也沒有孩童的天真——那從來就不是法蘭西斯的特質。

「你一個人在這裡做什麼？」威爾問。

「我不是一個人。」男孩說。威爾四下張望，看是否有別人站在鵝卵石上，卻沒見到任何人。

法蘭西斯雙手插在口袋裡站著，打量眼前的男人，好像他是一張需要解題的試卷。然後彷彿這個問題是在他們的對話中自然浮現一般，法蘭西斯問道：「什麼是罪？」

「罪？」威爾說，他詫異到腳下一個踉蹌，不禁伸出手，彷彿以為可以撐在講道壇的門上。

「我數過了，」法蘭西斯走在威爾身邊說：「這週日你提到七次，上週日提到五次。」

「我沒注意到你也在教堂裡，法蘭西斯。我從沒在那裡見過你。」珂拉也坐在陰影裡聽他布道嗎？

「七次加五次等於十二次。但你沒說它是什麼。」

他們走到了利維坦那裡，威爾很慶幸可以暫停一下，彎下腰翻揀漂到船的骨架邊的小石頭。他當了這麼多年牧師，從來沒人問過這個問題，他驚駭地發現自己茫無頭緒。倒不是說他想不到任何答案：他有許多答案（所有必要的書籍他都熟讀過了）。可是身在戶外，眼前看不到講道壇或教堂長椅，河口的水不停舔舐著河岸，不管是問題或答案都讓他覺得很荒謬。

「什麼是罪？」法蘭西斯說，沒有因為提出重複的問題而有任何語氣變化。威爾虔誠又褻瀆地心想：**神啊！給我力量吧！**並遞給男孩一顆小石頭。

「往後站一點，」威爾說：「來，站在我旁邊，再後退一步……行了。現在把石頭丟出去打中利維坦，那根肋材，就是我們剛才站的位置。」

法蘭西斯看了他一會兒，彷彿在評估對方是不是在嘲弄自己。他顯然判斷對方沒那個意思，便使勁拋出小石頭，結果飛得不夠遠。

「再拿一顆，」威爾在他手心裡放了顆藍色石頭，「再試一次。」

法蘭西斯再丟，又沒丟中。

「就是這麼回事。」威爾說：「罪就是試著做好某件事，但卻差了那麼一點。當然我們沒辦法每次都做對，所以我們就再試一次。」

男孩皺眉。「可是如果利維坦不在那裡……如果你沒叫我站在這裡呢？如果我站在『那裡』，而利維坦在『這裡』，也許我第一次就能打中它了。」

「對。」威爾說，感覺自己踩進意料之外的深水裡了。「我們認為我們知道自己瞄準哪裡，也許我們確實知道……可是早晨到來，光線改變，我們會發現自己應該換另一個方向來嘗試才對。」

「可是如果我該做什麼、不該做什麼會改變的話，我怎麼知道要瞄準哪裡？如果我失敗了又怎麼能怪我，憑什麼要因此懲罰我？」男孩的黑色眉毛之間浮現淡淡皺紋，終於有了珂拉的影子。

「有些事情……」威爾如履薄冰地說：「我想我們都必須努力去做，或者努力不去做。但是還有些事情我們應該自己判斷該不該做。」他手裡的最後一顆小石頭很光滑平坦，他轉身背對利維坦，把石頭丟向往外流的潮水。石頭旋轉彈跳了一下，然後墜入一道淺波後方。

「那不是你原本該做的事。」法蘭西斯說。

「對，」威爾說：「確實不是。可是到我這個年紀，你會習慣失敗的機率比成功還高。」

「所以你有罪了。」法蘭西斯說。威爾笑了，說他希望能獲得寬恕。

男孩皺著眉打量利維坦一會兒。他的嘴唇在動，威爾心想他可能在計算石頭的正確飛行軌跡。接著他轉過頭來說：「謝謝你回答我的問題。」

「我答得好不好？」牧師問，希望他落在信仰和理性思考之間的某個點，並且在墜落時沒有傷到自己。

「我還不知道，我要再想想。」

「嗯，好。」威爾說，真希望能要求男孩保密，別讓他母親知道這段對話：要是珂拉知道兒子被灌輸了罪的教義，會有什麼想法？威爾知道她的灰眼睛可能颳起怎樣的風暴。

兩人各自審視對方，兩人都覺得牧師在不盡理想的條件下已經盡力而為了。法蘭西斯伸出手，威廉跟他握手，然後兩人結伴走在高路上。他們走到公有地時，男孩停下腳步，開始輕拍每個口袋，威爾心想他是不是把什麼東西遺落在潮淹地了。接著法蘭西斯先是取出一個藍色的骨質鈕釦，然後是一根彎成一圈、用線捆起的黑色羽毛。他皺著眉頭，用食指滑過羽毛的羽軸，然後嘆口氣把它們收回口袋。

「不行，」他說：「恐怕我今天不能割捨任何東西。」接著他臉上帶著歉意揮手道別。

3

自從喬安娜．蘭森姆與瑪莎之間，像搭建紙牌屋一樣耐心而小心翼翼地建立起友誼，喬安娜就把在學校的座位換到幾乎可說就在卡菲恩先生鼻子底下的位置。喬安娜一直是個聰慧的孩子，習慣劫掠父親的圖書室，尤其對放得最遠、最難得手的那些書感興趣，其靈性傾向一下子受到諾里奇的朱利安[46]影響，一下子受到《金枝》[47]左右，她可以上一秒向你娓娓道來克蘭默[48]的殉道故事，下一秒又侃侃而談克里米亞戰爭。但是在認識瑪莎之前，這一切都漫無方向，主要目的只不過是為了讓大人困窘失措，而且她從來沒想過，跟幾乎是文盲的漁夫女兒交朋友，應該要感到難為情。現在她能夠說出女性外科醫生、社會主義者、諷刺作家、演員、藝術家、工程師和考古學家的名字了，她們顯然分布在除了艾塞克斯郡以外的各種地方，她便給自己設下任務，要成為她們的一員。她心想：我要學拉丁文和希臘文，我要學三角學和力學和化學，同時怯怯地想起幾週前她才在利維坦的骨骸旁下咒。卡菲恩先生為了出作業來讓喬安娜週末有事可忙，可被折騰慘了，史黛拉說：「妳要注意別弄到要戴眼鏡了。」好像沒什麼事會比那雙紫羅蘭色眼睛的魅力減損更糟。

娜歐蜜・班克斯感覺到喬安娜在遠離她，只能暗自哀悼。她聽說很多瑪莎的事，親眼所見的很少，她討厭瑪莎，強烈認為一個至少已經二十五歲的成年人沒有權利搶走她的喬。她很想把蛇的圖畫拿給朋友看，向朋友傾訴自己失眠的困擾，坦承在白兔酒館發生了什麼事，詢問自己應該要生氣還是羞愧。但這些似乎都辦不到了：她的朋友開始用憐憫的眼光看她，那比厭惡更糟。

五月的第一個週五，娜歐蜜很早到學校。她們已事先獲知將和珂拉・西波恩太太共度一個上午，

---

46 諾里奇的朱利安（Julian of Norwich）是十四世紀的英國女性隱修士，著有《神聖之愛的啟示》（*Revelations of Divine Love*），是第一本已知女性作家所撰寫的英文作品。

47 《金枝：巫術與宗教之研究》（*The Golden Bough: A Study in Magic and Religion*）為蘇格蘭人類學家詹姆斯・喬治・弗雷澤（James George Frazer, 1854-1941）所著之神話學和宗教學著作。

48 湯瑪斯・克蘭默（Thomas Cranmer, 1489-1556）是坎特伯雷總主教暨英格蘭聖公會的主教長，在亨利八世統治期間受到重用，在愛德華六世統治期間領導宗教改革，但被瑪麗一世女王革職，並被處火刑而死。

西波恩太太在倫敦住過一段時間，是很重要的人物，平常會蒐集化石以及（套句卡菲恩先生的說法）「其他值得注意的標本」。喬安娜已經因為跟西波恩太太見過面而沾光（「我們跟她很熟，」喬安娜說：「這條圍巾就是她送的——不，她長得並不漂亮，不過那不重要，因為她很聰明，而且她有一件布滿孔雀的洋裝，她還讓我試穿呢⋯⋯」），並且期待自己在同學間的聲望能進一步提升。沒有人能抗拒珂拉的魅力，她看過別人嘗試無果了。

娜歐蜜發現喬安娜旁邊的座位空著，便將一張紙片滑給喬安娜，她在紙片上寫了幾週前她們一起想出來的咒語。但是喬安娜的興趣已經轉向代數學，不記得那些亂七八糟的符號代表什麼意思，所以把紙片揉成一團。然後西波恩太太來了，她的打扮單調得令人失望，穿了一件絕對是男人穿的花呢大衣，額頭前的頭髮往後梳得太用力。她一肩上扛著很大的皮革包，左手臂底下抱著個檔案夾，在她經過時從檔案夾裡掉出一小張圖畫，畫的東西長得像潮蟲。娜歐蜜唯一能看出讓人期待的華麗東西是她左手的鑽戒，那顆鑽石又大又亮，不可能是真鑽，另外就是她戴著一條高級的黑色圍巾，上頭繡著許多小鳥。卡菲恩先生顯然感到敬畏不已，說道：「早安，西波恩太太。各位同學，向西波恩太太說早安。」

早安，西波恩太太，她們說，用有點不信任的眼光打量她，珂拉則是有點緊張地回望著她們。她一向不知道該怎麼跟孩子相處：法蘭西斯使她徹底倉皇失措，以致於她把孩子視為一種美妙但反覆無常的生物，就跟貓一樣靠不住。但她熟悉的喬安娜在這裡，長著母親的眼睛和父親的嘴巴。喬安娜身旁是一個滿臉都是雀斑的紅髮女孩，兩人都坐著，雙手交疊，滿懷期待地望著她。她說：「我很高興能來到這裡，一開始我想跟妳們說個故事，因為任何值得知道的事，都是從『好久好久以前』

開始的。」

「簡直把我們當成小孩子嘛。」娜歐蜜嘟噥，遭到朋友狠狠踹了一腳，不過她發現這畢竟是比平常更愉快的上課日，能聽西波恩太太講故事，說有個女人找到一隻被泥巴包住的海龍；還有整個地球就是一座墓園，人們的腳下埋著各種神祇和怪物，等待天氣或榔頭和刷子讓他們重獲新生。她說只要看得夠仔細，你就會發現岩床裡有蕨類在生長，還有蜥蜴用後腿行走留下的腳印；有些牙齒小到你的眼睛幾乎看不出來，也有些大到以前的人戴在身上當作幸運符來抵擋瘟疫。

她伸手到袋子裡取物，大家傳遞鸚鵡螺化石和蟾蜍石。「它們有幾十萬年的歷史喔，」她告訴學生：「也許有幾百萬年！」卡菲恩先生二十歲以前都在一所威爾斯衛理公會度過，他咳了一聲，說：「你趁著年幼，當記念造你的主……[49]」然後露出有點委屈的表情。「有沒有什麼問題想問西波恩太太？」

她們說：鳥是怎麼跑到石頭裡去的，牠們的蛋又在哪裡？他們有在蜥蜴和魚類之間發現過人類嗎？血肉和骨頭是怎麼變成石頭的？她們的身體有一天也會有同樣的變化嗎？如果她們現在拿著鏟子出去挖，學校操場底下會有東西在等她們嗎？她最喜歡的化石是哪一個，她是在哪裡找到的，她現在在找什麼，她有沒有弄傷自己過，她有沒有出過國？

然後她們稍微壓低音量——黑水河呢？她聽說過沒有？那個在跨年夜溺死的男人，那些被人發現死去的動物，還有大家在晚上看到的異象，她覺得怎麼樣？還有現在已經發瘋的克萊克尼爾，徹

49 引用自《傳道書》第十二章第一節。

夜坐在利維坦旁邊等著巨獸出現，她聽說了嗎？**是不是真的有怪物，牠是不是要來了？**卡菲恩先生發現這天上午的活動轉了方向，盡力要導回正軌。他說：「好了，同學們，別用這個亂七八糟的事來煩西波恩太太。」然後動手擦掉畫在後方黑板上的鸚鵡螺圖示。

珂拉前一天傍晚跟威廉．蘭森姆一起散步，威廉有時候如果想要強勢主導什麼事，就會拿出牧師的口氣，而當時他就用這種口氣叮囑珂拉不要鼓勵孩子們討論「禍害」。他說光是處理克萊克尼爾就已經夠棘手了，還有班克斯堅持河裡沒有鯡魚可捕，他就快要餓死了：助長她們的妄念對任何人都沒有幫助。當下珂拉恭順地想：**你是對的，威爾，你當然是對的**，但現在有十二張臉孔詫異地對著她，有幾張臉甚至明顯帶著懼色，她感到火氣上升。她心想：**總是有某個男人吩咐我該怎麼做！**

「我們在石頭裡所發現的生物，有些可能到今天都還活著。」她小心翼翼地說明，「畢竟世界上有些地方從來沒有人類活動，還有深不見底的水域：誰知道我們可能漏掉了什麼？在北方的蘇格蘭有座尼斯湖，從一千多年前就一直有人在水裡看到一隻生物。據說有個男人在湖裡游泳時被殺死，聖哥倫巴修士把那怪物趕走，只不過牠還是不時會浮出水面……」

卡菲恩先生咳了一聲，對著班上年紀最小的幾名成員翻了個白眼（有個穿黃色洋裝的女孩嘴角往下撇，作出又是害怕又是興奮的怪相），表示他的來賓或許應該把話題停留在她帶來的石頭和骨頭上就好。

「沒有什麼好害怕的，」珂拉說：「除了無知之外。看似嚇人的東西只是等著你拿燈把它照個清楚。想想看你臥室地板上的一團布，可能像是偷偷摸摸靠近你的生物，直到你拉開窗簾，發現那只是你前一天晚上脫下來的衣服！我不知道黑水河裡到底有沒有東西，但我知道如果牠上岸來讓我們看個清楚，我們不會看到一頭怪物，只會看到一隻和我們大家一樣真實的動物。」穿黃色洋裝的女孩顯然比較想被驚嚇而不是被教育，秀氣地掩著嘴打了個呵欠。珂拉看了看錶。「唔，我講太久了，妳們都很有耐心，很認真聽講。我想我們還剩一小時，對不對，卡菲恩先生？而我很想看看妳們畫畫和上色的功力如何。我看過妳們的作品了，」她比向滿牆的蝴蝶繪畫，「我很喜歡。妳們願不願意過來挑一樣東西來畫，等妳們畫好，我會選出我覺得畫得最好的一幅，作者可以獲得獎品。」

一提到獎品，全班立刻鼓譟起來。「請大家排成一排。」卡菲恩先生說，一邊看著珂拉發送鸚鵡螺化石、蟾蜍石以及嵌有尖銳牙齒的柔軟黏土，接著他去端來一罐罐的水和水彩筆，還有結成硬塊的顏料。

喬安娜・蘭森姆仍靜靜地坐著。「我們為什麼不過去？」娜歐蜜說，她急著想拿到某塊特別漂亮的石頭，讓西波恩太太知道她也值得受到關注。

「因為她是『我的』朋友，而有妳們這些『小孩』在旁邊，我沒辦法跟她說話。」喬安娜說，她這話沒有惡意，但跟珂拉相比，她身旁座位上的老朋友似乎變得渺小了，變得寒酸而愚笨，身上的衣服破舊，縫隙深處散發腐爛的魚腥味，頭髮醜陋地綁成好幾大束，因為她父親始終學不會編辮子。喬安娜心想：**如果我說話像娜歐蜜、坐姿像娜歐蜜，跟娜歐蜜一樣笨，連月亮繞著地球走都不知道，我要怎麼變得跟珂拉一樣？**

娜歐蜜雀斑下的臉變白了。她一向對輕視很敏感，而她從未像現在這樣，如此深刻地感受到被瞧不起。她還來不及回應，喬安娜已經走到那女人身旁，親吻珂拉的臉頰，說：「我覺得妳表現得很好。」**好像她也是成年人，而不是到現在還會趁沒人看到時用袖子擦鼻涕！**這天娜歐蜜沒吃早餐，飢餓使她周圍的房間開始旋轉。她想站起來，但卡菲恩先生來到她的課桌旁，放下一罐黑墨水、一疊紙，以及一個看起來像灰色石頭做成的花園蝸牛。

「噢，坐直一點吧，娜歐蜜．班克斯。」老師說，他並不是有意刻薄，只是覺得整個看下來，西波恩太太和她的怪物並不如自己所希望的，為這個上課日增添價值。「妳比我們大部分的人都會畫畫，來瞧瞧妳能拿它怎麼辦。」

娜歐蜜心想：**我「要」拿它怎麼辦呢？**她用右手掂掂那東西，又換到左手：她很想拿它砸向珂拉．西波恩，狠狠擊中珂拉的額頭。她到底是誰啊？在珂拉來之前，喬和她明明好好的，還會一起下咒啊生火什麼的。她心想：**那女人搞不好是個女巫，看她穿的那件大衣，就算是也不意外，「艾塞克斯之蛇」很可能是她隨身攜帶的魔寵**。這邪惡的想法讓她心情開朗起來，於是當喬安娜回到座位時，娜歐蜜正邊笑邊拿著水彩筆在墨水罐裡畫圈。她心想：**那女人睡覺時可能把蛇拴在床腳，平常可能還會騎在蛇背上**。

她不斷攪拌墨水，她面前的白紙上開始出現墨點。她心想：**那女人晚上搞不好還會讓蛇吸她的奶呢！**她笑得更厲害了，只不過她不確定自己真的是因為所想到的念頭而笑，因為她的笑聲好響亮又好詭異，而且儘管她看到喬安娜露出疑惑且有點生氣的表情，卻停不下來。她心想：**那條蛇可能就在這裡，在門外的台階上。我敢說那女人吹聲口哨就能把牠叫來，就像農夫在叫狗**。她低頭看著自己的雙手，看到每根手指以小小的白色囊狀皮肉相連，在她眼裡它們似乎飽含閃耀的海水，還飄出一點魚腥味。

她的笑聲讓她身體搖晃，聲音變得有點尖銳，那毫無疑問是恐懼的音調：她先是扭頭往左後方看，然後再往右後方看，但教室門是關著的。墨水罐裡的水彩筆激烈地轉圈，好像有別人在引導她的手，桌子晃動，一罐水倒下來，漫過已經染上墨漬的紙。娜歐蜜心想：**快看啊，牠在那裡**。她還在笑，還在扭頭往後看（這樣等蛇來的時候，她就會第一個看到！）。「看啊。」她說，不知是對喬安娜說，或是對著再度來到她面前的卡菲恩先生。她扭著雙手，說著一些她在自己尖銳的笑聲中都聽不清楚的話。「你看不到牠嗎？」她說，看著水讓墨漬暈開，製造出某種蛇捲曲的身體（他們絕對看得出來吧！），牠的心臟隔著腹部薄薄的皮膚跳動，一對黑色飛翼徐徐展開。

「要不了多久了，」她說：「要不了多久了……」她一遍又一遍回頭看，百分之百確定蛇就在門口，她能聞到蛇的氣味，絕對沒錯：她在任何地方都認得出那氣味……再說其他人也能看見那條蛇——像是穿著黃色洋裝的哈莉葉，她在笑，而且把頭扭到肩膀後頭的角度讓人擔心她會扭斷脖子；還有住在馬路對面那對雙胞胎，她們幾乎不說話，甚至不對彼此說話，現在也把頭左甩右甩、左甩右甩，再加上前後擺蕩，而且笑個不停。

珂拉驚駭地看著笑聲從紅髮女孩的課桌向外蔓延，略過喬安娜，像是被石頭干擾的水流一樣繞過她繼續流動。感覺就像她們全都聽見一個刻意略過成年人耳朵的無聲笑話：有的女孩捂著嘴笑，其他人仰著頭狂笑，還敲著面前的桌子，好像她們是年紀比較大的女人，聽見什麼下流的笑話似的。始作俑者娜歐蜜已經耗盡精力，只是坐在那兒輕聲地咯咯笑，雙手按在潑在紙上的水和墨汁混合物中，不時停下來扭頭察看，然後笑得更大聲。穿黃色洋裝的孩子離門最近，笑到淚流滿面，她懶得回頭看，乾脆把椅子轉過去面向門坐著，兩手按在臉頰上，在大口吸氣的空檔唱誦著：「牠要來抓人囉，要來抓人囉。50」

卡菲恩先生又氣又怕，揪著自己的領帶大叫：「停下來！停下來！」同時憤怒地望向他們惹是生非的來賓，珂拉臉色慘白地站著，緊握住喬安娜的手。這時有個女孩笑得彎下腰，激動到把椅子都弄倒了，結果她慘叫一聲摔在地上。她的叫聲捅破了混亂的傻笑，笑聲立刻就開始消退了。娜歐蜜抬起手撫著脖子。「好痛喔，」她說：「為什麼會痛？妳做了什麼？」她環視同學，眨眨眼、甩甩頭，對她們涕泗縱橫的臉龐感到不解。小哈莉葉扭轉她洋裝的黃色下襬，連續打起嗝來，一兩個年紀比較大的女孩過去安慰那個哭泣的孩子，她在翻倒的椅子旁，捧著腫起的手腕。

「喬安娜？」娜歐蜜看著好友說：「怎麼了？是我嗎？我這次又做了什麼？」

珂拉．西波恩
公有地二號
奧溫特
五月十五日

路克——我知道你正沉浸在成名的喜悅中，而且大概正把手肘以下插在某個人的胸腔裡，但我們現在需要你。

路克，發生了奇怪的狀況。今天這裡的孩子被一股快得像火一樣的現象侵襲——這種說法通常用來形容生理疾病，但我指的是心理狀態，使她們像骨牌一樣全部倒下去。到了傍晚所有人都恢復正常了，可是那可能是什麼因素造成的呢？是我的錯嗎？

你了解這種事：你成功把我催眠了，雖然我不相信你能辦到。你讓我一邊躺在沙發上，一邊穿過石南荒原走到我父親的房子——你願意來一趟嗎？

我並不害怕。我再也不怕任何事了，我的害怕早在很久以前就都用完了。但這裡有什麼東西——有事情在發生——事情不太對勁……

再說，你一定要見見蘭森姆一家，尤其是威爾。我跟他說過我的小惡魔是誰。

你可以再幫法蘭西斯帶些書來嗎？請帶些謀殺案的故事，愈血腥愈好。

愛你的，

珂拉

---

50 此句原文為「Coming ready or not」，為捉迷藏時當鬼的玩家讀秒完畢要開始抓人時會說的句子，字面意思為：「無論你們準備好了沒有，我都要來找你們了。」

路克．蓋瑞特醫師
本東維爾路
倫敦N1區

五月十五日

珂拉——

不要慌，已經沒有什麼神祕謎題了。

答案是一個詞：麥角中毒。還記得嗎？黑麥中的黑色真菌——一群女孩產生幻覺——結果塞勒姆就吊死一群女巫[51]。檢查看看她們的午餐有沒有黑麵包，我星期五就去找妳。

附件是史賓塞給瑪莎的信。內容是關於住房什麼的：他的說明很無聊，我沒仔細聽。

路克

喬治・史賓塞醫師
女王門陽台街十號

五月十五日

親愛的瑪莎——

希望妳一切安好。春天的艾塞克斯如何？妳懷念文明世界嗎？我看到維多利亞公園裡的園丁大舉出動，以及整齊的花圃，就不禁想到妳。我猜奧溫特的人並不會把鬱金香種成時鐘鐘面的形狀吧。

我一直在想我們聊過的事。我很慶幸妳將我從洋洋自得的狀態中搖醒，讓我看看別的地方，要靠妳來做這件事讓我很慚愧。我讀了妳說我該讀的所有東西，還讀了更多。上星期我去了波普勒區，親眼看到他們住宅的狀態，還有他們的生活狀況，以及弱肉強食的慘狀。

我已經寫信給查爾斯・安布羅斯了，希望他會回信。他比我有影響力，也比我了解政

51 指的是一六九二年二月至一六九三年五月，北美殖民地麻薩諸塞灣省塞勒姆針對一群人指控其施行巫術並加以審判，最後有二十人被處以死刑，其中十四人為女性。後世認為女巫身上的奇怪症狀可能源自吃了被真菌感染的黑麥麵包，因而產生幻覺。

府的運作模式，我想他可能很有用。我希望能說服他跟我一起去波普勒區或萊姆豪斯區，看看妳和我見過的情形。如果約成的話，妳也能來嗎？

隨信附上一張《泰晤士報》的剪報，我想妳看了可能會開心：看來《工人階級住宅法》的影響力總算擴散到倫敦以外了。未來要來和我們會合了！

祝順心，

喬治．史賓塞

4

路克懷著得意的心情、穿著新的灰色大衣來到奧溫特。儘管事後看來，他的成功並沒能治癒他自身所有的毛病，但不可否認的是，他的能力與膽識獲得證明，確實賦予了他地位。在貝斯納格林區，愛德華．波頓的心臟每個小時都跳得更有力一點：他開始畫聖保羅座堂的圓頂，大概在仲夏時節就會返回工作崗位。路克感覺波頓的心臟緊貼在自己的心臟旁跳動，因此他帶著兩人份的活力走路。雖然他知道驕者必敗，但自己的地位能高到足以墜落的概念實在太過新奇，使他樂於承擔風險。

坐在從倫敦出發的火車，以及從科爾切斯特出發的出租馬車上時，他想著珂拉，把珂拉的信放在膝蓋上撫平：珂拉說「我們」需要你，他不禁皺眉納悶所謂的「我們」是指誰。莫非也包括在她的信裡無所不在，把她從倫敦引誘到艾塞克斯泥巴中的那位牧師？在珂拉丈夫臨終前那段時間，路克看著珂拉彎腰俯向丈夫的枕頭、親吻他油膩的額頭，心裡所感受到的嫉妒，根本就無法與看到珂拉的筆跡寫著那牧師的名字時相提並論。她一開始寫的是「蘭森姆先生」，這稱謂讓他維持在一條手臂外的距離；後來是「好牧師」，這語帶戲謔的親暱感讓路克不安；然後最近，毫無預警地，珂拉脫口而出叫他「威爾」（甚至不是「威廉」，雖然那已經夠糟了！）。路克在信件中搜尋珂拉有沒有任何動心的證據，或許能顯示他們之間有超越愉快友情的關係（路克不情願地承認珂拉有權利交其他朋友），卻什麼也沒發現。儘管如此，路克望著車窗外飛掠而過的田野，看著自己的深色倒影疊印在窗景上時，心想：**希望那男人很老，很肥，散發灰塵和《聖經》的氣味**。

珂拉站在她位於公有地的灰色房屋門口等待。自從那天上午去了卡菲恩先生的班上後，她就一直睡不好，覺得一切都是她的錯。威爾早就警告過她，不要為黑水河的恐怖傳說添加更多細節，而威爾是對的：孩子的想像力再豐富不過了，她還火上澆油，直到「艾塞克斯之蛇」變得跟在「叛徒的橡樹」下吃草的牛一樣具體。那些女孩笑成那個樣子，還前前後後地搖晃脖子！實在太可怕了，她寄望路克能找到令人心安的解釋。

事後，喬安娜變得沉默孤僻，雖然她仍然一早就抱著書去學校，卻對娜歐蜜．班克斯不理不睬，每天放學後就坐在廚房裡讀書，因為那裡絕不會只有她一個人在。更糟的是，從那天起她就沒有笑過了，她擔心自己一開始笑就停不下來，無論她弟弟們怎麼逗她或胡鬧，都無法讓她勾起嘴角。珂拉原本擔心新朋友會為這起事件還有喬安娜嚴肅的狀態責怪她，但威爾和史黛拉都沒親眼看到事情發生，而他們聽了轉述後，只覺得女孩子是很荒唐的生物，總是毫無來由地笑個不停。

最糟的是，珂拉對黑水河高昂的興致被潑了一大盆冷水。她當然不認為這是上帝在審判，但或許大家心中都有不該去刺激的、柔軟而陰暗的地方。這時候路克來了，他大步穿過公有地，把一個手提箱抱在胸前，一見到珂拉站在門口，便幾乎邁開步子用跑的。

又過了幾天後的同一週，喬安娜雙手交疊放在腿上，不太信任地打量這位黑髮醫生。「別擔心。」他說。他的態度簡潔俐落，但喬安娜並沒有完全被唬住。「只要照我的指示做，妳就會沒事的。珂拉，告訴她。」珂拉戴著那條繡有小鳥的圍巾，說：「沒事的——他對我做過同樣的事，結果那天晚上是我好多年來第一次睡得那麼熟。」

他們坐在珂拉灰房子裡最大的房間，沒有點燈。外頭下著令人煩悶的雨，沒有成為暴風雨的說服力，不足以成就一個舒適的午後，而且喬安娜身體不怎麼暖和。她母親坐在窗戶底下的大沙發上，夾在珂拉和瑪莎之間，三個女人手牽著手，讓人以為她們是來參加降神會的，而不是參與一個（據路克所言）不比拔牙來得更神祕的程序。

只有瑪莎不贊成讓女孩接受催眠，好看看她口中的「狂笑事件」能有什麼解釋。「在小惡魔眼裡，我們全都只是一塊塊的肉，而妳卻要把一個孩子的心智和記憶交付給他？」她把手中的蘋果啃到只剩果核，說：「催眠！根本就是他編的，哪有這個詞。」

其實是另外幾件事先定案了以後，才提出催眠這個想法的。卡菲恩先生擔心自己飯碗不保，在事件發生後幾天內寫了份報告，列出涉入的女孩姓名、年齡、地址、其父親的職業、平均成績，並附上一張座位表，標出每個女孩的位置。他強烈反對珂拉待在村子裡，可是做夢都不敢說出口。小哈莉葉答應坐在母親膝上接受問話，然後繪聲繪影地描述一條捲起的蛇展開像是雨傘的飛翼，以致於她被視為一個可人的孩子，但同時也是糟糕的騙子（在門邊偷聽的法蘭西斯心想：「糟糕的騙子是很會說謊還是很不會說謊？」）。事件的源頭娜歐蜜．班克斯不肯多說什麼，只說她也不知道自己當時在想什麼，能不能請大家別來煩她。家長都很開心能讓女兒接受倫敦醫生的檢查，並且一個接一個獲判為健康寶寶（除了其中六人被發現長了皮癬，當下就接受治療，而那也無法作為歇斯底里的理由）。

路克在午餐時被介紹給史黛拉．蘭森姆認識（並且注意到史黛拉兩頰泛紅），當時路克說：「在事情的核心一定有什麼關鍵因素——像是共同的記憶或是恐懼，問題在於若是那些女孩無法或不願意說出那些恐懼，我們該如何平息恐懼？」

史黛拉扯著手腕上的藍色珠串，開始喜歡上這個臭臉倫敦醫生了。她心想：**長得醜真是太不幸了**。「珂拉跟我說你會催眠——我沒說錯發音吧？——而那或許對喬安娜有幫助？她會願意的，她喜歡所有新的事物。她會把整件事都寫在作業簿裡。」

路克很想握住史黛拉的小手，說：會的，會的，絕對會有幫助的；說她的女兒會平靜地敘述那天她看到什麼、聽到什麼（如果真有什麼的話），並且在恢復清醒後重新開朗起來。但是面對那雙滿懷信任望著他的藍眼睛，他的野心動搖了，他說：「或許有幫助，也可能沒幫助，不過我想總歸是沒壞處的。」他那時刻不鬆懈的良心在刺激他，他說：「我從來沒在年紀這麼小的人身上試過，她可能會抗拒，會笑我。」

「笑！」史黛拉說：「我倒希望她會笑呢！」

「我被催眠的時候，」珂拉邊倒茶邊說：「套句別人的說法：我感覺像根煙囪被清理得乾淨溜溜。那種心情很平靜，我幾乎沒說什麼話。沒什麼好怕的：那不是什麼奇怪的事，全都只是心智在運作。」茶湯灑到茶碟裡，牆上的天光變暗了。「我幾乎能想像，等她長到像妳和我這個年紀時，催眠會變得非常普遍，在高街上每間藥局和鞋店隔壁都會有催眠師呢。」（缺席的威爾沉著臉在她肩後觀看，卻遭到忽視。）

「窗口擺著盆栽，」史黛拉喜歡這個點子，「還有穿著白色上衣的接待人員。以後再也沒有人會藏著祕密了——你們不熱嗎？我們能不能打開窗戶？——我想看到她再開心起來。」她突然想到不知道威爾會怎麼想：威爾還沒有跟醫生見過面，也沒有表示想見面的意思，對於喬安娜接受一個連自己母親都不太會唸的作法，她猜想威爾或許會持保留態度吧。不過話說回來，珂拉不會做任何威爾可能不喜歡的事的。她覺得自己的丈夫受到如此堅定而忠實的愛戴，著實令人安心。她這一生都沒嚐過吃醋的滋味，根本無法想像那種感覺。「把窗戶開大一點，」她說：「最近我老覺得熱。」

珂拉轉頭看路克，路克殷勤地握住史黛拉的手腕，希望她不會注意到自己在替她量脈搏（嗯，沒錯，如他所料：皮膚下的脈象亂得很）。「好吧，我們何不去找喬，問她有沒有意願？」

由於喬安娜願意（「我要成為一個『實驗品』了嗎？」），她現在就躺在最舒服的沙發上，仰望著灰泥已經開始剝落的天花板。她很難認真看待這件事，因為她不小心聽見珂拉稱呼醫生為小惡魔，並忍不住覺得那名稱很貼切（他應該扛著乾草叉，而不是拎著醫生包才對！）。

路克拉了張椅子坐在她身旁，傾身靠近，使她聞到醫生上衣散發類似檸檬的氣味。路克說：「接下來的情況會是這樣。妳不會睡著，我也不會掌控妳，但妳會變得更自在——更放鬆，是妳以前從未有過的。而我會問妳一些問題，像是妳之前的狀況，以及那天的事，然後我們看看能查出什麼，像是事情是怎麼開始的，還有妳的感覺如何。」

「好。」喬安娜說。她心想：**可是那天大家一直笑的事沒有什麼好查的，有的話我早就把我知道的都告訴他們了**。她望向母親，史黛拉向她送了個飛吻。

「妳有沒有看到牆上的印子，就是壁爐上方油漆剝落的地方？我要妳一直看著那邊，不管妳的眼皮有多重，不管妳的眼睛有多疲……」

路克還喃喃地作出其他指示，聲音彷彿來自遙遠的地方：她要讓雙手往下沉，頭往下垂，呼吸變慢，思緒飄到其他房間……她根本不可能繼續睜著眼睛盯住牆上的印子，於是當路克允許她閉上眼睛，她嘆口氣聽命，如釋重負到差點從沙發上掉下來。她要到後來才知道，當她懸浮在半夢半醒之間時，說了什麼話（他們事後告訴她是關於娜歐蜜．班克斯以及一隻利維坦，但她說的時候看起來一點都不害怕）。她所記得的是有人客氣地敲門，然後門刮過地毯，接著是她父親的嗓音，在憤怒中提高到她從未聽過的音量。

威爾看到女兒躺在黑色沙發上，手臂垂放在身側，嘴巴半開，有個生物俯在她身上輕聲細語。他剛才巡完教區回到家，發現屋裡空無一人，正在呼喚史黛拉的時候，就在書桌上看到一張字條，說如果他想參加的話就去珂拉那裡找她們。他在穿過公有地的時候，想像史黛拉的亮麗秀髮和珂拉的亂髮同時被框在一扇由燈光照亮的窗戶裡，想像她們等他等得不耐煩了，於是加快了腳步。

他當然知道路克要來，並且對這種闖入感到不滿。他覺得這座村莊已經有夠多這類的事了：倫敦人和蛇使今年紛擾不斷，難道就不能讓他們享有片刻安寧嗎？後來他想到珂拉是怎麼誇路克的，又是如何與有榮焉地轉述那場救了某人一命的手術，於是威爾判定那個外科醫生肯定是他能欣賞的那種人吧。他走到「叛徒的橡樹」樹蔭下時，認定路克應該又矮又瘦、性格焦慮，會留著一把沒精神的長鬍鬚，對飲食過分挑剔、嫌東嫌西。以那個可憐傢伙的健康狀態來說，也許他正需要來鄉下休個假。

瑪莎來應門時表情有點微妙，不太敢正視他的眼睛。那與瑪莎平常的直率實在差距太大，以致於他已經先抱著不安的心情拉開門走進去，結果又看到一個黑色眉毛的生物在那裡彎著腰，朝他女兒耳邊輕聲細語。喬安娜動也不動地躺著，好像被人打了一拳而回不過神。她的頭向後仰，半睜的眼睛眼神空洞。威爾一時間因震驚和懊惱而全身僵硬。當他看到史黛拉和珂拉都平靜地坐在一旁的沙發上旁觀，顯然是眼前狀況的共謀者，他發現自己陷入狂怒，不管是「艾塞克斯之蛇」、克萊克尼爾或過去這令人困惑的幾個月所發生的事件，都沒能引發這麼強烈的憤怒。事後，他不太能說清自己到底認為在那間裝潢別致、窗簾向外鼓出的房間裡正上演著什麼事，只知道他感到一種厭惡：那是他的女兒耶，而喬安娜在低喃著類似拉丁語的話？還像砧板上的魚一樣癱在那裡！他穿過房間，把手指伸到彎腰的男人衣領下，試著把男人從椅子上拉起來。但如果說牧師很強壯的話，醫生也頗有分量：他們扭打起來，珂拉先是覺得好笑，但很快就擔心義憤填膺的威爾真的會弄傷她朋友。她想到在泥巴裡掙扎的綿羊，以及牠如何使威爾鼓起前臂的肌肉。她站起來說道：「蘭森姆先生——威爾！他只是蓋瑞特醫師——他只是想幫忙！」

喬安娜昏昏沉沉又害怕，從沙發滾到地板上，頭在一張椅子堅硬的坐墊上撞了一下。她盯著天花板說「牠要來了」，然後用指節揉了揉眼睛，坐起身來。史黛拉先前不在意敞開的窗戶送進的寒意，已經陷入昏昏欲睡的狀態，現在詫異地看著丈夫（「親愛的，別把水滴到珂拉的地毯上！」），並趕過去女兒身旁。「妳覺得怎麼樣——妳不舒服嗎？妳的頭受傷了嗎？」

「那實在太『簡單』了。」喬安娜邊說邊揉著額頭，她的額頭上開始冒出一個白色腫塊。她看看醫生又看看父親，發現那兩個男人在房間容許的條件下，盡可能遠離對方僵硬地站著，便說：「怎麼了？我做錯事了嗎？」

「『妳』沒有。」威爾說，雖然他的目光沒有從另外那個男人的眼睛移開，但珂拉覺得他生氣的對象很明顯，因而感覺喉嚨一緊。她決定拿禮節當擋箭牌，站到兩人之間說：「路克，這位是我的朋友威廉．蘭森姆。」

路克心想：**我的朋友。我從沒聽過她用這麼自豪的語氣說「我的丈夫」或「我的兒子」**。

「威爾，這位是路克．蓋瑞特醫師——你們不握個手嗎？——我們想說可以幫助喬安娜……自從發生學校那件事之後，她就不太正常。」

「幫助？怎麼幫？你們剛才在做什麼？」威爾不理會路克伸出的手，他認為對方臉上帶著嘲笑。

「催眠！」喬安娜得意地說。她當了實驗品！她晚點要把它寫下來。

「她受傷了，你們瞧：幸好她沒有撞昏過去！」

「我們可以晚點再告訴他。」史黛拉說，到處摸找外套。真受不了一直大呼小叫！她的頭都痛了。

「幸會，牧師。」路克邊說邊把雙手插進口袋。

威爾轉身背對朋友。「史黛拉，把外套穿上，妳都在發抖了……他們怎麼會讓妳受凍？對，喬，妳可以晚點再全部說給我聽。午安，蓋瑞特醫師，也許我們還會見面。」威爾像是乘著客套的潮水離開房間，妻子和女兒跟在後頭。他沒有多看珂拉一眼，而在那一刻，他就算狠狠瞪珂拉一眼，珂拉也會像見到微笑般感激涕零。

「我是個實驗品！」他們聽到喬安娜在門外說，「還有我餓了。」

「真是個討人喜歡的人。」路克說。他心想：**看來不是什麼穿著綁腿的胖牧師。他看起來像個才智超出其社會地位的農夫，而且有一頭濃密的頭髮，在他面前，連珂拉．西波恩這樣的女人，都像個發現自己失寵而悶悶不樂的孩子。**瑪莎一直默默地坐在沙發上旁觀，現在她站起來，輕蔑地看了看醫生，然後過來站在好友身邊。「離開倫敦準沒好事。」她說：「我是怎麼跟妳說的？」珂拉把臉頰靠到瑪莎的肩膀上，說：「我也餓了，而且我要喝酒。」

5

愛德華．波頓坐在窄床上，打開放在腿上的紙袋。他的訪客坐在聖保羅座堂版畫下的高背椅上，往薯條上灑了些醋，幾週以來，這熱騰騰的香味頭一次引起了他的食欲。那位女性訪客把金色髮辮盤繞在頭頂，愛德華一邊剝掉自己炸魚塊上的麵衣，一邊心想：她看起來好像天使，如果天使也會肚子餓的話，而且她不在意下巴沾到油、袖子沾到豌豆泥。

瑪莎看著他大口進食，自豪的心情不亞於路克幫他縫合傷口之時。這是瑪莎第三次來訪，愛德華的臉頰已有了血色。是莫琳．弗萊介紹他們認識的，莫琳除了願意探視愛德華，好替他癒合的傷口拆線以外，本身也是伊莉莎白．弗萊[52]的親戚，並充分繼承了家族的社會良知：在她看來，護士的職責遠不止於綁繃帶和擦乾血跡。她是在一場關心工會事務的女性聚會上與瑪莎初次相識的，她們喝著濃茶，發現兩人間的共通點竟是路克．蓋瑞特醫師（當時瑪莎邊搖頭邊說：「怎麼偏偏是他！」）。愛德華與母親同住在貝斯納格林區的那棟屋子，瑪莎第一次跟著弗萊修女造訪時，發現那不出所料是棟小房子，衛生設備有點問題，使得空氣裡瀰漫著一股阿摩尼亞味，不過還算舒適。屋裡光線幽暗，僅有的光線必須由晾在房屋之間、像軍旗一樣飄揚的衣物間隙透入，不過桌上那只洗乾淨的羅伯森牌果醬罐裡總是插著花。波頓太太靠幫人洗衣服賺錢，還有用碎布縫成碎呢地毯。這些地毯鋪滿他們的三個小房間，讓整個空間色彩繽紛。波頓太太壓根兒沒想過愛德華有可能不會完全復原，沒辦法回到他已當了五年職員的保險公司，因此波頓太太頗為泰然地看待這段照料兒子的日子。

初次造訪令人不太滿意，愛德華．波頓只是臉色蒼白、沉默地待在角落。波頓太太內心很掙扎，一方面開心兒子大難不死，一方面又覺得，走下手術檯的男人跟被放上去的男人不是同一個人，因而心生不安。「他好安靜喔。」波頓太太扭著雙手說，還借用弗萊修女的手帕。「感覺好像原本的

52　伊莉莎白．弗萊（Elizabeth Fry, 1780-1845）是英國的監獄改革者、社會改革者兼慈善家，致力推動創立新法以改善囚犯的待遇，尤其是女性囚犯，有「監獄的天使」之稱。

愛德華失血過多而死，我得到另一個人來代替他，而我得先重新認識他，才能說他是我兒子。」儘管如此，接下來幾天瑪莎發現自己擔心愛德華不好好吃飯，或是沒有在馬路上走路來測試腿部力量，於是一星期後，她拎著幾袋炸魚薯條、一網袋的柳橙，以及法蘭西斯不要的幾本《河岸》雜誌再度登門。

愛德華吃得很香。對瑪莎來說，習慣了珂拉沒完沒了的對話，和有如急病發作的喜悅或陰鬱，與愛德華相處是非常平靜安詳的。不管瑪莎說什麼，愛德華都會低下頭，慢吞吞地思索，經常以沉默來回應。有時候愛德華被切斷肋骨的部位會劇烈發痛，感覺就像肌肉痙攣，所有肌肉纖維都要打結一般，而他會倒抽一口氣，一手按住少了一截骨頭的凹處，等著疼痛過去。這種時候瑪莎就什麼也不說，只是靜靜坐著陪他，等著他抬起頭說：「再跟我說說他們是怎麼建造黑衣修士橋的。」

這天下午，雨水蓄積在塔村區街道的天溝，再從屋簷傾瀉而下，愛德華說：「那個蘇格蘭男人又來看過我了。他跟我一起禱告，然後留給我一些錢。」他說的是約翰・高爾特（John Galt），這個人設立在貝斯納格林區的帶職傳道會[53]不但把福音帶進倫敦，還一併帶來了自我節制和更好的個人衛生。瑪莎知道這個人，看過他用照片記錄下這座城市最糟的樣貌，對他溫柔的基督徒良知不以為然。「他禱告是吧？」瑪莎搖搖頭說：「千萬別信任做好事的人。」她一如往常地對「清清白白」和「遮風蔽雨的屋子」兩者的因果關係沒有好感。

53 帶職事奉者又稱為「織帳棚者」（tentmaker），典出《使徒行傳》第十八章第三節：「他們本是製造帳棚為業。保羅因與他們同業，就和他們同住做工。」帶職傳道人不向教會領取工資，而是另有正職工作來賺取生活費。

「他不只是『做好事』。」愛德華深思地說。他仔細研究一根薯條，然後才送進嘴巴。「我想他是個『好人』。」

「你看不出來這就是問題所在嗎？重點不是好不好，而是在『責任』！你認為送錢給你，關心牆壁是否潮濕，然後把你留給上帝處理（不管那代表什麼），這些是別人的善意，但其實活得像個人樣是我們的權利，不該是比我們優越的人施捨的禮物——噢！」瑪莎笑了。「看我多麼容易說出這樣的話來！**比我們優越的人！**是怎樣，就因為他們從來不會鬥狗，或是喝個爛醉是嗎！」

「那妳打算怎麼處理這個問題呢？」愛德華開朗地問，他的活潑個性深藏不露，只有瑪莎看得出來。瑪莎把食物吃完，用手背抹掉嘴巴上的油，說：「記住我的話，愛德華．波頓，有些計畫正在進行中。我已經寫信給一個能夠幫忙的男人了——歸根究柢還是錢的問題，不是嗎？錢和影響力，天知道我既沒有錢也沒什麼影響力，但我會盡量善用我所擁有的。」她短暫地想到了史賓塞，想到史賓塞那微微斜眼瞄她的樣子，不禁感到有點慚愧。

「真希望我也能出一份力。」愛德華說，他朝自己瘦弱的雙腿比了個手勢，一時間看起來頗為絕望。現在他的腿細得不像話，因為他跑不到十步路就會喘不過氣。他原本沒有多加思考就接受了自己在這座城市裡的位置，直到這個頭髮像繩子、講話毫不客氣的女人，站在他母親縫的地毯上，對她在街上看到的情景發出不平之鳴。現在他從貝斯納格林區的一頭走到另一頭時，再也無法不去想到，這有如黑暗迷宮的破落住宅區也有它自己的意識，依靠住在其中的所有人而運作。到了夜裡，他母親入睡以後，他取出一捲捲白紙，畫下又高又寬的建築，那些建築能讓陽光照進屋內，還有乾淨的自來水。

瑪莎從椅子底下抽出她的雨傘，拉開繫帶，對著窗玻璃上滾滾流下的雨水嘆氣。「我還不知道啦，」她說：「我還不知道我能做什麼。但事情一定要有所改變。你感覺不出來嗎？」

他不確定自己能感覺出來，不過接著瑪莎親吻他的臉頰，又跟他握手，好像無法決定哪種道別方式比較適合他們。瑪莎在門邊停下腳步，因為愛德華朝她背後喊道：「妳知道嗎，這是我的錯。」

「你的錯？什麼是──你做了什麼？」愛德華難得會主動發言，瑪莎動都不敢動，怕嚇著他。

「這個。」他邊說邊輕觸自己的胸部，「我知道是誰幹的，也知道為什麼。妳知道嗎，是我活該。就算不是發生這件事，也會是別的。」

瑪莎默默地回到椅子上，轉頭去揪袖子上一根鬆脫的線頭。愛德華知道瑪莎這麼做是為了顧及他的尊嚴，於是他受損的心悸動了一下。

「我是個很平凡的人，」愛德華說：「我的生活也很平凡。我存了一點錢，我原本打算買一間自己的房子，雖然我並不介意住在這裡：我們母子一向相處融洽。我並不討厭我的工作，只是有時候會覺得無聊，就畫一些永遠不會蓋起來的建築設計圖。現在他們跟我說我是個奇蹟，或最近創造奇蹟的不管是什麼。」

瑪莎說：「沒有人的生活是平凡的。」

「無論如何，都是我的錯。」愛德華說，並描述自己在霍爾本大樓的座位上是多麼安於現狀，等待鐘聲響起宣告自由時刻降臨。他頗受歡迎，雖然他既不以此為目標，也不以此為樂。他懷疑同事只是被他的身高所迷惑，還有臣服於他幾乎不記得自己具備的敏銳機智。在大教堂陰影中倒下的愛德華，並不是瑪莎所認識的這個沉默的男人。那個男人總是為了某件事發笑，他的脾氣來得又急又猛，然後很快又會平息。由於自己的壞情緒一下子就過去，他不怎麼注意自己亂發脾氣可能造成什麼長期傷害。但他發洩情緒時確實傷到人了。「那只是在胡鬧，」他說：「我們沒當一回事。他似乎不在意。在豪爾身上看不出來，他反正永遠都一副倒楣樣，所以有什麼大不了的？」

「豪爾？」瑪莎問。

「山謬．豪爾。我們從來不暱稱他為山姆。從這一點就能看出端倪，不是嗎？」

愛德華心想：**不，他似乎不在意**。但現在講給瑪莎聽使他慚愧得漲紅臉。山謬．豪爾，上天沒有賜給他俊俏的容貌或開朗的個性，他總是穿著單調的外套，在開工前一分鐘抵達，在收工後一分鐘離開；勤奮得令人憤恨，又毫無值得注意之處。但他們確實注意到他了，或許是稍微注意了點，目的在引出某種潛藏的風趣，而帶頭的人總是愛笑的愛德華。

「我忍不住覺得，他那麼悶悶不樂是件很好笑的事，妳懂嗎？讓人沒辦法認真看待他。就算他在辦公桌前暴斃，我們也都會大笑。」

後來乏味的小山謬．豪爾，戴著眼鏡用混濁的雙眼怨恨地看著世界的山謬．豪爾，竟然戀愛了。他們在堤岸站附近一間昏暗的酒吧裡看到他，看到他笑得很開心，還把暗色的外套換成顏色比較明亮的款式；看到他親吻一個女人的手，而那女人也不介意。感覺世界上沒有更滑稽的事了，在燈光的照耀下和啤酒帶來的暖意中，也感覺沒有比這更突兀的事了。愛德華不記得是誰說了什麼，只記得有那麼一刻，他把那個困惑的女人擁在懷裡。他記得自己貌似風流地親吻那女人，但誰都看得出來他的動作充滿嘲弄之意。

「我那麼做沒有什麼惡意，只是想逗大家笑，那天晚上我回家後，醉到甚至說不清楚我去過哪裡。」但是接下來一整個星期，豪爾的座位都是空的，不過沒人想到要問他去了哪裡，或為什麼沒來。他們完全沒想到，他一個人待在只有一張椅子的單人房裡，會把自己一生累積的怨恨，包括所有真實與想像的輕視，都凝聚成一股針對愛德華．波頓、勢不可擋的憎惡。

「當時我停下來抬頭看聖保羅座堂，我一向很好奇那些圓頂怎麼不會掉下來，妳不好奇嗎？台階上有一些黑鳥，我想起小時候大人教我說，一隻禿鼻鴉就是烏鴉，一群烏鴉就是禿鼻鴉。這時候有人跌跌撞撞地撲到我身上，就這樣，好像他沒站穩似的。我說『當心點！』，結果發現那是山謬．豪爾，他沒看我，只是繼續往前跑，好像我害他快要遲到了似的。」愛德華繼續走在聖保羅座堂的陰影中，卻突然覺得很累。他伸手摸上衣濕濕的地方，結果滿手都是血。接著黑夜提早降臨，他躺在台階上睡覺。

房間變得很暗，愛德華伸手拿了個油燈點亮。在緩緩綻開的光暈中，瑪莎看到那張清癯的臉因慚愧和羞怯而別過去，那高聳的顴骨染上了紅暈。

「這不是罪與罰的問題，」瑪莎說：「世界不是這麼運轉的。如果我們做什麼都得到相應的回報……」瑪莎感覺愛德華給了她一件很容易損壞的禮物。他們之間的關係有了變化——現在瑪莎欠他一筆信任。「如果我們要生存，就無法避免。」瑪莎說：「我是指造成傷害。除非我們離群索居，什麼話都不說，什麼事都不做，否則怎麼能夠避免傷害別人呢？」她想要回報對方的信任，努力思索自己做過什麼虧心事，結果第一個映入腦海的是史賓塞的臉，而且揮之不去。

「如果我們都得到相應的回報，我現在就該等著被懲罰了。」她說：「我想應該會更嚴重，心臟被刺一刀只是最基本的吧。你不知道你做錯什麼，但我知道，而我還是明知故犯！」於是她告訴沉默寡言的同伴，有個男人很愛她（「他以為自己掩飾得很好，但其實這種事從來沒人藏得住……」），那個男人很害羞，他為了做慈善、也為了討好瑪莎而努力行善。「史賓塞的財富很可憎，太可憎了，他的財富多到他都不知道確切的數目！如果我讓他愛我，並假裝可能會回應他的感情，而這能使他做善事，這樣真的很差勁嗎？拿一顆破碎的心來換取更好的城市，真的太過分了嗎？」

愛德華微笑舉起一手。「我赦免妳的罪。」他說。

「謝謝你，神父。」瑪莎笑著說：「你知道嗎，我一直認為那是信教的一大好處：把現有的罪惡感當機立斷處理掉，才能繼續犯下一樁罪。唔。」她朝窗戶以及窗外低垂的天空比了比，「我得走了，不然會趕不上火車。」瑪莎握著愛德華的手向他道別，他握著瑪莎的手把她往下拉，吻了她一下，於是瑪莎頭一回看出在那些修長的手指以及毛毯底下伸直的雙腿中，曾經蘊含怎樣的活力。

「妳要再來喔，」愛德華說：「別隔太久。」瑪莎走了以後，愛德華在她留下的椅子上坐了好久，設計一座讓左鄰右舍可以共享的花園。

6

在科爾切斯特，雨勢溫和到幾乎沒有降下來，只是懸在空中，好像整座城鎮都被淺色的雲裹住。湯瑪斯·泰勒架起一塊防水布，心滿意足地坐在防水布下頭，與珂拉·西波恩分食一塊蛋糕。珂拉是來鎮上買紙和書的，還有採購奧溫特買不到的高級食材（「拿來配麵包和鮮魚是還可以啦，」她說：「可是沒有杏仁糖膏可以配約克郡出產的各種紅茶啊！」）。泰勒懷疑路人看到他身邊有個顯然很有錢（但稍嫌邋遢）的女人，都會驚喜地期盼他今天下午能大賺一筆。與此同時，他們有很多事要討論。

「瑪莎還好嗎？」泰勒問，他跟瑪莎的關係熟到可以直呼其名，瑪莎每次到鎮上來，都設法用言詞表達對他的不認同，卻總是心情愉快地離去。「還是有那些想法嗎？」泰勒舔掉手指上的碎屑，看著太陽羞怯地在雲朵後頭張望。

「你我都知道世上沒有公平正義，」珂拉說：「但如果有，瑪莎應該進入國會，而你應該有自己的房子。」事實上，泰勒已經收到一筆優渥的退休金和更好的工資，因而買下一間漂亮的公寓，就在原本是科爾切斯特鎮公所的建築低樓層，不過他不想掃朋友的興。「如果願望是馬，」他嘆口氣說，眼珠轉向稍晚將帶他回家的推車，「我光靠糞肥就能發大財。那奧溫特那裡的村民怎麼樣？『艾塞克斯之蛇』有沒有爬上來，趁他們睡覺時把他們全都吃了？」泰勒用力咬著牙齒，以為珂拉會笑，但珂拉反倒皺起眉，額頭上出現一道道紋路。

「你有沒有感覺被不乾淨的東西纏上過？」她說，朝上方的廢墟比了比，只見破爛的窗簾濕濕地垂著，破損的壁爐架上方有一面鏡子，映照出屋內某處鬼鬼祟祟的細微動靜。

「沒有這種事，」泰勒愉快地說：「妳知道嗎，我的信仰還挺虔誠的，我可沒耐心去想什麼超自然的玩意兒。」

「就連夜裡也是？」

夜裡他會躺在床上，蓋著舒服的厚被子，肚子裡裝滿烤乳酪，女兒在隔壁房間打呼。「就連夜裡也是。」他說：「這裡除了毛腳燕以外什麼也沒有。」

珂拉把剩下一口蛋糕吃掉，說：「我覺得整座村子都被不乾淨的東西纏上了，只不過……我覺得不乾淨的東西是他們自己的心魔。」她想到威爾，打從她們讓路克給喬安娜催眠那一天起，威爾就沒寫過一封信，而且當威爾跟她打招呼時，其態度極盡客套之能事，讓她每塊脊椎骨都發寒。

泰勒對話題的走向沒什麼興趣，戳了戳珂拉帶來的報紙說：「不如妳跟我說說世界上發生什麼事吧？我喜歡注意風吹草動。」

珂拉攤開報紙說：「都是一些常有的事：喀布爾市郊有三個英國軍人喪命，輸了一場板球對抗賽。只不過……」她輕拍摺起的報紙，「還有這一條：一場氣象奇觀，而且我指的不是這沒完沒了的雨！要我唸出來嗎？」泰勒點點頭，雙手交疊、閉上雙眼，像個等著欣賞表演的孩子般聽話。「『在即將到來的幾週內，滿懷熱忱的氣象學家應該密切關注天空，並可望目睹奇妙的大氣現象。這些「夜光雲」是在一八八五年首次被人觀測到，僅於夏季時期出現在北緯五十度到南緯七十度之間的地區，它們會形成只在傍晚時分才能看到的一層特殊薄雲。觀測者注意到這種現象呈現出發光的藍色特質，其光輝會出現大幅度的波動，其形態最貼切的形容為布滿高積雲的魚鱗天。這種「夜光」的起因目前仍是爭論的題目，某些人士提出，在一八八三年喀拉喀托火山爆發後，隨即開始有人觀測到夜光雲，並不是純粹的巧合。』唸完了。」她說：「你覺得怎麼樣？」

「夜光，」泰勒搖著頭說，有點不以為然，「他們接下來又會想出什麼新花招啊！」

「他們說喀拉喀托火山的灰燼改變了世界——我們最近遭遇的嚴冬，還有夜空的變化，都是好幾年前幾千哩外的一座火山爆發造成的。」珂拉搖頭，「我總是說世上沒有神祕難解的謎團，只有我們還不知道的事，可是最近我覺得就連知識也無法破除世界上所有的奇異奧妙。」她告訴泰勒她跟威廉・蘭森姆同時看到什麼：艾塞克斯的天空中有一艘幽靈駁船，而且她還看到海鷗飛在船身下方。

「那只是光線在玩的老把戲，」珂拉說：「可是我的心怎麼會知道？」

心存懷疑的泰勒說：「飛翔的艾塞克斯人是吧？」如果幽靈船真要出海的話，應該絕對能找到比黑水河河口更好的水域吧？此時安布羅斯夫婦來了，讓泰勒不必就此話題多作評論。他們兩人各自撐著一把綠傘和粉紅傘，夫婦倆出現在街道上，讓整座小鎮都鮮活起來。

珂拉站起來向他們打招呼。「查爾斯！凱瑟琳！你們一定要過來聽聽——你們當然認識我的朋友湯瑪斯・泰勒吧——我們在討論天文學。你們有看過夜光雲嗎？還是倫敦的燈光太亮了？」

「親愛的珂拉，我跟以前一樣，不知道妳在說什麼。」查爾斯跟殘障握了握手，沒有先確認金額就往對方的帽子裡放了幾枚硬幣，然後把珂拉拽到他的傘下躲雨。「我從威廉・蘭森姆那裡聽說了，」查爾斯說，「妳丟人丟大了。」

「噢……」珂拉看起來已受到教訓，但查爾斯仍沒有放過她：「我知道妳堅持我們都要面對新時代，不過也許先徵得同意比較禮貌。」要繼續說下去很困難，因為珂拉一副悲慘的模樣，而凱瑟琳正用警告的表情看著查爾斯，但查爾斯很愛威廉，而在威廉最近的來信中，他似乎受到了莫大的打擊，超過這起事件應有的程度（「真希望你沒有叫珂拉來這裡，」他在信中寫道，「事情真可謂接二連三。」後來他很快又寄來一張明信片，用比較歡快的語氣說：「請原諒我的壞脾氣，我那時候太累了。白廳有什麼新聞嗎？」）。

「妳道歉了嗎？」查爾斯問，並且熱切地感謝上帝讓他免於為人父母這種磨難，這念頭既不是頭一回也不是最後一回了。

「當然沒有。」珂拉邊說邊握住凱瑟琳的手，感覺自己值得有個盟友。「我才不要道歉。我徵得喬安娜的同意了，還有史黛拉。難道我們都得在那裡傻等，直到有個男人提供書面同意？」

「多好看的大衣啊。」凱瑟琳有點情急地說，看著珂拉身上的藍色大衣，它取代了珂拉穿了一整個冬天的老男人花呢大衣，這件大衣使她的灰眼睛看起來像有風暴來襲。

「可不是嗎？」珂拉心不在焉地說。她現在一心只有她的朋友，在奧溫特的自家書房裡生她的氣。她有好多事想告訴威爾，卻苦無管道。她轉回頭面向泰勒，泰勒正在捏起腿上最後一些蛋糕渣，並且愉快地看著他們三人，好像他是買了票看戲的觀眾。「我該回家了。」珂拉邊說邊和他握手，「法蘭西斯要我帶最新的『福爾摩斯探案』，他擔心這會是那個大偵探的最後一個案子，如果是的話，我真心不知道我們該怎麼辦才好。也許我只好自己寫了。」

「那把這個給他。」泰勒說，他跟那男孩熟識的程度超出男孩母親的認知，因為男孩之前習慣神不知鬼不覺地溜出紅獅旅店，爬到廢墟裡玩。泰勒遞給珂拉一片碎盤子，珂拉看出盤子上有一條蛇盤繞在蘋果樹上的圖案。

「又是蛇。」查爾斯說：「這附近的蛇似乎多得很哪。珂拉，我要跟妳說的話還沒有講完：我們住在喬治旅館，而我覺得妳需要來杯酒。」

他們舒適地坐在喬治旅館的休息室中，討論的不是威廉，而是史黛拉。她寫給凱瑟琳的信洋溢著一股靈性氛圍（查爾斯驚恐地說：「可不是你預期牧師太太會有的那種靈性！」）。她的上帝滑進某種和西奈山上的雷電[54]毫不相干的事物：她似乎反而崇敬起一些她覺得與「藍色」有密切關聯的感官。「她告訴我她不分晝夜都在作這方面的冥想，她帶著一塊藍色石頭上教堂，親吻那石頭，她只能忍受穿藍色衣服，因為其他顏色都會灼傷她的皮膚。」凱瑟琳搖頭。「她病了嗎？我想她一向有點傻氣，不過傻得很聰明——感覺她是故意裝傻，因為大家經常認為女人就是應該傻里傻氣的，那樣幾乎很討喜。」

「而且她總是很熱。」珂拉說，想到她們上次見面時自己握著史黛拉的手，感覺對方像個發燒的小孩。「可是每次我見到她，她都變得更漂亮，她怎麼可能生病了？」

查爾斯倒了另一杯酒（「以艾塞克斯酒吧來說還算不錯」），對著光線細瞧，說：「威爾說他找了醫生來，說史黛拉的流感一直沒完全好。威爾想送史黛拉去比較溫暖的地方住，但就像那首老歌的歌詞所說，『夏天來了』，她很快就會在陽光中舒服起來的。」

珂拉可沒那麼有把握：路克沒跟她說什麼（路克用最快的速度離開奧溫特，好像還能感覺到威爾的手揪著他的衣領），但她看到路克是如何仔細觀察史黛拉，看史黛拉親切地談著自己用種子栽培而成的矢車菊，以及她的水滴形綠松石耳環，也看到路克量了史黛拉的脈搏後皺起眉頭。「上次史黛拉跟我說她沒有看過『艾塞克斯之蛇』，但有聽到牠的聲音，只是不懂牠說了什麼。」珂拉把酒喝乾，說：「她是不是在開玩笑，知道我有些相信外頭真的有東西，故意迎合我的心理？」

「她太瘦了。」查爾斯說，他不信任不好好吃東西的人。「不過……對，她是很漂亮：有時候

54 依據《聖經》記載，上帝降臨在西奈山山頂，伴隨著雷鳴、閃電和密雲，後來摩西上山接受了十誡。

我覺得她看起來像見到基督的聖徒。」

「妳能安排她去見路克嗎？」凱瑟琳問。

「我不知道耶……路克是外科醫生，不是內科醫生，不過我很樂意……我想過要寫信問他。」

就在這時，雨停了，一切都安靜下來，珂拉驚覺她已經深深喜歡上那個女人，兩人之間沒什麼共同點，史黛拉寵溺著自己的鏡影和家人，神通廣大地知道所有人的事，比對自己的事還熟悉，而且始終抱持著善意。珂拉心想：**我該嫉妒她嗎？我該希望她消失嗎？**但答案是否定的，斬釘截鐵：威爾的妻子儘管保有他到最後一刻吧。「聽著，」珂拉說：「我得走了，你們也知道法蘭西斯算時間算得多準。不過我會寫信給路克。好啦，查爾斯，好啦：我也會寫信給好牧師的，我保證我會乖一點。」

珂拉．西波恩
公有地二號
奧溫特

五月二十九日

親愛的威爾——

查爾斯說我必須道歉。嗯，我不願意。我不承認我做錯了，所以我不能道歉。最近我遵照你先前的敦促開始研讀《聖經》，發現你必須容許我再犯四百八十九次錯，才能把我趕出去（參見《馬太福音》第十八章第十五到二十二節[55]）。再說，我知道你是怎麼跟我兒子說「罪」這回事的，我可沒找你吵架啊！我們一定要拿孩子當戰場嗎？

為什麼我的想法要對你讓步？你的想法又有什麼道理要對我讓步？

你的，
珂拉

威廉．蘭森姆牧師
鄉間小屋
奧溫特
五月三十一日

親愛的西波恩太太：

感謝來信，妳自然已受到寬恕。事實上我已經忘了妳拐彎抹角暗示的那件事，還很意外妳會提起呢。

祝一切安好。

謹致問候，
威廉．蘭森姆

55 此段經文為：「倘若你的弟兄得罪你，你就去，趁著只有他和你在一處的時候，指出他的錯來。他若聽你，你便得了你的弟兄；他若不聽，你就另外帶一兩個人同去，要憑兩三個人的口作見證，句句都可定準。若是不聽他們，就告訴教會；若是不聽教會，就看他像外邦人和稅吏一樣。我實在告訴你們，凡你們在地上所捆綁的，在天上也要捆綁；凡你們在地上所釋放的，在天上也要釋放。我又告訴你們，若是你們中間有兩個人在地上同心合意地求什麼事，我在天上的父必為他們成全。因為無論在哪裡，有兩三個人奉我的名聚會，那裡就有我在他們中間。那時，彼得進前來，對耶穌說：主啊，我弟兄得罪我，我當饒恕他幾次呢？到七次可以嗎？耶穌說：我對你說，不是到七次，乃是到七十個七次。」

第三部　時刻警戒

六月

1

仲夏日的黑水河，草澤地上有蒼鷺。奔流的河水前所未有地藍，河口的水面平靜無波。班克斯一早就魚獲滿載，愉快地注意到鯖魚的魚身側面有彩虹般的色澤。利維坦的船身裝飾著矛尖狀的柳蘭和一個迷迭香花環，船首還長出一片海蓬子。中午時分，娜歐蜜一個人躺在利維坦黑色的肋材旁，把裙子撩到臀部高，口中唸著夏至的咒語。喬安娜放學後還遲遲不肯離開座位，說她要能背出人類頭顱中所有骨頭才肯走。（娜歐蜜走的時候喬安娜正好背到「枕骨」，紅髮女孩把這詞記住，準備某天深夜用在詛咒中。）「艾塞克斯之蛇」已經沉寂了一陣子，因為在如此仁慈的陽光下，牠怎麼還活躍得起來呢？

史黛拉慢吞吞地走在娜歐蜜上方的小徑上，邊走邊拔路邊的婆婆納。婆婆納的花是藍色的，她的裙子也是，她手腕上裹著的布條也是藍的。她現在要回家找孩子們，她想他們該吃東西了，這個念頭讓她反胃——那些軟乎乎的東西送進他們敞開的嘴巴，送進那個濕亮的洞：仔細想想可真夠噁心的。她對可以吃的任何東西都沒有胃口。

威爾在書房裡睡覺。書桌上有張紙，上頭寫著：「親愛的」。就這樣，「親愛的」。最近他寫了好多信，以致於他的中指指節都腫了起來，他不時會用嘴巴去吮一下來減緩疼痛。他甦醒時會自言自語「親愛的……」，臉中浮現的第一張臉孔會令他微笑，然後笑容會消失。

瑪莎在剝蛋殼。珂拉規劃了一場仲夏派對，安布羅斯夫婦會來，而據查爾斯自己的說法，他最喜歡的莫過於在芹菜鹽裡滾過的白煮蛋了。路克也要來，珂拉一點都不關心他對蛋的喜好。最近一派嚴肅的威廉．蘭森姆會來，史黛拉也會穿著藍色絲質禮服出席。

卡菲恩先生盤腿坐在操場上，膝上放著乳酪三明治，他寫著筆記：「現在學校裡是前所未有的安靜。孩子們平靜地學習，而且可望達到設定的標準。參見附上的申請表：訂購二十本筆記本（畫了線的，頁邊留白）。」

下午三點，威爾去找克萊克尼爾。老人不太舒服，穿著靴子躺在沙發上：他知道自己胸腔裡的輕微拍動聲，到了聖誕節時會變成嘈雜的隆隆聲。「克萊克尼爾太太會建議我傍晚服用一劑玫瑰果糖漿，而即使是死掉女人的忠告我也願意接受啊，牧師——那個瓶子，在那裡，還有湯匙。」這是很英勇的嘗試，威爾露出微笑，不過克萊克尼爾笑不出來。「帶走她的不是咳嗽，」他摸著牧師的手腕說：「他們是用棺材把她帶走的。」

在科爾切斯特的地震遺跡處，湯瑪斯．泰勒在曬他的幽靈腳。他在美好的日子作了筆好生意，帽子裡裝滿硬幣而沉甸甸的。胡蜂非常樂於幫忙，甚至在窗簾的布褶裡築巢，那像紙一般的團狀物呈現出不祥的規則狀，正適合吸引觀光客。空氣嗡嗡作響，胡蜂懶洋洋，根本不會螫人。接近傍晚時分，那個黑髮醫生穿著他的高級灰大衣蹲在泰勒面前。他的手有些部位紅通通的，皮膚散發檸檬味。他（不太溫柔地）撫弄泰勒截肢處癒合的皮肉，說：「手術做得很差：真希望當時我在場。我會好好款待你。」

往南移動五十哩的直線距離，倫敦風華正盛。它自己也知道：其魅力無人能敵。孩童在攝政公園餵黑天鵝，在聖詹姆斯公園餵鵜鶘，大道上的菩提樹閃閃動人。漢普斯特德荒野顯得有如農夫市集，沒有人搭地鐵。陽光厚厚地灑在人行道上，萊斯特廣場的雜耍演員和魔術師都賺得荷包滿滿。誰也不想回家。回家幹嘛呢？辦公室的新進員工在酒吧和咖啡館外頭變得粗魯無禮，而即使隨著啤酒花和咖啡豆一起精釀出來的事物不完全是愛情，也已經與愛情近似到沒有差別。

查爾斯在他位於白廳的辦公室裡，穿著一件為夏至而特地挑選的嶄新藍襯衫，正在接見訪客。「史賓塞，」他說：「我收到你的信了。你有空一起吃午餐嗎？我覺得有幾個人你該認識一下。」查爾斯本身對史賓塞突然改走的慈善路線不怎麼感興趣，就查爾斯看來，就像那首聖詩所說，富人待在城堡裡，窮人守在柵門外，大家應該各歸其位。不過他喜歡史賓塞，凱瑟琳也是，既然要找事做，做善事也沒什麼不可以。

史賓塞來此之時，已準備好要聲援瑪莎的訴求，此刻希望自己能記住各種統計數據，還有如何模仿瑪莎的習慣，講話時既能就事論事又能慷慨激昂。他想像自己向瑪莎通報好消息時對方的表情（「瑪莎，既然妳這麼了解，我們在指導建築師的時候妳也一起來吧……」）。史賓塞心想：**她會露出罕見的笑容，她會看見我**。

他接過查爾斯遞來的一杯酒，說：「謝謝，我正想來一杯。我在想，也許下星期你可以跟瑪莎和我同行？我們要去貝斯納格林區探望愛德華．波頓，你知道，就是路克施行手術的病患。瑪莎跟他成了朋友，說他是絕佳的個案研究……」

查爾斯心想：**個案研究咧！**他寵溺地看著史賓塞。這男孩實在瘦得過分了。午餐會有羊肉嗎？

會不會有野生鮭魚？「你會不會來參加珂拉的派對，看那個活潑的寡婦頭上戴著花扮演波瑟芬妮？」但史賓塞不能去，他得穿著白袍待在皇家自治市教學醫院，也許忙著把手腳的骨頭復位，因為免於承受被瑪莎盯著還要維持社交禮儀的折磨，而稍微鬆了口氣。

艾塞克斯穿著婚紗：路邊有白沫般的峨參花，公有地上雛菊盛開，山楂樹也披上白衫，田裡的小麥和大麥都長肥了，樹籬上綴滿旋花。珂拉已經走了四哩，卻還不覺得累。走到第五哩路時，她經過一個打赤膊的農夫，於是也把自己的上衣鈕釦解開：憑什麼那個農夫就能露出皮膚，而她自己的皮膚就該遮遮掩掩？可是小徑上有人，她還是把鈕釦扣回去了：沒有道理招惹麻煩。

她來到一個地方，這裡種著玫瑰，要供應給別處飯廳的碗和花瓶，一兩畝的鮮花呈五顏六色的條狀鋪展在她眼前，好像一匹匹絲布剛染好色，放在那裡晾乾。空氣中瀰漫花香，她舔舔嘴唇，彷彿嚐到土耳其軟糖的滋味。

最近她經常想到威爾。她無法承認自己做錯事，或是自己活該被冷落：她有點瞧不起威爾這麼容易鬧情緒。她心想：**男人的自尊心哪，真是最柔弱、最可鄙的東西了！**不過她仍然良心不安——她是否真的毫不顧慮威爾的感受而一意孤行？她考慮半帶嘲諷地跪地求饒，好看到威爾努力憋笑的逗趣表情，但還是算了：她也得顧及自己的自尊心。

尤有甚者，她好想念蘭森姆全家——詹姆斯曾允諾要給她看自己用破鏡子做的潛望鏡，史黛拉聊八卦的天分也是倫敦生活的絕佳替代品。一想到史黛拉，眼前的道路彷彿蒙上了陰影：難道威爾都看不出妻子近來很異常嗎？她只穿藍色衣服，還在頭上戴藍色花朵。她在草澤地間尋找藍色的海玻璃和偏藍色的石頭，還向科爾切斯特訂購玫瑰，把玫瑰的莖部浸在墨水裡，讓花瓣呈現矢車菊的顏色。她變得愈來愈瘦，卻似乎愈來愈精力旺盛，她的臉頰酡紅，舉止亢奮，三色堇般的眼睛比以往都更明亮？珂拉心想：**我要跟路克談一談，路克會知道是怎麼回事。**

她回家時抱著滿手的奶油色犬薔薇，臉頰上多了三粒雀斑。她用雙臂摟住瑪莎的腰，心想她的手在那寬臀上方的凹處卡得多好，並說：「他們上路了……所有愛過我的人，還有所有我愛過的人。」

2

在宜人的傍晚時分，史黛拉．蘭森姆右手挽著丈夫、左手牽著女兒，穿過奧溫特村的公有地。她的兩個兒子留在牧師寓所，在娜歐蜜．班克斯的看顧下吃著吐司、玩蛇梯棋。當天早晨珂拉散步回家時順道拜訪他們，手裡抱著的薔薇在臂彎處留下細微的刮痕，她說：「你們可以早點來嗎？我每次辦派對都擔心沒人會來，而我會整晚枯坐在一堆酒瓶中間，用酒精把我的悲傷淹沒。」

稍早時史黛拉站在鏡子前，撫順臀部的白色絲質裙襬，威爾說：「怎麼，今天不穿藍色了？」史黛拉低頭一看不禁笑出來，因為在她眼中所有東西都是藍色的。裙子的布褶泛著藍色光澤；她自己的皮膚帶有藍色調；就連威爾的眼睛也是藍的，而那原本絕對是每年冬天兩個兒子蒐集起來排列在窗台上的橡實顏色。有時候她覺得她的眼睛被覆上一層染了墨水的眼淚。

「我想我是個藍血人吧。」她舉起雙臂說，心想她的手臂好纖細、好漂亮啊。威爾說：「這我從來沒有疑問，我的海洋之星。」然後親了她兩下。

他們繼續往前走，毛腳燕在草地上方快速飛來飛去捕食昆蟲，路過的村民則要去自家花園和田地外緣生起夏至篝火。伴隨著諸聖堂的鐘聲，整座村莊響起此起彼落的問候聲：**多好的一晚啊！今晚真是太美妙了！**

威廉把一根手指伸到領圈底下，將領圈扯鬆：他並不想見到珂拉——他非常想見到珂拉；他整天都在想珂拉在草澤地間漫步的畫面，珂拉的指甲裏著硬硬的艾塞克斯黏土——他完全不會想起珂拉；珂拉是最惡劣的女人——珂拉是他的朋友。他低頭看著史黛拉被太陽鍍上光圈而閃耀的銀金色頭頂，滿懷感恩，心想：這麼多年來，她不曾讓我有過坐立不安的感覺，連一次都沒有！史黛拉的小手在他的手中翻來翻去，那隻手很熱，他看到史黛拉低領白色洋裝露出的頸背上有一層汗水。上次科爾切斯特的醫生一邊收起聽診器，一邊說是流感：流感使史黛拉身體虛弱。她應該多休息，好好吃飯，好好睡覺。夏天來了，他們不需要擔心。

史黛拉看到那棟灰色房屋點起所有明亮的油燈，每扇窗口都擺了一瓶犬薔薇。窗內有人在走動，還有彈鋼琴的聲音。她最喜歡的莫過於在暖和的夜晚參加派對了。她喜歡在渦流般的人群中成為靜止的中心，知道自己受到仰慕，懷著她對各種話題的無窮興致，與這人或那人搭話，談論內容包括兒孫輩、病痛和獲得或失去的財富。但她感覺累得要命，彷彿他們剛才走的這一百碼路已經耗盡她儲存的體力。她想回家待在她打造的藍色臥室裡，數算她的珍寶，將原本包著龍膽草肥皂的藍色蠟紙舉起來對著光細瞧，嗅聞那香味，或是用手指滑過她兒子五月送她的知更鳥蛋的弧線。

流感，那醫生對著威爾說。但史黛拉・蘭森姆不是傻瓜，當肺癆一點一點地撒在手帕的白色布褶上，她不會認不出來。她少女時代曾見過一個女孩死於「白死病」（當時大家是這麼稱呼這種病的，好像給它取個正式的名字，就會把它引入房間似的）：那女孩也一直發燒、變瘦、精神恍惚，最終心滿意足地迎接死亡，她所有裡裡外外的痛苦都被鴉片給緩和了。那女孩去世前一週吐了好多血，濺得她白色的被單殷紅一片。

史黛拉知道自己還沒有病入膏肓：等她真走到那一步，她會把威爾拉到一旁，要求威爾把她送去某個位於高海拔的病房住院，讓她能坐在那兒看著窗外的山景，所有的山峰都會是藍色的。有一天早上她在梳頭，剛好梳到一百下時，她突然猛咳起來，讓鏡子蒙上一層紅霧，但就只有一次，而且很容易就擦乾淨了。（話說為什麼隔著她手腕的薄皮膚看，每根血管明明都是藍色的，血咳出來卻是紅的呢？感覺真不公平。）

但她不能離開，還不能，因為喬安娜情緒還很灰暗，因為威爾經常用力甩上書房的門，因為村莊仍然縮身躲避河流，村民仍然沉默地來到教堂，離去時未受到撫慰。威爾說她是海洋之星——那不也是聖母瑪利亞的別名嗎？而聖母瑪利亞不是永遠只穿藍色衣服嗎？她笑了，心想：**聖母瑪利亞，為我祈禱吧，借我祢的長袍**。

然後他們已來到門口，珂拉穿著黑色絲質禮服，看起來十分嚴肅又安詳，威爾一時間忘了自己有正當理由生氣。威爾再一次不知所措，他牽起珂拉的手，說：「珂拉，妳看起來很累……妳走了太遠的路嗎？」

身著昂貴黑衫的珂拉看起來很高，或許稍嫌緊張，威爾感覺他像是跟珂拉素未謀面——珂拉表現出某種疏離，使他想要追隨在後，不管珂拉要去什麼地方。威爾看著珂拉優雅地問候客人，他想那種優雅是在切爾西區和西敏區挑高的豪華建築中培養出來的吧：珂拉似乎精準地知道該說什麼，以及該怎麼說；知道該用頰吻和誰打招呼、誰比較希望和她行握手禮，而她握手的方式可真像男人。珂拉立刻就把史黛拉帶到一張又寬又矮的座位上，那裡已擺好一個藍色絲質靠墊。「我上星期才在科爾切斯特看到這個，」珂拉說：「我心想這應該屬於妳。妳回家時把它帶走吧。」珂拉的頭髮梳過了，像少女一樣披散著，只在兩耳上方用銀色梳形髮飾夾住。她戴了珍珠耳環，耳垂發紅，好像耳環的重量讓耳朵很痛似的。

查爾斯．安布羅斯穿著嶄新的絲質襯衫耀眼地蒞臨時，他把女主人固定在面前仔細打量。「珂拉，我以為妳會滿身都是鮮花呢，妳怎麼這副憂傷的打扮。」但他的目光滿是讚賞。

「你的華麗程度就抵得過我們全部了。」珂拉說，親吻他豐滿的臉頰，並撫弄凱瑟琳那條有長流蘇的披巾（「我晚點要把這個偷走，我說到做到喔」）。

「她變胖了。」查爾斯說，沒有不贊同的意思，並看著珂拉穿過擺了銀餐具的矮桌子之間。接著路克被帶過來，珂拉得意地介紹他（「你們當然認識小惡魔囉！」），路克的鈕釦孔裡有一朵垂死的黃花九輪草，黑髮抹了油。

「珂拉，」路克說：「我有東西要給妳。這東西我很多年前就有了，給誰都可以，不如就給妳吧。」路克遞給珂拉一個用白紙包起來的東西，態度有點隨便，好像珂拉喜不喜歡他都不在意。珂拉拆開包裹時，凱瑟琳．安布羅斯看到一個小畫框，玻璃後頭裱著一面迷你刺繡扇子，不禁納悶這個男人怎麼會對亞麻布和彩色絲線的手工藝感興趣。

穿著綠衣裳的瑪莎看起來像個土生土長的鄉下女孩，尤其當她端出一條形狀像一捆麥子的麵包，以及兩隻用百里香調味的油亮閹雞時。菜色還包括鴨蛋和鑲了丁香的火腿，幾大盤切片後撒上薄荷的番茄，以及小得像珍珠的馬鈴薯。喬安娜跟著她進出廚房，懇求能幫上忙，獲准切條狀的檸檬皮來給鮭魚提味。整張桌子都撒了早生的薰衣草花苞，被沉甸甸的盤子一壓，使得空氣滿溢甜美香氣。查爾斯．安布羅斯從倫敦帶來了高級紅酒，當他打開第三瓶時，把水晶杯排成一排，用沾水的手指摩擦杯緣來演奏旋律。瑪莎和喬安娜趴在一張羊毛地毯上研究一些論文，作一些計畫，表情嚴肅地含著冰塊，法蘭西斯窩在窗邊的座位上，把膝蓋縮到下巴，背誦著又稱黃金比例的費氏數列。

威爾最想做的莫過於把他的朋友帶到一旁，拉兩張椅子，告訴珂拉自己這幾星期以來累積的所有事——他在自己的文件中發現一首小時候寫的詩，把它燒了，又後悔這麼做；喬安娜借了母親的鑽戒，為了測試鑽石的硬度而在窗戶刻下自己的名字；克萊克尼爾邊舔著湯匙上的玫瑰果糖漿邊說了什麼。但這些他都不能說，珂拉在別處忙得很：在草莓上沾了糖想說服史黛拉吃，還有點害羞地對法蘭西斯說，如果最近他最煩惱的是數字問題，那麼自己有幾本書可以給他讀。何況，他們還在交戰狀態呢（威爾心想，試著再度激怒自己）：沒人討饒，也不會有人手下留情。

然而不管他再怎麼努力，怒氣就是不肯來：他在腦中勾勒那個男人俯向他女兒輕聲細語的畫面，可是說到底那只是蓋瑞特醫師，這位小惡魔，說實在應該要受到憐憫才對，因為他個子很矮，而且一邊肩膀明顯比另一邊駝得更厲害。自己的風度到哪裡去了？珂拉把它怎麼了？

他走向醫生，路克從鈕釦孔裡抽出那朵黃花，正在拔著花瓣。威爾聽到自己說：「上次見面時我很失禮，我不該那樣大發脾氣的，你能原諒我嗎？」然後他驚訝地看著自己手中的那杯酒，好像剛才說話的是杯中的液體，而不是他自己似的。醫生臉一紅，囁嚅地說：「沒什麼啦。」態度看似有點傲慢，然後他臉上的紅潮退了，又說：「那只是我有時候喜歡嘗試的事情——我們對珂拉做過一次，沒有造成任何傷害。」

「我無法想像任何人使珂拉說出她不想說的話。」威爾說，一時間氣氛降至冰點，兩人都認為對方沒有資格評論珂拉會怎麼做。

「她說你是個天才，」威爾說：「你是嗎？」

「應該吧。」路克說完露齒一笑。「你的杯子空了，我幫你倒酒。告訴我：你對醫學有任何興趣嗎？還是你的領圈妨礙了你？」在接下來幾分鐘，威爾無可奈何，只能滿懷敬佩之情，聽著眼前的男人發表熊熊燃燒的野心：「當然不可能直接對心臟動手術：即使我們能想出辦法暫時停止血液流動——例如說用隔絕的方式——大腦也會缺氧，病患就會死在手術檯上。瑪莎，可以幫我們倒點酒嗎？好：你會容易反胃嗎？我拿給你看……」小惡魔拿出他隨身攜帶的筆記本，威爾看到一幅畫，畫中是個胎兒，其胸部的皮膚從骨頭上剝去，一條臍帶將胎兒與沉睡的母親連在一起。「你看起來很驚恐……冷靜點：這是未來啊！要是母親的循環系統跟她孩子的循環系統是相連的，那麼她的心臟會替兩人的心臟跳動，她的呼吸也供應兩人份的氧氣，如此一來，我就能把許多嬰兒出生時心臟都有的洞給縫起來，但你知道，他們不肯讓我試。你看起來有點虛弱。」威爾看起來確實有點虛弱，不過令他困擾的不是人體的管狀器官和體液，而是這外科醫生大言不慚的態度，好像上帝創造的所有生物，都能像母雞一樣任由他拔毛和開膛剖肚。「我忘記你是神職人員了。」路克說，說話的語氣使這句話變成一句羞辱。

法蘭西斯在桌子底下剝開一顆用紙袋裝著的柳橙，這是從哈洛德百貨公司買來的。他看到查爾斯・安布羅斯坐在史黛拉旁邊，遞給史黛拉一杯冷水；他聽到他們聊起珂拉，說珂拉看起來很好，把房間布置得好漂亮，好像把花園搬到屋內似的。接著史黛拉用手背抹了一下額頭，說：「我們應該用跳舞來迎接夏天……有誰能演奏一曲嗎？」

「我可以彈一首華爾滋，」喬安娜說：「別的都不會。」

「一二三、一二三。」查爾斯・安布羅斯說，踩到妻子的腳趾，「我們要不要把地毯捲起來？」

「出來吧。」瑪莎看到法蘭西斯在他的藏身處，便扯出他身體下面的地毯，露出底下黑色的板子。喬安娜在鋼琴前正襟危坐，彈了一段用上每個琴鍵的過渡樂句，皺著臉說：「太可怕了！這聽起來會很可怕……這琴被擱在這兒變得又舊又潮濕！」然後她彈了一首太快的曲子，接著又彈了一首太慢的曲子，每隔幾個音符就會有一個音悶到幾乎聽不見，不過沒人在意。外頭的月亮完滿而低垂（法蘭西斯自言自語說是「玉米種植月」），河口的水拍打河岸，就他們所知，有東西可能現在正爬到草澤地上，但他們一點都不在乎。**我想搞不好牠敲了三次門都沒人會聽到呢**，法蘭西斯心想，發現自己側耳傾聽門口的動靜，想像牠半垂眼皮下炯炯的目光。

路克・蓋瑞特在房間陰暗的角落翻看手寫紙頁，這時他放下筆記本，走過去站在珂拉的椅子旁。他像個奉承者般深深一鞠躬，說：「來吧，妳幾乎跟我一樣差勁，我們剛好湊一對。」不過站在打開的窗戶邊的史黛拉另有主意：「我太累了，沒辦法和我丈夫共舞，我朋友可以代替我嗎？威爾！」她專橫地笑著把丈夫叫過來：「讓珂拉瞧瞧你不是普通的牧師，只會待在家裡啃書！」

威爾勉為其難地走向前（「史黛拉！妳讓他們抱著錯誤的期待了……」），一個人站在房間中央。少了講道壇或《聖經》，他看起來茫然失措，有點羞怯地伸出雙手。「珂拉，」他說：「忤逆她是行不通的，我試過了。」

「小惡魔說得對，」珂拉邊說邊迎向他，同時扣起袖口的鈕釦，「我跳起舞來很差勁，我沒有音樂細胞。」她站在威爾面前，不知為何彷彿縮小了，好像她身在遠方：自從他們離開福里斯街以來，她還不曾像現在這樣，看起來對自己的地位這麼沒有把握。

「你知道嗎，她說得沒錯。」瑪莎嘆口氣說，抖了抖身上的綠洋裝，「她會把你的腳踩到骨折，她很重——不如你跟我跳吧？」

但史黛拉站起來走向前，像舞蹈老師一樣把珂拉的手放在她丈夫的肩膀上。「瞧你們多配！」她打量他們一會兒，然後滿意地轉身坐在打開的窗戶底下。「行了，現在，」她輕撫膝上的藍色絲質靠墊，「盡情地吃吧、喝吧、開心吧，因為明天要下雨了。」

接著威廉．蘭森姆把手放在珂拉的腰上，亦即她的上衣紮進裙頭的位置，法蘭西斯聽到母親吁出一口氣。珂拉抬起頭，兩人動也不動地站著，一瞬間非常安靜，沒有人說話。旁觀的法蘭西斯在舌頭上咬破一片柳橙：他看到母親朝威爾微笑，也看到那微笑對上一副沉著而嚴肅的表情，接著珂拉的頭向後仰，像是被頭髮的重量壓得往下沉，威爾的手在珂拉的腰上動了動，拉扯她裙子的布料。

法蘭西斯心想：**這些事我一點都不理解**，他看到瑪莎離開原本的位置站到路克身邊，也看到她的表情跟路克如出一轍：他們看起來幾乎有點害怕。

「我沒辦法一直重複彈下去。」喬安娜在鋼琴前說，朝法蘭西斯翻了個白眼。

「我不知道這首曲子！」威爾說：「我從來沒聽過……」

「要不我試試這種？」喬安娜說，琴聲慢下來，變得有點慵懶。瑪莎說：「不！不要……不要這種的。」

「要我停下來嗎？」喬安娜說，把手抬離琴鍵，望著父親。他們看起來多麼奇怪，就只是呆站在那！簡直就像約翰和詹姆斯，不確定自己是不是犯了什麼家規。

「不，繼續彈，繼續彈！」路克說，他轉而捉弄起自己，卻忍不住皺起眉頭：他其實很想用力把鋼琴蓋蓋上。

這時牧師說：「不，我不能——我忘了舞步了。」喬安娜繼續彈，時鐘滴答走，他還是動也不動。

「我想……」珂拉說：「我想我從來就不知道舞步。」她的手從威爾肩上落下，她退後一步，說：「史黛拉，我讓妳失望了。」

「好糟的表演。」查爾斯．安布羅斯說，遺憾地望著空杯子。

「我想最好別再彈了。」威爾轉向女兒說，用幾乎算是道歉的表情看著她。他向舞伴深深一鞠躬，說：「妳跟任何人搭配都比跟我好——我沒受過這種訓練。」

「噢，拜託。」珂拉說：「這全都要怪我。我除了書本和走路外簡直什麼都不會。可是史黛拉，妳在發抖耶，妳會冷嗎？」珂拉背向威爾，蹲下去把史黛拉的小手握在手裡。

「我不覺得冷，」史黛拉眼神閃亮地說：「但我想喬應該不能待太晚。」

「對！」威爾很快地接口，好像有些慶幸，「她確實不應該待太晚，而且我們也該檢查一下兩個男孩趁我們不在把家裡破壞成什麼樣了……珂拉，妳能原諒我們先離開嗎？」

「畢竟也快要午夜了。」查爾斯看著錶說：「時鐘一響，我們全都會變回白老鼠和南瓜——凱瑟琳？我的凱特在哪裡！我老婆呢？」

「我在這裡，跟往常一樣。」凱瑟琳．安布羅斯說。她遞出丈夫的大衣，看到珂拉變得活潑而客氣，舉止沒有絲毫可挑剔之處。她把藍色絲質靠墊塞給史黛拉（「親愛的，妳一定要收下：顯然他們是專門為妳做的……」），親吻喬安娜的臉頰（「妳知道嗎，我永遠都不會彈琴，妳好聰明！」）。然而凱瑟琳還是沒有被她糊弄過去。在裸露的地板上短暫地跳一支華爾滋，應該根本沒什麼大不了的——那些熟悉而文雅的舞步不值得讓任何人驚訝。那麼方才那奇妙的一刻是怎麼回事，為什麼空氣突然產生劇變，即使爆出雷鳴聲她都不覺得意外？唔——她聳聳肩，把丈夫拉下來吻了一下。時間很晚了，而畢竟威爾．蘭森姆是個神職人員，不是奉承者。

珂拉打開門，黑水河的氣味飄進來。天空中泛著一股奇異的偏藍色的光，雖然空氣溫暖，她卻微微顫抖。法蘭西斯在桌子底下看到母親向每位跨出門檻的客人伸出手：「非常感謝——謝謝你：答應我你要再來喔！」也注意到她看起來好生動，好明亮，像是不管時間多晚，她都不需要睡眠。

威廉．蘭森姆離去時，一手挽著妻子，另一手挽著女兒，幾乎像是穿上一套盔甲（法蘭西斯這時開始剝另一顆柳橙）。珂拉變得更耀眼、更生動了，她算是把他們一古腦地都掃到外頭的公有地上。她關上門，表示心滿意足地拍拍手，不過在她觀察敏銳的兒子眼中，感覺就是不對勁，明確得就像是喬安娜仍然坐在走音的鋼琴前彈了個錯誤的音符。威廉．蘭森姆走出門的時候為什麼一句話也沒說，母親為什麼沒跟他握手，瑪莎和小惡魔現在為什麼默默地打量母親，好像母親讓他們失望了？好吧，他從桌子底下爬出來：觀察人類並試著理解他們有什麼用呢？他們的規則深不可測，而且像風一樣飄忽不定。

法蘭西斯被送上床睡覺，別的孩子睡前可能要聽童話故事，他卻在背誦費氏數列；接著瑪莎和路克清理桌子、攤開地毯、壓碎撒在地上的薰衣草花苞。珂拉有一度很亢奮，她說：今晚不是很棒嗎，喬安娜真是個聰明的女孩，雖然音樂大概不是她的天職，後來她說她累了，需要她的床。她的朋友們看著她赤腳跑上樓，兩人在恐懼中滋生出友誼。「我覺得她根本什麼都不知道。」路克邊說邊喝著查爾斯帶來的最後一點高級紅酒，「她就像個小孩，我不認為她能看出他們做了什麼……而從頭到尾史黛拉就在旁邊看著……」

「他的名字每天都一直出現，每天——他對『這個』會有什麼想法，他聽到『那個』會笑成怎樣——可是真要說他們做了什麼，還真沒什麼，其他人都沒看出來……」

「珂拉的信裡也是——每一頁！他能給珂拉什麼？一個害怕世界在改變的鄉下牧師。再說，他已經有一個愚蠢的老婆了，那還不夠嗎，難道他非得連珂拉也……」

「珂拉在蒐集他，」瑪莎從梗上揪下幾顆葡萄，放在桌子上滾來滾去，「就是那麼回事。如果能夠的話，珂拉會把他放在玻璃罐裡，用拉丁文標籤標示他的各部位，然後把他放在架上收藏。」

「如果有辦法的話我會殺了他。」路克說，這話的真切令他驚駭。他活動食指和拇指，好像捏著一把手術刀。「珂拉要離開我了……」

他們打量彼此，感覺所有的反感在退去，空氣中濃濃地瀰漫著他們無用的渴望，無處可以宣洩。在幽暗的房間裡，外科醫生的眼睛變黑了，他看到瑪莎抬起雙手摸頭髮，看到她的綠色洋裝在手臂底下的接縫處繃緊了。路克朝瑪莎靠近，瑪莎轉身走向樓梯底部。「跟我來，」瑪莎邊說邊朝他伸出手，「跟我上樓。」

瑪莎房間的窗戶開著，投射在牆上的光線正漸漸消逝。瑪莎說：「可能會流血。」而路克說：「那樣更好……更好。」路克親吻的是珂拉的嘴，瑪莎把珂拉的手放在她最想要被碰觸的部位。兩人都只是彼此的備胎：他們把對方當二手衣一樣穿在身上。

在公有地的另一側，在諸聖堂尖塔的陰影中，喬安娜連便鞋都沒脫就睡著了，史黛拉枕著她的新藍色靠墊打盹。威爾一個人在一段距離外走著，朝著草澤地的方向前進，他滿肚子火。他從來不因為性欲而困擾：他跟史黛拉結婚時是年輕而幸福的一對，他們的飢渴既純真又很容易滿足。噢，他愛珂拉，這點他心知肚明，他馬上就發覺了，可是這也不令他困擾：就算珂拉是個男孩或是貴婦，他對珂拉的愛也不會減少分毫，他會同樣珍視那雙灰眼睛。他是個熟讀《聖經》的學者，他知道《聖經》裡為不同的愛取了不同的名稱：他讀到聖保羅寫給全體基督徒的話，那神聖的感情讓他聯想到珂拉的名字：**每當我想念妳，就感謝我的神……**[56]

但是在那個被海風調味、每個角落都有薔薇盛開的溫暖房間裡，有什麼事情改變了——他把手放在珂拉的腰上，看到珂拉說話時喉頭波動的樣子——是因為那個，還是因為珂拉的圍巾從肩上滑落，他看到了那道疤，好奇當時會不會痛，那是怎麼來的，珂拉介不介意？他想到自己是如何抓住珂拉，聽到自己的指甲刮過她洋裝的布料；珂拉是如何用深長的眼神平視著他。他以為珂拉或許有一點怕他，可是並沒有：讓珂拉眼睛顏色變深的並不是恐懼，而是一種挑戰，或是滿足——她是不是還笑了？

他走到河口，不知道該如何處理自己的欲望，只知道他不能發洩在史黛拉身上。他知道若是自

56　改寫自《腓立比書》第一章第三節。

已撫摸史黛拉，他會頭一回覺得史黛拉太瘦、不夠結實，他所期望的更像是一場扭打，這讓他驚駭。他走到水邊，在黑暗的草澤地上用快速的動作自瀆，像狗一樣地快活並發出類似吠叫的聲響。

3

時間早已過了午夜，今年悄悄越過了一半的刻度線，法蘭西斯．西波恩走出家門。他把從科爾切斯特廢墟裡拿來的銀叉子放進左邊口袋，右邊口袋則裝進一顆灰石頭，石頭上打了一個洞，他的小指頭能伸進去。珂拉躺在樓上按壓鎖骨上的疤，希望能喚回疼痛；在另一個房間裡，路克和瑪莎一分為二。沒人在意法蘭西斯在哪裡：就算他們想起他，也是先帶著不安，繼而坦然地確信這令人摸不透的孩子正一個人安全地待著。

從來沒有人試著了解法蘭西斯夜遊的習慣，那只被視為另一個怪癖。他無法忍受與人相處，卻會在凌晨時分幽魂般出沒在臥室門口，完全符合他謎樣男孩的特質。若是任何人問起，他會告訴他們，他只是試著理解世界和世界運作的方式：（例如說）為什麼出租馬車的車輪轉動方向，似乎和行進的方向相反？為什麼他要看到掉落的東西接觸地面後，才會聽到它落地的聲音？為什麼他舉起右手時，鏡子裡的他卻舉起左手？他看著母親耍弄泥巴和岩石，覺得自己和母親追求的知識毫不相干。母親往下看，而他往上看。母親一點忙也幫不上。在他認識的所有男人和女人中，他只對史黛拉．蘭森姆一個人有耐心。他看到史黛拉在蒐集藍色石頭和花，覺得他們兩人是互相了解的。他也看到史黛拉的眼睛色彩太過鮮豔，納悶怎麼都沒有人提起：不過他們所有人不就是這樣嗎，對事情視而不見？

他出門走在月亮製造的陰影下，看到陰影一個個呈平行排列，不禁納悶原因。晚上的混亂讓他心神不寧，他在過程中仔細觀察，卻看不出任何秩序或理性，而現在一個人在夜裡來到室外，應該會有些更容易解決的問題。他心想或許他可以下去黑水河邊，親自看看有什麼東西在河口裡等待。他覺得很不公平，奧溫特村所有孩子中，就只有他沒瞧見過那隻巨獸，連在夢裡都沒見過。他穿越公有地，經過「叛徒的橡樹」底下走到高巷，往東走，一路上周圍都有壓低的嗓音喃喃交談，還有燃燒的篝火要驅趕膽敢在當代作祟的邪靈。有人在拉小提琴，兩個穿著白色洋裝的女孩經過他身邊，樹籬裡有一隻夜鶯。當他走到高巷時，公有地落在他身後看不見了，所有噪音也隨之消逝：他聞到柴煙，聽到左側傳來一聲喜悅的輕呼，接著世界上彷彿只剩下他一個人。

他來到海濱草澤，「世界盡頭」那棟屋子映入眼簾，他想著要找到北極星把天空釘住的那個點，或是看看散發偽造光芒的月亮，卻遇上一塊黑布，黑布上縫著一張亮藍色的網。感覺他不是往上看著穹狀的天空，而是往下看著湖面，陽光照耀在湖水的漣漪上。在淺色的海平面之上，由北到南都懸著細緻破碎的藍光，藍光之間則透出深藍色的天空。那張明亮的網不時會像是被風吹拂而緩緩動起來，整個密合又擴張。它散發的光芒並不是借來的，不像被陽光鑲上金邊的白雲，而像是完全屬於它自己的光：或許是許多細細的閃電固定不動，燃燒著令人難以理解的藍光。法蘭西斯怔住不動，內心充滿喜悅。那股湧升上來的喜悅來得突然又劇烈，他除了笑無法有其他反應，自己這種陌生的快樂令他害怕。

他仰著脖子欣賞，角度拉得太大，以致於隔天早晨母親納悶他的頭為什麼姿勢怪怪的——總之正當他在看時，平坦的海濱草澤上有某種動靜吸引了他的目光。天上的藍光讓整個世界比正常來說更亮一點，河口的水面呈現油膩的黑色，間或有一些彷彿被刺破的藍色孔洞。在水的邊緣與河岸之間，離利維坦的肋材不遠處，有一團布在動。有個很微弱的聲響，像是動物噴氣的聲音。那團東西在泥巴上移動、變長，然後靜止下來。

法蘭西斯好奇地轉頭去看，朝昏暗的空氣裡瞇眼打量。他心想：如果這就是黑水河的怪物，那牠還真是個可悲的生物，活該溺水而死。隨著那團東西朝利維坦一點點挪近，噴氣聲暫停了一會兒，然後又開始了，只不過這次在噴氣的結尾絕對是一聲咳嗽，然後是長長的吸氣聲。

法蘭西斯一點也不害怕，還走近一些。那團東西抽搐了一下，然後一邊呻吟一邊把自己撐起來，法蘭西斯看到一件黑色大衣油膩的層層襯裡，以及濃密的毛皮衣領，再往上則是一個老人亂髮糟糟的頭，他曾在埋葬村民的那座教堂見過這老人一兩回。克萊克尼爾——對了，這是他的姓氏：一個臭哄哄的糟老頭，有一次舉起袖子讓男孩看在他身上亂跑的蠼螋。呻吟聲化作一陣劇咳，老人再度整個彎下腰去：他把大衣往身上拉緊，不再發出聲音。

克萊克尼爾的靴子靠近水邊，視力漸漸衰弱，他看見那個黑髮梳得整整齊齊的瘦男孩，試著呼喊出聲。但是感覺空氣有稜有角，在他呼吸時卡在喉嚨裡，每次男孩的名字話到嘴邊（是弗萊迪對吧？），咳嗽又來了。最後他終於喘過氣來，喊道「小子！小子！」並朝法蘭西斯招手，法蘭西斯就在不到十五呎外的小徑上微微搖擺著身體。

「我不知道你在做什麼。」法蘭西斯說。他到底在做什麼呢？大概是在死去吧，不過在這個地方等死還真奇怪。他父親死的時候有一床乾淨的白被單蓋到下巴。他暫時轉開身體抬頭看——瞧，網子變大了，有些地方破了，光的碎片之間露出藍黑色的天空。

「去找人來。」克萊克尼爾說，說完之後便嘟嘟囔囔了老半天，不知是惱火還是覺得有趣，只是用懇求又憤怒的眼神熱切地盯著法蘭西斯。

法蘭西斯蹲下來，兩手扶著膝蓋，帶著微微的好奇打量克萊克尼爾。有隻蛀蟲在大衣的毛皮衣領纖維間定居，大衣其他位置的布料呈現一塊塊淺色汙漬，或許甚至是黴菌（黴菌能在衣物上生長嗎？他決心要查一查）。「**蘭森姆**。」克萊克尼爾說，他倒不是真的想作最後的告解，不過不介意最後看到的是一張和善的面孔。他伸出一手拉扯男孩的外套——他想要說「拜託」，但那太費力了。

男孩歪著頭，把那個姓氏聽進耳朵。「蘭森姆？」他說。他想這也算合理。那個喉頭有條白領圈的男人在最近這幾週探訪了三個村民（他數過了），其中至少兩人已經死了。那男人是會帶來死亡，或者只是溫柔地把他們送上黃泉路？他覺得是後者，不過應該要好好確定才行。法蘭西斯仔細打量老人，看到他的嘴角積了一些唾沫，胸腔在大衣裡鼓起。即使四周近乎全黑，他還是能看出老人的皮膚呈現蠟一般的色澤，凹陷的雙眼周圍的骨頭則泛著藍色。這景象既嚇人又稀鬆平常：也許人死的時候一向是這副模樣。

克萊克尼爾發現自己無法說話：這會浪費他用冷空氣好不容易積攢的呼吸。這男孩在做什麼啊，平靜地蹲在他身後，不時轉頭往上看，每次還露出微笑？他的心臟在胸腔裡猛地一跳：男孩現在肯定會跑去找蘭森姆，而蘭森姆會提著油燈過來，拿一床舒服的厚毛毯蓋在他發抖的身體上吧？但法蘭西斯知道將要發生什麼事，認為沒有必要浪費時間。再說，他發現分享這整段時間都在他們頭頂鋪展開來的奇觀，或許並不會使他自己的愉快減半，反而會加倍。他俯向老人，說：「看啊。」並抓了滿手的灰髮拉扯老人低垂的頭，使得克萊克尼爾別無選擇，只能把臉從黑色河水的方向轉開，往上朝向他一度以為是天空的地方。「看啊，」男孩說：「瞧見了嗎？」他看到老人混濁的眼睛睜大了，嘴巴也張開了。黎明將至，發亮的碎雲逐漸黯淡，不過聚集成一道將天空分成兩半的淺色弧形，就在他們觀望時，一隻雲雀飛上天空並狂喜地歌唱著。

然後法蘭西斯躺在老人身旁的草澤地上，不在乎泥巴滲透他的衣服，或是老人身上散發的惡臭，或是清晨的寒意。現在他們兩人的頭靠在一起，接著昏眩的克萊克尼爾轉頭飽覽眼前奇景時，他像平時那樣偶爾試著唱出一句讚美詩：**我心靈得安寧**，他現在對這句詩歌的意義遠不像從前那麼懷疑了。當生命離他而去，他呼出的是一口長長的、平穩的氣，而法蘭西斯輕拍他的手說：「好了、好了。」他感到心滿意足，因為他最愛的事，莫過於事物能如他所料般進行。

公有地二號

奧溫特

六月二十二日

親愛的威爾，

現在是凌晨四點，夏天開始了。我剛才在看天空裡的奇怪景象，你看見了嗎？他們稱之為夜光雲。另一個徵兆！

很久以前你曾說過，你很遺憾我這麼年輕就失去丈夫。我記得自己當時希望你說的是他死了——我沒有失去他，他的死與我無關。

你為什麼要遺憾？你又不認識他。我想他們給你第一條白領圈時，大概也會順便教你這種安慰人的話吧。

那麼我又怎麼能告訴你當時是什麼情況——不光是死的時候（看我多容易說出口！），還包括那之前的一切。

他死了，我很慶幸，又心煩意亂。你相不相信一個人心裡可以有兩種完全相反的感受並存，而兩種都完全是真的？我想你不相信，我想你所信奉的絕對真理和絕對正確是無法接受這概念的。

我心煩意亂是因為我不知道別種生活方式。我和他結婚時太年輕了，我和他認識時也太年輕，以致於我幾乎不存在——他把我從無形召喚到有形的狀態中。他塑造了現在的我。

另一方面——完全是同一時刻！——我又開心到我覺得我會死掉。我原本擁有的快樂是那麼稀少，以致於我覺得怎麼可能活在這麼高強度的快樂中而不燃燒殆盡。我們相遇的那天，我在樹林裡散步，開心到幾乎不能呼吸。

我曾經認識一個女人，她說她丈夫對她像對狗一樣。她丈夫會把她的食物裝在盤子放在地上。他們出門散步時，她丈夫會叫她跟在自己腳邊。當她說了不該說的話，她丈夫會捲起正在看的報紙打她的鼻子。她朋友也在場，都看見了，他們都笑了。他們說她丈夫真有趣。

你知道我聽見這番話時有什麼感覺嗎？我嫉妒她，因為我從來沒有受過狗的待遇。我們養了一隻狗，一隻討厭的動物：有一次我從牠的毛上捏起一隻壁蝨，結果那蟲子像漿果一樣爆開。總之麥可會讓狗把頭擱在他膝蓋上，不介意口水，他會撓著狗耳朵，邊撓還邊看著我。有時候他會反覆拍打狗的側身，很用力地拍，製造出空空的聲音，而那狗會舒服得翻肚。麥可快死的時候，那狗就像他的影子。他死了，那狗也沒能活下去。

他從來沒那麼和善地摸過我。我看著那隻狗，覺得好嫉妒。你能想像跟一隻狗爭寵的滋味嗎？

我要回倫敦一段時間。我不會去福里斯街，那裡已經不是家了。查爾斯和凱瑟琳會照顧我的。

不用覺得你非回信不可。

愛你的，
珂拉

又及：關於史黛拉：你應該會收到蓋瑞特醫師的信。請考慮接受幫助。

4

早上喬安娜去了諸聖堂，發現父親在那裡。她心想：昨天晚上很開心，想起她和瑪莎如何研讀倫敦的新住房計畫，那些住宅會有在紅銅管裡流動的乾淨自來水。她鋼琴彈得夠好，她穿了稱頭的洋裝，她吃了一顆柳橙（她的指甲還染著柳橙皮的顏色）。確實，這一晚下來她母親累壞了，她父親早上也很沉默，不過根據父親的說法，他總是有很多事要思考。

喬安娜發現父親蹲在陰影中，手裡握著一把鑿子。威爾用激烈的動作在對付纏繞在長椅扶手上的蛇。經年累月下來，這塊艾塞克斯橡木已經硬化及發黑，雖然那生物摺起的飛翼已經被敲下來掉在石地上，仍然齜著牙對著死對頭微笑。

「不！」喬安娜說，怎麼可以摧毀如此巧奪天工的東西呢！她奔向長椅，拽著父親的袖子說：「你不能這麼做！這又不是你的！」

「這裡由我當家！我要做我認為對的事！」他說，語氣一點也不像女孩的爸爸，反而像一個無法恣意妄為的男孩。然後他像是聽出自己的任性，拉了拉身上的襯衫說：「這不是個好東西，喬喬，不該在這裡。妳看：妳看不出它格格不入嗎？」

但是喬安娜打從剛學會走路時，就摸著它的尾巴長大，現在看到它被切下來的飛翼，忍不住哭著說：「你不該把東西弄壞！你沒有權利這麼做！」

喬安娜的眼淚是如此罕見，換作別的日子都可能讓他停手，但威廉．蘭森姆感覺被敵軍包圍，而他至少能夠消滅這一個。在整個無眠的夜裡，他們一直找上他：俯下身的黑眉毛醫生；背後掛滿鼴鼠皮的克萊克尼爾；滿屋子笑到發狂的女學生；黑水河分開來，珂拉一臉嚴肅地站在泥巴上，她身後是心臟在濕淋淋皮膚下跳動的「艾塞克斯之蛇」……他挖掉一隻促狹的眼睛，說：「回家去，喬安娜，回去讀妳的課本，別來搗蛋。」

喬安娜直挺挺地站在他身旁，考慮一拳打在他低垂的腦袋上，頭一回感覺到當一個孩子知道自己比父母更有智慧且更公正時，那種無助又憤怒的心情。這時他們身後的教堂大門打開了，光線透進來，娜歐蜜．班克斯頂著一頭火一般的紅髮站在那裡。她跑得上氣不接下氣，兩手從手肘以下都裹著一層泥巴。「又發生了！」她說，她的嗓音在穹頂間迴蕩，「牠又來了，我就說牠會來的，我有沒有說過！我是不是說過！」

等威爾趕到草澤地時，已經有一小撮人聚集在地上那團東西周圍了。克萊克尼爾的頭往左轉到極限，並且往上仰，好像直視著他的毀滅者的臉，以致於（大家說）顯然他的脖子斷了。「等驗屍官來吧。」威爾說，蹲下去湊近那雙霧濛濛的眼睛，「他已經病了一陣子了。」在老人的大衣上，就在兩個破損的口袋之間的腹部位置，有人擺了一支銀叉子和穿了一個洞的灰石頭。「這是誰弄的？」威爾說，抬頭看著圍觀群眾的臉，「誰把這些東西放在這裡，又為什麼要放？」可是他們一個接一個向後縮，不承認任何事，說他們知道外頭有東西，一直都知道，說他們最好在每次漲潮時都把門鎖好。有個女人在胸前畫了個十字，換來牧師嚴厲的目光，因為牧師老早就訓練他們戒除迷信了。

「那東西拔掉他一顆黃銅鈕釦。」班克斯邊說邊揉亂女兒的頭髮，但沒什麼人在注意聽他說話：克萊克尼爾有釦子根本就是奇蹟。

「我們的朋友只是因為生病才會去世，現在他升天了。」威爾說，希望後半句是事實，「他可能在夜裡出來透透氣，或是腦筋糊塗而迷失方向。現在不是談論蛇和怪物的時候……有人去找醫生了嗎？謝謝你，對，把他的臉蓋上吧，讓他安息。這難道不是我們所有人在最後時刻所希望的嗎？」

法蘭西斯．西波恩站在那一小群人的外圍，不時輕拍他的外套口袋，他在裡頭放了一顆上頭有船錨浮雕圖案的閃亮釦子。有人哭了起來，不過法蘭西斯已失去興趣：他遠眺海平面，四周堆疊起許多藍雲，酷似隱沒在霧裡的山脈，他心想或許村民被從艾塞克斯拎起來了，然後整群人丟到一個陌生的國度。

親愛的珂拉——我看到這張明信片，便想到妳，妳喜歡嗎？我收到妳的信了，謝謝。我會很快再寫信的。史黛拉捎上她的愛。

你永遠的朋友，
威廉．蘭森姆

《腓立比書》第一章第三節至第十一節

路克·蓋瑞特醫師

轉交地址為皇家自治市教學醫院

六月二十三日

親愛的蘭森姆牧師，

希望你一切安好。我來信的目的是想談蘭森姆太太的事，我跟她已見過兩回。在那兩回的經驗中，我觀察到下列情形：體溫過高；臉頰發紅；瞳孔擴張；心跳急促而不規律；前臂有疹子。

我相信她也有輕度的譫妄。

我強烈建議你帶蘭森姆太太到皇家自治市醫院來，你應該知道我在這裡看診。我的同事大衛·巴特勒醫師已主動提出要為你太太做檢查，他在呼吸道疾病方面專業知識豐富。在你的許可下，我也會在場陪同。你可能會想考慮採取某些手術。

不需要事先預約，我們希望你們盡快就醫。

您最誠摯的，

路克·蓋瑞特醫師

威廉・蘭森姆牧師
鄉間小屋，奧溫特
艾塞克斯

六月二十四日

親愛的珂拉——

希望妳都好。雖然我也想早點寫信，卻沒辦法——發生了一件事：克萊克尼爾被帶走了[57]。

我為什麼要用這種說法呢？我知道他生病了：我在他死前那一天還陪他坐在一起。他要我唸書給他聽，但我們在屋子裡找不到一本書，除了我帶的《聖經》之外，而他當然不想聽《聖經》。最後我背了〈傑伯沃基〉[58]給他聽，他聽了笑得很開心。「唰鏘！」他說，覺得很好笑。

我們在草澤地找到他。當時正在漲潮，河水已經淹到他的靴子。他死前似乎抬頭看著

57 在原文中被帶走（was taken）意義等同於死了。

58〈傑伯沃基〉（Jabberwocky）是英國作家路易斯・卡羅爾（Lewis Carroll, 1832-1898）所作的詩，收錄在《愛麗絲夢遊仙境》的續作《鏡中奇緣》裡。這首詩是著名的「胡話詩」，內容大玩文字遊戲，讀來充滿形式及韻律上的趣味。

什麼東西，不過驗屍官說沒有他殺嫌疑。他一定整夜都在那裡。少了他，「世界盡頭」看起來已經在往泥巴裡陷進去了。喬安娜決定我們得收留瑪各（也可能是歌革）。她拿一條繩子套在山羊脖子上，一路把羊牽回家。現在牠在後花園裡吃史黛拉的花。現在牠在看著我，我不喜歡牠細細的眼睛。

村民當然陷入大騷動：他們要把孩子關在屋裡。他們說事情發生的當晚，天空中有奇怪的藍光，有個女人（就是小哈莉葉的媽媽，妳還記得她嗎？）一直在說帷幕被刺破了，我怎麼也沒辦法把她趕出教堂。只要給她半點機會，她就會爬進講道壇。想想看要是她像我們一樣，也看見了法達摩加納這個複雜蜃景，會發生什麼事！混亂場面已經是我們所能期望看到的最好結果。

有人在「叛徒的橡樹」上掛了一些馬蹄鐵（大概是艾文斯佛德，心驚膽戰帶給他很大的樂趣），有一名農夫還把他的作物燒掉。我不知道該怎麼辦。我們正受到審判嗎？如果是的話，我們到底做了什麼，又該如何贖罪？我接受了這個羊群，並試著當一個好的牧羊人，可是有東西在把他們往懸崖下面趕。

妳的小惡魔醫生寫信來了。信上的他是個得體又堅定的人，我實在難以拒絕。我們下星期要去倫敦，不過現在史黛拉看起來不像前陣子那麼糟，還可以睡一整夜。

話雖如此，我還是深感不安。蓋瑞特醫師讓我看了他會對嬰兒和產婦做出什麼事，如果別人放手讓他做的話，而那令我作嘔。我指的不是切割和縫合，而是他那副無所謂的態度。他跟我說如果我相信靈魂是不朽的，我對自己屍體的敬意應該不會比對兔子屍體來得多。他說我們都只是過客。他告訴我有鑑於他崇敬科學，有鑑於他崇拜構成我們的血管和血球和細胞，事實上我才是野蠻人！

打從妳離開後，我就像個學生般埋頭苦讀。我希望妳不會因為我篩檢我的思緒並加以整理，就認為我太過驕傲。那個哲學家洛克（John Locke）是怎麼說的？我們都目光短淺。我覺得此刻的我比起以往更需要三吋厚的近視眼鏡。

我不接受我的信仰是迷信的信仰。我懷疑妳因為這一點而稍微有點瞧不起我——我知道妳的醫生是如此！——而我幾乎希望我能夠否認來討好妳。但它是理性的信仰，不是黑暗的信仰：啟蒙運動已經擺脫了那一切。如果理性的造物主把星辰放在它們的位置上，那麼我們勢必有能力理解它們——我們勢必也是有理性和秩序的生物！

珂拉，不只有這些——除了數算原子，計算行星的軌道，倒數哈雷彗星還有幾年才會返回之外，還有更多，在我們體內跳動的不是只有脈搏。妳還記不記得有個法國人把一隻鴿子綁在攝影用的感光板上，然後割開牠的喉嚨，並以為自己捕捉到一縷靈魂從傷口逸出的畫面？當然很荒謬，不過妳看到他拿著刀子站在那兒時，不能想像他為什麼會認為有這種可能嗎？

若非如此，要怎麼說明這麼多事？不然該如何解釋當我投向基督時，我整個人會變得多麼專心、多麼充滿愛？

不然該怎麼解釋我對妳的渴望？珂拉，我原本很滿足。我已經把所有新的事物都走到盡頭了，我的庫存中再也沒有驚奇，我也不尋求驚奇。我在奉行我的使命。結果妳出現了，從妳永遠不整齊的頭髮到男人的衣服，我始終不喜歡妳的外表（妳介意嗎？）。但我似乎把妳默背在心，似乎立刻就認識妳，馬上就隨心所欲對妳說出所有我在別處絕不可能說的話，而這一切對我來說都是「所望之事的實底，未見之事的確據」[59]！我應該要感到慚愧或是不安？我不要，我拒絕有這種感覺。

妳這徹底的無神論者，妳這反叛者，妳覺得怎麼樣？妳把我推向上帝的懷抱了。

獻上我的愛——還有禱告，無論妳喜不喜歡，

威爾

威廉・蘭森姆牧師

鄉間小屋，奧溫特

艾塞克斯

六月三十日

珂拉，我沒有收到妳的信——是我說話太放肆了嗎？還是我說得不夠放肆？

我很替史黛拉擔心。有時候我覺得她的心念會亂飄，然後她又會恢復正常，告訴我聖奧西斯有個尚未娶妻的新牧師，或是科爾切斯特開了一家新店鋪，裡頭的糕餅是由巴黎直接進口的。

她整天都在一本藍色簿子裡寫東西，她不讓我看。我們明天要去倫敦。把我們兩人都放在心上吧。

主內，

威廉．蘭森姆

5

史黛拉在聽診器底下畏縮了一下，並遵照指示呼吸：盡可能深呼吸，別在意會不會咳嗽。當咳嗽發作時，程度並不是最嚴重的，不過也夠激烈了：她咳得身體在椅子上向前甩，還漏出一點尿。她喊著要人給她一條乾淨的手帕。

「不是每次都這麼糟。」她邊說邊按壓嘴巴，替那三個面色凝重望著她的男人感到難過：他們

59 擷取自《希伯來書》第十一章第一節：「信就是所望之事的實底，是未見之事的確據。」

是多麼緊張不安啊！難道他們自己就沒生過病嗎？在場的有威爾，因為沮喪或不自在而幾乎不敢直視她的眼睛。還有小惡魔，他遠遠地站在角落，即使隔得老遠，他黑色的眼睛也沒漏掉任何細節。還有巴特勒醫師，一位非常親切的年長男人，由於他待在俗麗且豪華的床邊的時間更長，因而培養出使人安心的態度，此刻他收回聽診器，用溫柔的手把患者的上衣拉好。「毫無疑問，我想到的是結核病。」他說，如路克所承諾的，他看見了這女人臉頰上漂亮的紅暈，「不過為了確定，我們自然還是要採痰液樣本。」他茂密的白鬍子彌補了全禿的高聳頭頂（他的學生說他思緒運轉的速度太快，這些年下來那股摩擦力使得任何毛髮都不可能生長）。

「死亡大軍的隊長。[60]」史黛拉用手帕掩著嘴，對著繡在手帕上的勿忘我悄聲說。這一切都沒有必要：如果有人問的話，她幾個月前就能告訴他們了。打開的高窗外是白色的天空，天空裂開來露出一小塊藍色。「那是我自己繡的。」她透露祕密般說道（但沒人聽見）。

「確定？怎麼說？」威爾說，納悶這一刻室內是真的變暗了，抑或只是他自己的恐懼在作祟。史黛拉面帶微笑靜靜地躺在沙發上，而威爾想像沙發底下的陰影中有東西在動，還伴隨著河水的氣味。「你們怎麼能確定？她的家族中完全沒有這類病史，完全沒有。史黛拉，妳快點告訴他們。」但是他怎麼會沒注意到呢——難道他這段時間真的被來到奧溫特的事物給蒙蔽了雙眼？「醫生說是流感，在村莊中傳播，之後每個人都變得虛弱……」

「家族跟這病無關，」路克說：「這不會由父親遺傳給兒子。禍首只是結核菌，沒別的。」他

60　引用英國作家及布道家約翰・班揚（John Bunyan, 1628-1688）的句子，指的是結核病。

對威爾的厭惡浮上檯面，於是帶著惡意精確描述道：「牧師，細菌就是可以攜帶傳染性疾病的微生物。」

「我想要確定。」巴特勒醫師重述，有點不安地瞥了一眼同事，儘管路克絕對不以客氣著稱，倒也鮮少如此失禮。「蘭森姆太太，妳能忍耐一下，再咳一次，稍微咳一下就好，然後把痰吐在碟子裡嗎？」

「我生過五個孩子，」史黛拉有點惱火地說：「其中兩個死了。吐痰對我來說根本沒什麼。」他們拿來的是個鋼碟，碟中清晰地映照出破碎的天空。她用從肺部痛苦抽出來的棕色物質蓋過天空，然後優雅地點了一下頭，遞給巴特勒醫師。

「你們要怎麼處理？」威爾說：「它能發揮什麼作用？」史黛拉對這一切是多麼無感，多麼冷靜！這不正常，這是某種歇斯底里：難道她不該哭著要求威爾坐在她身旁，握住她的手嗎？

「我們現在可以把細菌染色，這樣在顯微鏡底下就很容易看清楚了。」巴特勒醫師說，他的熱忱令他顯得活力十足，「我們也可能錯了，蘭森姆太太可能得的是肺炎，或比較輕微的疾病……」

史黛拉心想：**顯微鏡**！喬安娜開始要求顯微鏡，想要親眼看看蘋果和洋蔥是怎麼由細胞組成的，就像磚塊堆砌成房屋。「我想看，」她說：「我要你們拿給我看。」

巴特勒醫師心想：這並不算是不尋常的要求，不過通常都是年輕男人才會這麼熱切想要與敵人正面對決。誰想得到這個一頭銀金色頭髮的纖瘦女人會這麼樂觀。不過當然，這也是譫妄的一種表現：許多病患會進入的超然平靜奇妙狀態，提早顯現在她身上了。

「如果妳能等一個鐘頭，我就拿給妳看。」他發現做丈夫的開始猶豫了，又說：「不過我當然希望沒什麼可看的。」

「史黛拉，」威爾懇求地說：「史黛拉，妳一定要看嗎？」一切都發生得太快了：他冬天從「世界盡頭」那裡走回家，腰帶上掛著克萊克尼爾送的兔子，看到自己家燈火通明地在等待，那勢必只是幾分鐘前的事吧，而如今一切都化作碎片了。他閉上眼睛，在黑暗中看見「艾塞克斯之蛇」明亮的眼珠，閃著精光，充滿笑意。

「那就為我禱告吧。」史黛拉說，既是出於憐憫，也是因為她想要。巴特勒醫師帶著蓋住的碟子走了，小惡魔跟隨其後，威爾跪在史黛拉的椅子旁。但是在這個各種藥水瓶和透鏡讓所有奧祕都無所遁形的地方，又哪裡有禱告的容身之處？況且，他應該祈求什麼呢？疾病一定老早就潛伏在史黛拉的身體裡，而他們還在無知中開心地過日子。難道他應該祈求時鐘的指針往回走？如果是的話，何必以此滿足：何不乾脆祈求讓奧溫特的所有亡者都死而復生？難道史黛拉真有這麼特別而珍貴，以致於通常獨來獨往的上帝可能為了她而出手相救？但他想到了，可以用主日學那些搗蛋小男生的禱詞——他們的禱詞重點不在祈求好處，而在表現順服。「不要成就我們的意思，只要成就你的意思。[61]」他說：「願上帝賜予我們恩典。」

他們回來時神情嚴肅，把威爾帶到一旁，好像生病的人是他而不是史黛拉。訊息像是傳話遊戲般分段傳遞，因此等到終於傳到史黛拉那裡時——親愛的，妳的狀況不太好，不過他們會幫忙——真相已經消磨到一點也不剩了。「肺癆，」史黛拉說，這個消息讓她激動起來，「白死病，肺結核，

61 改寫自《路加福音》第二十二章第四十二節，原本是：「不要成就我的意思，只要成就你的意思。」

瘰癧。我知道它的各種名稱。你拿的是什麼？給我。」那是刻有她未來的玻片，費了番唇舌後，他們把顯微鏡拿來，她說：「就這樣？看起來只像一些米粒。」

另一陣咳嗽席捲她，讓她頭暈目眩，因此她臉頰靠在沙發粗糙的扶手上躺著時，只能旁聽他們討論自己的未來。

「她應該盡可能隔離起來，當她的症狀惡化時，應該把孩子們送走。」路克說，省去了憐憫：面對致命疾病，憐憫又有什麼用處？

「慢慢來，牧師，我知道這讓人震驚。」巴特勒醫師說：「但現代醫學能做很多事：我個人會建議注射結核菌素，那是羅伯特．科赫[62]最近剛在德國採用的——」

威爾還有點恍神，他想到針頭刺穿史黛拉嬌嫩的皮膚，不禁壓抑著反胃感。他轉頭對著路克．蓋瑞特說：「那你呢？你有什麼高見？你要亮出你的刀子嗎？」

「也許引發治療性的氣胸——」

「蓋瑞特醫師！」巴特勒醫師大吃一驚，「我不贊成，目前只有兩三個病例施行這種做法，而且都不在本國：現在可不是試驗的時機。」

「我不要你碰她。」威爾說，反胃感又來了，他想起小惡魔是怎麼俯在喬安娜身邊對她說悄悄話。

62 羅伯特．科赫（Robert Koch, 1843-1910）是德國醫生及微生物學家，為細菌學始祖之一，因結核病方面的研究而在一九〇五年獲得諾貝爾生理學或醫學獎。

「蘭森姆太太，讓我解釋。」路克轉而對著病患說：「原理很簡單，我知道妳聽得懂。藉由把空氣引入胸腔，受感染的肺會塌陷，像洩了氣的氣球躺在胸腔裡，在這個過程中，症狀會獲得大幅的改善，並開始痊癒——」

「她不是你那些屍體，她是我妻子，你講得好像她是肉店櫥窗裡的內臟！」

路克失去了耐性，說道：「你真的要讓你的自大和無知繼續危害她嗎？你就這麼害怕你身處的時代嗎？難道你寧可你的孩子全都長滿天花，你的水裡充滿霍亂？」

「兩位，」巴特勒醫師很沮喪，「請保持理性：蘭森姆牧師，在你帶她來這裡的時候，她就成了我的病患，我建議你認真考慮注射結核菌素。當然你還不需要決定，只是愈快愈好，在開始出血之前……恐怕出血是必然會發生的。」

「那我呢？」史黛拉用手肘把身體撐起來，將頭髮往後撥，皺著眉說：「你們不打算問我嗎？威爾，這不是我的身體嗎？這不是我的病嗎？」

七月

1

在奧溫特村那裡，娜歐蜜・班克斯失蹤了。她在克萊克尼爾被人發現的那天離去，並留下一張字條：**要來抓人囉**，背面還有三個吻痕。班克斯駕著船在黑水河徘徊，不肯接受任何人的安慰。「先是我老婆，然後是我的船，現在又是這個。」他說：「我像條魚一樣被吃得乾乾淨淨。」每棟房子都搜索過了，卻一無所獲，不過雜貨店老闆說他這一週的收入有點短少，那女孩在那種精神狀態下，會不會幹起偷竊的勾當？

整座村子都繃緊神經。從科爾切斯特找來再多驗屍官也無法說服他們相信，克萊克尼爾的死因只是他衰老的心臟跳不動了：一定是「艾塞克斯之蛇」幹的，毫無疑問。他們尋找徵兆，也確實找到了：田裡的大麥看起來不太妙，母雞不下蛋，牛奶容易發酸。「叛徒的橡樹」上掛了太多馬蹄鐵，以致於很有可能一遇到風雨來襲，樹枝就會斷掉。就連根本沒看到夜光雲的人也能告訴你，那天夜裡它究竟是什麼樣子，如何懸掛在公有地上方，將藍光撒向河口。聖奧西斯那裡則有一起溺水事件。**早就告訴你了**，他們說，**早就告訴你了**。

村民定出守夜人的輪值表。他們坐在草澤地上的小火堆旁，在日誌裡記錄：**凌晨兩點，東南風，能見度佳，退潮。沒有看到東西，但兩點四十六分到兩點四十九分之間，有聽到微弱的金屬磨擦聲和**

呻吟聲。他們不許班克斯加入守夜人，理由是娜歐蜜失蹤了以後，他更可能喝酒了。

奧溫特的孩子並不樂於被關在家裡。在其中一棟繳了什一奉獻的小木屋裡，有個男孩無聊到發狂，咬了母親的手。「瞧，」那母親邊說邊讓威爾看傷口，「有隻知更鳥飛進屋子時，我就知道有壞事要發生了。是那孩子體內的蛇跑出來了。」她用氣音對牧師說道，還露出牙齒。

史黛拉在家裡，在她的藍色日記本裡寫字——我想在一個晴朗的藍色夜晚用藍色的水重新受洗一遍——然後在威爾進房間時把日記本合上。史黛拉的狀況時好時壞。她的訪客陪著她：她有沒有聽說這個女人以及那件事；那豈不是很好笑嗎；她看起來依然美麗動人；她從哪裡找來這些明亮的珠子——然後她們搖著頭離去，不忘把手泡進消毒液裡。「她根本不像她自己了，」她們說：「她告訴我有時候在睡夢中會聽到那條蛇的聲音！她說那條蛇知道她的名字！」然後又說：「妳們想她應該沒看到那條蛇吧？應該沒什麼東西可看的吧？」

威爾發現自己踩在一條線上。這條線很窄，線的兩側都是萬丈深淵。一方面他不願意接受這可悲的迷信：過去曾有哪個悄聲傳播的謠言，像這個一樣被賦予這麼濕潤的血肉以及豐富的骨架嗎？他有責任不讓謠言失控。他開朗地布道：「上帝提供我們庇護和力量，是面臨困難時近在眼前的幫助。」但顯然村民抱持懷疑。會眾數量並沒有減少，只是變得好鬥，而且經常不肯唱聖歌。沒人提起碎裂的長椅扶手，其上還依稀可看出殘餘的尾巴：整體來說，他們很慶幸它被挖掉了。

另一方面，他晚上清醒地躺在床上，史黛拉在走廊另一端太遙遠的距離，他納悶這是否算是一種審判。上帝知道只有他可以被指控好幾項罪名（他還記得自己一個人站在草澤地上，欲火焚身地彎著腰）。他好奇「艾塞克斯之蛇」是否把他的名字記在一本帳簿裡。

他沒有收到任何珂拉的消息。他好想她。有時候威爾覺得珂拉會在夜裡到來，把眼睛放在他的眼窩裡，讓他用珂拉的角度看世界：他看到花園裡的一塊泥巴，就忍不住想把它捏散，看看裡頭是不是蜷著什麼東西。他想告訴珂拉一切，而由於他辦不到，世界感覺單調又枯燥。「有一隻蜻蜓被困在我書房的書架後頭，」他寫道，「聽著牠拍翅膀的聲音讓我無法思考。」然後他把信紙丟了。

珂拉讀了寄給她的信，卻沒有回信。她把瑪莎和法蘭西斯帶去倫敦。「這個季節是倫敦最美的時候。」她說，並且不負責任地把錢揮霍在高級旅館、奢侈美食，以及她根本不喜歡也永遠不會穿的鞋子上。她跟路克到堤岸旁的戈登葡萄酒吧喝酒，那家山洞般的酒吧牆壁會滴水到蠟燭裡。當路克逼問她關於她的好牧師的話題，她只是傲慢地揮揮手打發路克。但路克不是傻瓜，他寧可珂拉像以前一樣，每兩句話都要開心地提到一次威爾的名字。

如果路克和瑪莎以為在仲夏過後那段時間裡，他倆若非會墜入情網就是會互相鄙視，那他們可大錯特錯了。他們之間反倒萌生一股舒適自在，就像是共同經歷一場戰爭而活下來的戰友。他們從不回味那一夜，連回想都不回想：那是必須做的一件事，就這樣而已。他們心照不宣地贊同應該瞞著史賓塞：路克對他有深厚感情，而瑪莎需要好好利用他。他已經拉攏了一群有政治勢力和雄厚財力的人士，他認為貝斯納格林區可能會因新的住房計畫而獲益，這些住房計畫不會附加道德義務，而且環境不會只是勉強堪住。

瑪莎和愛德華．波頓在萊姆豪斯區分食薯條並擬訂計畫，同時紐西蘭來的船正在碼頭上卸下冷凍羊肉。他們說，我們要做這個還有那個，和樂融融地舔著指尖上的鹽粒，誰都沒注意到已經預設對方會參與自己的未來。「我就是喜歡一抬頭就看到她的感覺。」愛德華對母親說，而他母親有些疑慮：瑪莎是個很好的倫敦女孩，但喜歡擺架子，而且現在也不再裝出低等人的發音方式了。

那天晚上，當愛德華拿著瑪莎的一本雜誌回家時，他沒有注意到一件事，那就是在聖保羅座堂的陰影中刺傷他的男人，正很有耐性地在小巷中等待。打從愛德華從醫院返家的那天起，山謬·豪爾就在伺機而動。他穿了不同的外套，不過口袋裡裝著的是同一把短刀，這把刀能輕易滑進肋骨之間。他幾乎想不起這股憎恨的源頭是什麼了，是為了女人爭風吃醋對吧？那已經不重要了。這已經成為他人生唯一的使命，酒精與缺乏目標成為助長的燃料。他們用狡詐的手法剝奪了他復仇的機會，現在只能焦躁地等待可以完成任務的那一天。那個愛德華·波頓成了有錢男女的寵臣，他們經常造訪，一待就待上半天，這只是讓他態度更加堅決：他們全都成了敵人。他看到愛德華彈掉袖子上的鹽，然後把鑰匙插進鎖孔，並朝等門的母親打招呼。他一邊把刀子裝進刀鞘一邊心想：**看來今晚不行。不是今晚，但就快了。**

克萊克尼爾的葬禮參加者眾，因為最受人喜愛的莫過於死者了。喬安娜唱了〈奇異恩典〉，教堂裡沒有一雙眼睛是乾的。珂拉·西波恩送來一個花圈，大家正確斷定它要價不菲。

威爾養成散步的習慣，發現自己常想，就算拿統計學法則來說好了，他的腳也可能剛好踩在珂拉曾踩過的位置吧。他邊走邊像拉開線軸一樣，把他的思緒曳在身後，而那些思緒是分岔的。只要想到珂拉，他就拿不定主意：他原本愛珂拉愛得心滿意足，他認為使徒們可能會欣賞這樣的愛，就好像他們在那塊泥濘的土壤中造出一座天堂——後來卻有什麼事情改變了。他仍然能感覺到珂拉的肉體在他的掌心下位移，而他對接下來發生的事感到羞愧，不過（他認為）還不夠羞愧。

然後還有史黛拉，穿著藍色的棉質睡袍，看起來安詳無比：背光而立的她，會讓彩色玻璃上的聖人都自慚形穢。有時候她會提到獻祭，並且動也不動地躺著，好像已經身在祭壇上，然後她又會興奮起來，晚上在她的藍本子裡寫個不停。威爾該拿她怎麼辦好？他想到外科醫生手裡的針和手術刀，整個人都畏縮不迭。他為人類獲贈的理性額手稱慶，卻不信任人類流沙一般不可靠的聰明靈巧。他想表達的是這個：我們總是習慣犯錯。想想看伽利略讓地球繞著太陽轉時造成的爭吵，想想看一個男人把蜷縮的胎兒植入妻子體內的概念。科學挺起胸膛說「這次我們搞懂了」是很好，不過他非得拿史黛拉來賭嗎？

威爾像從前的基甸那樣跟上帝談條件[63]。他禱告說：「如果祢不願意她接受治療，就用非常明確的方式阻止，我會當它是徵兆。」他並不是看不出這麼做在邏輯上有多麼荒謬，不過事實擺在眼前：上帝可能使用任何工具，包括邏輯在內。星期天他爬進講道壇，提醒會眾摩西在沙漠裡如何豎起一根木杆，木杆上纏繞著一條大銅蛇，而那給了大家希望。

七月底的時候，守夜人解散了。

63 指的是《士師記》第六章第三十六節至第四十節的內容：「基甸對神說：你若果照著所說的話，藉我手拯救以色列人，我就把一團羊毛放在禾場上：若單是羊毛上有露水，別的地方都是乾的，我就知道你必照著所說的話，藉我手拯救以色列人。次日早晨基甸起來，見果然是這樣；將羊毛擠一擠，從羊毛中擰出滿盆的露水來。基甸又對神說：求你不要向我發怒，我再說這一次：讓我將羊毛再試一次。但願羊毛是乾的，別的地方都有露水。這夜神也如此行：獨羊毛上是乾的，別的地方都有露水。」

路克．蓋瑞特
本東維爾路

七月二十七日

夜已深，妳會認為我喝醉了，但我的手穩得很——我可以把一個從喉嚨到肚臍被剖開的男人縫起來，而且一針都不漏！

珂拉，我愛妳——聽我說，**我愛妳**——噢，我知道我經常說這句話，而妳總是微笑接受，因為我只是**小惡魔**，只是妳的朋友，一點也不令妳心煩，妳平靜的心湖裡沒落入一顆石子，妳那駭人的平靜，妳對我的**寬容**——我想有時候當我逗樂妳，或是讓妳瞧見我做的什麼聰明事，妳甚至可能把那種寬容誤認為是愛。我就像隻狗，把啃爛的東西叼到女主人面前現寶……

但我必須讓妳了解，我必須告訴妳我帶著妳到處走，好像妳是個我應該拿刀切除的瘤——它又重又黑，還會**痛**，它在我的血液中、在我所有疼痛的神經末梢播散出某種物質，但我切掉它就活不成了！

我愛妳。打從妳穿著那身髒衣服走進明亮的房間，握住我的手說別的醫生都不成，我就愛上妳了；當妳問我能不能救他，而我知道妳希望我不要救他，我也知道我不會努力救他，我就愛上妳了……我愛妳那件形同謊言的喪服，我看著妳努力愛妳兒子時我好愛妳，妳張臂抱住瑪莎時我好愛妳，妳因哭泣或疲倦而顯得醜陋時我好愛妳，妳戴上鑽戒扮演美女時我也好愛妳……妳認為還有誰會像我一樣認識每個珂拉，而且同樣深愛每一個嗎？

我努力地試了又試，想用我的愛做點好事——當麥可在那個窗簾拉開的房間裡像個邪惡的聖人般漸漸死去，我很努力；當最後他返回當初他的來處時，我也很努力。我試著用不會毀滅我的方式去愛妳——我並不想占有妳——我將妳交給妳的新朋友——但我一直無法安眠，因為每次我入睡，妳都在夢中，妳厚著臉皮，妳對我予取予求，我醒來時覺得嘴巴裡充滿妳的味道——然而一直以來我幾乎只有把手放在妳的肩膀上過……妳認為我是個**小惡魔**，但我其實是個天使！

不要寫信。不要過來。我不需要。這不是我寫信的目的。妳以為少了妳施捨的殘渣，我的愛就會餓死嗎？妳以為我沒有謙卑的能力嗎？這就是謙卑——我要告訴妳我愛妳，並且知道妳不能回應我的感情。我要貶低我自己。

我能給的最多就這樣了，而那勢必還不夠。

路克

我是史黛拉星星[64]他說我是的！史黛拉我高高的藍海之星！

我把自己的祈禱書當成我的《聖經》，用藍色墨水在藍色紙張上寫字，還縫上藍色絲線，
就像流著藍血的靜脈一樣藍。

他們把我的孩子從我身邊帶走了！！！

我那兩個生下來就是藍色的寶寶我那三個活下來的孩子現在沒有一個在我的屋簷下！

他們想要給我一些東西刀子針一小滴這個一茶匙那個我說不要我不要弄那些東西讓我跟我
的藍色東西生活在一起我的鈷藍色珠子我的青金石我藍色的黑珍珠我的藍墨水我的藍水彩
我的靛藍色緞帶我的寶藍色裙子我長得很好的矢車菊我三色菫般的雙眼

我還撐得住因為我已得到了允諾縱然我穿過河流，河流也不會將我滅頂！
雖然我踏過火焰，火焰也不會燒傷我！

64 史黛拉（Stella）的名字有星星的意思，與「星形的、星辰的」（stellar）單字拼法相近。

八月

1

對查爾斯．安布羅斯來說，沒有什麼比走在貝斯納格林區狹窄的街道上，更使他相信達爾文主義很有道理了。他在那裡看到的並不是只因機運與環境，而與他身處不同世界的平等人，而是生來就條件匱乏、不足以在演化競賽中存活下來的生物。他打量他們蒼白而瘦削的臉，上頭經常掛著充滿不信任的苦澀表情，好像隨時預期會被人踹一腳——他感覺這些人住在正適合他們的地方。只要他們在年紀尚輕時有機會接觸文法書和柑橘類水果，或許有朝一日就會在加里克俱樂部與他平起平坐，這樣的概念實在太荒謬了：他們的困境就只是證明了他們無法適應以及生存而已。為什麼他們之中有這麼多人都很矮？他們為什麼要在窗口和陽台尖著嗓子大吼大叫？而且為什麼大中午的就有那麼多人喝醉了？他彎進一條巷子，把身上的高級亞麻外套拉緊一點，感覺跟隔著鐵欄杆看著他們沒什麼兩樣。這並不是說他毫無同情心：就連動物園裡的動物也該有人替牠們把籠子清乾淨。那個八月的午後，有四個人聚集在愛德華．波頓家：史賓塞、瑪莎、查爾斯、路克。他們預備用步行方式更加深入貝斯納格林區，這一區的貧民窟和禿鼻鴉繁殖區是熱門選項，要予以破壞後再取代為國會承諾的乾淨好住宅。「通過法案是很好啦，」史賓塞說，自己都沒有發覺他多麼精準地模仿了瑪莎，「但是在政策實施之前，嬰兒死亡率還要升到多高？我們需要的是行動，不是法案！」

愛德華的母親端來一盤檸檬餅乾，裝餅乾的盤子上有表情嚴肅的女王頭像，她擔心兒子太累了。愛德華在這樣一夥人面前一逕沉默著，只回應瑪莎的悄悄話——舊傷口還會痛嗎？他能不能給史賓塞看看他畫的新房屋設計圖？「可行性很高。」史賓塞說，不過其實他一竅不通。他用雙手撫平愛德華畫圖的那張長形白紙，愛德華投注了勤勉自學的技巧，畫出圍繞著方形花園的一座公寓藍圖。

「我能不能把這個拿去……我可以拿給同事看嗎？你介意嗎？」

與此同時，路克已經吃掉第五塊餅乾，也充分欣賞了波頓太太顯然很注重衛生的習慣，現在他說：「瑪莎若是沒看到湯瑪斯・摩爾筆下的烏托邦在塔丘區紮營，是絕對開心不起來的。」他舔掉拇指上的糖粒，開心地望向窗外一排排的尖屋頂。寫信給珂拉感覺就像刺破一個癤子：遲早會感覺更不舒服，不過眼前他只覺得鬆了口氣。他寫的是事實，至少在他還拿著筆的時候是：他不求回報，沒有提出任何交換條件，自認為沒有欠對方任何東西。這種亢奮也許只會再持續不超過一天，不過它在發揮作用時著實令人陶醉，他感覺善心大發。有時候他想像有一只密封的信封正躺在郵差的腳踏車後座，朝他的家門前進，他會變得焦慮：珂拉會覺得逗趣嗎——會感動嗎——她會不會置之不理，還是像以前一樣無憂無慮？根據他對珂拉的了解，認為最後一項最有可能。要擊破她的好脾氣，或是讓她不只對所有她認識的人表現出一視同仁的好感，都是很困難的事。

「那我們走吧，去過過貧民窟生活。」查爾斯有點喜孜孜地說，一邊穿上外套，想起多年前他和一個同伴曾在某天晚上當起貧民窟觀光客，他們穿上女裝在路燈下閒晃，還招攬到不止一個顧客上門呢。

「可能會有人賣不新鮮的牡蠣給你們，」愛德華・波頓說，他的身體狀況還沒有恢復到可以回去霍爾本大樓上班，「不過保持冷靜、隨機應變，你們就能平安歸來。」

他們出發的時候還不到工廠和辦公室的下班時間，所以小巷裡頗為安靜，能夠依稀聽見幾百碼外火車在軌道上轉軌的聲響。四周高聳的公寓遮去了光線，低低懸掛在他們頭頂的晾洗衣物永遠都洗不乾淨。雖然夏天尚稱溫和，這裡透下來的少許陽光卻似乎比較熱，因此才沒過多久，瑪莎就感覺她肩胛骨之間的衣服變得潮濕，因為掉落的食物殘渣而有些黏滑的人行道，則散發腐敗的甜味。原本曾是宏偉豪宅的房屋被吝嗇地分隔成許多間小公寓，以跟平均工資相比高得離譜的租金出租。房間被分租然後再分租，因此人們早已忘了家庭的組成定義是什麼，一群陌生人為了杯盤和幾平方呎的空間爭吵不休。不到一哩外，剛剛越過倫敦市的獅鷲界標處，房東與他們的律師、他們的裁縫師、他們的銀行專員以及他們的廚師，眼裡只有他們帳簿欄位合計的數目。

瑪莎放眼望去，不時看見能讓她燃起希望的理由，儘管同行的其他人都渾然不覺。她有時候會點點頭、露出微笑，因為那些陌生人的臉都很熟悉。有個穿深紅色外套的女人從蕾絲窗簾後出來，給窗台上的天竺葵澆水，隨手拋下兩朵鳶黃的花，落在水溝裡一個破掉的健力士啤酒瓶旁邊。波蘭工人來此找工作，發現即使狄克・惠丁頓[65]對於倫敦人行道的想像遭人誤導，至少冬天的氣候比較溫和，而且碼頭永遠不睡覺。他們開朗而吵鬧；他們兩人一組靠在門邊，把鴨舌帽壓低，將一份波蘭報紙傳來傳去；他們抽著用黑紙捲起的香菸，散發一股令人反胃的香味。一個猶太家庭嘰哩呱啦

---

65 狄克・惠丁頓（Dick Whittington）是英國民間故事的主角，以後來當上倫敦金融城市長的富商理查・惠丁頓（Richard Whittington, c.1354-1423）為藍本。故事中狄克・惠丁頓是個窮苦的孤兒，因為聽信「倫敦的街道是以黃金鋪成的」之謠言而前往倫敦，後來因為把貓賣到一個鼠滿為患的國家而發大財。

地經過要去搭公車，女孩們穿著紅鞋；片刻後一個印度女人從另一個方向經過，兩隻耳朵各戴著一小塊金飾。

但就連瑪莎也必須承認，眼前的畫面經常很悲慘：年輕母親坐在門前的台階上，眼紅地看著兩個幼童在吃廉價白麵包和人造奶油，一群男人則在圍觀一隻正在為鬥狗受訓的鬥牛犬，那隻狗叼著繩子被高高吊起。有人把一本《浮華世界》小說丟在路邊，封面上有個穿黃色洋裝的女演員露出平靜的笑容，旁邊的水溝裡有隻眼神很聰明的老鼠在活動牠的小手。瑪莎經過那群訓練狗的男人時，無法壓抑自己的嫌惡：她毫不掩飾地怒瞪他們。有個把袖子捲得很高好露出模糊刺青的男人作勢撲向她，看她快步離開不禁哈哈大笑。路克事實上對城市的陰暗面頗為熟悉，雖然沒有表現出來，他覺得史賓塞展現的社會良知有點搞笑，因此他容許自己發揮一點騎士精神，走得離瑪莎近一點。

「會有用嗎？一定要有用。」瑪莎說，用手勢比向與史賓塞一起走在前方的查爾斯，查爾斯正嫌棄而小心翼翼地穿過一堆爛水果，所經之處驚起整團的小飛蠅。「他一定要看出這是無法長久持續下去的，哪怕只是出於共通的人性！」

「怎麼會沒用呢？我一向認為他有點笨，不過心地是好的……晚上好，親愛的。」路克說，朝著一個戴著捲捲假髮的女人咧嘴而笑，那女人帶著邀約意味將身體探出家門，在路克經過時朝他送出一個飛吻。

「他這是白費力氣……史賓塞想要……我是早已萬劫不復了。」在他們前方的道路上，路克的朋友正在對一條特別狹窄的巷弄比手畫腳，巷弄中飄出一股酸味。「妳知道嗎，他做這些事主要是為了妳。如果妳要求的話，他會給乞丐一大筆錢，但換作別的情況下，他根本不會注意到他們……」

瑪莎考慮反駁他的話，但感覺基於各種原因，小惡魔已經贏得她的誠實以待。「我並沒有那麼壞，不是嗎？我從來沒承諾他任何事……再說，我也不會是他家人心目中的理想對象！但我無法一個人完成這件事。我不但是個女人，而且又沒錢，他們還不如割掉我的舌頭。」

他們來到一個中庭，四面八方都是高聳的公寓建築。路克看著朋友扠起雙臂站在那兒，審視著倫敦難以解決的問題，以他慣有的平穩語氣輕聲對查爾斯說話，查爾斯有點心不在焉地聽著，因為一個身穿仙子服裝、坐在門口台階上抽菸的孩子而分心。「他加入了社會主義同盟，還說到要委託威廉．莫里斯[66]製作點什麼。瑪莎，對他下手時輕點，好嗎？」那個仙子裝小孩摁熄香菸，點起另一根，翅膀掉下一根羽毛並微微抖動。

瑪莎因罪惡感而不安，惱怒地說：「難道我就不能只是表現得友善就好嗎？他不是個木偶，他懂得自己思考，聽著——」

「泰晤士河堤岸上所有的新住宅，」史賓塞在說：「讓他們十分自豪，並視為進步的證明：你看過嗎？沒比籠子好到哪裡去。居民塞在裡頭，比以前更緊密，有些房間沒有窗戶，就算有窗戶也差不多跟郵票一樣小，那些人都不會讓養的狗住得這麼差。」他忍不住瞥了瑪莎一眼。瑪莎走近他們，不禁發起脾氣。

「查爾斯，看看你，你等不及要回家，回去找凱瑟琳和你的絲絨拖鞋和你的紅酒，你的酒每一

66 威廉．莫里斯（William Morris, 1834-1896）為英國藝術與工藝美術運動的領導人之一，也是知名的家具、壁紙花樣和布料花紋設計者兼畫家，也是小說家和詩人。他在一八八四年與愛琳娜．馬克思等人共同創立了社會主義同盟。

口都比他們每星期的生活費還要昂貴。你認為他們是另一種生物，認為他們的苦難是自找的，因為他們素行不良或頭腦愚蠢，就算你給了他們比較好的生活，要不了一星期他們又會把它糟蹋掉……好吧，或許他們跟你確實是不同的動物，因為你這種人在繳稅時每分錢都給得不情不願，在這裡儘管他們一無所有，他們還是會與你分享一半的物資。不，路克，我要說下去：你以為就因為珂拉教了我要用哪支叉子吃魚，我就忘了我是在哪裡出生的嗎？」

「瑪莎，親愛的，」查爾斯．安布羅斯曾面對更難堪的場面仍保持良好風度，再說，他很清楚自己被抓包了，「我們都知道妳的重點，也很欣賞。我已經看夠了，如果妳讓我回到我的自然棲息地，我會盡我所能滿足妳的所有要求。」他看出自己嘲諷的鞠躬對緩和瑪莎的火氣不會有任何幫助，便像是透露國家機密般說：「妳知道嗎，法案已經通過了。政策就要上路了。只剩接下來幾個步驟而已。」

瑪莎盡可能擠出笑容，因為史賓塞有點退避三舍，彷彿突然間不太確定是否要跟一個會當街對上位者大呼小叫的女人扯上關係，也因為路克又發揮惡作劇本性，一副樂不可支的模樣。「接下來幾個步驟！噢，查爾斯，我很抱歉。他們跟我說我該默數到十的——等等，你們聽得到那個嗎？那是什麼——我聽到了什麼？」

他們全都轉身，聽到一條窄巷深處傳來演奏風琴的聲音。隨著某人轉動曲柄，不太穩定的旋律便加快了速度，接著成為激昂的軍樂。那個孩子跑向音樂，一對翅膀在她身後抖動，當風琴手現身，其他孩子也加入了原本那孩子，彷彿是由周圍的磚塊和灰泥間滲透出來似的；有些孩子打赤腳，有些則穿著釘著平頭釘的靴子，跑步的時候還會擦出火星；兩個金髮男孩各抱著一隻小貓；一個穿白洋裝的女孩跟在後頭，裝作漠不關心的樣子。刻意待在角落的查爾斯看到一個跟自己年紀差不多的男人，身穿殘破的軍服上衣。他的胸前縫著綠色及深紅色相間的阿富汗戰爭獎章，空空的左袖在手肘處用別針固定住。他用右手把風琴的曲柄轉動得愈來愈快，並且跳起自己發明的吉格舞。穿白洋裝的女孩轉了一圈，哈哈笑，伸手去牽路克的手；有個男孩把小貓舉高，對著牠唱出自己編的歌。瑪莎望向史賓塞，看到他一臉驚駭，不禁瞧不起他：也許他認為他們都該得體地待在家裡過著愁雲慘霧的生活，而不是一有機會就及時行樂。「快找好舞伴喔！」士兵高聲說：「試試看這一首怎麼樣。」他接著演奏的不是軍樂，而是有種甲板上的水手看到陸地的意味。瑪莎朝經過的一個少年伸出手，那少年把他的小貓留在門口的台階上，用他細瘦的前臂使出很大的力量旋轉瑪莎，因此史賓塞看到瑪莎的頭髮全都像扇子一樣展開來，襯著汙穢的磚牆呈現小麥色。「**把我扛走吧，我的小霸王們，**」穿白洋裝的女孩唱著水手歌，「**我要去南澳州。**」她經過查爾斯時低了一下頭，好像在接受查爾斯根本沒想到要給予的恭維。

在不遠處，愛德華．波頓的敵人藏身在巷弄裡冷眼旁觀。啤酒與嫌惡使山謬．豪爾頭腦混亂，他每天早晨醒來時，腹中的憎恨都變得更尖銳一點，就像刀子一樣鋒利。他每天守在愛德華家門外監視，使他不但瞥見敵人本身，還看見顯然極為富裕的常客，感覺就像愛德華進入皇家自治市教學醫院時還是個窮人，出來時就成了國王。他們哪裡會知道他的冷酷，知道他是如何毀掉豪爾唯一幸福的希望？更糟的是，《標準報》還提到了那場剝奪豪爾伸張正義機會的狡詐手術：用兩欄文字和一張照片頌揚一位外科醫生，而那醫生長得簡直就像恐怖的惡魔。他對愛德華的憎恨加倍了，並且一古腦地傾注在另外這個男人身上：那個人有什麼資格出手攪和上帝的作為？刀子捅進去了，刺到了心臟，事情應該到此為止，而他也應該獲得心靈的平靜！

那個男人就在這裡，黑色眉毛，有點駝背，身旁有三個同伴：一個他認得的女人，濃密的頭髮編成辮子盤在頭頂，另外兩個男人他沒見過。豪爾看到他們被迎進愛德華的家門，也看到他們出現在愛德華的窗內。他們互相傳遞食物，豪爾本人則食不下咽——他們歡聲笑語，他則除了悲慘之外已忘卻一切！他一路跟著他們，看到他們跳舞，而他自己已失去所有喜悅……豪爾把手伸進口袋，用拇指撥弄藏在裡頭的刀子。如果愛德華．波頓永遠都會剛好在他伸手不可及的地方，至少眼前或許有個報復的機會。

那士兵停頓下來，他的手臂痠了，在靜默中，跳舞的人突然覺得羞愧。周圍的公寓和水溝瞬間顯得更加汙穢淒涼。路克把手臂從女孩的腰間收回來，道歉似的鞠了個躬。「**她們用鱈魚骨梳頭髮。**」女孩對士兵邀請般唱道，但士兵累了，不肯再演奏。

查爾斯看了一下錶。這在某種角度上來說是個迷人的插曲，不過或許在他寫給上頭的報告中最好還是省略這個細節。但他想吃晚餐，而在他能進入今天這一項令人愉快的尾聲之前，他至少需要先洗一個鐘頭的澡。**或許再加上燒掉我的衣服**，他想著，只有一點心虛。

「史賓塞，瑪莎，我們看夠了沒？我們盡到職責了沒？可是看啊，這是誰？蓋瑞特醫師，他似乎要找你，他是你的朋友嗎？」查爾斯手比向他的右側，一開始路克什麼也沒看到，只看到孩子們散開，士兵在數他帽子裡的硬幣。這時戴著仙子翅膀的孩子哀叫一聲然後罵髒話：有人突然把她推開，害她哀號著跌在石地上。「怎麼回事？」查爾斯說，把外套拉緊一點，是扒手嗎？凱瑟琳早就警告過他要當心了！「史賓塞？你能看到發生什麼事了嗎？」那群孩子分開來，一隻小貓掙脫掌控，跳到窗台上號叫，查爾斯看到一個穿著棕色外套的矮男人朝他們而來，那男人低著頭，一隻手插在口袋裡。瑪莎以為男人厄運臨頭，走上前並伸出雙手。「怎麼了？」她說：「出了什麼事，我們能幫忙嗎？」

山謬．豪爾沒有回答，只是繼續跑，他們看出他的目標是路克。他來到外科醫生面前，路克一開始覺得有點好笑，沒有惡意地輕推男人，把他擋開。「我認識你嗎？我們見過面嗎？」

豪爾開始喃喃自語，呼著因啤酒而酸臭的口氣，同時不停把手伸進口袋又抽出來，好像無法決定接下來要怎麼做。「你不應該插手我的事……這不公平……我要讓你看看他應得的懲罰是什麼！」

這下路克變得不安，但他用盡全力也無法推開男人，他發現自己被壓在牆上，胡亂扒著磚塊。他四處尋找救兵，也找到了——史賓塞來了，他用雙手抓住男人肩膀，把他從好友身上扳開。這時男人像是喝醉酒的人一樣哭起來，聽起來也有點像在笑。他抬眼看天，說：「又來了，你能相信嗎！又一次被剝奪所有我應得的！」

「這可憐的傢伙瘋得厲害。」查爾斯看著水溝裡的男人說。然後他看到男人把手伸進口袋，拿出一把刀。「當心啊，」他上前一步說，感覺頸後的每根汗毛都豎起來了，「當心，他有刀……史賓塞，退後！」

可是史賓塞已經轉身背對跌在地上的男人，而且因為打鬥受到的驚嚇而反應遲鈍。他呆呆地看著查爾斯，然後又看向好友。「路克？」他說：「你受傷了嗎？」

「只是有點喘不過氣。」路克說。然後他看到豪爾爬起身，刀上寒光一閃；看到豪爾舉起手臂、發出動物般的吼叫聲，撲向他的朋友。在接下來的漫長瞬間，他也看到史賓塞躺在停屍間的檯子上，一頭金髮披散在木頭上，那令人無法忍受：他從未感受到這麼可怕又洶湧的驚恐。路克伸出雙手衝向前，趕到男人面前，攔截下刀子——他們滾倒在人行道上。山謬．豪爾先倒地，而且跌得很重：他的頭撞到人行道邊石，發出堅果被敲開的聲響。

那個士兵已移動到別的巷子了，他們聽到風琴演奏的聲音，有點像搖籃曲，因此旁觀的孩子們以為剛才跟他們一起跳舞的黑髮男人可能在睡覺，因為他躺著動也不動。但是路克既沒有暈過去，也沒有被撞昏：他躺在地上不動是因為知道自己身上發生了什麼事，而他不敢看。

「路克……你能聽見我們說話嗎？」瑪莎說，輕柔地觸碰他。他抬起頭，然後坐起來轉朝他們，瑪莎的臉上失去血色。路克的上衣從衣領到皮帶都被染紅了，他的右手和前臂也沾滿鮮血。當查爾斯看出那個穿棕色外套的男人絕對不會再起來了，因而湊近時，他起初以為醫生手上抓著一塊生肉。但那是他自己手上的肉，在他握住刀子的時候，刀子劃過他的掌心，把他的肉從骨頭上片了下來，因此那厚厚濕亮的一片肉就往手腕方向掛在那兒。在那底下可以看到偏灰色的骨頭，一條肌腱或某種韌帶被切斷了，像是被剪刀剪開的淺色緞帶一樣泡在血裡。路克似乎不覺得痛，只是用左手抓著右手腕，盯著手上露出的骨頭，像禮拜儀式般反覆唸誦：「**舟骨——鉤骨——腕骨——掌骨……**」然後他的黑眼珠向後翻，跌進跪在周圍的朋友懷裡。

2

在那個陰暗的中庭以西約一哩處，珂拉走向聖保羅座堂，口袋裡裝著一封信。她在倫敦待的這段日子索然無味：朋友們來來去去，覺得她冷淡又心不在焉。就珂拉看來，他們全都打扮得太整齊，講話也太謹慎；女人的手很白，指甲又尖又亮；男人把臉刮得像孩子一樣粉紅，不然就留著可笑的八字鬍。他們熟知政治、醜聞以及哪些餐廳會供應最新流行的菜色，但珂拉很想把一切都掃下桌面，說：「對、對，不過我有沒有告訴過你們，有一次我站在克勒肯維爾區的一道鐵格柵旁，聽到埋在地底的河流出去匯入泰晤士河……你們知不知道我丈夫死的那天我笑了……你們有沒有看過我親吻我兒子？難道你們從來就不談任何有意義的事嗎？」

凱瑟琳．安布羅斯曾帶著喬安娜來拜訪。在史黛拉確診後不久，安布羅斯夫婦就負起照顧蘭森姆家孩子的責任（巴特勒醫師等著威爾決定妻子該接受什麼治療，並強力建議史黛拉要有平靜以及良好乾淨的空氣，應該把孩子們送走）。查爾斯驚駭地發現安靜的家裡變得擁擠而吵鬧，但他還是不由自主地提早回家，口袋裡塞滿吉百利巧克力和撲克牌，他會跟孩子們玩牌玩到太晚。大家都很想史黛拉，但勇敢地挺過來了：喬安娜立刻就到安布羅斯家的圖書室尋寶，不過也學會用布條來把頭髮弄捲；詹姆斯畫了複雜到不可思議的裝置，裝進用蠟封起來的信封寄給母親。

「很高興見到妳們。」珂拉真誠地說。才過了一個月，喬安娜幾乎已經長成成熟的女人了，有一雙母親的眼睛配上父親的嘴。她最近很認真在研讀查爾斯的書，（她自己說）打算成為醫生或護士或工程師之類的，她還沒拿定主意，然後她會想起母親，想起自己多麼想她，於是她紫羅蘭色的眼睛會蒙上淚霧。

「珂拉，妳在倫敦這裡做什麼？」凱瑟琳說，小口啃著一塊塗了奶油的方麵包。「妳原本不是很開心，並且眼界大開嗎，為什麼要離開？要是有誰能解開黑水河怪獸之謎，那個人非妳莫屬了！仲夏的時候，我們都說妳看起來像個土生土長的鄉下姑娘，還很懷疑有生之年會不會再看到妳搭火車呢。」

「噢，那些亂七八糟的泥巴。」珂拉開朗地說，卻完全騙不過她的朋友，「我是隻城市老鼠，一直都是。那些瘋瘋癲癲的女孩，那些與蛇有關的耳語，掛在橡樹上的馬蹄鐵——我覺得再待下去，我就要瘋了。再說，」她無精打采地捏碎一塊麵包，「我其實根本不知道我在做什麼。」

「但妳很快就會回去艾塞克斯郡，對吧？」喬安娜說：「妳不該在朋友生病時拋下他們，因為那時候他們最需要妳啊！」她的眼淚湧上來，一發不可收拾。

「噢……會的，」珂拉羞愧地說：「喬喬，我當然會回去。」

稍晚之後，凱瑟琳說：「珂拉，究竟發生了什麼事？威爾．蘭森姆——妳以前常常提到他——我幾乎害怕要發生什麼事！可是後來我看到他跟妳相處的情形，你們幾乎不說話，我想你們根本不怎麼喜歡對方……這似乎是一種奇怪的友誼，不過反正妳的行事作風一向與我們其他人不同——而現在，史黛拉是這麼個狀況……」珂拉自從守寡以來，就從未能隱藏眼神中流露的想法，現在她卻關上心扉，簡短地說：「沒什麼好奇怪的，我們有一陣子喜歡彼此作伴，就這樣而已。」

如果珂拉能夠解釋問題出在哪裡，她或許會解釋的，可是儘管她花了很多時間思考，想到深夜，一醒來又繼續想，她還是理不清那一團亂麻。她很珍視威爾的感情，因為威爾不可能像以前的麥可一樣渴望得到她。威爾的感情在各方面都是有界限的，為那份感情設下界限的是史黛拉，是他的信仰，還有威爾完全忽略她是個女人的事實，這點令珂拉感到慶幸。「對他來說，我就算是泡在一罐甲醛溶液裡的頭顱也沒差，」珂拉曾對瑪莎說：「所以比起見到我，他更喜歡寫信給我，我只是個心智，不是身體。我就跟孩子一樣安全……妳看不出我可能比較喜歡這樣嗎？」

她是真心這麼認為。即使是現在，當她想起一切都變調的那一刻，她也覺得錯在她自己，不是威爾——她不該像那樣看著威爾，她也不曉得自己為什麼這麼做。威爾的手指抵在她的肉體上生硬地收緊，彷彿觸動她內心的某條神經，威爾也看出來了，那讓威爾不知所措。威爾現在寫的信是夠和善的，不過在珂拉看來，某種純真已經消失了。

然後路克的信來了，不知所措的人換成了她。她並不是對路克的感情毫無所察，畢竟路克如此頻繁地用歡快的口吻對她示愛，但現在她沒辦法再一笑置之，並宣稱她也愛她的小惡魔：某種純真已經消失了。更糟的是，這感覺像在向她逼婚——她已經把本該屬於自己青春的那麼多歲月耗費在別人手中，而現在她才恢復使用自己名字的自由幾個月，又有人想要在她身上蓋下他們的印記。**我知道妳不能回應我的感情**，他這麼說，但沒有人寫這種信時真的不抱任何希望。

穿過河岸街來到聖保羅座堂前，珂拉找到一個郵筒，有點輕蔑地把一封收件者為「蓋瑞特醫師」的信丟進去。她身後某處傳來音樂聲，她在大教堂的台階上看到一個身穿破爛軍服的男人，正在轉動手搖風琴的曲柄。他的左臂袖子是空的，陽光映照在他胸前的獎章上。那旋律十分歡快，珂拉的心情快活起來：她走過去男人坐著的位置，往他的帽子裡丟了幾枚硬幣。

珂拉．西波恩
轉交地址為米德蘭大飯店
倫敦

八月二十日

路克——
你的信寄到了。你怎麼能這樣——**你怎麼能這樣？**
你認為我該可憐你嗎？我不認為。你的自憐已夠我們兩人用的了。
你說你愛我，唔，這我知道。我也愛你啊，我怎麼會不愛你？而你卻稱之為殘渣！友誼不是殘渣，並不是說別人拿走整條麵包，而你在這兒撿碎屑。事實是我能給的就這些了。好吧，過去我或許曾有過更多，但是就目前而言，這是我僅有的。
好吧，就這樣好了。

珂拉

珂拉．西波恩
轉交地址為米德蘭大飯店
倫敦

八月二十一日

路克，我的小惡魔，我親愛的，我做了什麼呀——我寫信的時候還不知道出了什麼事——瑪莎告訴我你做了什麼，我並不意外，你一向是我認識的人當中最勇敢的……我還試著就友誼這件事對你說教，事實上我從未替任何人做出你為他所做的事！告訴我什麼時候我可以過去。告訴我你在哪裡。

獻上我的愛，親愛的路克——相信我

珂拉

喬治．史賓塞醫師
本東維爾路
倫敦

八月二十九日

親愛的西波恩太太：

希望妳一切安好。首先我要告訴妳，路克並不知道我寫這封信：如果我告訴他的話，他會生氣，但我認為妳應該要知道他受了什麼苦。

我知道他寫了信給妳，我看到妳的回信了。我做夢也想不到妳竟有辦法這麼殘忍。但我寫這封信不是為了指責妳，只是要告訴妳，自從我們去了貝斯納格林區後，這段時間都發生了什麼事。

妳現在想必已經知道我們在那裡遇上刺傷愛德華．波頓的男人，以及路克如何出手保護我。最糟的是他抓住了刀刃，因而割傷了右手。事發地點附近的人都很好心：有個女孩撕下洋裝的裙子，在我的指導下做了條止血帶，有人拿來一扇門板，讓我們用作擔架把路克抬出巷弄，到了商業街以後就能招到出租馬車。幸好，我們離白教堂區的皇家倫敦醫院很近，那裡的一位同業能夠立刻救治他。他的傷口被清乾淨，因為我們首要考量的是感染問題。這讓他受到極大的痛苦，但他不肯用麻醉藥，說他重視他的心智勝於一切，不願讓心智受到干擾。

也許我最好告訴妳，他受的是什麼樣的傷。妳受得了嗎？妳對埋在土裡的骨頭與致盎然，但妳覺得活生生的骨頭如何？

那把刀從他的拇指根部附近刺入他的手掌，然後有點像挑起魚骨上煮熟的魚肉那樣，算是把手掌整片剝了下來。肌肉都被切穿了，但更糟的是控制食指和中指的肌腱中有兩條被切斷了。他受到的傷害一望即知：他的傷口是如此乾淨俐落，醫學院學生只要看看那傷口就能通過解剖學考試了。

他要求我來動手術。他再次拒絕用麻醉藥，只說起他先前研究的催眠技巧，以及維也納有個醫生在催眠狀態下拔了三顆智齒，連眉頭都沒皺一下。他告訴我他已訓練自己進入催眠的出神狀態，程度深到有一次他跌到地上都沒有醒過來。然後他又重申，他不認為疼痛會比強烈的快感更難以忍受（我始終不理解他為何有這種成見），還逼我保證，除非他苦苦哀求，我不會給他用麻醉藥。我記得他說的每一個字。他說：「我信任我的心智更甚於信任你的手。」

我不能要求護士跟刀，那樣太不公平了。我相信要是他有辦法的話，會照他平常的習慣預備開刀房，但他什麼也不能做，只能躺在自己的手術檯上給予指示：我們兩人都要戴白色棉質口罩。我要放置一面鏡子，這樣如果他由出神狀態中甦醒，就能看到手術過程。

他應該要由全歐洲最優秀的外科醫師來動手術，而不是我：我的技術頂多只算是還可以（事實上，自從我們同窗以來，他就習慣嘲笑我的技術）。每次我拿起手術工具時手都在發抖。那些工具在托盤上咔啦響，我知道他會看出我很害怕。他要我拆開繃帶，讓他在進入催眠狀態前能先檢視傷口並提出指示，雖然我無法想像紗布掀開時他的內心有多麼痛苦，他卻只是咬住嘴唇，臉色變得非常蒼白。我把他手掌那片肉往後翻開，他審視破損的肌腱，好像那只是我們曾經切割與縫合的屍體的肌腱。他告訴我，我該用哪種縫法把肌腱的兩端接合起來，並確保腱鞘保持完整，還有在傷口縫合完之後，我不能讓他掌心皮膚的張力受到拉扯。接著他開始低聲地喃喃自語，這讓他情緒緩和下來：他背誦了片段的詩句、化學物質的名稱，並列舉人體內所有的骨骼。最後他的眼珠轉向門的方向，嘴巴露出笑容，好像看到老朋友走進門來，接著他就進入出神狀態。

我背叛了他。我向他作出承諾，心裡卻很清楚我會違背諾言。我等了一會兒，輕輕碰他的手，很高興他多少算是沒感覺，於是我叫來一個護士，我們給他用了麻醉藥。

我這場手術進行了超過兩個小時。手術枯燥的細節我就不跟妳說了，我只能慚愧地說我已盡了全力，而那還是不夠。沒有人能比得上他的技巧之仔細，還有他的膽識：要是他能夠自己開這個刀，我相信一年之後，沒有人會知道他曾經傷得這麼嚴重。我縫合傷口，把他喚醒，當他感覺到管子在他喉嚨留下的疼痛時，立刻知道我做了什麼。我想要是能夠的話，他會當場掐死我。

他在醫院住了兩天，不肯接見任何訪客。他堅持要拆掉所有包紮，好看清楚我的手術成果。他說我的針法沒比瞎了眼睛的小孩好到哪去，不過至少處理得乾淨俐落，而且沒有感染的跡象。等他的狀況好到可以回家了，我陪他回到本東維爾路的住處，就在那時我們在門墊上看到妳的信。

讓我告訴妳：刀子沒辦到的事，妳辦到了。他萬念俱灰，妳熄滅了他的所有光明！妳打破了他每一扇窗！

已經過了三個星期了，並沒有好消息。負責牽動他食指和中指的肌腱縮短了很多，而且朝著掌心方向彎曲，外觀看起來像個勾子。如果他願意做他應該要做的練習，或許能夠恢復比較大幅度的活動能力，但他已失去希望。妳挖掉了他心中的某種東西。他人在心不在。他沒有決心。我以前曾在一些狗身上看過這種眼神，牠們的主人在牠們小時候就打垮了牠們的意志。

妳的第二封信確實很和善，但難道妳對他還不夠了解，不知道不該把憐憫表現出來嗎？

除非他要我寫，我不會再寫信了。

他不能寫信，他不能握筆。

您最誠摯的

喬治．史賓塞

第四部　最後的反叛時刻

九月

1

秋天對奧溫特很仁慈：斜斜照射在公有地上的厚重陽光寬恕了許多罪孽。犬薔薇結出深紅色的果實，孩子們為了剝開胡桃把手都染成綠色。一群群野雁在河口上方鋪展開，蜘蛛網為金雀花穿上絲做的衣裳。

儘管如此，許多事物並不照其應有的方式運作。「世界盡頭」那棟屋子陷入草澤地，空空的壁爐中長出真菌。碼頭很安靜：冒險度過一個拮据的冬天，總好過在被汙染的水域航行。從普安特克利爾和聖奧西斯、從威文霍和布來特林西都傳來了謠言：有一天晚上在潮水轉向的時刻，有個漁夫看到了黑水河的怪獸，被嚇得魂不附體；有個孩子被發現差點溺斃，肚子上有個灰黑色的印記；有隻狗被沖上潮淹地，整個頭都歪了。不時會有個守夜人敷衍地在利維坦旁邊生起一堆火，在日誌裡作個記號，但從未堅持一整夜。

還沒有娜歐蜜・班克斯的消息。從來沒有人說她一定是某天晚上走到草澤地，在那裡遇上了巨蛇，不過大家都這麼想。班克斯任由他的漁網纏成一團、紅色船帆發黴，還因為嚇到其他酒客而被禁止進入白兔酒館。「要來抓人囉！」他在門口台階上大吼，然後醉倒在街上。

路克在他位於本東維爾路的住處，他的手癒合得還算不錯。史賓塞負責包紮和解開包紮，審視自己的針線活，看到手指都向內彎曲。與此同時，路克平靜地望著窗外濕潤的街道，一句話也沒說。他把珂拉的第一封信從第一個字到她的簽名全都背下來了：你怎麼能這樣——你怎麼能這樣？儘管珂拉懊悔萬分，路克並沒有回覆她的第二封信。

瑪莎寫信給史賓塞。瑪莎說愛德華・波頓和他母親即將失去他們的家，因為租金變得難以負擔。就算包辦全倫敦的洗滌衣物和鮮豔的碎呢地毯，也沒辦法讓他們勉強度日。有任何進度了嗎？查爾斯那兒有沒有什麼消息？她什麼時候能向他們報佳音？史賓塞在字裡行間讀出一股急迫感，把它歸因為瑪莎有副軟心腸，還有強大的道德良知。但他沒有任何新消息，想不出該怎麼回信。

在安布羅斯高聳的白色大宅裡，孩子們變得幾乎和查爾斯一樣圓滾滾。喬安娜背下了元素週期表、知道了直角三角形斜邊的奧妙，而且可以敏銳地察覺「事後歸因」型的邏輯謬誤。如果她在星期一打定主意要入主國會，到了星期三她又非當律師不可了。查爾斯沒有跟她說這兩者機率都很渺茫：她長大後自然會放棄希望，每個人遲早都會如此。她偶爾會想起與娜歐蜜・班克斯施一些孩子氣咒語的事，罪惡感讓她大為不安：她那紅髮玩伴現在在哪裡？她的鬈髮是不是正在河口潮水底下足足五噚深處飄動？喬安娜身邊仍有一張娜歐蜜畫的圖畫，畫的是她倆緊握的手，她問凱瑟琳她能不能把畫裱起來。

有天晚上凱瑟琳醒來，聽到啜泣的聲音，發現小兄弟被姊姊摟在懷裡。他們想找媽媽；他們想念村莊；大家說好週末時要去艾塞克斯郡一趟。喬安娜說：再說，別忘了還有瑪各，牠還被拴在花園裡，思念著主人。凱瑟琳帶他們去哈洛德百貨公司，用足以讓水手溺斃的大量蛋糕撫慰他們的心。

珂拉仍待在那間倫敦的飯店裡，對地毯和窗簾都很看不順眼。她口袋裡有一封史賓塞寫的信，建議她不要去拜訪，語氣客套到她手中的信紙都是冷的。瑪莎看著她在不同房間之間走來走去，不管對她說什麼都會換來惡言相向。珂拉對她的書和骨頭興趣缺缺，她百無聊賴、脾氣暴躁，眉毛之間出現新的溝紋。史賓塞的指責在她心裡揮之不去，她一直在生悶氣。在她眼裡，自己從來不是個自私或殘忍的人，她一向是個受害者，而不是加害人。她需要大為調適一番。她做事未經思考，雖然沒有傷人之心，卻大有傷人之實。

威爾的信受到珍視、頻繁閱讀、沒有回覆。她怎麼能回信呢？她在車站的小攤販那裡買了張明信片，寫下「真希望你在這裡」，但說出自己的想法從來就沒有好處，不是嗎？他不在身邊，不能跟他一起在公有地散步，不可能在門口發現一個信封（威爾的字跡很整齊，她總是覺得能從字看出小時候的他），世界變得單調而呆板，世界上再也沒有任何事能給人愉快或驚奇。然後她因為自己的愚蠢而吃了一驚：竟然因為不能跟某個艾塞克斯郡的牧師說話而提不起勁，而且她跟對方根本沒有共同點！太荒謬了。她的自尊心無法接受這件事。到最後，她差不多作出這樣的結論：她不寫信，是因為她不想寫。

她試著把所有未使用的感情都轉移給法蘭西斯，正如她先前經常嘗試的那樣。母親與兒子怎麼會對彼此如此缺乏好感呢？珂拉使出從書上看來的所有技巧：找兒子聊他喜歡的話題，試著說笑話和玩遊戲。珂拉嘗試烘焙，還買了確定法蘭西斯會喜歡的小說給他。有時候珂拉恰好發現法蘭西斯露出焦慮的表情，或自認為她發現了，於是試著安慰法蘭西斯。他們經常搭地鐵前往法蘭西斯挑選的地點。法蘭西斯配合這些事，過程中鮮少說話，更少流露任何情感，有時候珂拉認為法蘭西斯替她感到難過，或者（更糟的是）覺得她很搞笑。

瑪莎情緒爆發了。「妳真的認為妳能繼續這樣下去嗎——妳從來就不想要朋友或情人，妳只想要奉承者！好啦，妳現在面臨農民起義了。法蘭奇，」她說：「我們去散步吧。」

威爾站在諸聖堂的講道壇裡，望著他的會眾，發現自己不知道要說什麼。他們的情緒在不信任和渴盼之間交替切換：有時候他們似乎準備好爭先恐後地奔向上帝的永久臂膀，有時候他們又斜睨著他，好像「禍害」都是他惹出來的事端。某個地方的某個人犯了罪，這是大家的共識，如果他們不能寄望牧師來揪出做錯事的人，情況就不太妙了。

在這段期間，他發現自己像羅盤的指針一樣，在南北極之間搖擺不定：一邊是他所愛的妻子，是受到認可的快樂泉源；另一邊是未受到認可的珂拉．西波恩，而且她只會給自己帶來麻煩。路克遇上的大災難，透過查爾斯之口傳到了威爾耳裡。其他神職人員可能會把這名外科醫生職業生涯驀然中止視為天意，就好像揮舞那把刀子的是上帝之手，因為這下子史黛拉就脫離手術刀的威脅了。威爾的思想當然沒有那麼落伍，但他還是很難不覺得他們的寬限期被延長了：路克曾經提出的粗暴治療法，亦即讓染病的肺在胸腔中塌陷，現在已不可能實現，因為英格蘭沒有第二個外科醫生會贊成這麼做。

珂拉不在，他發現自己的思緒缺乏方向。畢竟，若是不能夠告訴珂拉，並看到她一顰一笑這些反應，那麼觀察這個或是遇到那個又有什麼意義呢？威爾發現自己躁動不安。他經常氣惱自己和珂拉，只怪當時他們容許自己一時失了禮數（他是這麼對自己指稱那件事的），結果就此斬斷了彼此間的聯繫。或許珂拉對她受傷的朋友太過著迷，為路克送去他不該吃的豐盛食物，學著包紮傷口，拆掉皮膚上縫的絲線，忘了那個有位病妻的鄉下牧師。威爾給珂拉穿上一身白衣，讓她坐在醫生腳邊，頭垂向路克慘不忍睹的手，然後他驚駭地發現自己在吃醋。儘管如此（他心想）：城市和鄉村之間遲早會有一封信朝某個方向移動——剩下的就只是要看誰會先展開一張紙，誰會先舔濕他們的筆尖。

在史黛拉·蘭森姆的肋骨後頭，結核節正在形成。要是珂拉能看見，她會聯想到她蒐集來放在壁爐架上的蟾蜍石。那些結核節會派出清除細胞，感染開始了。她肺部的血管開始瓦解，化作深紅色斑點顯現在她的藍色手帕上。

在所有人之中，只有史黛拉是開心的。這是所謂的「結核病樂觀心態」（spes phthisica），它讓結核病患者擁有輕鬆的心情，保持樂觀開朗。她充滿無法言喻的喜悅和光榮，因受苦而感到莫大的幸福，虔誠地沉浸於她對藍色的分類中。她像是一隻在裝飾鳥巢的喜鵲，蒐集周圍的護身符，蒐集小包的龍膽種子和海玻璃和深藍色線軸，而且從頭到尾都緊盯著天空。她感覺自己的腳已脫離了曾經深陷其中的泥淖——她在夜裡醒來，在輕微狂喜中發著燒，身上被汗浸濕，她看見了藍眼基督的臉。有時候她聽見巨蛇在低聲召喚她，但她並不害怕。曾經有另一條類似的蛇：她認得那個老敵人。

她對丈夫和兒女的愛並沒有減少，不過變得有距離：感覺好像她和他們之間拉起一層藍色薄紗。威爾的愛體貼備至，幾乎寸步不離地守著她，看到她手上的皮膚很乾，就從科爾切斯特帶回一瓶雅麗牌乳液。

有時候她會把威爾的頭拉下來靠著自己肩膀，用手抱住他，好像生病的人是威爾。她從以前到現在都不是傻瓜，看得出威爾對珂拉的感情變得複雜難解，不禁同情威爾。史黛拉毫無怨恨地在她的藍本子中寫下：**我的至愛屬於她，她也屬於他。**「珂拉什麼時候回來？」那天晚上史黛拉說，一邊用藍色緞帶玩著翻花繩，「她什麼時候離開倫敦？我好懷念聽你們一起聊天。」

晚上我躺在床上會搜尋我的靈魂所愛的他我搜尋他卻找不到

我們曾經共享一個枕頭而他說史黛拉我的星星我的呼吸是妳的妳的呼吸也是我的而現在我
的門和他的門之間隔著十五步這樣他才能安全地遠離我體內的病菌

啊但是他有個更好的伴侶！讓他用他的嘴親吻她因為他的愛比酒更香醇而她也有那個胃口
去接受！

據我所知，有一種稱為群青[67]的藍色顏料，
因為磨碎後用來製造這種顏料的石頭
　是飄洋過海運到我們這裡的

67 原文為 ultramarine，字面意義可解讀為「極端海洋的」。

2

有個女人獨自走在麥爾安德禮堂的舞台上。她身形苗條，有一對深色眉毛，穿著深色洋裝，友善而親切地看著台下稀稀落落的觀眾。在白色的穹頂下，大約有一百個男女一邊等待一邊竊竊私語：原來這就是愛琳娜．馬克思．艾威林，而不只是她父親的女兒。

觀眾之中包括因為走路而喘得厲害的愛德華．波頓，他感覺自己在冬天大衣裡縮小到一點也不剩。瑪莎在他身旁焦躁地動來動去。「你知道嗎，我跟她見過一次面，」瑪莎眼神發亮地說：「她要我像她朋友一樣叫她塔西。」

要是讓愛德華自己作主，他可能不會選擇參加社會主義同盟的公開聚會，但瑪莎讓人無法拒絕。「光聽我說沒有意義，」瑪莎邊說邊從快冷掉的茶壺倒茶，「接收二手資訊沒有用。我會跟你一起去，我們一起走路去，你總不能永遠帶著你的藍圖關在這個小地方。」

在愛德華漸漸康復的這幾星期內，地球微微偏離了太陽一些，現在空氣明亮、閃耀，好像他隔著一片擦亮的玻璃觀看世界。最近他才突然驚覺，如果說這段日子以來他的身體很疲累，他的心智卻終於不累了：山謬．豪爾把他從長眠狀態中喚醒了。現在想想真是不可思議，有那麼多年他毫無怨言地接受他被指定的位置，巧妙地嵌合進倫敦這個惱人的大企業。現在他在周圍看到的是一個正在擺脫熱病而抽搐的身體——疾病在它如動脈般的馬路和運河中流動；毒素在它如腔室般的廳堂和工廠中淤積。他覺醒了——痛苦不安地覺醒了：他吃麵包時會想著那些垂死的工人在麵粉廠裡工作多長時間；他看著母親縫著碎布，知道母親的身價還比不上街上的磚頭。房東調漲他們的房租，他不把這視為個人貪婪的表現，而純粹是那種疾病的另一個症狀。他想到山謬・豪爾裂開的頭骨，在自己的罪惡感之外又加上憐憫的情緒：豪爾是因為被奴役而墮落了，大家全都是。

他很難把這股新的熱情與他對瑪莎的感覺劃分清楚，他也沒有試著去區別這兩者有何不同。他從以前就沒什麼跟女性相處的經驗：女人是男人為之爭吵、受到珍視的對象，幾乎總是如此。現在他只想和瑪莎待在一起，幾乎都叫不出曾經圍聚在他霍爾本大樓辦公桌旁，那些或老或小的男性的名字了。對他來說瑪莎似乎不是男人也不是女人，而是截然不同的第三種性別。瑪莎站在窗前，一手按著背部凹處的樣子，還有次他看到瑪莎肩胛骨之間的汗水把洋裝浸濕了一塊：這些讓他感覺到渴，而他擔心自己喝再多的水也止不了渴。但瑪莎也活潑、好鬥，對讚美無動於衷——不會讓步，會逗他笑，從不試著討好，從不耍心機。愛德華知道自己在智慧和力量上都輸了。瑪莎講起珂拉・西波恩時，經常在憐愛與憤怒的情緒間交替切換，感覺似乎一點也不違和。瑪莎跟他認識的人都不一樣，而他完全能接納瑪莎。他母親很不安。「我原本都不知道她來過！」她說：「女人需要有她自己的家，家裡也要有男人。我覺得這是一種浪費——而且她單獨來這裡，這樣好嗎？」（瑪莎到過他們家後，總是把環境整理得比原本更乾淨，母親因為這點而惱火。）

禮堂的舞台上沒有戲劇效果，更別說像讀經大會傳道士那樣的慷慨激昂：講者的語氣就事論事，或許還有點疲憊。愛德華心想：*這女人受過很多苦*，他很確定。「那是個悲傷又駭人聽聞的故事。」愛琳娜・馬克思說，對觀眾來說，她在說話時身高似乎變高了，頭髮似乎變得更豐盈了。「這些僱主、律師和地方行政官組成邪惡的聯盟對付薪水奴隸……」在愛德華身邊的瑪莎點了一下、兩下頭，在筆記本中做記號。前排有個抱著沉睡嬰兒的女人，她靜靜地坐著，不過在哭。不時會有持反對意見的聲音高聲插話，但旁人會用眼神讓對方安靜：舞台似乎擠滿被機器弄斷手腳的女孩，和被鼓風爐燒掉一層皮的男孩，肥胖的男人則站在一旁撫弄他們的錶鍊，看著他們的資本不斷累積。「這是艱困的時代——更艱困的時代還在後頭，直到這惡劣的狀況有所改變。這不是我們奮鬥的終結——而是開端！」眾人歡呼，一頂帽子被丟上舞台——愛琳娜沒有鞠躬，而是舉起一手，那既是代表道別也是代表鼓勵。**對，**愛德華．波頓心想，一邊站起來一邊將一手按在發痛的胸前。**對，我懂了：可是該怎麼做？**

他坐在一座小廣場公園的長椅上吃著灑了醋的薯條。穿著派對服裝的孩子站在人行道邊石上等待，《標準報》小販在他們後方叫賣晚間新聞。「可是該怎麼做？」他說：「我讀到和聽到的那些事，有時候卻讓我變笨。我心裡有一股怒火，不知道該拿它怎麼辦才好。」

「這是他們打敗我們的方式，」瑪莎說：「薪水奴隸的功能不包括思考。「布萊恩與梅」火柴工廠的女孩，採石場的男孩，你認為他們有時間思考、謀劃、發動革命嗎？這就是最重大的罪行：根本不需要給任何人套上鎖鍊，因為他們自己的心智就足以成為手銬腳鐐。我曾經以為我們不比跟犁綁在一起的馬好到哪去，但其實我們比那些馬要慘多了——我們只是那些人的機器裡可動的零件而已——只是輪子上的螺栓，只是不停轉呀轉的輪軸！」

「那怎麼辦？我必須工作，我逃不開這機器。」

「還沒，」瑪莎說：「還沒，但改變是緩慢的。就連世界也是一吋一吋地在轉。」

愛德華疲倦地靠向椅背。栗樹、橡樹和倫敦菩提樹轉為金黃，他的朋友在他身邊。「瑪莎。」他說，就這兩個字，而就此刻而言已經足夠。

「你臉色很蒼白。」瑪莎說：「愛德華，我帶你回家。」她親吻愛德華，她的嘴上有一粒鹽。

愛德華．波頓
天普拉街四號

瑪莎——妳願意嫁給我嗎？妳和我，我們在一起不是挺好的嗎？

愛德華

親愛的愛德華——

我不能嫁給你，我根本不能結婚。

我無法承諾我會付出愛、敬意和服從。我只服從我的理智命令我服從的對象，我只尊敬那些用行為贏得我敬意的人！

而且我也無法像妻子必須愛她的丈夫一樣愛你。我能想見珂拉．西波恩不打算再跟我有瓜葛的那一天到來，但我永遠不會想跟她斷絕關係。

現在是怎麼樣——你以為政治到家門口就會停住嗎？你以為政治只關乎肥皂箱和罷工警戒線，而不是也和我們的私生活有關？

別要求我走進一種讓我受到約束、你卻置身事外的制度。還有別種生活方式——除了國家認可的類型之外，還有別種結合方式！讓我們活得如我們所想要的吧，自由且沒有恐懼，讓我們純粹被情感束縛在一起，因為有共同的目標而相守。

如果你不能擁有一個妻子，你願意接受同伴嗎——你願意接受一個同志嗎？

你的朋友——

瑪莎

親送

愛德華·波頓
天普拉街四號
親愛的瑪莎——
我願意。

愛德華

3

小哈莉葉，就是那群狂笑的女孩中年紀最小、穿黃洋裝的那個，在黎明前醒來，朝她的枕頭嘔吐。她母親在床角動了動，起身安撫孩子，結果一吸進早晨的空氣就像是噎住一般，然後也吐了。一股惡臭乘著溫暖的西風從黑水河傳來，透過窗板上的破洞飄進屋子。那惡臭悄悄經過「世界盡頭」，在那裡一無所獲，又繼續前往奧溫特村的外圍，那裡沒有幾盞燈是亮的。它讓那孩子被母親摟在懷裡，繼續來到班克斯的小木屋，乘著微風擾動碼頭裡駁船的紅色船帆。班克斯喝了很多酒，昏睡到沒有被臭醒，但黑暗中有什麼事令他困擾，於是他呼喚了三遍失蹤女兒的名字。惡臭繼續前進，經過白兔酒館，酒館門口有隻流浪狗在嗚咽尋找早已不見蹤影的主人；經過學校，卡菲恩先生已經起來了，正在批改文法作業簿，譴責濫用逗號的行為，這時他嫌惡地大叫一聲，跑去倒水。禿鼻鴉開始聚集在公有地「叛徒的橡樹」上，因為牠們在腐臭的空氣中察覺到大餐。在珂拉的灰房子，惡臭爬到門上、鑽到楣石下，滲透到珂拉床上被單的布料裡，卻找不到她。惡臭繞過諸聖堂的塔樓，來到牧師寓所的窗口：因失眠而待在書房的威廉・蘭森姆，以為或許有隻老鼠在地板底下腐爛了。他用襯衫袖口掩住嘴，跪到書桌底下，以及他放在自己椅子旁的空椅子邊上，卻什麼都沒找到。史黛拉穿著一件藍色緞面衣服，肩胛骨隔著布料向兩旁展開，像是堅硬的小翅膀，出現在書房門口。

「怎麼搞的？」她一邊笑一邊嗆咳，「**怎麼搞的？**」她把一束薰衣草湊到鼻尖。

「某個地方有死掉的東西。」威爾說，一邊把自己的外套披在史黛拉身上，擔心她又會咳嗽發作，咳到小小的身軀狂甩，像是被什麼猛獸叼在嘴裡。「也許是在公有地那裡？一頭綿羊？」

「希望不是瑪各。」史黛拉說：「不然我們永遠不會得到寬恕的。」但並不是，可以看到克萊克尼爾的最後一位家族成員就在花園的盡頭，看起來無憂無慮，嚼著提早開吃的早餐。「威爾，我們是不是該生個火——噢！噢，真難聞，真難聞——你到了公有地會看到大地裂開來，罪人抬著頭看你，他們的骨頭都斷了，嘴唇渴到乾裂！」她的眼睛閃閃發光，好像這種可能讓她很開心，這比惡臭的空氣更令威爾不安，而他幾乎覺得能在舌尖上嚐到那股臭氣，在腐臭後頭還帶有一種可怕的甜膩。他應該去外面嗎——也許應該——他勢必得去，不然還有誰能查出是什麼造成最近村莊一連串的不幸事件？他生起火，臭味短暫地被柴煙所取代。史黛拉把她的薰衣草丟進火裡，一時間剛離去的夏日氣味又濃郁地飄出來。「去吧，」史黛拉說，一邊把威爾書桌上的紙張碼整齊（這麼多信！

他永遠都不收起來了嗎？），然後將大衣遞給他。「再多耽擱十分鐘，我們就要聽到喪鐘了，然後某個地方就會有人需要你了。」

威爾親吻她，說：「也許有艘漁船擱淺在潮淹地上，把貨物給弄灑了，而那些魚爛掉了——今天早晨氣溫滿高的……」

「真希望小寶貝們在這裡，」史黛拉說：「喬喬應該會比我們所有人都早醒過來，帶著提燈下去親自察看，詹姆斯則會為報紙畫一幅畫，不是嗎？」

外頭的高路上已聚集了一群人。卡菲恩先生拿一塊白布裹住頭，好像受了傷似的，其他人用袖子按住嘴，帶著狐疑的目光打量威爾，看看他的臂彎裡是否藏著一本《聖經》或是其他武器。威爾直到這一刻，直到他在昏暗的空氣裡嗅出不只腐敗、還有恐懼的氣味，他才想到也許造成這股惡臭的原因，除了不幸事件之外還有別的可能。但是現場還有哈莉葉的母親，同往常一樣正在啜泣，還在胸前畫十字；有班克斯，尚未完全清醒，說他不要下去水邊，以免那隻巨獸打嗝吐出幾縷紅色鬈髮。艾文斯佛德穿著黑上衣，看起來活像是身邊少了遺體的殯葬業者，站在那裡背誦《啟示錄》的片段內容，顯然高興得很。就連卡菲恩先生，明明每年都教導學生十月三十一日沒什麼大不了的，只是馬丁．路德張貼他的九十五條論綱的紀念日，威爾覺得他也看起來有點臉色發青。

「早安，今天天氣不錯。」威爾說：「是什麼讓我們都從床上爬起來？」沒有回應。「你們都知道我不是討海人，」他誠懇地說，重重地拍了一下班克斯的肩膀，「而你不能期望我知道任何事，班克斯先生，你比我們所有人都了解黑水河——你認為這可怕的氣味是什麼造成的呢？」風勢增強，氣味變濃。威爾一陣作嘔，然後說：「或許是從外海漂進來的海藻？一群鯡魚擱淺在鵝卵石岸邊？」

「我沒聞過或聽人說過這種氣味，」班克斯說，從大衣袖子後頭傳出來的聲音很模糊，「但我知道這不正常。」

「唔，說是這麼說，」威爾被薰得眼淚都冒出來了，「說是這麼說啦，但死亡的氣味再正常不過了，而我想這一定就是那麼回事。只要時間過得夠久，你和我也會散發類似的氣味。」那一小群人厭惡地看著他，他判斷現在不適合耍幽默。好吧，那試試引用經文好了：「所以水雖匉訇翻騰，我們也不害怕，諸如此類的！」

「我告訴你那是什麼吧，」哈莉葉的母親說：「而且我不需要告訴你，班克斯，對吧？或是你，或是妳們……」她意有所指地朝卡菲恩先生還有一兩個女人點點頭，那些女人似乎對惡臭的空氣不以為意，已經沿著高路慢慢晃向黑水河，那裡已經籠罩在晨曦中。「牠終於找上我們了，我是說『艾塞克斯之蛇』，河中的怪獸，而我們沒人準備好對抗牠！牠先找上我的小傢伙——噢沒錯，沒錯！牠先找上我女兒，害她吐得跟狗一樣，我說什麼都安慰不了她。」

艾文斯佛德表示，畢竟救主本人都保證過會有「哀哭切齒」了，受到這句言論的鼓舞，女人繼續說：「這是那東西的『口臭』，我告訴你，就是牠的『口臭』，裡頭夾帶著牠大嘴咬過的所有東西的肉和骨頭，包括聖奧西斯那男孩、被沖上我們岸邊的男人……」

「這是有害的沼氣，正如我們的祖先所教導的，」卡菲恩先生說：「它會帶來疾病——看！我發燒了。**瘟疫**！開始了。」果不其然，他那高聳的學者額頭結滿汗珠，威爾看到他開始顫抖，嘴巴扭曲，不知道是準備要哭還是要笑。

「於是海交出其中的死人！」班克斯說，他變得興奮起來（如果將活生生的娜歐蜜擁在懷裡的希望已經落空，他至少可以為她造個墳墓），「死亡和陰間也交出其中的死人！[68]」

「陰間！沼氣！」威爾變得惱怒，他發現若非那臭味開始消退了，不然就是他已習慣了噁心感。「蛇怪！瘟疫！卡菲恩先生，你沒有生病，你只是需要來杯茶。怎麼！我知道你們都是講理的人——班克斯，教我使用六分儀的人不正是你嗎！卡菲恩，我看過你教我女兒計算風暴的距離！我們不是活在黑暗時代，不是大人用食屍鬼和惡魔的故事嚇唬我們，要我們乖乖聽話的小孩，在黑暗中行走的百姓看見了大光[69]！根本沒有東西，沒什麼好怕的，從來就沒有：我們下去以後只會看到一頭從莫爾登被沖上岸的綿羊，而不是某個——某個被派來懲罰我們的討厭東西！」

不過，想像曾經將紅海一分為二的那個大智慧，不嫌麻煩地發送一點小小的警告給艾塞克斯郡海邊教區的罪人們，這個概念真的會太牽強嗎？使徒保羅曾將手伸到蛇窩裡，再抽出來時並未中蛇毒，這是一種徵兆：當然在那之後，世界已經歷過數千次革新，但徵兆和奇蹟真的已經過時了嗎？他為什麼總是覺得河口裡有東西伺機而動是很荒謬的事，問題莫非不是出在他沒辦法相信蛇的存在，而是出在他沒辦法相信他的神的存在？於是人群的恐懼轉移到威爾身上，他的舌頭上嚐到金屬味。他恐懼的不是他們正遭到神的審判，而是害怕他們未遭到神的審判，而且永遠不會有那一天。

珂拉，他心想，發現自己抓向空氣，好像他或許能莫名隔空抓住珂拉結實的手，**珂拉！要是她在這裡，要是她在這裡**——「好了，」他說，開始怒火中燒，又試著掩飾，「光是站在這裡空想，被嗆得呼

68 引用自《啟示錄》第二十章第十三節。
69 引用自《以賽亞書》第九章第二節。

吸困難，又有什麼用處？我要下去親眼瞧一瞧，你們要來不來隨便，不過我告訴你們，到今天太陽下山之前，這一切都會有個了結，以後再也不會有什麼蛇的謠言。」他沿著高路往東走，走向黑水河以及令他們反胃的源頭。那一小群人跟在他後面，一邊嘟噥一邊爭吵。哈莉葉的母親放心地挽起威爾的手臂，並說：「我把那孩子留在家，在門口跟她道別，心裡不確定我還能不能回家。」

公有地那棵「叛徒的橡樹」上站滿密密麻麻的禿鼻鴉，看起來簡直像結了滿樹有羽毛的果實。威爾從樹蔭下走過，貪婪的鳥群安靜下來。惡臭變得令人難以忍受，卡菲恩先生看到學校的窗戶透出燈光，便脫離人群躲進學校，說他真不該跑來這麼偏遠又泥濘的地點擔任教職，不過無論如何，他倒也不能說別人沒有警告過他。這時有同情心的風減弱了，並改變風向，禿鼻鴉從橡樹上飛起，看起來好像黑色的灰燼從正在燃燒的紙張上被風吹走。隨著空氣改變，臭味也開始消退，朝著河口方向往外吹，讓其他人能在早晨被臭味薰醒。班克斯鼓起勇氣，唱了一小段水手歌，然後喝了一小口蘭姆酒。

接著他們來到「世界盡頭」那棟屋子，每個人都別開視線：雖然大家都看到了等待墓碑的草丘，知道克萊克尼爾就躺在草丘底下，大家還是很難想像他不在斑駁的玻璃窗後，揪著大衣袖子上的蠼螋。現在就只剩幾個人了：威廉．蘭森姆，他左邊有一位母親，右邊有一個在河上工作的人，他們後方是艾文斯佛德，感謝老天他保持安靜。

先前走在前頭的兩個女人歡快地聊天，指著被朝陽染紅的碎雲，又轉身揮打空氣，好像她們能抵抗臭味似的，隨著她們接近潮淹地，那股臭味又變濃了。威爾因嫌惡和恐懼而反胃：他並不認為他們馬上就要目睹「艾塞克斯之蛇」在鵝卵石河岸上曬牠薄薄的飛翼，鳥喙啪啪地開合，反芻一塊碎骨頭——可是，噢，他很不安。「**珂拉**。」他大聲說出來，對自己的聲音感到驚駭，因為有種褻瀆的語氣。他身旁的班克斯困惑地抬頭看了一眼，本來或許也打算說點什麼，只不過前方其中一個女人突然停下腳步，抬起手臂指著下方的河岸，開始尖聲怪叫。她的同伴因太過震驚而暈眩，踩到自己的洋裝裙襬而絆了一下，她沒辦法站直身體，只能踉踉蹌蹌地沿著坡道滑下去，同時還恐懼得張大嘴。

威爾事後形容這一刻「定住了」，像是被固定在攝影師的感光板上一樣：跌倒的女人；班克斯停格在朝女人移動的姿勢；而絲毫派不上用場的自己，嘴裡有股從河口漲潮帶來的甜膩臭味。然後畫面被打破了，藉由他永遠無法說明清楚的方式，大夥全都下到潮淹地的鵝卵石岸邊，站在利維坦的黑色骨架旁，驚恐又憐憫地看著大海吐出來的東西。

一隻生物的屍體與不斷拍打的波浪邊緣平行，躺在那兒腐爛。目測起來牠的長度大約二十呎，尾端逐漸變細到幾乎成為一個尖端。牠沒有飛翼、沒有手腳，身體繃得跟鼓面一樣緊，散發銀色光澤。沿著脊部剩下一個殘缺不全的鰭：一根根有點像傘骨的突出物之間有破碎的薄膜，在和緩的東風中變乾，破裂四散。那個跌倒的女人踉踉蹌蹌地走到屍體的頭部附近：那東西的眼珠大如拳頭，盲目地向外瞠視，眼珠後方是一對鰓，從銀色的肉上剝離，露出內部深處暗紅色的肉褶，看起來很像蘑菇的底側。這隻生物若非遭到攻擊，就是被開往首都的泰晤士河駁船船殼撞上。牠身上緊繃的硬皮在被初升的太陽照到處閃閃發亮，泛著水面上的油漬色彩，而那硬皮有好幾個地方都裂開了，露出沒有血的傷口。牠接觸過的泥巴和鵝卵石都留下油膩的痕跡，好像牠的皮膚開始提煉出脂肪。牠的嘴有點像雀鳥短而鈍的鳥喙，在牠張開的嘴裡可以看見很細小的牙齒。就在他們眼前，一塊肉從骨頭上脫落，俐落得像用餐刀切下來的。

「看，」班克斯說：「就只是這樣，就只是這樣。」他脫下帽子按在胸前，看起來很突兀，好像他在這個艾塞克斯清晨遇上正要前往國會的女王，「可憐的老傢伙，就只是這樣啊，在黑漆漆的外頭，迷路了，我敢說，受傷了，被沖到草澤地上來，又被潮水吸回去。」

威爾心想：**牠看起來確實是個可憐的老傢伙**。雖然以牠的尊容，絕對不會獲選為手工書頁面邊緣的插圖裝飾，但即使是最迷信的人，也不可能相信這條正在腐爛的魚會是神話中的怪物。牠就只是一隻動物，跟大家一樣，而且牠死了，大家以後也都會有那麼一天。他們站在那兒，默默得出結論，與其說謎題解開了，不如說是拒絕相信：沒人能夠想像造成他們恐慌的就是這隻目盲的、腐爛的東西。牠被逐出熟悉的環境，在牠的自然環境中，牠銀色的身體一定既柔軟又美麗。況且，說好的飛翼、肌肉發達的四肢和利爪在哪兒？或許在黑水河河口，牠能用濕濕的擁抱把克萊克尼爾捲住，但是克萊克尼爾是死在乾燥的岸上，而且腳上還穿著靴子。

「我們該怎麼辦？」艾文斯佛德問，看起來好像有點遺憾明亮的太陽升起、腳邊的屍體惹人同情，以及審判中止。「不能放著不管，牠會汙染河水。」

「潮水會帶走牠的。」班克斯胸有成竹地說：沒人比他更了解死魚了。「潮水還有海鷗。」

這時——「有東西在動。」哈莉葉的母親說，她稍微往前走近一些，站在那生物的肚子鼓鼓地頂住鵝卵石地面的位置。「裡面有東西在動！」威爾靠近，看到皮膚後頭出現某種顫慄和蠕動，接著那動靜停頓了一下，於是威爾揉揉眼睛，猜想自己的視覺是否因時間太早和光線不足而出了問題。他再次睜開眼，突然間，像是掙開許多小釦子一般，魚肚沿著接縫處裂開，從中潑出一大團蒼白扭動的東西。那股奇臭讓人無法忍受，每個人都像被打了一拳般踉蹌後退，班克斯忍不住跑到利維坦的骨架邊嘔吐。他沒辦法看——他沒辦法：他想像在那些仍在蠕動的白色碎片之間，或許會看到一束紅頭髮。可是其中一個女人對這畫面無動於衷，用腳去撥了撥那瑩亮的亂七八糟的東西，說：「條蟲。看看牠，好幾碼長，而且還很餓呢。大概就是牠殺了這條大魚：從體內把牠餓死。我見過這種事——牧師，你不來瞧一瞧嗎？發現你畢竟也有害怕的東西了？」威爾知道自己什麼時候被擊敗了，他低著頭，確實看了一眼，感到有點暈眩。他看到那條蟲最後的動作，以及牠的特殊外觀，像是一條白色緞帶，緞帶中不規則地織入一些絲線。造物主在想什麼，竟然想出這麼噁心的生物，而且牠還竊取別人的生命來維生？他猜想這種生物是有某種作用的吧。

「班克斯。」威爾說，壓抑著想作一小段布道的衝動，他想藉布道來強調，自己用敬神的理由反駁村民迷信的恐懼是正確的。「班克斯，我們該怎麼做？」

「別動牠，」班克斯說，他濕潤的眼睛又有幾根新的微血管破裂了，「滿潮會帶走牠的，十一點或剛過十一點的時候就會滿潮了。大自然有她的做法。」

「不會傷害到鯡魚和蠔塘？」

「看到海鷗了嗎？看到從公有地跟著我們來的禿鼻鴉了嗎？牠們加上潮水，動作快得很：星期天你再來看，一點痕跡都沒有了。」

現在沒有任何東西在動了。那生物眼睛的晶體變成乳白。威爾知道自己很傻，但他想像從那張開的嘴裡吁出了最後一口氣。鵝卵石被撥動，潮水一點點在靠近：他的靴尖處顯現出一塊深色汙漬，汙漬邊緣有一圈鹽。

凱瑟琳．安布羅斯
轉交地址為諸聖堂教區牧師寓所
奧溫特

九月十一日

我們親愛的珂拉：

妳聽說了嗎？既然妳下定決心，不再對可憐的老艾塞克斯郡感興趣（說真的，我還從沒見過妳對哪個熱中的新玩意兒這麼快就失去興致！），我敢說妳仍一無所知，所以我難得有這個機會享受樂趣，告訴妳一件妳還不知道的事，那就是：

他們找到「艾塞克斯之蛇」了！

現在把妳身上的塵土拍乾淨，泡一杯茶，聽我娓娓道來（查爾斯從我身後探頭看我寫信，他說照航海的傳統，如果太陽已經照到了桁端，妳就該來一杯更烈的東西）。由於我目前人在奧溫特，我是直接從威廉．蘭森姆牧師那兒聽來的，而我倆都知道他不是個會逾矩的人，哪怕只是誇大其詞，所以妳必須相信我的報告是很嚴肅真實的，就像是他親筆所寫。

唔，事情的經過是這樣。昨天早上全村的人都被極為噁心的臭味給薰醒。據我所知，起初有些人以為他們全都中毒了，因為臭到他們吐在床上，妳能想像嗎！

總之，顯然他們鼓起勇氣走到河岸邊，結果那隻野獸就在那兒，只不過已經死透了。跟他們所擔心的差不多大：威爾目測有二十呎長，只是體積並不太大。他說那東西有點像鰻魚，散發銀色光澤，或該說有點像珠母貝（他年紀愈大講話愈有詩意了）。看到那東西的人立刻知道自己先前多麼愚蠢，牠根本不是什麼怪物，而且絕對沒有飛翼：牠看起來或許能把你的腿咬掉一塊肉，不過要離開水去抓綿羊或小孩非常困難。據我所知，一度發生跟某種寄生蟲相關的不愉快事件，我並不想去深究，不過妳應該掌握到重點了：我想牠是隻野獸沒錯，但不會比大象或鱷魚來得更怪異或更危險。

好了，我知道妳應該在好奇，牠跟妳心愛的瑪麗．安寧經常挖到的那些海蛇有沒有任何相似之處，而我很遺憾地告訴妳並沒有。威爾說牠沒有任何形式的手腳，而且儘管牠體型巨大、長相怪異，毫無疑問仍然只是條魚。有人提到要通知有關當局，威爾送了封短信給查爾斯，因為當時我們正好在科爾切斯特，可是顯然漲潮時那條魚就解體了，然後被沖回海裡。噢，珂拉！我不禁為妳覺得難過。多麼令人失望啊！我好希望大英博物館那個展示櫃裡能裝進一隻恐怖的海蛇，肚子裡塞滿棉花、臉上裝著玻璃眼珠，牆上的黃銅牌匾上刻著妳的名字。那些期望審判日的人也失望透頂：不知道他們會不會後悔懺悔？我知道我會的！

隔天我們來到奧溫特村，有點期望親眼看看那可憐的東西，所以我是在威爾的書房寫信給妳的。天氣暖和而宜人：窗戶開著，我能看到一頭山羊在草地上吃草。我們人在這裡，蘭森姆家的孩子卻不在，我們知道他們在我們位於倫敦的家，這種感覺多奇妙！整個世界都顛三倒四了。另外一件奇妙的事是，我在這裡認出很多屬於妳的東西——妳的信（我沒有讀，雖然我心癢難耐！）、一只我知道屬於妳的手套、一個只可能是妳拿來的化石（好像是鸚鵡螺化石？）。妳的氣味總像是春天的初雨，而我幾乎覺得能聞到妳的氣味，就像妳才剛離開我現在坐的這張椅子！以一個教區牧師而言，威爾有一些奇怪的藏書，這裡有馬克思和達爾文，毫無疑問他們相處愉快。

奧溫特變了不少。我們今天早上抵達時，村子裡正在舉行慶祝活動（老實說我一向認為這個村莊有點陰鬱）。孩子們又出來玩耍，因為已經沒有在樹籬後頭遇上野獸的危險，女人則在草地鋪開毛毯，倚靠彼此坐著，聊八卦聊個沒完。我們把夏天的蘋果酒喝到一點不剩（很美味，比我在這個國家喝過的任何葡萄酒都好喝），並快速解決掉一整塊艾塞克斯火腿。迷人的史黛拉——我願意發誓說她比我上次見到她時更美了（我覺得這真的非常不公平），她穿上一襲藍色洋裝，在小提琴的樂音中輕柔款擺，不過不久後就必須回到床上休息。從那之後我就沒見到她，但我聽到她在樓上踱步：她多半都躺在床上，在筆記本裡寫字。我為她帶來孩子們的禮物和信，可是她還沒有讀。她不相信河岸邊的怪魚就是「艾塞克斯之蛇」，不過最近她有好多奇怪的想法，我只是握了握她的手（好燙，又好小！），跟她說當然不是、當然不是，然後讓她在我頭上綁了條藍色緞帶。這種病很殘酷，然而對她還算仁慈。

好了，珂拉。妳必須看在我虛長妳幾歲的份上，容許我訓妳一訓。我聽查爾斯說妳還沒見過路克．蓋瑞特，而且沒有寫信給史黛拉或威爾，雖然妳一定知道史黛拉生病了（甚至可說是正在死去，不過我們不全都以某種方式在死去嗎？），而且她還必須與孩子分離。

親愛的，我知道妳在哀悼。我承認我一直不確定當初妳怎麼會嫁給麥可，我一向有點怕他（妳介意我這麼說嗎？），但總是夫妻一場。而現在連結斷了，妳頓失依靠，結果現在妳似乎要斬斷所有人際關係了！珂拉，妳不能老是逃避會傷害妳的東西。我們都希望能這麼做，但我們不能：要活著就是得傷痕累累。我不知道妳和妳的朋友們之間產生什麼芥蒂，但我知道沒有人天生就該孤獨。妳曾告訴我妳忘了妳是個女人，我現在明白了，妳認為當女人就等於當個弱者，妳認為我們隸屬於一個專門受苦受難的姊妹會！也許是吧，但是忍著痛走一哩路，不是比毫無痛苦地走七哩路需要更大的力量嗎？妳是個女人，妳必須開始活出女人的樣子。我這話的意思是：勇敢一點。

愛妳的，
凱瑟琳

又及：有一件怪事：大家都如釋重負、心情輕鬆，拉小提琴的人鈕釦孔裡插著花，還有美味的食物——可是卻沒人花點力氣爬上「叛徒的橡樹」，把掛在上頭的馬蹄鐵拿下來。太陽下山了，風勢增強了，馬蹄鐵還在那兒：被短短的絲線吊著旋轉和反光。

妳不覺得很奇怪嗎？

珂拉．西波恩
轉交地址為米德蘭大飯店
倫敦

九月十二日

我親愛的凱瑟琳——

我毫無怨言地接受妳的訓斥，而且對妳的愛未曾稍減分毫。看來我惹所有人不快了，我現在已經習慣這個狀況了。妳認為我在自憐自艾嗎？嗯，確實是，不過如果我能找到源頭，我會停止的！有時候我覺得我看見了困擾我的事，可是在最後一刻又別開目光，因為它看起來好荒唐：從沒聽說過有哪個女人因為失去一個朋友而一蹶不振的。

話說回來：「艾塞克斯之蛇」找到了。換作一個月前的我會氣得要命，不過我發現自己最近情緒很和緩。我想我確實偶爾會想，我曾站在河岸邊，看到魚龍的口鼻伸出河口的水面（天知道我在那裡看過更奇怪的東西！），但我想不起來了。感覺很荒謬，像是另一個女人的白日夢。上星期我去了一趟自然史博物館，站在那兒數化石的骨頭，試著找回它曾經帶給我的奇妙感受，結果什麼也沒有。

或許妳知道我對蓋瑞特醫師做了多麼殘忍的事。凱瑟琳，我怎麼會知道呢？他們不要我去，我寫信他也不回。我也不確定威廉・蘭森姆想見到我。我到處橫衝直撞、破壞東西，我發現我不但不是個稱職的妻子和母親，也不是什麼夠格的朋友——

噢，我剛讀了自己寫的內容，真是滿紙自憐啊！這對我沒有好處。威爾會怎麼說？說我們都達不到上帝的榮耀，諸如此類的：不管怎麼說，他似乎一向不太在意別人的缺陷，因為人類條件本該如此，也就是預料之中的。不過如果是這樣的話，比起他表現出來的樣子，他應該要更能容忍我的缺陷才對，或至少要讓我知道我的「哪項」缺陷最讓他不高興……

妳看到我變成什麼樣子了嗎？我從來沒有這麼女孩子氣，這麼哀傷！即使是我的少女時代！即使是在服喪期！

我會寫信給路克。我會寫信給史黛拉。我會去奧溫特。

我會好好的，我保證。

獻上許多的愛，親愛的凱瑟琳——其實全都給妳吧，因為其他人都不要——

珂拉・西波恩

珂拉．西波恩
轉交地址為米德蘭大飯店
倫敦

九月十二日

親愛的史黛拉，親愛的威爾——

我知道正常來說應該以「希望妳一切安好」來起頭，但我知道妳並不好。聽說妳病得很嚴重，我真的很遺憾，我要致上我的愛。妳去看過巴特勒醫師了嗎？我聽說他是最厲害的。

我要回艾塞克斯了，跟我說說我能帶什麼去。告訴我妳最想吃什麼。我要帶書嗎？飯店外頭有個男人在賣牡丹花：我會盡可能多帶一些過去，只要一等車廂塞得下。

我聽說「艾塞克斯之蛇」已經找到了，結果牠畢竟只是一條大魚，而且早就死了！凱瑟琳跟我說整個奧溫特都歡欣鼓舞——我真希望能共襄盛舉。

獻上我的愛，
珂拉．西波恩

4

「他不在這裡，」史黛拉邊說邊闔上藍色筆記本，用一條緞帶紮起來，「他一定會很後悔錯過妳——不，別坐我旁邊，雖然我並沒有感覺想咳嗽，但有時候它殺得我措手不及——這是什麼？這是什麼！妳帶了什麼給我！」

珂拉在安心和失望交雜下，感覺膝蓋發軟，她用微笑來掩飾，把一個包裹放到朋友腿上，說：「只是我覺得妳會喜歡的一本書，還有從哈洛德百貨買的一些杏仁糖膏，我們記得妳很喜歡——法蘭奇，過來打招呼。」但法蘭西斯不知所措，只能站在門口打量房間。他這幾年來一直在蒐集珍寶，卻從未見過這樣的景象：他自以為是蒐藏藝術的專家，但他知道自己輸了。史黛拉·蘭森姆躺在兩扇打開窗戶之間的一張白色沙發上，那兩扇窗戶都掛著藍色窗簾。她穿著深藍色晨袍和藍色拖鞋，身上有綠松石珠珠裝飾。她手上戴著俗麗的戒指，每個窗台上都擱著閃閃發亮的藍色玻璃瓶：有雪莉酒瓶、毒藥瓶和裝香水的小壺，還有從水溝撿來的碎玻璃，以及潮水拋上岸的不透明玻璃塊。桌上和椅子上整齊地陳列著各式小物，按照顏色的深淺排序：瓶蓋和鈕釦、小塊的絲布和摺起來的紙張、羽毛和石頭，全都是藍色的。法蘭西斯充滿敬畏，跪坐在一小段距離外說：「我喜歡妳所有特別的東西。我也有一些特別的東西。」史黛拉用三色堇般的眼睛望著他，以不帶訝異或責備的語氣說：「那麼我們有個共同的嗜好，那就是尋找別人看不見的美。」她壓低音量，傾訴祕密般悄聲說：「那也是我們有時候無意間招待的天使常有的習慣，最近這附近的天使多得很呢。」珂拉不安地看見史黛拉用手指抵住嘴唇表示保密，並看見法蘭西斯做出同樣動作來回應。這女人顯然在她離開的這段期間變得更古怪了——是因為生病的關係嗎？威爾怎麼都沒寫信告訴她呢？

接著史黛拉又恢復成以前活潑的樣子。她拉了拉晨袍，說：「好了，我有好多好多想問和想說的。蓋瑞特醫師還好嗎？我聽說的時候簡直難以承受——我永遠忘不了我去醫院的那天，他是怎麼對我的。那不是我們所熟悉的那種普通的親切，而是他把我視為平等的對象在說話，不讓他們對我隱瞞病情。他真的再也不能動手術了嗎？我原本已經準備好了，讓他放手去做他想對我做的事，可是我猜現在已經沒辦法了。」

珂拉發現自己只要提到她的小惡魔就忍不住喉嚨發痛，於是故作輕鬆地說：「噢，史賓塞說他的傷口癒合得不錯。真的有那麼嚴重嗎？他並沒有失去手指，而區區一場街頭鬥毆也不會讓他失去理智。法蘭奇，不行，那不是你的東西。」男孩開始從壁爐架上拿下灰藍色的石頭放在地毯上，不理睬母親的警告，逕自對一塊平坦的小石頭呵出熱氣，然後在自己的袖子上擦拭。

「拜託，讓他玩吧，我想他能了解我。」史黛拉說，於是她們一起看了一會兒，看著法蘭西斯把石頭擺成七角星形，還不時抬頭看一眼史黛拉，他母親訝異地發現他竟帶著崇拜的表情。

「他們把我的寶貝們帶走了，」史黛拉鬱悶地說，一時間失去原本輕鬆的心情，「我當然記得他們的長相，我這裡有他們的照片，我只是忘了他們的手臂摟住我的脖子，還有他們身體壓在我腿上的重量，那是什麼樣的感覺——看到他在這兒我很開心，讓他做他想做的事吧。」然後她靠在椅子弧形的側邊，珂拉看到她臉頰燒得更紅了。她再把頭抬高時，髮根都被汗浸濕而變成深色。

「不過他們要回來了——凱瑟琳．安布羅斯要帶他們來看我。」史黛拉說。她摸著《聖經》。「我們的天父給我們的，從不會超出我們所能承受的。」

「一點也沒錯。」珂拉說。

「他們說『艾塞克斯之蛇』找到了，只是一條腐爛的魚！」史黛拉傾向前，一副傾訴祕密的信任模樣，「可是，珂拉，妳別被騙了。就在昨晚，有一隻死狗被沖上布來特林希，牠的脖子斷了。而且班克斯家的女孩還是一點消息也沒有——」

珂拉心想：**她是多麼喜孜孜啊，我相信她幾乎在用念力把巨蛇送回黑水河呢！**

「我晚上會聽到牠在悄聲說話，」史黛拉說：「不過我始終聽不清楚確切的內容……」

珂拉牽起朋友的手，但是說到底，她能說什麼呢？史黛拉的眼睛閃閃發亮，好像她看到的不是審判之手，而是救贖之手。史黛拉在她的筆記本裡添了幾筆紀錄，然後甩甩頭，好像剛從小睡中清醒，說：「那瑪莎還好嗎？我相信她一定很氣自己又回到奧溫特了。」她還沒有喪失探聽八卦的習慣，於是她們花了點時間一一細數所有共同朋友的近況，同時威爾的「不存在感」則盈滿整個房間。

法蘭西斯坐在一段距離之外，以他慣有的模式觀察著。他看到史黛拉緊抓著筆記本，輕撫藍色的封皮；他看到史黛拉前一刻還聚精會神地聽他母親說話，下一刻已神遊物外、神情如夢。有時候她會興致勃勃地講出一些從她嘴裡冒出的古怪的話：「事實是，而且我知道妳也贊同——這種易腐化的性質必須施加在不腐化的事物之上，這種有限生命的性質必須施加在永生之上！」接著她又會立刻輕快地說：「瑪各似乎一點都不在意克萊克尼爾死了，牠的奶還是一樣好。」而在整個過程中，他母親的眼神愈來愈陰鬱。這是珂拉內心不安的表現：她輕拍史黛拉．蘭森姆的手，點頭，一句反駁的話也沒講。她說：「再跟我說一遍妳是怎麼把髮辮編得這麼漂亮的。我試過，可總是編不好！」然後再倒一杯茶。

當珂拉起身告辭時，史黛拉說：「妳最近要再來喔，好嗎？錯過威爾妳一定覺得很可惜吧，我會替妳問候他。還有，西波恩少爺，」她轉頭看著法蘭西斯並伸出手，「我們兩人應該當好朋友，我們互相了解。等你再來的時候，把你的寶物帶上，我們來比較一番，怎麼樣？」法蘭西斯跟她握手，感覺她的手很熱，也感覺她的手比他自己的手小得多。他說：「我有三根松鴉羽毛和一個蝶蛹，如果妳想要的話，我明天帶來。」

珂拉．西波恩
公有地二號
奧溫特

九月十九日

親愛的威爾：

我回來艾塞克斯了。屋子很冷：我寫這封信時整個人貼在暖爐前，結果一隻膝蓋燙得要命，一隻膝蓋冰得要命。牆壁散發一股好像要鑽進人皮膚的濕氣，感覺像跟我有私人恩怨似的。有時候在夜裡，我好像能聞到類似鹽又類似魚的氣味，很淡很淡，從窗外飄進來的，而儘管他們告訴我那只是一條被潮水打上岸的可憐死魚，我還是很容易想像「艾塞克斯之蛇」仍在那裡觀望、守候，或許就在門口，想要有人開門放牠進去……

我現在處於一種吃力不討好的狀態中。瑪莎在生我的氣，她端茶給我的時候會用力放下，總是濺到我身上。她想回倫敦，我不禁覺得她似乎要離我而去了。路克要求我別去找他，雖然史賓塞帶他到科爾切斯特去轉換環境，而我幾乎覺得我能走到那裡去見他！史賓塞會寫信來，但他署名時用的是「您誠摯的」，實際上根本不是真心這麼想。凱瑟琳．安布羅斯開始用一種我無法忍受的和藹眼神看我：那眼神充滿理解，好像她要我知道，無論我做了什麼，她都會支持我。老實說，我寧可她賞我一巴掌。

當然，我在法蘭西斯面前一向抬不起頭，不過現在比以前更嚴重。我認為他在史黛拉身上看到了某種他一直在我身上尋找、卻始終找不到的東西。他尊敬史黛拉！為什麼不呢？我從沒遇過比史黛拉更勇敢的人。

而且不管你的信寫得多麼親切，我經常覺得你可能也會對我失去好感。我覺得自己做過的很多事都很不智：讓路克給喬安娜催眠，還有六月的那個彆扭的晚上，甚至根本不該來這裡！

瑪莎說我很自私，說我想把每個人都拴在身邊，不在乎他們想要什麼。我說我們大家都是這麼活著的，否則我們都會孤獨一生，結果她用力摔門，把一塊玻璃都震碎了。

似乎只有史黛拉沒在生我的氣。我跟她一起待了一下午（她告訴你了嗎？），她還吻我的手。我很擔心她的精神狀況，前一刻她還陷入絕望中，下一刻她又好像一腳已經跨入了天堂之門。而且她真美啊，威爾！我從沒見過這樣的美，她的髮絲披散在枕頭上，眼睛像燃燒著火光，我想任何畫家都會流著淚跑去拿畫筆的。她不相信巨蛇已經找到了。她說她聽到蛇的聲音：那條蛇在說悄悄話，不過史黛拉沒透露悄悄話的內容是什麼。

告訴我你過得如何。你還是會太早醒來，在別人都還沒醒的時候穿著睡袍喝咖啡嗎？你到底讀完那本關於龐貝的可怕小說沒有？你看到翠鳥了嗎？你會不會想念克萊克尼爾，會不會希望你能靠在他的柵門上，看他給鼴鼠剝皮？

我能很快見到你嗎？

你的，

珂拉

威廉．蘭森姆牧師
諸聖堂教區牧師寓所
奧溫特

九月二十日

親愛的珂拉——

史黛拉告訴我妳來了。我橫豎都會知道的：不然還有誰會花一大筆錢在哈洛德百貨的糖果上？（對了，謝謝妳：我現在正看著她在啃糖果，我很慶幸能看到她吃點別的東西，而不是整天只喝用保衛爾牛肉湯塊沖成的熱飲。）

她非常喜歡法蘭西斯，她說他們是靈魂同伴，跟她喜歡用零零碎碎的小東西裝飾屋子的新嗜好有關。我告訴她我要寫封信給妳，她說她有話想跟法蘭西斯說，能不能讓法蘭西斯盡快再來我們家玩？醫生說由於她咳得不是很厲害，短期內可以接見訪客。

妳感覺到了嗎——奧溫特的氣氛不一樣了？我知道妳應該已經聽說，我們如何在河岸上發現那隻可憐的死去生物，還有牠如何讓我們全都在床上被臭醒。我多麼希望妳當時也在場，我記得當時我就這麼想，我記得自己心想妳怎麼能離開呢——

那天晚上感覺像是五朔節和豐收節同時到來一般。他們徹夜坐在外頭的公有地上，因為安心而唱歌跳舞。我自己也覺得如釋重負，雖然我知道根本沒什麼好怕的！可憐的艾文斯佛德，沒能繼續期待審判日的到來，他看起來好像少了什麼似的。星期天的時候，空著的長椅多了幾張。唔，我不嫉妒有人能夠問心無愧。

即使如此，還是很難不感到絕望。屋子安靜得像墳墓一樣。我不再關上書房的門，因為根本沒人會進來。孩子們幾乎每天都寫信，下星期會回來。當我想像他們沿著花園步道跑過來時，我簡直想要掛起布條——我想發射禮砲！

史黛拉很高興他們要回來，但她已心不在此了。有時候她告訴我她會活下去，這麼說是為了安慰我——然後她說她尋求的是永恆的生命，我卻認為她是要奔向墓園。我愛她。我們已相愛那麼久，我成為男人以來從沒有不愛著她的時候。我沒辦法想像沒有她的人生，就像我無法想像失去四肢。如果她不在了，我會成為什麼人？如果她沒有看著我，我還會在這裡嗎？我會不會哪天早晨照鏡子時，發現我的倒影消失了？

當我聽說妳來了的消息，我開心得超出我有權期望的程度，既然如此，我上面那番話又怎麼可能是真心話？

每天傍晚六點左右，我會往西走一會兒，遠離草澤地和河口。即使是現在，我也幾乎覺得鼻子永遠擺脫不了那股可怕的臭味，我發現我寧可背向河水，走進森林。

我想見妳。跟我一起出來吧。妳想散散步，不是嗎？

威廉．蘭森姆

5

珂拉穿著她的男款花呢大衣站在公有地等待，一直在留意威爾來了沒有。這是個暖和的傍晚，頸部豎起的領口讓她有點熱：秋天來得猶猶豫豫，就像當初夏天也來得很溫和。但最近珂拉對自己感到不安，而且不只是想起威爾的掌心壓向她腰部的時候：她想用厚重的衣物把自己裹起來，用累贅的布料和笨重的鞋子抹滅自己的女性特質。要不是瑪莎把剪刀藏起來，她會乾脆剪短頭髮，結果現在她把頭髮綁成硬邦邦的辮子，像是早晨的女學童。

她已經好久沒見到她的朋友了，幾乎懷疑自己還認不認識威爾——由於不知道威爾會如何跟她打招呼，她焦慮得口乾舌燥。威爾會不會展現比較嚴肅的一面？面露失望又使她愧疚。威爾是會像以前一樣語氣親切，還是會換上令她寒心的態度？

風沿著黑水河上空吹過來，帶來鹽的氣味；長草叢中長著蘑菇，蕈頂呈現牡蠣殼般的珍珠白。威爾來的時候悄然無聲，彷彿他是個咧嘴笑的淘氣男孩偷偷靠近：他輕輕碰了一下珂拉手肘上方的手臂。有個嗓音說：「妳不需要為我特地打扮的。」那抑揚頓挫和鄉下人拖長的母音是如此熟悉、如此親切，讓珂拉無法理解自己原本怎麼會有點害怕，她拉開大衣下襬行了個屈膝禮。

他們互相打量了一會兒，臉上是止不住的微笑。威爾沒戴他的牧師領圈，而且憑著鄉下人對天氣的自大，並沒有穿大衣。他的袖子捲起來，好像整個下午都在幹粗活，襯衫釦子在領口處是解開的。比起珂拉上一次見到他時，威爾的頭髮顏色變淺了，也變長了：在傍晚的天光下，他的髮色幾乎呈現琥珀色。他臉頰上的疤吻合綿羊腳蹄邊緣的形狀，他的眼睛好像有點模糊，像是讀晚報時曾揉過眼睛。**他沒有好好睡覺**，珂拉懷著滿腔柔情心想。

珂拉在威爾的注視下，知道自己從未如此缺乏魅力：她大半個夏天都把自己關在室內，因而臉色發灰，頂部的頭髮因為疏於打理而毛毛躁躁。如果她答應照鏡子，也是為了冷靜地看看從她的眼角散開的細紋，以及眉頭之間那道皺褶。她敏銳地察覺到這一切，而且覺得安心。無論仲夏夜那個造成他們裂痕的時刻，源自什麼樣的誤會，現在都不會再發生了：她不是任何男人眼中的情人。這種想法實在太荒謬，她忍不住如釋重負地笑出來。她的笑聲消除了他們之間長達數週的隔閡，讓威爾開心起來，讓威爾回到珂拉初次跟他握手的那個溫暖房間。

「來吧，西波恩太太，我們走吧。」威爾說：「我覺得有好多事想告訴妳。」珂拉一點都沒有遭到懲罰或壓抑的感覺，而是覺得最近壓在精神上的重擔都消失了。他們走得很快，步伐一致，將村莊和帶有鹽味的河口微風都留在身後。他們經過諸聖堂，兩人都沒有閃躲目光，因為不覺得呼吸一下傍晚的空氣，算是什麼不正當的行為。

兩人都積存了大量的趣聞和抱怨、荒唐故事和半吊子的理論，以致於他們聊個不停，足足有一小時。兩人把對方令人印象深刻的手勢或太常使用的詞語、語帶保留或誇大其詞的傾向，都開心地一一盤點合計，他們就像突然來到一片美好新天地，而另一個人快跑跟上。於是他們從對方身上發現驚喜，就像當初對待第一個情人一樣，他們沒有想到不斷地微笑和不停地大笑是很不得體的，因為在此同時，史黛拉身陷藍色絲質抱枕間，拿起一塊棉布掩住嘴，再抽開時上頭已是斑斑血跡；而人在科爾切斯特的路克．蓋瑞特則覺得自己茫然無所依。他們兩人感覺遭到對方背叛這件事，與其說是被原諒了，不如說是被遺忘了：他們把自己密封起來，他們是不可侵犯的。

「結果搞了半天，只是一條死魚！」珂拉說：「『艾塞克斯之蛇』就到此為止了，什麼飛翼跟鳥喙啊！說真的，我第一次覺得自己這麼愚蠢。我去了一趟閱覽室（話說我有點期待在那兒見到你），像個乖學生一樣做功課，看到三十年前被沖上百慕達群島的皇帶魚，讀到牠們快死的時候會在靠近海面處徘徊——我必須向瑪麗．安寧道歉，我讓她的性別和職業蒙羞了。」

「但那條魚真了不起啊。」威爾說，並向她描述魚肚的閃亮皮膚如何裂開來，裡頭的東西在鵝卵石地上扭動。

當他們談到史黛拉時，珂拉別開臉：她曾讓威爾看過一次她的眼淚，打定主意不讓他看見第二次。

「她要求看看顯微鏡底下的玻片。」威爾說，再次驚嘆於妻子的勇氣，「她看著從她自己身體裡咳出來的東西，那裡頭包含死亡，而她比我更安然面對。我想她從幾個月前就知道了。她以前就看過這種症狀。」

「她是那種會遭到誤解的女人：因為她很漂亮、很會穿衣服，因為她會聊八卦和談天說地，大家就以為她只不過是珠寶盒裡的芭蕾舞伶，只會轉呀轉。但我從她寫的第一封信就知道她蕙質蘭心——我不認為有什麼事是她不知道的，即使是現在。」

「她現在比以前更敏銳，不過有些事變得不一樣了。」他們走進一座樹林的外圍，步道變窄了，橡樹上聚集著寒鴉，刺藤拉扯他們的衣服。樹枝上的漿果留在那兒任憑腐爛，因為「禍害」肆虐的這幾個月來，沒有人想帶著籃子單獨外出。「有些事變得不一樣了，他們跟我說過，但我沒料到是這樣。她當然信神，否則我是不能跟她結婚的——妳怎麼一臉驚恐！要是那個女人不是跟我服事同一位上帝，我怎麼能要求她讓我每個星期天和週間一半的時間都去做牧師的工作？是的，她有信仰，但不是像這樣。那時候她的信仰……」他努力思索貼切的形容詞，「很含蓄。妳明白嗎？這個——這不一樣，讓我覺得尷尬。她會唱歌。我夜裡醒來，聽到她在走廊上唱歌。我想她把『艾塞克斯之蛇』跟《聖經》故事混為一談了，她並不真的相信那東西已經消失了。」

「你聽起來不像牧師，倒更像公務員！你不覺得那些去耶穌墳墓的婦女——我忘了她們的名字了——就有點像那樣：被榮耀所蒙蔽，本身已經只剩半條命，希望這短暫的人生盡快結束——不，我不是在嘲笑你，天知道我更絕對不會嘲笑史黛拉，但如果你堅持你的信仰，你至少應該承認那是一樁奇怪的事情，跟熨得平整的牧師黑袍以及典禮程序表都沒什麼關係。」珂拉感覺自己微微有了火氣，她都忘了他們是多麼容易惹怒彼此，她考慮讓對話朝衝突發展，然而現在這麼做稍嫌太早了。「不過我確實能理解，」她有些息事寧人地說：「我當然能理解，我們所愛的人有了變化，沒有什麼比此更讓人不安的了。我之前經常告訴你，我做過一種噩夢是某一天我回家，看到瑪莎和法蘭西斯，他們用手把臉摘下來，就像摘掉面具，而底下充滿嫌惡……」她打了個冷顫。「但她仍是你的史黛拉，你的海洋之星。若是遇到變化就會生變，那還算什麼愛情！[70]你要怎麼做？她能接受什麼治療？」

威爾告訴她在醫院那個焦慮的午後，一方是客氣的巴特勒醫師，另一方是譏諷的路克；說史黛拉提出自己的診斷，並冷靜地接受他們的指示。「巴特勒醫師很謹慎，他想再看看史黛拉，想給史

70 引用莎士比亞十四行詩第一一六首。

黛拉用結核菌素，那是最近時興的做法。查爾斯．安布羅斯說他要付醫藥費，我怎麼能拒絕呢？我從很久以前就沒有能力支付我的自尊了。」

「那路克呢？」珂拉說起這個名字時，還是忍不住羞愧得臉頰發紅。

威爾或許能努力原諒小惡魔，不過既然他的信念不包括要跟得罪自己的人培養感情，他說：「請原諒我，不過我很慶幸他沒辦法動手術了，他竟然想要弄塌史黛拉的肺，一次弄塌一邊，來讓另一邊能痊癒！別誤會，我很遺憾他受傷了，但我只能顧到史黛拉，只能為她著想：這是現在唯一重要的事。」然後他臉紅了，好像說謊被人逮到：他剛才說「唯一重要的事」，應該是啊！應該是啊！

「史黛拉怎麼說？」珂拉意識到某種很像是嫉妒的感覺：像那樣徹底地被愛著肯定很棒吧？

「她告訴我基督要來收取祂的珠寶，而她準備好了。」威爾說：「我不認為她很在乎自己是否能活下來。有時候她言下之意像是明年的這個時候，她會跟詹姆斯一起爬『叛徒的橡樹』，有時候我又發現她雙手交叉放在胸前躺著，好像已經躺在棺材裡。還有那藍色，沒完沒了的藍色，她派我出去買紫羅蘭，我告訴她現在季節不對，結果她差點氣到哭出來！」

然後威爾告訴珂拉他跟上帝談條件，講的時候有點害羞，因為他覺得很難為情。他說如果上帝給他好兆頭，他已經作好心理準備，要把妻子交到路克手中，讓路克在妻子身上使用針和刀。「蓋瑞特受傷的消息傳來，就算我沒有真的把它視為徵兆，史黛拉也絕對這麼想，她看起來如釋重負。她說如果我認為動手術最好，她會接受的，但她其實更傾向於把自己交給上帝——有時候我覺得她想離開我們，她想離開我身邊！」

珂拉偷偷看了朋友一眼，威爾鮮少這麼六神無主的模樣，讓珂拉一時間被難住了。她說：「我還記得麥可剛生病的時候。我們那時候在吃早餐，他無法吞嚥——他整個人僵住，漲紅臉，拽著桌布，然後拍打喉嚨。由於他從來不會驚慌失措或是放下身段，從來不會，我們知道事情很不對勁。就在這時有隻鳥飛進屋子，天知道我從來不迷信，可是一時間我想到那種無稽之談，說鳥飛進屋子表示有人要死了，結果我的心整個『雀躍』起來，我就坐在那兒看他噎著……然後我當然恢復理智，我們倒水給他，他嘔吐出來，同一個月過了不久，他拉了血便，路克來了——那是我第一次見到路克，老實說我有點怕他：說來真奇妙，陌生人走進門來，你永遠不知道他們會變成什麼……噢！」珂拉搖頭。「我不知道我想表達什麼論點，我怎麼能拿麥可跟史黛拉比呢，他們簡直像是不同的物種！只是這一切會對我們造成奇怪的打擊。」她張開雙臂。威爾覺得很感激：珂拉有個奇怪的習慣，雖然她幾乎對威爾所熟悉且珍視的一切都完全不認同，卻能從這種不認同中提供理解。

傍晚已迅速來臨，玫瑰色的太陽被壓在一團烏雲底下。天光只能照到山毛櫸和栗樹較低的位置，其他地方都籠罩在黑暗中，放眼望去，好像有一排排的青銅柱頂起一塊厚厚的黑色天篷。他們走到一片微微傾斜的山坡，小徑上每隔幾步就有一些森林樹根橫越其上，形成寬窄不一的階梯。四處都長滿厚厚的青苔，彷彿鋪了一層鮮綠色地毯。

雖然他們先前一直興高采烈地聊天，卻不像通信時那般親密，那般頻繁地把「我」和「你」掛在嘴邊；可是隨著樹林將他們密密圍繞，感覺似乎可以觸及事情的核心了——儘管是用一點一點、小心試探的方式。「妳寫信來的時候我很開心，」威爾羞怯地說：「我那天過得很不順心，結果妳就在門墊上等我。」

「我很慶幸我放下了自尊心。」珂拉一隻腳踏上綠色台階，然後停住，說：「路克在喬安娜身上試用他的技法後，你對我好生氣，如果是我罪有應得，我從來就不介意別人生我的氣，可是我不認為我罪有應得，我只是想幫忙！要是你看見我所看見的，那些狂笑的女孩，她們如何一邊笑一邊前後擺頭……」

威爾不耐煩地搖搖頭。「現在那都不重要了，舊事重提有什麼好處呢？」然後他笑著說：「我確實一直都很樂於跟妳吵架，不過不是吵重要的事。」

「只是吵善良與邪惡的事……」

「沒錯——瞧，我們在大教堂裡呢。」在高高的頭頂處，一些樹木彎折形成聖壇拱門，附近一棵橡樹被削掉一根樹枝，在一塊很深的岩棚上方留下尖尖的窟窿。「看起來好像克倫威爾[71]拿榔頭和鑿子挖掉一座聖人像。」

「我看到你至少已經處理掉你教堂裡那條蛇了。」珂拉說：「我回來的那天去了一趟，發現只剩幾片鱗片：你為什麼失去耐性了？」

威爾想起那個仲夏夜，他把大家都拋開以後，自己在草澤地上做的羞恥之事，不禁假咳一聲說道：「要不是克萊克尼爾的噩耗及時傳來，喬安娜眼看就要甩我耳光了——妳瞧：地上有這麼多馬栗，都沒有孩子來撿回家。」他彎腰撿了一把，遞給珂拉一顆還包在綠色種莢中的馬栗。珂拉用指尖把它從裂口處剝開，看到躺在白色絲床上的果仁。「我很生氣，」威爾說：「就只是這樣而已。

71　應是指奧立佛·克倫威爾（Oliver Cromwell, 1599-1658），英國將軍及政治家，曾在征服蘇格蘭與愛爾蘭後屠殺舊教信徒，而成為英國歷史上受爭議的人物之一。

現在『禍害』不在了，我幾乎不記得那種感覺——大家足不出戶，都聽不到孩子們在玩耍，不管我說什麼都說服不了他們，除了他們自己幻想出來的東西之外，其實沒什麼好怕的。」

「我剛到的時候，就在村子裡感覺到了，」珂拉說：「感覺氣氛變了。我聽到學校合唱團在練唱，直到我回到家，我才想起上次她們笑個不停，事情很不對勁。我想到我第一次來的時候，公有地上幾乎沒人在活動，我覺得我還看到有人用不信任的眼神看我，好像一切都是我的錯！好像這些事與我有關！」

「有時候我覺得確實有關。」威爾說，他垂下雙手，踢著青苔。他用那種使人愧疚的眼神望著珂拉，半開玩笑半是認真。

珂拉笑著說：「『禍害』或許不是出自於我，但我也沒幫上什麼忙——我把其他事都攪和得一團亂。你在信裡說，你把新的事物都走到盡頭了，我當時就醒悟到我是如何到處亂闖，我強行進入你的生活。我簡直就像打破了一扇窗戶！想想看，你就在半哩之外，我們卻說要互相寫信！一切都只因為我們聊過一次天……」

「還有綿羊的問題。」威爾說。

「當然，還有那個。」他們望著對方，因為跨過在他們前方道路上敞開的裂縫而鬆了口氣。但裂縫變寬，結果他們還是被絆倒了。威爾說：「我的窗戶原本就破了——不，我只是讓窗戶虛掩著，但為什麼呢？為什麼我明明擁有身為男人所能要求的一切，當我見到妳後卻很慶幸有妳——」

「我倒是不覺得意外。」珂拉把馬栗從殼裡剝出來，放在手心裡滾著。「你真的以為只因為你愛『這裡』，你就不能愛『那裡』了嗎？可憐的威爾，可憐的小男孩！你以為你只有那麼一點點嗎？

看，我該煮了它、烤了它，還是拿醋醃了它？」她作勢要用馬栗丟威爾，但威爾轉開身子，爬到比珂拉高一兩階的位置。

「簡直就像跟小孩子講話。」威爾惱火地說：「我知道妳是怎麼看我的，我是指妳內心深處的想法，甚至連妳自己都沒有察覺——妳認為我是個被上帝沖昏頭的笨蛋，比妳落伍了十萬八千里，好像妳進化得比我更快似的！」珂拉嚴肅地看著他，（威爾覺得）珂拉的嘴角帶著非常隱微的笑意，這使他更加極力主張他的論點，超出他原本預期的程度。「看看妳！不論妳是哪個珂拉，是穿戴著絲綢和鑽石的珂拉，或是披掛著連克萊克尼爾都會丟掉的衣服的珂拉；總是嘲笑我們的珂拉，或向任何願意聽的人立下愛的誓言的珂拉——妳都築一堵牆把自己隔絕起來，因為妳像我一樣清楚，妳已經幾乎將妳的青春虛耗殆盡，卻從不曾如妳應得的那般被愛——」

「別說了。」珂拉說。她在信中尋求的那股親密感，在這黑色的森林天篷之下令人難以承受，她想回到他們以墨水和紙張構成的安全領域，而不是在這裡。在這裡她會臉紅，而且她覺得除了遠處柴火的甜味之外，她還能聞到威爾衣服底下的體味。這太不道德了，威爾最好的狀態是密封在信封裡，他是個血肉之軀的事實無可避免，使珂拉很難忽略自己頸部強而有力的脈搏。「下來，」珂拉說：「回來，別跟我吵架。難道我們還沒吵夠嗎？」威爾有點羞愧地蹲在一棵栗樹旁，在落葉間翻找馬栗，一個接一個遞給珂拉。

「我真希望我們是小孩子！」珂拉說，手指握緊馬栗，想起小時候會把這種東西當作珍寶一樣交換和收藏。她靠近威爾，坐在他身旁的青苔上，「我們為什麼不能像小孩一樣一起玩……」

「因為妳並不天真無邪！」威爾說，此時有種令人暈眩的感覺，彷彿他們被彼此的對話高高拋起，尚未墜落，「妳並不天真無邪，我也一樣——妳嘻嘻哈哈——妳拒我於千里之外——」他有點粗魯地拉扯珂拉的袖子，「妳以為只因為妳穿了件男人的大衣，我就會忘了妳是什麼？」

「你以為我是為『你』這麼做的？」珂拉說：「我忘了我是個女人，我把這事擱在一邊。天知道我不是個好母親，也從來算不上個好妻子……你認為我該用高跟鞋折磨自己，還有把我的雀斑塗白，好讓你能繼續防備我嗎？」

「不——我認為妳是在防自己。妳跟我說過妳只想當一個知識分子，脫離肉體，不受生理因素所困擾——」

「我想啊，我想啊！我厭惡它——我的身體從來就只會背叛我：我不住在身體裡，我住在這上頭，在我的頭腦和語句中……」

「對，」威爾說：「對，我知道，對：但妳也在這裡，在『這裡』。」他掀開珂拉的大衣，拉出她上衣紮進腰部的地方，也就是他曾經觸碰珂拉結果出洋相的部位。但是這次恥辱感沒有靠近：在威爾看來，現在跟珂拉保持距離才是不道德的行為。既然都已探尋她心智的每個夾層每個角落，怎麼可能不同時對她皮膚的光澤、氣味與滋味感到熟悉？現在不觸碰她等於是違反了一條自然法則。在愈來愈濃的暮色中，珂拉向後躺在柔軟的綠色階梯上，定睛望著威爾，內心瞭然，挑戰他的膽量：他撩起珂拉的上衣，在黑色布料之間找到她柔軟的腹部，非常白皙，上頭有她兒子留下的銀色紋路。威爾吻了她的肚子一下，然後就停不下來了，珂拉歡喜地抵著他滾動。

太陽往下滑，森林在他們周圍聚合，柱狀樹木上頭的紅銅色變成了銅綠色。鍍金的聖殿消失了，取而代之的是腐葉土、將死的長草以及被風吹落在小徑上裂開的蘋果氣味。這時珂拉直視威爾的眼睛，一如往常，感覺自己像是氾濫的河水迎向威爾。「拜託，」她邊說邊拉著自己的裙子，「拜託。」威爾覺得這像是一句命令。威爾輕易地找到她，他的手在珂拉體內滑動游移，珂拉歡快的頭垂下來，她不發一語。威爾給珂拉看他的手，看她在他的手上多麼晶瑩剔透。威爾將食指伸入自己和珂拉的嘴巴，兩人共同分享。

6

當天晚上，就在幾乎不到五哩外，路克．蓋瑞特一個人走在採收後白茫茫一片的大麥田邊。他突然決定要去科恩河畔散步，在日出前出發，在那個時刻，就連最輕便的行囊都令人無法忍受，而朝陽彷彿還遙遠得令人發笑。

不過月亮尚未落下，東方的天空染著銀光，田野間霧氣氤氳。在某些地方霧氣會變濃，當他走路時成片成片地撲面而來，濕濕地拂在他臉頰上，然後又像嘆息一樣消散。從先前的某段路開始，他就偏離了科恩河，現在對於將走到何處既不知道也不在乎，如果能夠的話，他會直接走出自己這身皮囊。以他倫敦人的眼光看來，艾塞克斯的風景陌生得如出一轍：所有田野都被犁得黑黑的，除了不時可以看到大麥茬在將落的月光下閃著淺色光澤，還有那些矮樹籬中也充滿生命。一排排的橡樹是健壯的守夜人，在他經過時打量他：他是個冒牌貨。

走了好一會兒之後，他來到一片草長得很濃密的斜坡，從這兒可以越過和緩起伏的地形，遠眺一座在山谷中昏昏欲睡的村莊，於是他就在這斜坡上靠著一棵橡樹休息。這棵橡樹不知是染了病還是運氣不佳，早早就掉光了葉子，在樹枝之間長著槲寄生，即使月光昏暗也看得出顏色鮮綠。他猜想換作另一個人抬頭看見此物，可能會聯想到在聖誕節小樹枝底下接吻的習俗，但他知道這是一種寄生生物，會濾出宿主身上所有的好東西。他心想：那一團團掛在光禿禿樹枝上的植物，看起來簡直就像長在肺臟上的腫瘤。

他這一停下來，感覺到各種不同的疼痛：他的腳不習慣在城市以外走上超過一哩路，被靴子磨得發紅；他先前罵著髒話被梯磴絆了一下，撞到的膝蓋也已腫了起來。更糟的是，他讓受傷的手垂在身側，因此血液集中在患部，使得尚在癒合的傷口脹痛不已。刀子和手術刀在手掌留下記號的位置，其皮肉看起來有點像被縫起來的薄嘴唇。「有一個扭曲的男人，」他說：「走在扭曲的路上。[72]」

但他對這些疼痛幾乎毫無怨言，因為能分散他的注意力，自從他帶著一隻廢手和口袋裡珂拉的信從倫敦來到此地，他就難以擺脫那種巨大的悲慘心情。「你怎麼能這樣？」珂拉在信中說，他感受到珂拉的憤怒了，也能夠理解：他「怎麼」能這樣呢？珂拉曾說過，不要去擁有不美麗或不實用的東西，而他兩者皆是。他是個矮小、陰森的生物，簡直可說是半人半獸，而現在更是徹底沒用了（他將左手拇指用力按進右手受損的掌心，那股劇痛令他一陣暈眩）。

自從刀子刺入的那一天起，他每天夜裡驚醒時都會滿身大汗，汗水蓄積在他鎖骨間的凹處，讓

72 〈有一個扭曲的男人〉（There was a Crooked Man）是英國兒歌。

枕頭都濕了。**沒用**，他會說，握緊拳頭打自己的太陽穴，直到頭痛，**沒用——沒用**：他視為目標的一切都在幾小時內被奪走了。

有時候他醒來時會忘記，在短暫的幾秒間，世界在他面前鋪展開，令人嚮往：他的筆記本和有心房心室和血管的心臟模型；愛德華．波頓剛開完刀的時候寫的信，旁邊是一只信封，珂拉在信封裡放了一塊石頭，用她小學男生般的字跡寫下說明文字。然後他想起來了，他發現這些東西都跟舞台道具一樣虛假，於是黑色布幕落下。他感覺到的不是憂鬱——他或許會歡迎憂鬱，想像自己沉醉於漸漸磨滅的悲傷，恰似紀念長椅上的文字。然而他卻在苦澀的憤怒和奇妙的麻木間擺盪，那種麻木將他的七情六欲都縮減成只剩下聳聳肩。

在即將降臨的黎明中，橡樹下的他平靜下來。他心想：**既然我一無是處，難道我不能把自己拋棄嗎？**他沒有義務活下去，不需要為了誰再多走一碼的路。根本沒有上帝會給予責備或安慰：他只要對自己的智慧負責。

東方一道珊瑚紅的光芒打在低矮的雲層上，同時路克列舉活下去的理由，並發現每一項都不夠充分。他的野心曾驅使他擺脫貧窮和恥辱，現在那都像是上輩子的事了。現在他的腦袋混沌而遲緩，再說，配上一隻殘廢的手，腦袋再靈光又有什麼用？以前的他可能會讓對珂拉的愛支撐他，但他連那個也失去了：珂拉的憤慨並沒有澆熄他的愛火，沒有完全澆熄，只是把它變成一種偷偷摸摸、鬼鬼祟祟的愛，而他為此感到羞愧。珂拉會為他哀悼嗎？他猜想她會的，他想像珂拉穿上將皮膚襯得白皙的黑洋裝，想像正在看書的威廉．蘭森姆抬起頭，看到珂拉站在門口，朱唇微啟，一滴淚水晶瑩地掛在臉頰——噢，她絕對會哀悼的，畢竟上一回她表現得那麼出色。

他設想他母親的悲悼：唔，反正母親始終還沒把他的照片擱到壁爐架上，也許母親會樂於在市場裡找個廉價出售的銀相框，然後把他髮線處的一綹黑色細髮塞在玻璃後面。當然還有瑪莎——想到瑪莎讓他露出像是微笑的表情：他們在仲夏夜所做的事讓兩人都很開心，不過那同時也只是拙劣的替代品。**真是一團糟**，他心想：**我們真是弄得一團糟**。如果愛情是個弓箭手，那麼有人戳瞎了它的雙眼，使它四處跌跌撞撞，盲目地把箭射出去，一箭都沒有射中目標。

不，沒有理由再繼續了，就讓布幕在他選擇的時分落下吧。他抬頭看著橡樹的樹枝，發現夠結實，可以充當絞刑架。

只要在這霧氣漸升的人世間再待久一點，然後，反正既沒有地獄要逃避，也沒有天堂要爭取，他將帶著指甲底下的艾塞克斯黏土、渾身盈滿早晨的氣息離去。他深吸一口氣，空氣裡飽含著四季：草裡有春的青翠，某處犬薔薇正盛開，真菌的隱祕氣味攀附在橡樹上，在這一切底下，則有種更辛烈的氣味在等待冬天來臨。

一隻雌狐靠近，用牠煤氣燈般的眼睛盯著路克，接著後退並坐下來打量他一會兒。雌狐歪著頭，思索路克在自己地盤上的位置，作出路克可能會待著不走的結論，牠失去興趣，用鼻子拱著自己胸前的白毛。接著牠肚子餓了，變得熱切且歡快，小步跳躍著跑下山丘，有時候在草叢裡發現什麼，便彎起前爪作出收合折疊刀般的動作，最後牠高舉著鮮豔的蓬鬆尾巴消失在山坡下方。這時的路克對牠生出一股強烈的愛，幾乎叫喊出聲，他知道再也沒有比這更好的道別了。

7

路克從艾塞克斯的橡樹中挑選自己的絞刑架的同時，班克斯坐在鵝卵石河岸高處的火堆旁，靠近利維坦黑色的骨架，正在日誌裡記錄：**能見度：差；風向：東北風；漲潮：上午六點二十三分**。儘管班克斯親眼看到那條大銀魚擱淺在潮淹地上，肚子裂開來，但他知道、而且是帶著一股開始壓過其他想法的篤定，認為「艾塞克斯之蛇」還沒有被發現。他分明每晚都驚醒，感覺那條蛇的口氣呼在他臉上，以為醒來時會發現自己已被包在濕淋淋的黑色飛翼中，那條蛇怎麼可能已經找到了？當整個奧溫特村歡欣鼓舞，把蘋果酒桶滾出來，一桶一桶喝空，他一個人遠遠地坐著，想著他失去的可憐女兒和她珊瑚色的頭髮。「一個人跟那些船難漂流物待在一起，」他說：「身上帶有蛇怪留下的記號。」噢，外頭確實有東西──他見過，他注意到了：那東西是黑色的，有些部分長長地隆起，它的食欲未獲得滿足。班克斯用劣質的琴酒淹沒傷痛，酒精能抵擋在夜晚侵襲的最恐怖畫面，可是到了外頭，當他面對上漲的潮水，那些畫面生動地撲來：黑水河中的巨蛇有隻怒氣騰騰的眼睛，口鼻部短而鈍，牠用爪子撥弄班克斯的女兒，而她就這麼默默地在淺水中翻滾。

「我盡我所能讓她保持乾燥。」班克斯說，他眼中泛淚，四處尋找證人卻找不到：娜歐蜜出生時還包著胎膜，她母親因難產而去世，而班克斯做了任何優秀的水手都會做的事，把一小塊胎膜放進白鐵盒墜裡，讓娜歐蜜每天戴著來抵禦水妖。「我做了我能做的事。」他說，濃霧圍攏他，在火邊徘徊。

他從口袋拿出一只酒瓶，仰頭喝乾。酒精刺痛他的喉嚨，他彎下腰咳嗽，等他抬起頭，看到那個跟牧師過從甚密的倫敦女人的黑髮兒子，正隔著火堆平靜地審視著他。

「這時間對你來說有點早吧？」他說。那孩子總是讓他不安，因為總是直勾勾地盯著人，而且習慣一直輕拍口袋。如果蛇怪一定要帶走小孩的話，應該帶走這一個才對，這孩子讓他頸後的汗毛全都豎起來——有一次他還看到這孩子從村裡商店的櫃台後頭偷拿了五顆藍色糖果！

「但是對我和對你來說，不都是一樣的時間嗎？」法蘭西斯．西波恩說：「你看到牠了嗎？」

「你是什麼意思……你要什麼？」班克斯說，選擇否認蛇怪的存在。「那裡沒有什麼東西，小夥子，沒什麼好看的。」

「我不認為你是這樣想的。」法蘭西斯湊近一些，說：「因為如果是的話，你為什麼要待在這裡，又在本子上寫些什麼呢？想也知道。」

「能見度很差，」班克斯對著男孩翻動日誌本，說：「而且愈來愈差了：我幾乎連你都看不清楚，更別說黑水河了。」

「我能，」男孩說，從口袋抽出一隻手指向東方，那裡的濃霧堆積在海濱草澤上空。「我的眼力很好。在那裡，你看不見嗎？」

「你母親在哪？她沒要你待在家裡嗎……別太靠近……你要去哪裡？」

法蘭西斯離開火邊走進白色空氣，一時間班克斯又落單了，然後有個細瘦的人影出現在他左側一小段距離外，再次說道：「所以你沒看見囉？你聽不到嗎？」

「不……不，那裡沒有東西。」班克斯邊說邊站起來，把帶鹽的鵝卵石踢進火裡滅火。「那裡什麼也沒有，我要回家了……放開我的手！只有一個孩子牽過我的手，而她不在了，再也不回來了！」

他手裡那隻冷冷的手，有一股跟手指不成比例的強大力道。男孩拽著他，試圖把他拉向漲潮的潮水，說：「認真點看，看仔細點，你沒看見嗎？」

班克斯把他甩開，開始覺得害怕了，不是害怕濕泥那裡有什麼東西，而是怕這個毫不留情地盯著他看的孩子。「我要回家了。」班克斯說完轉身要走，這時從距離很近的地方傳來某種東西移動的聲音。那聲音很奇怪、低沉、模糊，被愈來愈濃的霧給悶住，感覺像顎骨在緩慢磨擦，或是某種生物扒抓著想要攀上岸。然後有個呻吟聲——音調有點尖，尾音像是老鼠吱吱叫——同時厚密的白霧被風吹散，班克斯看到某種很長且有個低矮弧度的深色東西，駝著身體，某些部位平滑而閃著光澤，其餘部位粗糙不平。那東西抵著鵝卵石河岸動了動，呻吟聲又來了。班克斯呼喚男孩，但霧氣像白色裹屍布包住他，他什麼也看不見。火堆發亮的餘燼在召喚他，他朝火堆跑去，在泥巴和一叢叢很高的沼澤禾草間跌跌撞撞。他一度跌倒，感覺皮膚下的膝蓋骨錯位了，然後一跛一跛地回家。他在回家的路上，儘管處於驚恐中，心情卻是雀躍的：**我是對的——噢，我果然是對的！**

與此同時，法蘭西斯堅守陣地。他猜想自己很害怕，因為掌心是濕的，呼吸也很急促，不過就他所知，害怕並不構成轉身逃跑的理由。他鮮少想到珂拉，不是因為他輕視珂拉，而是因為珂拉一直都在，似乎不值得多費心思去關注。不過這時候他想起了珂拉，想到母親經常彎腰俯向一塊岩石碎片，素描下來；想到珂拉會呼喚他過去，告訴他她找到的東西叫什麼名字。也許他在這裡也能如法泡製，或做點類似的事：盡可能靠近地觀察一個現象，製作報告，然後給母親看。這想法令他心滿意足。他往前走，位於白色幕簾後方的太陽振作起精神，霧氣開始消散了。濕潤的泥巴閃著金光，一道道細流開始湧向鵝卵石河岸。磨擦聲又響起，一個深色的形體在幾碼外挪移，極其緩慢地現身，彷彿那一刻才憑空成形。法蘭西斯跨步向前。東邊颳來一道暗風，唰地掃向濃霧，於是在明亮而清晰的一瞬間，他明明白白地看清楚被沖上岸的是什麼東西。

他給自己的感受編號，精確得就像對待任何一件寶物：首先他感到鬆一口氣，這時他的呼吸變慢，狂跳的心緩和下來；接著是失望；緊接在後的第三種情緒是歡樂。笑聲像氣泡，從他體內冒上來，完全壓抑不住，他必須像面對劇烈咳嗽一般挺過這陣狂笑，或該說有點像嘔吐。過了一會兒笑意漸止，他又恢復正常，用袖子擦乾眼淚，一邊考慮接下來該怎麼辦最好。他剛才看見的景象已經消失了，被一片新的濃霧給遮住，或是又被拍打的潮水帶離岸邊，而現在最重要的是拿定主意下一步要怎麼做。他當然應該告訴某個人，而他第一個想到的就是珂拉。可是，不——他不該一大早跑出門，他想像母親為了強調他做錯事，因而不採信他所描述的事，頓覺這令人無法忍受。然後他想起史黛拉．蘭森姆，想到他曾去史黛拉的藍色臥室看她，想到史黛拉讓他摸她的寶物，以及史黛拉多麼容易理解在他自己的口袋裡曾裝著變形的硬幣、海鷗蛋殼碎片，以及橡實的空殼。他已經太習慣別人用困惑和懷疑的態度對待他，以致於史黛拉不假思索的好感，博得他絕對的忠誠。他要告訴史黛拉他看見什麼，而史黛拉會告訴他該怎麼辦。

親愛的蘭森姆太太：

我有事想告訴妳。我可以找個合適的時間去看妳嗎？

妳最誠摯的法蘭西斯．西波恩（少爺）

又及：為了節省時間，我會把這封信塞到妳的門縫底下。

8

路克找到一根適合負擔壯實男人的樹枝。不消說，上吊會是一樁令人不愉快的事：他更偏好從高處墜落摔斷脖子，而不是讓喉嚨承受漫長而遲緩的壓力。但他了解這是怎麼回事，知道他的舌頭將如何伸出，他會失禁，血管會讓他的眼白布滿紅色蛛網，而他從來不會對他了解的事物感到畏懼。他笨拙地解開皮帶扣環，小心護著受傷的手（好像現在會不會弄傷手，或是有沒有拉扯到縫線還很重要似的！），當他把皮帶穿過銀扣環形成套索時，他的拇指觸到扣環上的隆起，那是一個符號。

它就在那兒，一條蜷起的蛇，象徵他的職業：雕刻師的工具刻出靈活的蛇信，還有促狹的眼睛。這是一種嘲弄——在說他沒有權利——想想看，他竟然曾經神氣活現地配戴著諸神及諸女神的象徵到處走！

更糟的是，這皮帶讓他想到史賓塞，想到他焦急的長臉、他的忠心耿耿，他似乎總是追在自己屁股後面預防某種災難發生。他可真了不起啊，當路克靠坐在他選定的絞刑架上，列舉活下去的理由並一一排除時，從頭到尾連一次都沒有考慮到他的朋友。感覺就像因為史賓塞一直都在，如此理所當然，因而幾乎沒人注意。路克再次用手指描著符號，怨恨它的打擾，同時也試著把史賓塞擱到一邊去。畢竟他是個成年人了，不但心地夠仁厚，口袋也夠深——剛認識時你會覺得他挺乏味的，不過大致而言人緣不錯：史賓塞會想念路克，但頂多也就像是路克去了另一個國家的程度吧。

可是路克知道這不是真的。自從他們並肩坐在大學的課椅上，剝掉斷手的皮好觀察底下的骨頭和肌腱，史賓塞就給了他一種友情，那比任何兄弟所能展現的更加可靠。史賓塞很有耐心地承接住所有輕視與羞辱（這類事情可不少）；藉由財富和良好教養，擋開導師和債主的怒火，用默默認同的方式支持路克一小步一小步地向目標前進。他們很緩慢地建立起一種親密感，自在得勝過各自交往過的任何情人：路克記得有一次史賓塞喝了太多酒，整個人歪靠在他的肩膀上，而他怕吵醒對方所以一動也不敢動，結果整條手臂僵硬痠痛。

路克想像史賓塞的樣子——現在或許在喬治旅館醒來了，穿著那件可笑的條紋睡衣，口袋上還繡著姓名縮寫的花押字，一頭金髮往後翹，也許先想到瑪莎，然後才想到隔壁房間的朋友。他會穿得太整齊然後安靜地下樓吃蛋，一邊想著不知道路克什麼時候才會起床；然後他變得有點不安，過去敲門——他會去報警，還是自己出來找人呢？他會不會發現朋友吊在那裡，皮帶扣環割開耳朵後頭的肉——他會不會手忙腳亂地抓著樹枝想把路克放下來？

不，他根本無法想像自己能造成這樣的傷害，而且這也不公平：他真的得為了喬治．史賓塞而麻木地在這世上繼續掙扎嗎？多麼丟臉啊，令他遲疑著不把脖子伸進套索的理由，既不是還有希望爭取事業上的榮耀，也不是能夠獲得珂拉．西波恩，而只是區區一個朋友。真丟臉！而且這又是一場失敗，即使是在人生的盡頭！他先前感受到的平靜消失了，取而代之的是熟悉的憤怒：他用皮帶狂亂地抽打草地，激起一團團泥巴，而他後方橡樹的樹枝間有某個東西，因為看見太陽而動了一下。

剛過中午，史賓塞焦急地站在喬治旅館的門口，看到一輛出租馬車靠邊停下。駕駛打開車門，伸出手索討車資，然後路克下了車，受傷的手彎起靠在肩膀上，黑髮全都豎起來。當史賓塞看到路克的狀態時，雖然有正當理由生氣，氣也消了大半。路克瞪著翻白的眼睛，臉頰上還有一道擦傷，好像曾經跌倒似的。

「我的天啊……你做了什麼？」他邊說邊伸出手要拉路克進屋，但是路克像個任性的孩子甩開他，頂開他的身體逕自走進大廳。出租馬車駕駛正在點算硬幣。「他原本在哪兒？」史賓塞問：「你們是從多遠的地方過來的？」但駕駛沒有回答，只是搖搖頭並輕點太陽穴：**那傢伙瘋得要命**。他們上方有一扇門用力關上，把窗戶都震得匡噹作響，史賓塞提心吊膽又懷抱希望地走上樓。

他朋友站在窗前，俯視著科爾切斯特的街道。路克渾身僵硬，史賓塞想像他可能會倒下來，在未鋪地毯的地板上摔得四分五裂。「發生什麼事了？」史賓塞走近他問道：「一切都還好嗎？」

當路克轉頭看著他時，史賓塞因為那對黑眼睛包含的苦澀而感覺全身發寒。「**還好？**」路克說，他咬牙切齒，看起來幾乎像要笑了。然後他甩甩頭，低哼一聲，撲向史賓塞，用左手重重打向他的太陽穴，使他眼睛上方的皮膚都撕裂了。史賓塞踉蹌地撞上醜陋的五斗櫃，罵了句髒話。他眼冒金星，金星後方的路克則憤怒又悲悽地說：「要不是為了你，現在一切都搞定了，一切都結束了……天啊，別再看我了，**我一點都不想要你待在這裡……**」然後，彷彿原本吊著他的繩子突然被剪斷了似的，他跌靠在關閉的房門邊，整個人縮成一團，捧著他包紮起來的手。他並沒有做出哭泣這類簡單美好的事，而是發出低沉且富有節奏感的哀鳴，更近似於動物，而不是人類表達悲傷的方式。

「對不起，」史賓塞有點畏怯地說：「這樣不好，我是不會走開的，你應該很清楚。」然後他作好再被揍一拳的心理準備，小心翼翼地坐到朋友身旁，維持著英國人的社交距離，輕輕拍了拍路克的肩膀。停頓一下之後，他開始用力揉路克肩膀，好像那是一條重獲寵愛的狗的毛皮，他說：「我不會走開的，好好哭一場吧，換作是我就會這麼做，然後我們去吃早餐，你就會覺得好多了。」接著他滿臉通紅地低下頭，親吻路克黑色鬈髮分線的位置，並站起來說：「把自己弄乾淨吧，我在樓下等你。」

史黛拉．蘭森姆
諸聖堂教區牧師寓所
九月二十二日

親愛的法蘭西斯：

謝謝你的信，我從沒看過這麼漂亮的字！

你一定要盡快來看我，因為我隨時都在家，而且我非常期待聽你要告訴我的事。

如果在你來看我之前，你找到任何藍色的東西，我很希望能夠擁有。

獻上我的愛，
史黛拉

珂拉．西波恩
公有地二號
奧溫特

九月二十二日

親愛的威爾——你一個人摸黑在山毛櫸樹林裡待了多久？你回家後有沒有睡覺？你會不安嗎——罪惡感已經來了嗎？如果能夠的話，阻止它靠近吧。我沒有任何罪惡感。

現在是早上了，濃濃的霧把奇妙的光帶進房間，還挾帶著河口的氣味——有時候我覺得我永遠逃不開那股氣味了，好像我已經溺死在裡面似的。霧緊緊貼著窗戶，我感覺整棟房子一定都被風捲進一團雲裡了。

我有沒有跟你說過我父母的果園？那些果樹藉由某種木造結構種成井然有序的一排又一排。我記得當時覺得它們受到虐待，失去了自然的形態，有整整兩個夏天我都不肯吃果園裡生產的水果。

我記得有天下午在那裡吃午餐。當時我一定是個孩子，因為我能看見自己的頭髮綁成兩條長辮垂在肩頭，髮色偏金，我年幼時頭髮就是那樣。那時一定是春天，因為有花朵被風吹進我們的茶杯和我們的盤子裡，我還試著編花環。那天我們有個客人，我已經忘了對方的名字：他是我父親的朋友，一個皺巴巴、臉色蠟黃的男人，整個人看起來就像顆蘋果，只不過是擱在盤子裡放太久沒吃的蘋果。

他見我一直把頭埋在書裡，當下就對我心生好感，整個下午一直想辦法討我開心：西洋棋中的「將死」一詞其實源自梵文，意思是「國王孤立無援」；以及史上著名的納爾遜海軍中將始終沒有克服暈船問題。

我印象最深刻的是這個。他說：「英文中有兩個詞拼法一樣、發音也一樣，意義卻正好相反，是哪兩個詞呢？」我想不出答案，而他當然樂不可支：他用那種魔術師從袖子裡抽出絲巾時的華麗姿態說「CLEAVE」。他說「cleave to something」的意思是全心全意地攀附在那個東西上，可是「cleave something apart」的意思卻是把那東西劈開。

昨天一整夜，那個詞清晰地浮現在我腦海，就好像是你幾個小時前才告訴我似的——記憶跟五月的落花、草地上的蘋果、我們在小徑上找到的馬栗，以及你上衣接縫處的裂口全都混雜在一起，我一直找不到方式向自己解釋，在我們的信裡，或是當我們一起坐在溫暖的房間裡，或是去樹林裡散步時，這其中蘊藏的是什麼事物，我也不確定有必要解釋，即使是現在，當我仍然能在我體內感覺到你的印記……不過就目前來說，那個詞是我能想到的最佳答案了……

我們是彼此膠著合一的兩半——我們是被一分為二的兩半——所有吸引我靠近你的事物同時也在逼我遠離。

我會讓法蘭西斯把這封信帶給你，他說他有事非告訴史黛拉不可。他有禮物要送史黛拉：一張從科爾切斯特出發的藍色公車票根，還有一顆有一道藍色條紋的白石頭。瑪莎說她會陪法蘭西斯穿過公有地，順便帶一罐李子果醬過去。

珂拉

9

「妳氣色真好。」瑪莎說，這話說得誠懇，卻也帶點恐懼：史黛拉・蘭森姆實在散發太強烈的生命力了。「我們沒有打擾妳吧？法蘭奇想來，說他有禮物要給妳。另外珂拉要我帶果醬來，不過恐怕它並沒有凝固。珂拉做的果醬每次都不會凝固。」

史黛拉坐在藍色沙發上，身上裹著好幾條毛毯。她剛才看著他們穿越公有地：先是火把的光芒在濃霧中上下跳動，然後是被一圈光暈環繞的兩個人影。一時間她還以為是她的時候到了，不過後來斷定她的召喚天使不太可能會敲門。再說了，那個黑髮男孩不是說有事要來告訴她嗎？「我感覺很好，」史黛拉說：「我感覺心臟跳得又快又有力，我的心智像一朵藍色的花舒展開——我只在這人世間停留短暫的時間，很想把這段時間活得生動有趣！法蘭奇……」她見到男孩很開心，「坐到這裡，坐在窗邊，讓我能看見你。別離我太近，最近我有點咳嗽，不過不是太嚴重。」

「我有東西要給妳。」法蘭西斯說，他謹慎地跪在一段距離外，把公車票根、藍條紋石頭，以及一張知更鳥蛋顏色的錫箔糖果紙一一擱在地上。

「海軍藍、青色、藍綠色。」法蘭西斯邊說邊碰觸每樣物品。接著他伸手到另一個口袋裡，取出一只白色信封。「還有我得給妳這個，這是我母親給妳丈夫的信。」

「青色！」史黛拉愉快地說，並且作著筆記：青色！藍綠色！這男孩真是可人到無以復加的地步。她自己的孩子明天要回到她身邊了，他們也能理解嗎？她猜是不能。「把你的寶物放在窗台上……那裡，我留了個空位，然後我們把信交給威爾，他會很高興的。珂拉不在時，威爾很想她。」

史黛拉將目光轉向瑪莎，瑪莎好奇那雙眼睛看見了什麼，又對什麼視而不見。

「他在家嗎？」瑪莎好奇地問。珂拉先前在寒涼的傍晚遲歸，神情恍惚得好像喝醉了，不過她的口氣沒有酒味。她只說了句：「我們散步走了好遠、好開心。」然後窩在椅子裡，立刻就睡著了。

「他在花園裡餵瑪各，如果他能在霧裡找到那頭羊的話……喬明天就要回來了，她會直接跑去花園，想知道瑪各早餐吃什麼，還會不會整天想著克萊克尼爾……不如妳去找他，把信拿給他吧？」史黛拉朝著法蘭西斯微微垂下眼皮，法蘭西斯明白他的新朋友希望兩人能獨處，一陣喜悅湧上心頭，讓他感覺身體發熱。

瑪莎走了以後，法蘭西斯說：「我有事要告訴妳。」他就站在史黛拉要他站的位置，沒有更靠近，而且站得很直，因為他要傳達的事關係重大而身軀僵硬。

「我知道。」史黛拉說。**讓小孩子到我這裡來！**[73]她自己的寶貝們要來了，而在那之前這裡還有另一個孩子，如果她能夠的話，會把法蘭西斯緊緊擁在懷中——有時候她低頭看著自己的手臂，覺得看見每個毛孔都滲出愛！「什麼事？我跟你說喔，我不會在這兒待很久了，所以你得快點告訴我才行。」

「我做了違反我母親規定的事。」法蘭西斯有點謹慎地說。他並沒有把這視為一樁罪行，不過他觀察到在大部分的地方，這件事給人的觀感都不太好。

73 引用《馬太福音》第十九章第十四節：「耶穌說：讓小孩子到我這裡來，不要禁止他們；因為在天國的，正是這樣的人。」

「啊，」史黛拉說：「我覺得你不用擔心。畢竟基督來不是召義人悔改，而是召罪人悔改。[74]」

法蘭西斯並不知道這件事，不過他發現自己未遭到訓斥不禁鬆了口氣，稍微挪近一小步，同時用食指和拇指轉動口袋裡的黃銅鈕釦。「我今天早上五點半起床，走到海濱草澤那裡，那個叫班克斯的男人在那兒，周圍霧很濃。我想看看能不能看到牠，那條蛇，『禍害』，他們說在水裡的那個東西。我聽說他們已經找到牠了，但我不確定，因為顯然我又沒有親眼看到。」

「啊！『艾塞克斯之蛇』——我的宿敵，我的死對頭！」史黛拉的眼睛閃著幽光，臉頰上發熱造成的紅暈往上蔓延。她傾向前，傾訴祕密般說道：「你知道嗎，我聽見牠的聲音，牠會說悄悄話。我全都寫下來了。」她快速翻動藍色筆記本，然後遞出來，法蘭西斯看到同一個短句寫了一遍又一遍，列成整齊的兩欄，那句話是：要來抓人囉。「沒關係，」史黛拉說，心想自己會不會嚇著這少年，「你和我互相了解，我一向這麼說的。法蘭西斯，他們被騙了。我了解敵人，牠能被安撫，以前也曾經辦到過。」史黛拉低頭看著掌心，解讀掌紋——智慧線跟回憶的紋路交會之處，勢必會湧現一些傷心事吧？她舉起雙手，但法蘭西斯什麼也看不出來。

「嗯，」法蘭西斯接著說：「當時霧很大，我能看到的東西不多，不過後來我聽到一個聲音，而牠就在那裡。」他揮出手臂，好像「艾塞克斯之蛇」可能從餐桌後頭悄悄爬出來似的。「就在那裡，又大又黑，還在動：如果我想的話，拿一顆石頭就能丟到牠了！嗯，我看了又看，試著告訴班克斯，但他不肯來。後來霧暫時消散，太陽出來了，所以我看清楚那是什麼了。」他告訴史黛拉他看見什麼，

74　引用《路加福音》第五章第三十二節：「我來本不是召義人悔改，乃是召罪人悔改。」

還有他笑成什麼樣子，還有後來霧和潮水又把那東西吞沒的事。「噢……」史黛拉不太相信地說，法蘭西斯就擔心她會這樣，有一點失望；接著史黛拉又說「噢——！」，然後她也大笑出聲，笑得停不下來。法蘭西斯看著，想起他父親有一次伸手撫著自己的喉嚨，好像能夠安撫喉嚨使它平靜下來。他父親的病讓他很感興趣而不會感到不安，不過隨著史黛拉流出眼淚，他自己也濕了眼眶——他該幫幫史黛拉嗎？他穿過地毯，倒了杯水給史黛拉。那陣發作過去了，史黛拉感激地啜著水，然後雙手交握放在腿上，說道：「哎呀，法蘭西斯，這下可好。我們要怎麼辦呢？」

「我們應該給他們看，」他說：「我們應該去那裡給他們看。」

「給他們看，」史黛拉說：「對，所望之事的實底，未見之事的確據……」她輕拍蓄積在嘴唇上方凹陷處的汗珠，「在黑暗中行走的百姓將看見大光！我們將解救他們脫離恐懼——把我的筆記本給我，把我的筆遞給我：我文思泉湧！過來……」史黛拉拍拍身旁的空位，法蘭西斯跪在那兒，靠著史黛拉的手臂，看她翻閱一頁頁沾染藍色墨水的紙頁，「我要讓你看看我們要怎麼做，你和我兩個人。」她開始畫圖，剛才片刻的虛弱已被拋在腦後，她嬌小的身軀散發活力與動力。「我的時候到了，」她說：「沙子在陷落——我聽到牠在呼喚！——我將踩在及踝深的藍色水裡……」

法蘭西斯不知道自己該不該擔心，或該不該去叫瑪莎：這女人蒼白的手在顫抖，講出來的話像一串串纏結在一起的鮮豔珠子，她眼睛的黑色瞳孔擴張到邊緣。但史黛拉伸出手臂將法蘭西斯拉近，而法蘭西斯一向無法忍受母親羞怯地試圖撫摸他，現在卻依偎在史黛拉身上，感覺史黛拉的肩膀和脖子彎曲處的體溫在升高。「少了你我做不到，」史黛拉傾訴心事般說：「憑我自己我做不到，而除了你還有誰能懂我，法蘭奇？還有誰能幫我？」

她告訴法蘭西斯她的構想。換作另一個孩子可能會害怕，或是把頭靠在她肩上哭泣。可是當她在筆記本中畫圖，讓法蘭西斯知道他該扮演什麼角色，他第一次感覺到有人需要他，而不只是出於義務。一種新的感覺降臨，他仔細檢視，晚點等他獨處時會再好好思考：他認為那或許是自豪。

「我們要什麼時候行動？」法蘭西斯問。史黛拉從筆記本撕下那幾頁，放進法蘭西斯的口袋（法蘭西斯很欣賞史黛拉一絲不苟地說明了他們將要做的事，而且在計畫時面面俱到）。

「明天。」史黛拉說：「等我再見到我的寶貝們之後。你會幫忙嗎？你保證嗎？」

「我會的，」法蘭西斯說：「我保證。」

瑪莎在花園裡看著威爾試圖在瑪各頭頂戴上「歡迎回家」的花圈：那頭東吃西吃而長得很健壯的山羊不斷把花圈甩掉，還臭著臉看威爾，雙方都明白這表情的意思是，克萊克尼爾絕對不會做出這種有損「羊格」的事。牠眨了眨細細的眼睛，退回到薄霧瀰漫的花園另一頭。

「孩子們什麼時候回來？」瑪莎問：「你一定很想他們吧。」

「我每天都為他們禱告，」威爾說：「自從他們離開以後，所有事都不對勁了。」他看起來很年輕，上衣的肩膀處有一道裂口，頭髮裡卡著的紅色漿果來自被丟棄的花圈。他擱下了在講道壇上說話的語氣，反倒是強調鄉下人發母音的特色，這發揮了奇妙的效果，吸引人將目光集中在他赤裸手臂上的健壯肌肉。「他們搭明天中午的火車。」瑪莎打量威爾一會兒——她敢問昨天晚上威爾和珂拉到哪裡去散步了嗎？威爾是不是從那之後也有點失常，有點躁動不安？也許只是因為他的孩子要回家了，而史黛拉又仍在藍色房間裡發著燒的緣故。

「我很期待見到他們。」瑪莎說：「對了，我幫忙拿這個給你。」她把信交給威爾，威爾興趣缺缺地看著信。

「擱在那兒吧，」他說：「我最好去把瑪各帶過來。」他姿態有點奇妙地鞠了一躬——半是嘲諷，半是搞笑——然後走進白色的空氣。

瑪莎回到屋子要帶法蘭西斯回家，卻驚詫地站在門口。即使是在襁褓中都無法忍受被人抱著的法蘭西斯，此刻跨坐在史黛拉腿上，雙臂摟著她的脖子。史黛拉拿了一塊藍布披在兩人身上，他們就在布底下很輕微地前後搖晃。

後來，瑪莎對那最後幾天充滿白霧的日子，印象最深刻的就是：威爾的妻子和珂拉的兒子，像是邊緣焊接在一起、互相拼合的兩塊碎片。

那個黑眼男孩來為我指引了方向。
我的心哪，你要稱頌耶和華！
凡在我裡面的，也要稱頌他的聖名！[75]

別叫這杯離開我[76]因為噢我好渴
噢我的舌頭好乾

75 引用《詩篇》第一百零三篇第一節。
76 改寫自《馬太福音》第二十六章第三十九節，原文是：「他就稍往前走，俯伏在地，禱告說：我父啊，倘若可行，求你叫這杯離開我。然而，不要照我的意思，只要照你的意思。」

10

「今天早上天氣真差。」湯瑪斯．泰勒說，打量著被燈光照亮的科爾切斯特街道。他舉起大衣袖子，看到在煤氣燈的光芒下，每根纖維上都有一粒水珠在閃耀。這已經是海霧來襲的第二天了，雖然科爾切斯特比較幸運一些，不像奧溫特村被籠罩在濃密又充滿鹽味的霧氣中，但街道還是靜得詭異，而且不時會有路人被人行道邊石絆倒，或是撞上受驚的陌生人的手臂。在他身後的廢墟裡，一縷縷捲曲的霧在地毯上遊走、懸浮在空的壁爐裡，紅獅旅店的時髦賓客還信誓旦旦地說，他們看見最高的窗戶裡有個灰女士將窗簾合攏。

最近泰勒收了個學徒，那學徒正盤腿坐在一塊石板上。他是個古怪的少年，有一頭紅銅色頭髮，身材瘦弱，沉默寡言，會嚴肅地遵從指示，不僅如此，在天氣比較好的早晨，他會為路過的觀光客畫一些逗趣的漫畫，他們心甘情願地掏錢買下作品，而且經常還會再回來光顧。

「什麼東西都看不到。」學徒說：「沒人知道我們在這裡。我們乾脆回家算了。」

泰勒是一個月前發現這孩子的，他蜷縮在原本是飯廳的地方，拿掉落的石塊當枕頭。不論泰勒怎麼問，都問不出這孩子是打哪兒來的，或是要去哪兒：他提到一條河，說走了很遠的路，而他腳上和膝蓋上確實有夠多的水泡和瘀青，證明他有過一段苦旅。泰勒坐在輪車上在門口左右移動，不斷警告擅闖禁地的危險，催促少年離開廢墟，然後派他到馬路對面去買兩杯茶和一份培根三明治，只要他吃得下，要買多大的三明治都行。「我再也看不到那些錢了。」泰勒心想，看著瘦巴巴的孩子拖著受傷的腳走開，不過少年確實回來了，拿著紙袋和兩個冒著熱氣的馬克杯。「你是新來的吧？」泰勒說，看著少年用講究又果斷的方式咬下他的早餐，但他沒有回答問題。餐點和茶發揮了作用；孩子接受了泰勒許多條毛毯中最乾淨的一條，找到一塊地毯，勉強承認那裡還算安全，然後睡了幾個鐘頭。泰勒很開心地發現，最能觸動人心弦的莫過於一個臉頰髒兮兮的沉睡孩子，結果那個下午他的收入是平常的兩倍。天生的貪念與他本身的善良在交戰：當孩子醒來，他再次試著搞清楚孩子是從哪裡來的，父母在哪裡，還隱約提及當地的警察。這些詢問分別換來了沉默和驚恐，因此泰勒覺得自己頗有正當理由向男孩提出合夥經營這前景看好的事業，還願意供應男孩食宿。為了展現誠意，泰勒把當天收入的一小部分給了男孩，他訝異地看了一會兒，然後才小心翼翼地數算後收進口袋。

「跟你說一聲，我有個女兒。」泰勒用安撫的語氣說：「我不會期待你照顧我，不過幫忙推一把我的老輪車也沒什麼毛病，因為我手的指節都有關節炎了。我敢說她會喜歡有你在身邊，畢竟她始終沒能建立自己的家庭。要不要告訴我你的名字？不要？嗯，如果你不介意我叫你『小薑』的話，那是以前我養的公貓名字，我們應該可以相處愉快。」結果他們確實相處得十分融洽：泰勒的女兒接受過老爸更糟的古怪行為，而且覺得既然他失去了雙腳，容許他偶爾判斷錯誤也是合理的。小薑始終沒能培養出泰勒所謂瞎扯的天分，不過似乎只要給他鉛筆和紙他就很滿足了，只是有時候他會狂熱地塗鴉一些令人不安的圖畫，但泰勒一直看不出畫的是什麼。

「乾脆回家去吧。」男孩望著濃霧說，但這時傳來一群人的腳步聲和交談聲，他們正從聖尼古拉教堂尖塔底下的人行道走來，於是泰勒作好準備。「因為一點天氣狀況就關店，是差勁的生意人啊。」他邊說邊搖了搖裝著零錢的帽子。那群人走近了，他聽到他們的聲音——「只要待幾分鐘看看他好不好，行嗎？」以及「詹姆斯，別亂跑，我們還要趕火車呢」以及「我好餓你們答應過的你們明明答應過的」……

「這不是我的老朋友嗎！」泰勒說，瞥見深紅色禮服大衣和舉得高高的雨傘那燦亮的黃銅尖頂，「可不是安布羅斯先生——」但這時傳來一扇門開了又關的聲音，那群人就這麼一個個消失在喬治旅館發亮的窗戶之間。「該死，小薑。」泰勒說，扭頭尋找男孩，卻沒找到。「那是個出手闊綽的紳士——怎麼了，小夥子？你跑哪兒去了？」他的學徒沉默而快速地離開了崗位，蹲坐在大理石柱基後頭，伸出下唇試著忍住眼淚，但失敗了。泰勒心想：**小孩子啊！**他翻了翻白眼，給了男孩一條巧克力：養條狗省事多了。

「天啊。」查爾斯．安布羅斯打量著史賓塞和路克說。史賓塞的右眉被一道傷口切開，現在用細細的膏藥黏合起來；路克除了層層包紮的右手之外，臉色也很蒼白，而且變瘦不少，因此他額頭凸出的骨頭使他看起來更像人猿。兩個男人並肩而立，看起來有點像惡作劇後被逮到的學校男童。凱瑟琳發出帶有母性的聲音，親吻兩人的臉頰，悄聲對路克說了些貼心的話，路克漲紅臉別開頭。他們帶著孩子們一起來了，而三個孩子各自感覺到氣氛有些凝重，因此盡力讓氣氛輕鬆一點。「有吃的嗎？」約翰說，用熟練的目光搜尋室內。

「約翰，你真是隻豬耶。」喬安娜說：「蓋瑞特醫師，你的手還好嗎？可以讓我看看嗎？我想看是怎麼縫的。你知道嗎，我以後要當醫生。我把手臂裡所有骨頭的名字都記住了，等我回家時要背給我爸聽：肱骨、尺骨、橈骨——」

「那妳不當工程師了。」凱瑟琳說，把女孩從路克身邊拉開，路克還沒有開口，只是有點畏縮，好像女孩剛才唸的是褻瀆的話，而且出於羞愧，他本能的想要把受傷的手藏起來不讓人看見。

「我還有點時間拿定主意，」喬安娜說：「我還要過好久才能上大學。」

「或甚至根本上不了大學。」詹姆斯・蘭森姆不懷好意地說。自從喬安娜突然從沉浸在自然魔法中轉換為沉浸在科學中（他覺得這種著迷同樣毫無意義），他就覺得自己在家中「聰明鬼」的地位被搶走了。「你看，」他對著史賓塞說，並從口袋拿出一張紙，「我設計了一種新的廁所水龍頭閥門，我想你可以應用在那些新房子裡。如果你要的話就免費給你了。」他補上一句，感覺自己樂善好施：他也無可避免地受到瑪莎馬克思主義者的影響。「等你蓋完房子我再去申請專利。」

「你真的很好心。」史賓塞邊說邊仔細看著設計圖，它確實非常詳細，不輸給他看過的其他藍圖。查爾斯・安布羅斯對上他的視線，流露幾乎像是父親的感激眼神。

「你有跟瑪莎聯絡嗎？」查爾斯邊問邊坐到壁爐邊，凱瑟琳則將路克帶到一旁，試著用溫和而瑣碎的話題誘哄他走出保護殼。史賓塞微微臉紅，每次聽到瑪莎的名字他都會有這種反應。「她寫過兩封信，她說愛德華・波頓和他母親很可能會失去他們的家！房東幾乎一下子把房租漲了一倍——他們的鄰居已經被趕出去了。與此同時，我們這裡的進度還像蝸牛在爬！她人真好，這麼關心一個她幾乎不認識的人。」

「我已經盡力而為了。」查爾斯誠實地說。先前良知和論據都無法感動他，使他全心全意去推動住房法案具體落實，但目睹路克在貧民窟受傷卻達到了這個效果。他知道畢生的雄心壯志戛然而止，不是任何事物所能彌補的，但至少他們可以確保他的犧牲不是徹底的白費。「國會裡熱情激昂，不過在下議院被歸類為熱情激昂的態度，在別的地方看起來很像是懶洋洋。」

「真希望我能給她好消息。」史賓塞邊說邊扭絞雙手，一如以往地拙於掩飾他的慈善背後有個人動機。他害羞的長臉變紅了，拍掉一根細細的金髮。查爾斯很喜歡這個天性善良又沒有心機的年輕人，此外查爾斯自己也會和瑪莎通信，因此他不禁因為憐憫而感到揪心。他該告訴這小夥子風是往哪個方向吹，並弄熄他手中的蠟燭嗎？答案大概是肯定的，不過他自己也不確定那個令人惱火的女人到底在打什麼主意，而且他懷疑那女人還預備了更多爆炸性的消息。查爾斯目光四下一轉，發現孩子們都在別處找事情做，於是溫和地說：「瑪莎不純粹是出於好心才在煩惱波頓家房租的事……我聽說她要跟波頓建立同甘共苦的關係了。」這話命中要害，史賓塞向後退，彷彿要阻擋第二波攻擊。他說：「波頓？可是……」他像隻搞不清楚狀況的狗般甩甩頭，好心的查爾斯試著用輕浮的方式來化解。「我們都跟你一樣震驚！她已經跟珂拉在一起十年了，結果竟要為了三個房間和一頓魚肉晚餐把那些都拋棄！順便告訴你，他們沒有訂出婚禮日期，你也很難想像她披上婚紗……」

史賓塞嘴巴動了一兩下卻沒發出聲音，好像想唸出瑪莎的名字但又做不到。他整個人像是縮小了，低著頭困惑地看著自己的手，彷彿想不透該把手擱在哪裡才好。查爾斯別開視線，知道這男人很快就會振作起來——約翰在角落裡找到一包蘇打餅乾，吃得很專心，喬安娜和詹姆斯則在愉快地拌嘴，爭辯是誰先發現那幅被疾病侵蝕的髖關節圖畫的。查爾斯轉回頭，看到史賓塞扣上外套，好像在把原本可能跑出來的危險東西收回去。「我會寫信祝賀她，」史賓塞說：「很不錯啊，難得聽到好消息。」他的眼睛因強忍的淚水而晶亮，目光瞥向路克。路克呆滯地盯著地板，身旁的凱瑟琳變得有點絕望，覺得她所能做的也只有堅持路克要吃東西而已。

「是啊。」查爾斯說，因為自己的憐憫而坐立不安，在心裡催促時鐘的指針走快一點：奧溫特在呼喚他們，去完之後就能回到安詳的家裡了。「是啊，今年真是多災多難——但我們才過完四分之三。」

史賓塞的思考速度或許算不上快，不過他想得很透徹，他扭絞著雙手、慢吞吞地說：「我先前就納悶她為什麼這麼在意愛德華．波頓的房租調漲，就大局來看這只是一件微不足道的事……路克，你知道嗎？你有聽說嗎？」他轉頭看朋友，像以前一樣反射性地尋求路克的指引或嘲笑，但路克已經不見了。「唔，」史賓塞轉回頭看查爾斯，強顏歡笑地說：「你會讓我知道最新消息吧？」他們互相握手，傳達出同情、決心和尷尬等複雜情緒，然後把孩子們從不同角落帶出來。他們問路克到哪裡去了，並再次關心他的手。約翰說很抱歉把路克的存糧吃光，並指出若是他得到他們答應給他的蛋糕，就不會發生這種事了。他說等他的零用錢發下來，他會買一包餅乾還給路克。

「我很擔心我們親愛的小惡魔。」凱瑟琳握著史賓塞的手說，她注意到史賓塞臉色蒼白，解讀為那是在為朋友焦慮。「他去哪兒了？感覺就像光都熄滅了。」她被蘭森姆家的孩子隱隱喚醒的母性本能，此刻全都集中在外科醫生身上，剛才路克坐在她身邊時，把右手藏在左手底下，好像他曾逮到右手出醜似的。「他有吃東西嗎？他是不是酗酒？他見過珂拉了沒？」

「現在為時尚早。」查爾斯邊說邊協助妻子穿上大衣，將釦子扣到下巴：這半小時下來他面對的憂鬱已經多到讓他吃不消，他急著送孩子們回家。「到聖誕節時他會恢復正常的……史賓塞，最近找一天來我們家吃午餐吧：我們討論一遍計畫……喬安娜、詹姆斯，向史賓塞先生道謝，謝謝他招待你們，你們很快會再見到蓋瑞特醫師的……那就再會了！」約翰在門口停步，突然想起一件事，說道：「我們要見到媽咪了！」他張開雙臂抱住姊姊。「妳想她現在有沒有好一點了？她還是很漂亮嗎？」

走到外頭的高街上，淡淡的陽光下，霧變得稀薄，喬安娜想到母親，感覺反胃。一開始她很想史黛拉，像是舊傷口持續在隱隱作痛，所有事都不對勁。凱瑟琳．安布羅斯人很好，但跟史黛拉的好不一樣。她家很舒適，但不是史黛拉會打理的那種方式。晚餐太早開飯，放在不對的餐盤上；窗台上沒有非洲菫；凱瑟琳不該笑的時候發笑，該笑的時候又不笑；他們晚餐喝熱牛奶，而不是洋甘菊茶。在剛開始那段日子，她每天都寫信給母親，不止一次讓淚水暈散了墨跡，而且晚上睡覺時總會將一個身穿藍邊洋裝、白金色頭髮的瘦弱身影召喚到樓下廚房。但是照片很快就褪色了：母親的回信充滿熱烈的愛意，措詞古怪，而且幾乎完全沒提到喬安娜所說的事。後來信變得很少，就算母親寄信來，內容也像是宗教傳單，就是牛津街車站外那些穿著棕色厚褲襪的婦女在發的那種，喬安娜看了都覺得尷尬。

在區區幾週內，喬安娜已成了倫敦人，能夠安之若素地搭乘地鐵和公車，能夠坦蕩蕩地直視哈洛德百貨的銷售小姐，還對要去哪裡買筆記本和鉛筆很有主見。奧溫特縮小了，變得滿地泥巴又乏味，「艾塞克斯之蛇」也成為一頭土裡土氣的野獸，蠢笨到沒有存在感。喬安娜想念父親，不過心情是愉快的，她覺得這對父女兩人都有好處：她讀了《小婦人》，覺得既然喬．馬區能夠熬過一段沒有父親的日子，她當然也可以。她擁有年輕人的硬心腸，這對她來說很有用，除了看到烏鴉落下的羽毛或是蜘蛛把蒼蠅裹在蛛網中的時候，那時她會想起她沉迷於魔法的歲月，也想起她的紅髮玩伴，一時間被愧疚和悲傷給擊垮。

因此當她望向對街的廢墟，看到那裡的殘廢，以及盤腿坐在大理石柱基上正俯向一疊紙的髒小孩，她倒抽一口氣，甩開弟弟的手，盲目地衝過馬路。她在瞬間被一輛公車的大燈照亮，然後就跑到一群前往城堡博物館的老人觀光客後頭去了。「**喬安娜！**」凱瑟琳喊道，她立刻感到心煩意亂，在人行道邊石上焦急不已，同時試著去找那女孩和防止男孩們跌到馬路上。查爾斯有一股難以撼動的信心，相信全艾塞克斯郡沒有任何一輛交通工具敢把泥巴濺到他的深紅色大衣上，於是他沉著地走向廢墟，結果詫異地發現喬安娜正在對那個殘廢的男人大吼大叫，還不停搥打他的肩膀。「你對娜歐蜜做了什麼！」她說：「看你把她漂亮的頭髮弄成什麼樣子！」

查爾斯插到他們中間，手臂上挨了一下輕拍。「喬安娜，」他說：「我很欣賞妳的直率，不過這次妳恐怕太過分了——先生，很抱歉我的……說真的，喬，我該說妳是我的誰？……很抱歉你遭到這般不成體統的攻擊！也許我能補償你一番？」硬幣如雨滴落入泰勒倒放的帽子，兩個男人握手。「好了，」查爾斯說，迫切希望自己不在這個地方，「孩子，妳是著了什麼魔？」喬安娜沒在聽，只是站在那兒來回看著泰勒和一個穿著髒外套的瘦弱少年。她臉色變得很蒼白，表情似乎在女人的憤怒和孩子的沮喪間來回切換，而那男孩從頭到尾都站在那兒盯著地面。困惑的查爾斯朝喬安娜伸出手，這時喬安娜吞了吞口水，憋回可能迸發的哽咽說道：「他們都說妳會偷商店的錢，但我跟他們說妳從來不會偷東西，後來妳沒有來，我們以為是『禍害』把妳抓走了，結果妳一直都在這裡——娜歐蜜．班克斯，我應該把妳打出個黑眼圈！」一時間女孩看起來說到做到，結果她反倒是撲向那個男孩，只是查爾斯現在才發現他不是男孩，而是個瘦弱的女孩。她的頭髮剪得很短，只剩醒目的一圈骯髒鬈髮，閃著紅銅色澤。她冷淡地跟喬安娜保持距離，帶著倨傲的表情扠著雙臂，而喬安娜則哭到幾乎歇斯底里。

「禍害？」泰勒說，再次想到他應該養狗才對，「偷錢？我的小薑？我得承認，」他邊說邊攪動帽子裡的硬幣，「我完全被搞糊塗了。」

「我想我們可以推斷，」查爾斯說：「你這位員工糊弄你了，她其實是個名叫娜歐蜜的女孩子，而且是喬安娜的朋友。」他所理解的也就到此為止了，因為沒人想過要告訴他那個漁夫的女兒失蹤的事。紅髮女孩終於磨光了傲氣，哽咽地喊了一聲，也抱住喬安娜。「我也想回家，我真的想回家，但我太害怕待在水邊了，而且反正也沒人要我！」她向後退開，嚴厲地看著喬安娜，睫毛上掛著淚珠。「妳不想再跟我做朋友了，所有人也都因為我在學校做的那件事、還有水裡那東西而很怕我，我不是有意的：我根本不知道發生什麼事，只知道我太害怕了，結果反而笑到停不下來……」

「小薑？」泰勒說，盡他所能掌握整件事的來龍去脈，「我不是把妳照顧得還不錯嗎？」他狡猾地看向查爾斯，查爾斯又往那貪得無饜的帽子裡添了一兩枚硬幣。

「都是我的錯，對不對——都是我的錯——我是個壞朋友……」

「是那個女人的錯，」娜歐蜜說，她的雀斑在一條條的淚水下顯得很鮮明，「那個女人一來，什麼都不對勁了。是她放的！她把那怪物放在河裡！」

「妳沒聽說嗎？」喬安娜說，發現自己已長得夠高，能讓女孩將頭靠在她肩上。「『艾塞克斯之蛇』沒了……牠不在了，河裡沒東西，從來就沒有……只是一條可憐的魚，很大的魚，牠死在河裡了——回來吧，娜歐蜜。」她親吻女孩的手，感覺廢墟的塵土和城市的髒汙沾在嘴上，「妳不想見到妳爸嗎？」聽到這話，娜歐蜜最後的一絲驕傲也瓦解了，她哭了出來，不是像孩子那樣號啕大哭，而是像女人一樣絕望地流淚。當凱瑟琳．安布羅斯一手牽著約翰、一手牽著詹姆斯走過來，她看到一幅聖母抱子像：喬安娜坐在大理石柱基上，一個瘦女孩窩在她懷裡，呢噥著聽起來很像孩子想像中咒語的聲音。

查爾斯看看錶說：「恐怕我們又添了一名成員。」

11

史黛拉在她的藍色臥室中聽到孩子們來了，便張開雙臂：她認得約翰的鞋子踩在門階上的啪嗒聲，還有詹姆斯慎重的腳步聲；她知道喬安娜會把大衣脫下來一丟，然後邁開長腿全速奔來。接著威爾來到她們前，露出帶來禮物的得意笑容：「親愛的，他們到了——他們回來了，長得跟電線杆一樣高呢！」然後他對喬安娜悄聲說：「過去的時候小心一點，她實際上比看起來虛弱。」

原本喬安娜深恐會看到母親倒在病床上，形容枯槁、面如死灰，無精打采地撫弄著毛毯，但眼前的史黛拉就像星辰一樣燦爛，眼神明亮，微施脂粉。她為歸家的孩子特地打扮了一番，在脖子上掛了三圈綠松石珠鍊，還披了一條上面有藍翅膀蝴蝶在飛翔的披巾。「**喬喬**。」史黛拉說，奮力靠向他們——她簡直迫不及待要碰觸到他們。「我的喬安娜，」她說，在舌上玩味他們的名字，「詹姆斯。約翰。」她對他們個人特殊的氣味是多麼熟悉——約翰的頭髮一向有點像熱熱的燕麥，詹姆斯的氣味則更刺鼻一點，就像他的智慧一樣銳利。喬安娜感覺到披巾底下是脆弱的骨頭，不禁打了個冷顫；她母親察覺到了，兩人心照不宣地互看一眼。

「我喜歡妳的項鍊。」約翰讚美道，然後亮出半條巧克力棒，說：「我帶了禮物給妳。」史黛拉知道他這是作出了犧牲，便親吻他，然後轉頭看著詹姆斯。詹姆斯打從進門後嘴巴就沒停過，一直在講卡蒂薩克號[77]、地鐵，還有他下去參觀了巴澤爾傑特[78]的下水道系統。「一件一件講，」史黛拉說：「一件一件講，我可不想錯過任何事。」

「別讓她太累了。」威爾說，他站在門邊看，悲喜交加使他喉嚨發痛：他可以在那兒站一個鐘頭，看著史黛拉把他們擁在胸前——他自己也想用雙臂感覺他們，讓溫暖又實在的孩子在他臂彎裡扭動。而從頭到尾他都在琢磨該如何向珂拉描述這一切，不管是用信件或話語：珂拉一定會很開心，她的灰眼睛會蒙上淚光。威爾心想：**上帝啊，幫幫我吧，我被分成兩半了**。但是不對——他並不是一部分在這兒，一部分在公有地另一頭的灰房子裡；他是同時完整地身在兩個地方。「別讓她太累了。」他邊說邊走向前，發現自己被小手拉過去，「再待一會兒，就讓她睡覺。」

「現在我擁有你們全部了，」史黛拉說：「你們都在這兒了，親愛的：在我走之前陪著我吧。」

77 卡蒂薩克號（Cutty Sark）是最後建造的一批飛剪式帆船，十九世紀時往來中國與英國之間運茶，之後就漸漸被蒸汽動力船所取代。

78 巴澤爾傑特（Joseph Bazalgette, 1819-1891）是英國土木工程師，最大成就是因應一八五八年倫敦「大惡臭」（Great Stink）事件而開發了下水道系統，緩解了倫敦的霍亂疫情，也讓泰晤士河開始變乾淨。

他喚我回到他的筵宴所
以愛為旗在我以上[79]
他曾命蛇去開滿藍花的伊甸園而現在他又派出蛇了必須為悔過付出代價因為一個人不服從
就讓奧溫特的罪人們都遭受審判因此藉由我的服從他們也將獲得解救
藍色黑水河裡的上帝蛇僕來收取我們的稅金了
我要支付他們應付的款項而牠就會回到牠的來處
而我
將進入
榮耀之門！

79 改寫自《雅歌》第二章第四節：「他帶我入筵宴所，以愛為旗在我以上。」

12

碼頭邊，班克斯坐在降下的船帆旁，呆滯地數算他所失去的事物——妻子、船、孩子，全都像海水一樣從他手中流瀉而逝。海霧後方的河口因漲潮而洶湧，他想起早上火邊的黑髮男孩，想起男孩如何把他拖向河岸。「什麼都沒看見，」他對昏暗的空氣說：「什麼該死的東西都沒看見。」但在他的心靈之眼中，他看見了——那個奇聞異事，「艾塞克斯之蛇」：身軀腫脹，尾巴如箭，爪子扒著鵝卵石河岸。蒼白的霧氣不時會分開，暮色中小漁船和駁船的燈光一閃一閃的；然後幕簾垂下，他又孤身一人。他輕聲唸誦單聲船歌來自我安慰：**右舷的燈光在夜裡是綠的，右舷的燈光在你的右側……**可是當深水裡有東西在伺機而動，彩色玻璃後的火焰又有什麼用呢？

他感覺到一隻小手按在他肩上，那動作是如此輕柔，以致於他沒有畏縮或躲避。那種觸感不只是熟悉，而且有種占有意味，再沒有別人能這樣觸碰他了，這動作激起了種種回憶，突破昏昏沉沉的醉意和愈來愈濃的霧。「妳回家啦，小傢伙？」他試探地說，抬起手來搜尋似的輕拍對方，「回來找妳的老爸啦？」

娜歐蜜裹著喬安娜甩掉的大衣，低頭看著父親的頭頂，那裡的頭髮比她記憶中來得稀疏，她感到一股意料之外的嶄新溫柔湧上心頭。有那麼一會兒，這男人不再是她的父親了，而是趨近於她自身的延續，以致於父親幾乎沒閃過她的腦海。她頭一回明白父親也會覺得害怕和失望——父親也有盼望的事、受折磨的事、樂在其中的事。這讓她動容，並驅使她走出這些年來的陰霾：她盤腿坐在碼頭上父親身邊的老位置，將一張漁網拉向自己。她熟練地將漁網從指間滑過，找到一個裂縫，說：

「如果你願意的話，我來處理這個吧。」她一向痛恨這項工作——這會讓她指間的薄膜腫起來，一碰到海水就很痛，但她的雙手找到昔日的節奏，並從中得到了安慰。「對不起，我逃家了。」她說，將扯斷的線段拉合在一起，別開臉讓父親能暗自流淚。「我當時在怕一些事，但現在都好了。再說……」她伸手過去替父親扣好大衣上的鈕釦，「我還靠自己賺了一些錢呢！我們回家以後，你可以幫我數一數。」

下午過了一半時，海霧集結起來，由東邊朝著奧溫特進發。它悄悄地漫過窗台，在水溝跟坑洞裡蓄積，連諸聖堂的鐘聲都因此悶住了。珂拉躁動不安地走在公有地上，直視太陽，看到太陽表面有一粒粒代表太陽風暴正在進行的太陽黑子。她心想：**我現在除了他之外，還能告訴誰呢？還有誰會相信我說的不可思議的事？**

「我累了。」史黛拉在她的藍色房間裡說：「現在我要睡了。[80]」詹姆斯和約翰窩在角落裡玩牌，他們抬頭看了一下，又低下頭去，不感興趣且心滿意足，就像回到藏身處的小動物。喬安娜已經把牛頓的一篇文章反覆讀了好幾遍，卻還是感覺霧裡看花，她看到母親額頭閃著濕意，而且髮絲都黏在額上，不禁感到害怕。史黛拉現在的敏銳不遜於從前，她把孩子喚到面前，說：「喬喬，我知道妳懂，我知道妳看出他們沒看出來的事。但我很快樂，有時候甚至當你們都不在，屋子裡一點聲音

80 〈現在我要睡了〉（Now I Lay Me Down to Sleep）是著名的兒童睡前祈禱文。

都沒有，我也會想：我現在比以前更快樂。妳相信我嗎？我若離開病痛，一個鐘頭都活不下去，因為它提升了我，讓我看到生命的道路！」她攤開裙襬，然後開始逐一拿起所有寶物，包括藍色的貽貝殼、碎玻璃、公車票根和薰衣草細枝，統統丟進裙子的布褶裡。「我應該要收拾整齊，」她說，環視房間，「喬，都拿給我吧——那裡的瓶子，所有石頭和緞帶——我要一起帶走。」

威爾在他的書房，將一張白紙放在珂拉的信旁，卻無法提筆。珂拉在信中說：**阻止你的罪惡感靠近吧**，好像這是可以抵擋的，她根本不懂！珂拉自己已經從那一切解脫了：她不明白那不單是一種常見的做錯事的感受，而是針對個人所作的特定傷害。威爾像是將腳上和手上的釘子敲打得更深了一些，甚至如同拿了一條刺藤緊緊地繞在史黛拉的額頭上。**我是罪人之首**，他心想，但這種想法豈不是包含驕傲，豈不是罪加一等？他想著珂拉，輕易地召喚出她的形象：她臉頰上鮮明的雀斑，她眼神懾人的灰眼珠，她挺直的站姿，有如身披破爛大衣的女王——威爾一時間被憤怒沖昏頭（瞧，又一樁罪行：寫在犯罪紀錄上吧，記在石板上！）。打從今年年初打開安布羅斯的信，他就知道風向改變了——他應該扣上大衣鈕釦，把窗戶統統關起來，而不是轉頭迎向那陣風。但話雖如此，那是珂拉啊（他大聲唸出她的名字），**珂拉**，他們第一次握手時她就變得熟悉而親密——不，應該說在那之前，當他們在泥巴裡扭打時——珂拉會開心會生氣，既慷慨又自私，沒人敢像她那樣嘲弄威爾；珂拉只有在他面前才會哭泣！憤怒消退了，威爾想起他的嘴壓在珂拉肚子上，那時珂拉好溫暖，好柔軟，像是一隻放鬆的動物：當時感覺不像犯罪，現在也幾乎沒有那種感覺——那是恩典，他心想，恩典：一種他從未刻意追求也不配擁有的禮物！

你一個人在外頭待了多久？珂拉的信寫道，確實很久：他走到河口，走到利維坦的黑色骨架旁，遠眺河流的出海口，希望巨蛇從深水裡冒出來，把他像約拿一樣吞掉。**我坐在艾塞克斯的河流邊哭泣**，他心想，樓上史黛拉的房門輕輕關上，腳步聲穿過樓梯平台。他的心痛苦地繞回來：是史黛拉，專屬於他的明亮星辰，即將在火光中消失。他擔心史黛拉會留下一個黑色空洞，而自己將絕望地墜入其中。他想要上樓找史黛拉，在他們的床上躺在她身邊，史黛拉緊靠著他的背，像以前一樣共眠，但這是不可能的。現在史黛拉總是希望獨處，在她的藍本子裡寫字，目光熱烈地鎖定別的地方。威爾繼續坐在這陰暗的房間裡，無法寫字，無法禱告，看著鑲著紅邊的太陽，想著不知珂拉是否也在某處觀看同樣的畫面。

在公有地另一頭，法蘭西斯．西波恩盤腿而坐，盯著時鐘。他口袋裡裝了太多帶點藍色的石頭，以致於不管怎麼調整姿勢都坐得不舒服。他母親在屋子別處走來走去，心不在焉又躁動不安，有時候進房間來看看他，親吻他的額頭，但沒多說什麼。他把史黛拉．蘭森姆的筆記拿在手裡，上頭用藍墨水清楚地寫著指示，還有一幅令他害怕的圖畫，不過畫本身看起來倒是很漂亮。他把那張紙反覆地摺起來又攤開，時鐘的分針走得很慢，而他有點希望能走得再慢一點：他倒不是質疑自己接獲的命令不夠睿智，只是不確定自己有勇氣貫徹到底。五點整的時候，法蘭西斯走到門廳，靴子和外套已整齊備妥，於是他走進霧裡。他抬起頭，試著找到初升的狩月，但它被遮住了，下次回來是一年後的事。

喬安娜留下沉睡的母親，跑去找她的朋友：她想要收復她們以前聊八卦和咒語的失土，並且讓娜歐蜜明白潮淹地確實已擺脫了蛇怪的陰影。她很快就察覺明顯的事實：她們的魔法歲月已是遙遠的幼稚回憶，喚起時不免令人臉紅。不過兩人肩並肩走在以前熟悉的道路上，感覺還是很好。「我發現克萊克尼爾的時候，他就在那裡。」娜歐蜜說，指著狹窄河灣旁一段空曠的鵝卵石地面。「身體伸得直挺挺的，頭歪向一邊。我走過去的時候心想他也許跌倒了——他很老了，不是嗎？老人常常跌倒——但他的眼睛是張開的。我在他眼中看到黑黑的東西，心想也許是他看見的最後一個東西，也許是那隻怪物，不過後來那東西動了，結果只是我，好像他的眼睛是鏡子，而我在照鏡子。他們說是因為他又老又病——真好笑，我們都以為是蛇怪幹的！」

她們繼續往前經過利維坦，感覺空氣濕潤地拂在臉頰上。黑水河河岸的霧很厚、帶著微粒，充滿珍珠般的細粒。不遠處想必是某個守夜人生了火又離開崗位了，火堆的餘燼散發帶著黃色的薄煙，隨著風吹動霧氣而飄移。

「牠不在了，」喬安娜說：「而且本來就沒什麼好怕的，但我的心還是怦怦跳——我聽得到！妳會怕嗎？我們要繼續走嗎？」

「會，」娜歐蜜說：「要。」為了獲得勇氣，害怕是必須的：這是她父親在駁船甲板上教導她的道理。「我們繼續往前走吧……小心那裡，水會變深。」她對潮淹地、周遭所有的河灣和高聳的沼澤禾草瞭若指掌。「抓著我的手臂，相信我，」她說：「潮水一個鐘頭前變換方向了，我們很安全。」她很開心能再次與朋友在這裡，只是一切都改變了：她不是可憐的娜歐蜜，閱讀速度很慢，唯唯諾諾，對牧師的女兒心存敬畏——這裡是她熟悉的環境，感覺大權在握。儘管如此，這仍是個昏暗而不寧靜的傍晚。海霧露出幾小塊草澤地然後又密合（霧分開之後可以看到有一隻白鷺在等霧散），於是她們徹底地獨處了。太陽一度突破濃霧，於是她們發現四周全是在嘶叫和潛游的小鷿鷈。

「牠們跟我們一樣迷失了。」喬安娜笑著說，希望自己在家裡。「我們回去吧，」她說：「萬一我們迷路了怎麼辦？」她抓著娜歐蜜，有一點討厭是娜歐蜜在主導，這時喬安娜被蠔塘半腐爛的柱子絆了一下而哀叫一聲。

「萬一牠還在這呢？」娜歐蜜半揶揄地說：「萬一牠終究還在這裡，又回來找我們呢？」她出於可恥的報復心態，抽回自己的手臂，向後退入霧中，兩手圍在嘴邊發出召喚的聲響。「我來召喚牠，好嗎？」她說，雖然自己也很害怕，卻不願停止。「當心！牠要來了！」

「別這樣，」喬安娜說，極力克制不夠成熟的眼淚，「停下來！回來啦——我找不到路了……」娜歐蜜有點慚愧地重新出現在她面前後，她搥了一下娜歐蜜的肩膀。「妳真壞，壞透了，我有可能走到河口掉下去淹死，那全都要怪妳……什麼？怎麼了？娜歐蜜——別再玩遊戲了，妳很清楚那只是一條大魚……」她身旁的娜歐蜜突然一動也不動，還伸出一手要她安靜。娜歐蜜看的方向不是河口，不是黑水河奔騰而出與科恩河匯流的方向，而是回頭望向河岸，那裡的火堆仍隔著濃霧散發珊瑚色的光芒。「什麼？」喬安娜問，她的舌頭上有金屬似的恐懼味道，「什麼東西？妳看到什麼了？」

娜歐蜜的手緊抓著喬安娜的袖子，把朋友拉向自己，嘴巴湊向她的耳邊。「噓……」她說：「別出聲……妳看，在利維坦旁邊，妳沒看見嗎？妳沒聽見嗎？」喬安娜聽見，或以為她聽見了：一種呻吟或磨擦聲，一陣一陣的，沒有依循什麼邏輯或模式。那聲音安靜了一下，又響起來，似乎距離更近了。喬安娜從頭皮到指尖都感覺到一種恐怖的寒意，使她待在原地動彈不得。牠在那裡——牠一直都在那裡，等待著，等待著——想到大家畢竟沒有被騙，幾乎令她鬆了口氣。

這時白色的霧幕掀開來，而牠就在那兒——近在五十碼外：黑色的，有個獅子鼻，體積比兩人想像中都巨大，沒有飛翼，或者是在睡覺，尾部粗短，表面醜陋地隆起，而不是像魚或蛇一樣有光滑交疊的鱗片。娜歐蜜又叫又笑，轉頭把臉埋進喬安娜的肩膀。「**我跟妳說過了！**」她用氣音悄聲說：「**我不是告訴每個人了嗎？**」喬安娜朝那東西跨出一步，很奇怪，她並不害怕——然後牠動了一下，磨擦的聲音又響起，幾乎像飢腸轆轆的大牙齒在彼此磨擦，於是她尖叫並向後跳。濃霧裹住那東西，她們只看到一個影子在伺機而動。

「我們得走了。」喬安娜說，強自壓下恐懼尖叫的衝動，「妳能不能帶我們回去……看，火堆在岸上燒著……我們朝那邊走過去吧，娜歐蜜，眼睛盯住火堆，不要發出任何聲音……」但是火堆餘燼受潮了，光芒變暗了，她們一時間只能無助而盲目地在鵝卵石地面上跌跌撞撞地走，各自拚著一股尊嚴而忍住眼淚。「**要來抓人囉——要來抓人囉——**」娜歐蜜低聲唸誦尋求安慰。這時淡淡的太陽刺破層層迷霧，她們赫然發現自己已來到那東西面前，幾乎要撲跌在牠濕漉漉的黑色側身上。喬安娜驚呼一聲，然後掩住嘴：牠就在那兒，在那裡，過了這麼久，現在終於只在一臂之遙——牠看不見，或許是處於休眠狀態，在岸上是如此的笨拙——牠在水裡時，在牠的自然環境中，是不是比較優雅靈活？牠潛到波浪底下後是不是就會變得光滑而閃亮？傳說中那對向外張開有如雨傘的飛翼到哪去了？是被剪掉了嗎？誰剪的？還有別的東西——牠的肚子上有某種藍藍的記號：她隱約認得出來，在漸漸消散的霧中幾乎能看清楚。

她身邊的娜歐蜜站得直挺挺的，雙手高舉，幾乎要大笑起來，像當時令學校女生瘋狂的情形一樣。她指著那些記號，無聲地唸著什麼，磨擦聲又來了，她畏縮了一下，不過還是靠向前去。「媽咪，」她說：「**媽咪……**」喬安娜一時間以為她在呼喚亡母，她母親躺在教堂墓園中造價最便宜的墓碑底下。「妳看，」娜歐蜜低聲說：「看那裡：即使上下顛倒，我也認得出那些字母——寫的是葛蕾絲——葛蕾絲是我媽媽的名字，那是我寫下的第一個名字，就算過了十年我也忘不掉……」她在鵝卵石地面上往前跑，霧正在消散，喬安娜試著叫她回來。但她朋友的恐懼已經徹底消失，同時帶走了喬安娜的驚恐，於是她也走向在草澤地上移動的那個黑色形體。

漸漸茁壯的太陽往鵝卵石河岸投下一道清澈的光束，因此兩個女孩在同一個明亮的瞬間，都看到了被沖上岸的是什麼。那是一艘黑色的船，尺寸不大，款式為魚鱗疊接木殼，在黑水河裡泡了很久，船身附滿厚厚的藤壺，看起來像是皮肉凹凸不平、粗糙而布滿戰疤。上下翻轉的船殼已經腐朽且開始下陷，因此讓人覺得像是粗短的口鼻在戳探河岸。它在最後一波退潮中移動，使得木殼磨擦鵝卵石，於是木頭不時就會發出哀鳴。在披掛的墨角藻和褐藻底下，勉強可以看出用藍色和白色油漆凸顯出來的名字「葛蕾絲」：這是班克斯早以為遺失的船，卻一直在潮水的一時興起下被送到草澤地上，把整個村子的人嚇得魂飛魄散。

她們緊抓著對方，不知道該笑還是該哭。「它一直都在這裡，」娜歐蜜說：「我爸以為有人從碼頭邊把它偷走了，我說才不是，只是你每次都綁得不夠緊……」

「想想看，西波恩太太還拿著筆記本來這裡，希望自己帶了相機，巴望著在大英博物館取得一個櫃位……」喬安娜說著笑了起來，感覺有點不厚道，不過她確信珂拉也會看出這之中的滑稽之處。

「……『叛徒的橡樹』上還掛了那麼多馬蹄鐵，還有守夜人，而且大家都不讓小孩出門……」

「我們應該告訴我爸，」喬安娜說：「我們應該把所有人找來這裡，讓他們瞧一瞧——只是萬一我們回來時它已經不見了，被潮水帶走了，沒有人會相信我們的……」

「我留下來。」娜歐蜜說。淡淡的太陽將草澤地鍍上一層紅銅色，她們很難相信自己曾經感到絲毫的恐懼。「我留下來。畢竟這可以說是我的船。」**葛蕾絲**，她心想。**化成灰我都認得出來！**「去吧，喬喬，用最快的速度跑，再晚，天就要暗得看不見了。」

「真奇怪，」喬安娜邊說邊轉過身，朝向鵝卵石河岸上方的小路，「船底下有某種藍色的東西伸出來——妳看見了嗎？也許是矢車菊，不過這個季節怎麼還會有矢車菊？」

隔著一段距離外，法蘭西斯・西波恩坐在利維坦的肋材間旁觀，一邊清理刺進掌心的黑色碎木屑——兩個女孩都沒看見他，也沒人關心他在哪裡。

威爾在書房裡打瞌睡，沒有做夢。當他醒來的時候腦中紛亂不安，充滿鮮明的記憶，一時間他很難分辨睡眠與清醒的界線。桌上擺著空白的信紙，但現在還有什麼用？他根本不可能向珂拉傳達，他原本把自己的生命建立在一個根基深厚的地基上，現在那地基卻已位移、龜裂、重建。浮現在腦中的每個句子都立刻被另一個相等卻相反的事實給反駁：我們違反了戒律——我們遵守戒律；以上帝之名啊，希望妳保持倫敦人的距離——感謝上帝妳我活在同一個時代，感謝上帝我們共同享有這個人世！結果造成相互抵消的效果：他無話可說了。**憂傷痛悔的心，你必不輕看，**[81]他心想，希望他的靈魂能更憂傷、他的心能痛悔得更徹底。

有個聲音喚醒他——那是腳步聲，柵門關了又開：他想到史黛拉在樓上醒來，也許想找他，於

81 出自《詩篇》第五十一篇第十七節。

是他的心一如往常地變得輕快。他發出厭惡的聲音把珂拉的信推開——以最壞的角度來說它是個汙染物，或最起碼也是令人分心的事物，而他的所有心思都應該集中在樓上那個心愛的人身上，那個人只有一半仍躺在這個世界，另一半已進入下個世界。結果，只是喬安娜從潮淹地回來了，大衣上還帶有那裡的氣味，她的眼神閃亮、淘氣、歡快。「你得來一趟，」她拉著威爾的袖子說：「你得來看看我們發現什麼——我們要讓所有人看，然後一切都會沒事了。」

他們擔心會吵醒史黛拉，靜悄悄地出門穿過公有地，在藍色的薄暮時分，「叛徒的橡樹」投下長長的影子，所有霧氣都已消散了。「等著瞧。」喬安娜說，並催促他快跑，又不肯回答問題（「喬，我很累，妳不能直接告訴我嗎？」「等一下你就知道了。」）。然後他們來到高路上，路面在最後一絲天光下燃燒著濕潤的紅光。當他們走到諸聖堂時，看到法蘭西斯．西波恩就像尋常男孩一般跑回家。然後「世界盡頭」那棟屋子出現在眼前，少了克萊克尼爾的它灰心喪志，幾乎徹底還原為艾塞克斯黏土。「再走一小段路就到了，」喬安娜邊說邊拽著他前進，「在利維坦旁邊，娜歐蜜在那裡等我們。」娜歐蜜．班克斯確實頂著隱隱發亮的鬈髮在那裡，不遠處的一圈石頭裡生著火。

威爾聽到海鷗全都叫出聲，因為清楚地看見陸地而鬆了口氣，他吸了一口含有鹽味以及壕塘中牡蠣甜味的空氣。翻石鷸在河灣間忙個不停，杓鷸則在水面下唱著歌。這時娜歐蜜喚了一聲並招手要他們過去，威爾這才看見她們發現了什麼：在清澈的傍晚天光下，有一艘附滿藤壺、披掛著墨角藻的殘破船隻。它被沖上岸時船頭頂著鵝卵石灘的方式，看來有點像是有生命的東西。他走近一些，看到船殼上清楚地寫著「葛蕾絲」。「折騰了老半天，」他看著娜歐蜜說：「原來真的只是妳爸爸的船嗎？」娜歐蜜點點頭，頗為得意，好像一切都該歸功於她，而威爾鞠了一躬並和兩個女孩握手。

「做得很好，」威爾說：「妳們應該獲頒為這個教區的榮譽居民。」他懷著誠心誠意的感激默默地作了一段短短的禱告：**且讓那一切就此結束吧——恐懼、耳語以及學校裡半瘋狂的女孩子！**「娜歐蜜，我們去找妳爸爸來：這事該作個了斷了。我們竟然有兩條『艾塞克斯之蛇』，而且兩者連一隻蒼蠅都傷不了！」

「可憐的傢伙。」喬安娜說，蹲到船旁邊，敲敲木頭，指節被鋒利的藤壺刮了一下而皺起臉。「可憐的傢伙，最後落得這個下場，它應該要出海才對。還有，你們看，」她說：「石頭裡有藍色的花，就像是特地放在這兒的，還有一小塊藍色玻璃。」她撿起被海水磨鈍的玻璃放進口袋。「回家去吧，」威爾說，一邊把她拉開，「天一下子就要黑了，還要去跟班克斯說呢。」他們友好地勾著手臂，感覺過了充實而忙碌的一天，轉身背對黑水河。

珂拉放下想看卻看不進去的書，抬頭看到法蘭西斯站在門口。他顯然跑過一段路：他的劉海濕濕地貼在額頭上，單薄的胸膛在外套下起起伏伏。看到他表現出任何一點失常都是件大事，因此珂拉從椅子上站起來。「法蘭奇？」她說：「法蘭奇？你受傷了嗎？」

法蘭西斯拘謹地站在門口，好像擔心他不該進來。他從口袋取出一張摺起來的紙，小心翼翼地攤開，放在袖子上撫平。然後他把紙按在胸口，用一種珂拉從未見過的求助眼神看著她，說：「我擔心我做了一件錯事。」他的嗓音比以前都更像個孩子，但他沒有孩子氣地抽鼻子或抽噎，只是默默地開始流淚。

珂拉感覺內心湧起一股情緒，就像是她所感受過的所有痛苦統統累積在一起，梗住她的喉嚨，一時間她無法言語。「我這麼做沒有惡意，」法蘭西斯說：「她跟我說她需要我幫忙，她很親切，我把我最好的東西都給她……」珂拉花了很大的力氣克制自己，才沒有奔向法蘭西斯並試著擁他入懷，這種事她已經做過很多次了，都遭到了回絕。最好還是讓法蘭西斯主動來找她——她坐回椅子上，說：「法蘭奇，如果你只是想表達善意，怎麼可能做出錯事呢？」於是法蘭西斯突然撲到她腿上，黑色頭顱剛剛好塞入珂拉的臉頰與肩膀之間。法蘭西斯用雙臂緊緊摟住她的脖子——她感覺到法蘭西斯溫熱的淚水，以及兩人相抵著的快速心跳。「好了，」珂拉說，她用雙手捧住法蘭西斯的臉，有點擔心會看到兒子退離她身邊，再也不回來，「告訴我你認為你做了什麼，我就告訴你我們要怎麼修正過來。」

「是蘭森姆太太，」法蘭西斯說：「我想給妳看，但我不應該這樣做！我想給妳看，但我答應她我不會這樣做！」他所承諾的事與他想做的事難以協調，讓他感到迷惑：無論他轉往哪個方向，都會有東西被打亂。他抓著紙的手放鬆了，於是珂拉從他手中把紙抽出。藍色紙上用藍色墨水寫著「明天／六點／我的意願將實現！」，底下則是一幅童稚的草圖，畫著一個微笑的長髮女人躺在波浪狀的水波下。史黛拉．蘭森姆簽了名，並在底下寫道：**記得穿外套可能會冷**。

「史黛拉，我的天啊。」珂拉說，但她不能嚇到法蘭西斯，或是把他從腿上推開，自己衝向大門：萬一她兒子再也不來找她，再也不張開雙臂、試著直視她的眼睛怎麼辦？珂拉一陣反胃，她咬牙忍住，用尋常對話的語氣跟兒子說話，好像兒子的回答不會造成什麼重大影響。「法蘭奇，你是不是陪她去了河邊？你扶她走下去嗎？」

「她跟我說她被召喚回家，」法蘭西斯說：「她告訴我『艾塞克斯之蛇』想要她，所以我告訴她那裡什麼也沒有，而她說上帝行事的方式很神祕，還有她已經待太久了。」他用手捂著臉開始發抖，好像他還在外頭的鵝卵石河岸上，而太陽早已下山了。

「好了，」珂拉說：「好了。」她安撫法蘭西斯，驚訝地發現法蘭西斯順從地接受了，還轉頭面向她。她抱著法蘭西斯，既是在安慰兒子也是在安慰自己。她呼喚瑪莎，瑪莎應聲前來，她最近對朋友的冷淡在她跨出房門後就放下了。

「照顧他一下，拜託，瑪莎，」珂拉說：「我的天啊，我的天啊，我的大衣在哪，我的靴子呢？……法蘭奇，你只是盡力而為，而我現在也要盡力而為……不，不，待在家裡，我很快就回來。」

威爾走在高路上，喬安娜和娜歐蜜在他身旁。他心想：**她們是多麼得意啊！**他面帶微笑，一如往常地在思考該怎麼向珂拉轉述這件事，怎麼講才能讓她聽得最如痴如醉。但或許現在那都不可能實現了，一切都已被打碎、重製，他都認不出事物的形狀了……這時喬安娜喊了一聲「珂拉！」並揮手。而他的朋友就在小徑上奔跑，或者該說幾乎在奔跑，於是在短暫的瞬間，他以為珂拉是來找他的（這使他難以自制地發出一個聲響），他以為珂拉再也無法忍受繼續把自己關在屋子裡一小時了。

「怎麼了？」娜歐蜜停下腳步說，手撫向白鐵盒墜尋求慰藉。可以確定的是，有事情出了差錯——珂拉的臉頰被淚水沾濕，懊喪地張著嘴巴——她手裡抓著一張紙，邊走近邊朝他們揮舞，像是在傳達他們誰也無法判讀的信號。她來到他們面前，幾乎沒有停下來喘口氣，只是扯著威爾的袖子說：「我想史黛拉在那裡，在河邊——我想出事了。」

「可是我們是從河邊過來的……沒事的，那是班克斯弄丟的船——」但珂拉已經跑掉了，她剛才把那張紙往威爾身上一塞，結果掉在濕濕的小徑上，一時間威爾動不了也說不出話。因為確實出事了，對……對，他應該要馬上看出來才對——就在那裡，在他觸手可及的範圍之外——他只差一點就能搆著了。喬安娜蹲下來撿起那張紙。她一開始不解其意，後來腦中浮現一幅奇異又駭人的畫面，她不禁抬起雙手，像是能把畫面驅離。「爸爸，」喬安娜不由自主地哭出來，「她不是在睡覺嗎？我們不是讓她安全地待在樓上嗎？」威爾臉色變得十分蒼白，有點暈眩，說道：「但我聽見她的聲音，她的腳步聲，關門聲——她說她想休息……」

他們看到珂拉跑到往下連接到潮淹地的道路那裡，還有她脫掉大衣好更方便跑向草澤地。威爾跟上去，暗自咒罵自己突然變得遲鈍而不聽話的身體，好像這是別人的身體，而他只是附身在身體裡的靈魂。他是最後一個趕到破船邊的人——珂拉已經跪在泥巴裡用力推著船身，因此她背上的肌肉都在洋裝布料下移動。兩個女孩也跪在她身邊，看起來就好像三個人跪在醜陋的惡神面前，而那惡神是不會回應任何禱告的。威爾看見了（他先前怎麼會沒注意？），破船邊擺了一圈有藍色條紋的石頭，淺色的緞帶隱約可見，藍色玻璃瓶直立在鵝卵石間。「她說她累了，該是她休息的時候了……」威爾困惑地說。她們在泥巴裡做什麼？她們的洋裝沾了泥巴而變重，她們為何低著頭在使勁？「史黛拉、史黛拉。」她們一遍又一遍地呼喚，好像她是去散步的小孩，大人叫她回家時她不聽話。她們的手在濕木頭上滑動，三個女人把船掀起來了，它畢竟並不是很重，船身在移動的同時解體了。

史黛拉．蘭森姆披著裹屍布躺在陰影中，沉默無聲，周圍擺滿她的藍色寶物。威爾看到她時大叫了一聲，珂拉也是。珂拉抓不穩船殼，掉下來在草澤地上摔裂了。接著史黛拉便沐浴在最後一抹天光下，薄薄的藍色洋裝凸顯了她漂亮的髖骨和肩骨。她手中握著一束仍散發香氣的薰衣草，她的藍色玻璃瓶、小塊的麻紗和棉布塞在身體周圍，她頭下枕著藍色絲質靠墊，腳邊放著她的藍色筆記本，因沾了水而捲曲。她的皮膚也是藍色的，嘴唇塗著藍粉，血管很貼近皮膚，看起來有如大理石紋，她閉起的眼皮塗了一點紫色眼影。威廉．蘭森姆跪在地上，把妻子拉向自己。「史黛拉，」他親吻她的額頭，「我在這裡，史黛拉，我們來帶妳回家了。」

「別離開我們，親愛的，還不是時候，」珂拉說：「不要走。」她握住史黛拉蒼白的小手，擱在自己的雙手間摩擦。喬安娜把母親精緻的洋裝下襬往下拉，蓋住她藍色的赤腳。「聽，她的牙齒在格格響，你們有沒有聽到？」她脫下自己的大衣，並幫威爾也脫下大衣，他們合力將史黛拉裹得密密實實來抵禦冷風。

「史黛拉，親愛的，妳聽得到我們說話嗎？」珂拉說，她充滿關愛的急切心情中，混雜著她不習慣的、令她心痛的愧疚——噢，是的，是的，史黛拉聽得見：微暗的眼皮閃了閃然後張開來，底下是那雙明亮的眼睛，跟以前一樣顏色有如三色菫。「我無瑕無疵站在他榮耀之前，[82]」史黛拉說：「我站在他的筵宴所門口，他以愛為旗在我以上。」她的呼吸很淺。她咳到抽搐，嘴角留下一滴血

82　改寫自《猶大書》第一章第二十四節。

沫。威爾用拇指將它擦去，說：「還不到時候呢，還要一陣子。我需要妳，親愛的，我們承諾過永遠不會讓對方孤單一人，妳不記得了嗎？」他感覺到喜悅，一種很不合宜的強烈振奮心情：在鵝卵石河岸上，就在這裡，他獲得了救贖，因為他的腦中除了史黛拉別無雜念。他心想：**恩典再度降臨！對罪人之首來說，恩典竟是如此豐沛！**

「我們兩人會在同一天熄滅，就像被留在敞開窗戶旁的蠟燭。」史黛拉微笑說道：「我記得！我記得！但我跟你說，我聽到他們在喚我回家，而水裡有東西，牠在夜裡悄聲細語，牠很餓，所以我想：我要下到河邊，為了奧溫特村跟牠談和。」說到這裡，她在威爾懷裡轉身望向河口，那裡可見清澈的天空襯出明亮燃燒的暮星。「牠有來找我嗎？」她焦躁地問：「牠有來嗎？」

「牠走了。」威爾說：「妳像獅子一樣英勇地把牠趕走了……現在跟我們回家吧，回家。」喬安娜和娜歐蜜扶威爾站起來，抱起史黛拉是多麼輕鬆，感覺好像史黛拉已經開始消散在藍色的空氣裡！

「珂拉，」史黛拉輕聲呼喚，伸出一手，「妳好溫暖，妳一向如此……跟法蘭西斯說把我的石頭、零碎的小東西拿去，都留下吧。把它們交給河流，將黑水河變藍。」

十一月

傾斜的世界繼續運轉，繁星排列成的獵人走在艾塞克斯的天空中，他的老狗跟在腳邊。秋天抵抗著勤奮的冬天：這是個暖和而清朗的月分，有一股野蠻的、令人難以消受的美。奧溫特公有地上的橡樹林在豔陽下散發紅銅色的光澤，灌木樹籬長滿漿果而一片嫣紅。燕子已不見蹤影，但潮淹地的河灣中有許多天鵝會嚇唬狗和小孩子。

亨利・班克斯在黑水河岸邊把他殘破的船給燒了。潮濕的木頭噴出火星，黑色油漆起了水泡。「葛蕾絲，」他說：「原來妳一直都在這裡。」娜歐蜜直挺挺地站在他身邊，警覺地看著正在轉向的潮水。她感覺自己被困在一個不上不下的動作中，暫時停頓在一腳踩在水裡、一腳踩在岸上的瞬間。**接下來呢？**她心想，**接下來呢？**拇指和食指連接處的肉裡，深深地插著一根船身上的黑色木刺：她將木刺當作護身符摸了一下，對自己的雙手做的所有事感到敬畏。

倫敦太輕易地投降，並掛出了白旗：才十一月中，河岸街的公車車窗上已經結了霜。查爾斯・安布羅斯發現自己再度扮演父親的角色：喬安娜總是賴在他的書桌前，毫無例外地對他最不合宜的書興致勃勃；詹姆斯早餐時在水溝裡發現一副壞掉的眼鏡，到晚餐時已經做出一具顯微鏡。查爾斯掩飾自己偏愛約翰的事實，他在約翰的好胃口和與世無爭的好脾氣中看見自己的影子。查爾斯趴在地上玩紙牌，在蓋・福克斯之夜[83]弄破自己的外套，但他並不介意。到了晚上，他和凱瑟琳會相視搖頭：在他們井然有序、品味不俗的家中，這三個孩子的存在就跟任何來自河中的怪獸一樣突兀。信件如此頻繁又迅速地在倫敦和奧溫特間傳遞，他們開玩笑說，鐵路側線有一班夜車專門等著為他們服務。約翰相信了這個說法，問說他能不能烤一個蛋糕讓火車司機有體力繼續工作。

查爾斯收到一封史賓塞的信。這封信不像他先前那樣鬥志昂揚：當然他在道義上仍為改善住房政策奉獻心力，不過現在關注的焦點擺在如何審慎地將他那極為累贅的財富運用在投資方面。也許是房地產吧，他說（話說得含糊，不過也不需要再多說什麼了），現在最熱門的是房地產，而查爾斯心裡雪亮得很。查爾斯敢打賭，貝斯納格林區那裡換了個新房東，那個房東心腸很好，相對來說生意頭腦很差。

愛德華・波頓尚未返回工作崗位，正在畫藍圖的他抬起頭，看到桌邊的瑪莎。珂拉・西波恩給了瑪莎一部打字機，它著實發出不小的噪音，不過愛德華不介意。他怎麼會介意呢？僅僅在一個月之間，他就從面臨無家可歸的威脅，轉換為擁有某種程度的寧靜與安全感，他早晨醒來時都不免因此有點困惑。整棟公寓大樓都被一個地主買下來，那地主雇用了兩名職員來為每一戶進行審查。他們帶著相機上門，拒絕喝茶；他們記下受潮的窗框、彎曲變形的門、嘎吱作響的第三階樓梯。不到一星期，這些都修好了，街道瀰漫著石灰水和灰泥的氣味，在吃早餐和晚餐的時候，工廠工人、護

83 蓋・福克斯之夜（Guy Fawkes' Night）為每年十一月五日在英國舉行的慶祝活動，為紀念一六〇五年十一月五日成功破獲計畫炸死詹姆斯一世及其他議員的蓋・福克斯一夥人，慶祝活動包括搭建篝火、施放煙火，以及焚燒蓋・福克斯的假人。

士、職員、母親和年長者都繃緊神經，等著房東通知要懲罰性地漲租金，結果始終沒有等到。現在鄰居們聚集在樓梯間，搔著頭搞不清楚狀況，大夥兒一致同意那男人是個傻子。在公開場合，他們表現出某種程度的怨恨——不止一個住戶自信滿滿地說：我才不需要別人施捨，但私底下一關上門，他們會為房東祈福，如果知道他叫什麼名字的話。

瑪莎口袋裡隨身攜帶一張摺起來的信，是史賓塞祝她幸福快樂。「有很長一段時間，我懷疑自己有什麼用處，我唯一的可取之處就只有金錢。我隨隨便便選了外科醫生這條路，只因為這是一種受人尊敬的打發時間方式，而且我小時候曾經嚮往過，但我其實從未真心投入，天知道我絕不是路克·蓋瑞特。我是因為妳才找到了使命感，讓我能夠看著鏡子而不為自己作嘔。我真希望妳愛我，但我很感謝妳幫我找到一種方式去愛妳，並試著導正妳讓我看清楚的那些錯誤。」他的信寫得如此謙卑，如此體貼，瑪莎一時間懷疑自己跟他共度人生會不會才是更好的選擇。但不是，珂拉不在的時候，她想要的人是愛德華·波頓，包括他近乎徹底的緘默和靈巧的雙手，愛德華是她的同志也是她的朋友。

奇怪的是，瑪莎在貝斯納格林區的時候，對珂拉的渴望並沒有比在福里斯街、科爾切斯特，或是奧溫特公有地那棟灰房子裡更強烈。那股渴望就像北極星一樣固定不變，她不需要刻意尋找。她也對她們多年的相伴沒有怨言：她明白光陰是會遞嬗的，也了解曾經必要的事物可能不再派得上用場。她從打字機前抬起頭，摸了摸最近刊出她文章的雜誌，看到愛德華對著設計圖皺眉頭。再說，作為一個女人，若是唯一的野心就是被愛，未免太可憐了。她有更好的事可以做。

在路克．蓋瑞特位於本東維爾路的住處，兩顆真誠的心靈結合了[84]。有時候兩人都衷心希望對方能沉到黑水河底，不過從泰晤士河的源頭一直到盡頭，都再也找不到比他們更忠誠的一對了。

十一月初的時候，史賓塞搬離他在女王門的居所（他愈來愈覺得住在那裡很丟臉），去跟朋友住在一起。路克覺得自己有義務好好抗議一番（多謝了，他不需要看護；他永遠都不想見到任何人；他一向覺得史賓塞是個特別惹人厭的同伴），但事實上他很高興。不僅如此，史賓塞還挖出一句關於救人性命的古老格言，並有理有據地指出，既然路克讓他免於一死，那麼他便同時成為路克的所有物以及責任。「基本上，我是你的奴隸。」他說，一邊把母親的照片掛在伊格納茲．塞麥爾維斯的肖像旁。

那隻傷殘的手並沒有顯著的康復跡象：線已經拆了，疤沒有想像中那麼糟，沒有喪失觸覺，但那兩根手指堅決向內彎曲，要抓握任何比叉子更精細的物品都很笨拙。儘管脾氣暴躁，路克還是盡責地配合使用橡皮筋進行各種復健運動，不過只是死馬當活馬醫。珂拉的幽靈總是徘徊在他面前。他抱持著兩種同樣不可能發生的幻想：第一種是他生了壞疽，讓他發臭化膿、悲慘無比，而珂拉將一輩子痛悔自責；第二種是他找到方法治好自己，並且立即接下一件大膽至極的手術，結果他一夕成名，贏得珂拉情不自禁的愛慕，而他在眾人的目光下不屑地丟開珂拉的感情。儘管他曾作過許多山盟海誓，卻不像史賓塞一樣有能力愛得謙卑而低調，不期待回報，他對珂拉難以平息的憎惡成為支撐他的動力，效果遠勝於史賓塞堅持要他好好吃早餐（「你太瘦了，這對你沒好處……」）。史

84　引用莎士比亞十四行詩第一一六首。

賓塞比任何人所以為的都更有智慧，他明白路克所不明白的事：愛與憎惡之間只隔著一層像面紙一樣薄而脆弱的東西，而珂拉只需要輕輕一碰，就能直接把手指戳到另一邊去。

但是讓路克拿豬排當晚餐的，不光是情緒和忠誠發揮的作用，史賓塞或多或少也得強迫朋友出門從事研究或用餐。此外，他們的安排也有實際層面：史賓塞成功誘哄路克回到他曾擔任外科醫生和病人的皇家自治市教學醫院，並且提出一個解決辦法。史賓塞自己的外科醫療技術始終比不上路克，這是明擺在眼前的事實；但他的技術還可以，比某些人強。史賓塞缺乏的是朋友的膽識和洞察力，這點他自己也欣然承認。對路克來說，所有傷口和疾病都不是威脅，而是他樂意接受的機會，讓他能展現自己的技巧。有鑑於此，史賓塞說，難道他們不能構成一種嵌合體，用他的手來代替路克的手？「我保證不會真的用腦思考，」他說：「你總說我不太擅長做這件事。」然後他得意洋洋地推開手術室的門，希望裡頭的場景能讓路克難以抗拒。結果確實如此：石碳酸皂的氣味、鋼盤中燦亮的手術刀、整疊洗乾淨的棉布口罩，就像電流一樣刺激路克的脊椎底部。打從他的手縫合完成後，他就沒進過這個地方，他覺得那就像把一盤食物放在快要餓死的人面前，卻又剛好讓他搆不著。結果他反而獲得了生命力——彷彿一直在他腳下的絞刑架橡樹的影子消退了，半蹲伏的身體似乎再次具備令人恐懼的潛在能量。這時羅林斯邊撫著鬍鬚邊走進來，對到史賓塞的眼神，他像是才剛想到一般，怯怯地說：「剛進來一個脛骨的複雜性骨折傷患，恐怕有點棘手，而且那個男人付不出醫藥費。你們兩個小夥子有誰想試一試嗎？」

週日來臨，威廉．蘭森姆站在他的講道壇裡。他看到西側的窗戶有一塊窗板裂了，便暗自記下；他看到深色長椅碎裂的扶手，則別開目光。今天來聚會的人很少，因為沒有悄聲傳遞的恐慌驅使他們來到上帝的施恩座前，不過來了的人倒是都很歡快：**齊來歡喜同頌揚**，他們唱道，祝願鄰居獲得善意。「叛徒的橡樹」上的馬蹄鐵已取下了，除了其中一個掛得實在太高，大概會一直留在那兒，直到沒人能記得它可能是做什麼用的。威爾只提到蛇一次——提到牠的雙重假象，還有眾人虛妄的恐懼，並且用伊甸園為主題作了親切的布道，將蛇的概念隱藏其中。眾人離去時毫不懷疑自己之前做了蠢事，不過情有可原，他們下定決心要管好自己的舌頭。

威爾護著左膝走下講道壇狹窄的樓梯，最近每到早晨他的左膝都會痠痛，然後向聚在停柩門邊、在門口等他的人草草打招呼：「星期三下午，我絕對會去的——不，不是《詩篇》第四十六篇，也許你要說的是第二十三篇？——她要我問候你，她真希望能親自到場。」一切都獲得了寬恕。他們現在對他無比縱容，這是以前從未有過的情形：他們仍然會談起那個倫敦女人，她不久前好像還一直流連在威爾家門口，他們都知道威爾在草澤地上如何將妻子摟在懷中。他們看到他身上的光澤變得暗淡，這使他更加珍貴：因為他不是鋼，他是銀。再說，他們知道牧師寓所的門後有什麼在等待，知道他為什麼要急著趕回家——那個藍眼睛的妻子，每隔一星期左右會到公有地上繞一繞，全身裹得密不透風，在那兒呼吸一點新鮮空氣、向鄰居打聲招呼，再喘吁吁地回到她用窗簾遮住的房間裡。他們在門階上留下玫瑰果糖漿和帶殼核桃等禮物。他們留下卡片以及很小、很薄的手帕，輕薄到根本派不上用場。

威爾摘掉領圈，拋下牧師的黑外套：最近他很不耐煩做這動作，雖說他幾乎又會同樣匆忙地把外套穿回去。史黛拉在等，像隻小貓蜷在毛毯下，伸出雙臂。「告訴我你見到哪些人，還有他們說了什麼。」史黛拉說，她正好有探聽八卦的心情。她拍拍床鋪，要威爾過去，於是他們又成了孩子，或者說幾乎是孩子——嘻嘻哈哈，不管其他人，講一些顛三倒四的話，若是被別人聽見，肯定以為他們在胡言亂語。可是沒有別人聽見：屋子是空的，孩子們已經離開一段時間，在缺席的狀況下變成傳說的素材。「還記得喬嗎，」他們說：「還記得約翰和詹姆斯嗎。」兩人在想念孩子的痛苦之中尋求快感，因為這種甜美的悲傷只要靠一張火車票或郵票就能緩解。威爾一向覺得小房間和低矮天花板會令他喘不過氣，他的肌肉若疏於使用就會痠痛，現在他卻搖身一變成了女僕和母親，有時候還會穿上圍裙，在烤肉和清洗床單上展現出令兩人都頗為訝異的天分。巴特勒醫師從倫敦下鄉來，表示頗為滿意：（他說）現在的重點在於管理，只要做好適當的預防措施，待在這裡比任何地方都好。他用石碳酸皂洗手：提醒一下，你也要照做，他說。

史黛拉還是像以前一樣，是兩人中比較歡快的，她感覺自己像緩緩解開纜繩的船，船帆為即將來臨的風而升起。她為孩子們心痛——有時候她難以分辨是愛抑或疾病使她抓著床緣，指節泛白，張嘴喘氣——但（她說）他們每一根頭髮都被數過了，而如果他們在天上的父知道每隻掉在地上的麻雀[85]，祂豈不是會更留意不讓約翰跑到倫敦公車行進的路線上？

她會想起「艾塞克斯之蛇」，不過這情況非常少見，那時她的心情帶著一點憐憫，忘了牠畢竟只是由血肉、木頭和恐懼構成的。**可憐的野獸**，她心想，**始終不是我的對手**。有時候她變得躁動不安，尋找她的藍皮筆記本和藍墨水，但那已經被河口的潮水帶走，所有纖維和細線都在深色的黑水河裡

85　此兩句指的是《馬太福音》第十章第二十九至三十節：「兩個麻雀不是賣一分銀子嗎？若是你們的父不許，一個也不能掉在地上；就是你們的頭髮也都被數過了。」

融解。

威爾每天都到田野間散步，冬小麥長出纖細柔軟的鮮翠秧苗，他就像是走在長長的綠色絲絨之間。他用上一股覺得總有一天會使他心跳停止的力氣，只要他人在奧溫特的任何一座屋簷下，他就會將珂拉擱到一邊，等到他進入光禿禿的森林，或是走在科爾切斯特的馬路邊，或是站在黑水河的草澤地上時，才將珂拉取出來。他將珂拉拿出來，彷彿原本將珂拉藏在大衣裡，然後藉著日光和珍珠般的秋月光芒審視她，將她放在手裡翻轉——畢竟對他來說，珂拉到底算什麼呢？他拿不定主意。他並不想珂拉，因為珂拉似乎執拗地存在，在裹著光禿山毛櫸樹枝的黃色地衣裡，在掠過橡樹林的紅隼裡，他曾見過那隻紅隼輕顫著展開的尾羽。威爾來到綠色台階處，發現台階已然褪色，沾上了泥巴；他想起珂拉情急地用手拉著自己的裙襬，想起她的滋味，而他也潰不成軍了，他當然潰不成軍了，但那並不是全部，也不是整件事的最高峰。如果是的話就簡單多了，就卑劣多了！可是事實上他在努力搜尋該怎麼稱呼珂拉最恰當時（而他仍然信奉事實），他所能想到最精確、最誠實的答案也只是：「她是我的朋友。」

儘管如此，他並沒有寫信——他覺得沒有必要。珂拉在上方高聳的杉葉藻中，在其引用的措詞中，在威爾臉頰上弧形的疤痕中，向他傳達訊息；而他想像自己也藉由類似的方式在向珂拉傳達訊息，他們的對話會無聲地繼續下去，就像旋轉墜落的懸鈴木翅果種子。

珂拉·西波恩
福里斯街十一號
倫敦W1區

親愛的威爾：

我現在又在福里斯街了，我獨自一人。

瑪莎去了愛德華那裡，既是妻子也是同謀，不過她還在這裡，在我枕頭上的檸檬香裡，以及盤子堆疊的方式裡。法蘭奇住校了，他會寫信給我，這是以前從未發生過的事。他的信很短，字跡整齊得像報紙印刷體，他署名為「妳的兒子法蘭西斯」，好像他覺得我可能會忘記似的。路克在康復當中，不過史賓塞的功勞大於我。我希望很快就能見到他們所有人。

我到每個房間去拉下家具上的防塵布，將手按在每張椅子和桌子上。我主要住在廚房裡，那裡的爐子永遠燒著火：我畫畫和寫作，將我的艾塞克斯寶藏編目歸檔。那都是些不起眼的東西——一個鸚鵡螺化石、碎牙齒、一個純白的牡蠣殼——但誰撿到就是誰的：它們是我的。

我晚餐吃了一個蛋配健力士啤酒，還讀了勃朗特和哈代、但丁和濟慈、亨利·詹姆斯和柯南·道爾。我在一些頁面作了記號，事後翻回去看，發現我畫線標記的段落，是我認為你可能也會拿起鉛筆的地方，然後我在頁緣空白處畫了「艾塞克斯之蛇」，還給了牠一對可以飛翔的健壯飛翼。

孤獨很適合我。有時候我穿上我的舊靴子和男款大衣，有時候我換上絲質禮服，誰也不懂我在想什麼，包括我在內。

昨天早上我走到克勒肯維爾區，站在艦隊河奔流的那個鐵格柵旁，側耳傾聽，幻想聽到我所知道的所有河流的水聲——位於漢普斯特德的艦隊河源頭，那是我小時候會去玩的地方；寬闊的泰晤士河；還有黑水河，它的祕密幾乎沒有守密的價值。

接著河水猛然暴漲，把我帶到艾塞克斯的河岸，帶到所有草澤地和鵝卵石灘，我在唇上嚐到鹹鹹的空氣，很像牡蠣肉，我感覺我的心在「cleave」，正如同當時在幽暗樹林的綠色台階上，以及現在的我所感受到的：有什麼東西被割開了，也有什麼東西密合了。

透過窗戶照在我背上的太陽很暖，我聽到有隻蒼頭燕雀在唱歌。我被撕裂了，又被修補了——我想要一切，但我什麼都不缺——我愛你，然而沒有你我也心滿意足。

即使如此，還是快點來吧！

珂拉．西波恩

作者的話

拜下列著作之賜，為我開啟了一扇通往維多利亞時代的門，而那時代與我們的時代是如此相似，幾乎說服了我那是我的記憶。

馬修．史威特（Matthew Sweet）的《創造維多利亞時代人》（*Inventing the Victorians*, 2002）挑戰了維多利亞時代是被宗教和難以理解的禮教綁架、過分拘泥規矩的概念；相反的，他讓我們看見十九世紀的百貨公司、大型商業品牌、性癖好與該時代的人對奇異事物的著迷。

有位不具名的艾塞克斯牧師寫了一本不出名的書：《聖經與科學並行世界下的人類時代》（*Man's Age in the World According to Holy Scripture and Science*, 1865），由此書可以看出作者是個不認為信仰與理性互斥的神職人員。我覺得設想威廉．蘭森姆的書架上有這本書很有趣。

在《維多利亞家計》（*Victorian Homes*, 1974）中，大衛．魯賓斯坦（David Rubinstein）整理了那個時代的住房危機、惡劣的房東、令人髮指的租金和政治詭計，這些描寫就算刊登在明天的報紙上，也不會讓人覺得脫離現實。《倫敦棄兒的悲情哭喊》（*The Bitter Cry of Outcast London*, 1883）是安德魯．米恩斯牧師（Andrew Mearns）所匯編而成的，網路上就可以看到全文。它在「貧窮」與「失德」之間畫上假等號，讀者從現代的政治辭令中，或許可以窺見異曲同工之妙。

有些人習慣想像維多利亞時代的女人總是在滿臉大鬍子的丈夫監視下鬱鬱寡歡、歇斯底里，這些人絕對應該讀一讀瑞秋・霍姆斯（Rachel Holmes）為愛琳娜・馬克思（Eleanor Marx Aveling, 1855-1898）寫的傳記（二〇一三）。作者在序言中說：「女性主義是在一八七〇年代開始的，不是一九七〇年代。」

在研究治療結核病，尤其是它對心智的影響時，我要特別感謝海倫・拜能（Helen Bynum），也因與她信件往來以及閱讀她的著作《濺血》（*Spitting Blood*, 2012）而受惠。與此同時，理查・巴奈特（Richard Barnett）的《病玫瑰》（*The Sick Rose*, 2014）展示了我們可以在疾病與磨難中，發現如何令人不安的美麗。

羅伊・波特的扛鼎之作《人類的最大福祉：從古代到現在的人類醫學史》（*The Greatest Benefit to Mankind: A Medical History of Humanity from Antiquity to the Present*, 1999），他對手術史的概述《血肉》（*Blood and Guts*, 2003），以及彼得・瓊斯（Peter Jones）的《外科革命》（*A Surgical Revolution*, 2007），在我建構路克・蓋瑞特醫師的心智與工作時都是無價之寶。《迷蛇記》中，醫學方面（和其他方面）若有任何不精確及省略之處，都該歸咎於我一人。

史黛拉・蘭森姆的「結核病樂觀心態」（spes pthisica）相關描寫，相當程度地受到了瑪姬・尼爾森（Maggie Nelson）的著作《矢車菊藍》（*Bluets*）的影響，這本書細膩地思索了欲望與苦難的定義，而且是透過一種藍色濾鏡。

警告亨納姆村的村民有「艾塞克斯之蛇」存在的小冊子《來自艾塞克斯郡的奇聞異事》（*Strange News Out of Essex*）是真實的。你可以在大英圖書館看到一六六九年的原件和一八八五年米勒・克利斯帝（Miller Christy）的摹本。艾塞克斯郡的番紅花沃爾登鎮圖書館裡也有一份該摹本的影本，那裡正是摹本最初印製的地點。本書一到四部的標題名稱，均擷取自那本小冊子的內容。
瑪麗．安寧的「海龍」展示於倫敦的自然史博物館。

致謝

首先向我親愛的 Rob 致上滿懷愛意的感謝，他的陪伴具有無窮盡的趣味和魅力，也是他第一個告訴我「艾塞克斯之蛇」的傳說。

一如以往，我無比地感謝 Hannah Westland 和 Jenny Hewson 的智慧與支持，也感謝她們有個神奇的習慣，能比我更了解我在想什麼：跟她們合作是很幸運又開心的事。我也要感謝 Anna-Marie Fitzgerald、Flora Willis、Ruth Petrie、Emily Berry、Zoe Waldie 和 Lexie Hamblin，她們都為我和這本書付出了許多。

謝謝我的家人對我如此體貼，尤其是 Ethan 和 Amelie，他們是勇敢無畏、穿越時空的旅人。也要謝謝我的三位小繆思：Dotty、Mary 和 Alice。

謝謝我的第一位讀者兼導師 Louisa Yates；謝謝海倫．拜能（Helen Bynum），她非常好心地給予我結核病方面的建議；還要感謝 Helen Macdonald 在花卉與鳥類方面的指導。本書的草稿有很大一部分是在格萊斯頓圖書館（Gladstone's Library）完成的，我想我的影子有一小塊永遠都會留在那裡的同一張桌子邊：謝謝格萊斯頓圖書館的所有朋友，尤其是 Peter Francis。

我要向 Michelle Woolfenden、Tom Woolfenden、Sally Roe、Sally Craythorne、Holly O'Neill、Anna Mouser、Jon Windeatt、Ben Johncock、Ellie Eaton、Kate Jones 和 Stephen Crowe 致上愛和感謝，謝謝

他們給予耐心、友情與智慧。我對作家們給我的善意與支持也懷抱無盡的感激，當中有許多人我已景仰多年：特別感謝莎拉・華特絲（Sarah Waters）、約翰・伯恩賽德（John Burnside）、蘇菲・漢娜（Sophie Hannah）、梅莉莎・哈里森（Melissa Harrison）、凱瑟琳・安吉爾（Katherine Angel）以及凡妮莎・蓋比（Vanessa Gebbie）。FOC的女士們率先聽到我朗讀本書內容，我要向妳們獻上我的愛。

若是沒有英格蘭藝術理事會（Arts Council）的支持，我就不可能寫出這本書，我非常感謝他們的協助，也要感謝諾里奇作家中心（Norwich Writers' Centre）的Sam Ruddock和Chris Gribble。

專訪：莎拉・派瑞

蘿恩・曼特爾（Rowan Mantell）撰稿

對莎拉・派瑞來說，河流遇上海洋，信仰遇上科學，線性發展遇上總是有進有退的潮水，這樣一個變動的、傾斜的世界，是再熟悉不過的了，因為不尋常的童年為她的文字添加了色彩。

現居諾里奇的莎拉是在艾塞克斯郡長大的。「我真的很想描繪我知道的那個艾塞克斯郡——一個充滿奇異與美麗的地方。我一定是在研究科爾切斯特及附近區域的歷史時，不經意地查到一八八四年艾塞克斯大地震的事件，不過我不記得確切的時間、地點。當時我立即受到很大震撼，因為感覺艾塞克斯發生這種事的機率很低，一般來說，它並不常發生自然奇觀與災害！」

莎拉覺得她與故事背景的一八九〇年代有種特殊連結，因為她從小生長在沒有電視或流行音樂的家庭裡，喜歡刺繡、古典樂和傳統欽定版《聖經》裡的故事，他們用餐的時候會讀這些故事。「有時候我覺得我只有活在一八九五年才會覺得自在。有一陣子我把頭髮剪得很短，穿起牛仔褲和襯衫，但我覺得自己好像偷穿大人衣服的孩子，等到頭髮長回來後我開心多了，又像以前一樣穿起洋裝和靴子！儘管如此，我丈夫（我在十幾歲時就認識他）開始帶領我認識流行文化。就像大部分成長過程中沒有電視的人一樣，我可以相當開心地看一整天電視，不過我覺得這對作家來說倒不是件壞事，因為那可能是很好的靈感來源。」

「我一向對信仰與科學之間如何協調特別感興趣。我的父母和我所認識的許多人都是神創論者，但他們也是非常聰明、教育程度很高的人士。我父親是材料科學家，我小時候他費了很大心力教育我天文學、物理學、化學等這些方面的知識：他有單筒望遠鏡和顯微鏡，會在晚餐時跟我們說白天他在實驗室做了什麼實驗。現在絕大多數人認為信仰與理性位於對立的兩極，但就我自己在信仰或理性方面的經驗，這不是事實。然而我認為這當中確實有一些矛盾、掙扎存在，而這本小說有很大一部分都在探索這樣的矛盾掙扎，以及它是否能解決。」

莎拉從兒時到青年時期都去浸信會的一間禮拜堂參加聚會，這個教派對各種創新事物都抱持疑慮，例如對《聖經》的現代詮釋或是用吉他為聖歌伴奏。「這個教會可以說仍維持著世紀交替當時的面貌——我說的是十九世紀喔！」正是這種「過去幾世紀比二十世紀來得『更安全』」的信念，讓莎拉的童年充滿了古典文學、貝多芬的樂曲、前拉斐爾派的畫作，以及欽定版《聖經》的詩歌。

那絕非遭到文化剝奪的成長背景，反而充滿了文字、音樂、藝術和想法——以及自然風光。「奧溫特不是真實的村莊，但我覺得它是我去過的許多艾塞克斯村莊的混合物。譬如說，它包含了默西島（Mersea Island），一個美妙又有點奇特的地方，潮水退去後會留下潮泥灘，你可以看到水裡伸出一根根細枝，讓人可以辨識出壕塘的位置。我很喜歡位於陸地邊緣的那種地方。我永遠忘不了，有一次我去布拉德韋爾（Bradwell）的『牆上的聖彼得禮拜堂』（Chapel of St Peter-on-the-Wall），那是英國數一數二的老建築物，看起來真的很像是世界的盡頭。我們以前經常去莫爾登（Maldon），那是一座濱海小鎮，我們有時候會看到泰晤士河的駁船在河口來來去去，就像在一八九〇年代可以看到的景象。我一直覺得那些駁船浪漫得不得了。十幾歲的時候，我在聖奧西斯（St Osyth）度過幾個夏天——小說裡也有提到這個地方——我記得有一天天氣很熱，我沿著海邊的草澤地走了好幾哩路。比起十九世紀末，現在因為搭了海岸防波設施，草澤地已經減少了好幾千英畝，但岸邊還是有很漂亮的野地。」

然而，真正擄獲莎拉的心的不是艾塞克斯的草澤地，而是諾里奇市（Norwich）。莎拉在三年半前搬到這裡，她說：「我無法想像為什麼有人想住在別的地方。我一有機會就跑去大教堂的草地上散步，覺得能住在這裡真是得天獨厚——而且每次不得不出遠門時都很心不甘情不願。」然而，事實證明有時候出遠門是能有收穫的，包括與她的丈夫開車穿越艾塞克斯郡。「我們經過一個通往亨納姆村（Henham）的路標，那裡是十七世紀時第一次有人看見（或據說看見！）『艾塞克斯之蛇』的村莊。他問我知不知道那個傳說，我不知道。他跟我說完之後，我馬上明白這可以寫成小說，而且開場已經寫好了。等那趟旅程結束時，我已經建構出情節的骨架——一個鄉下牧師，還有一個帶著奇特的兒子從倫敦來的業餘博物學家。」

莎拉的小說處女作《大洪將至》（*After Me Comes the Flood*）故事設定在諾福克郡，這地區一部分由塞特福德森林構成，一部分是北海岸的海濱草澤。在她的想像之下，打造出令人暈頭轉向的場景：一個男人被困在快要崩垮的鄉間房舍裡，焚風和熱浪眼看就要化作雷霆和洪水，不祥的氛圍籠罩即將瓦解的歷史與人性。它入圍了《衛報》「首作獎」（Guardian First Book Award），並在二〇一四年的「東盎格魯書籍獎」（East Anglian Book Awards）中贏得年度好書獎，在讀者與評論家之間獲得很高的評價。「我想，《大洪將至》得到書評家的認可，而且找到它的讀者，最重要的影響是讓我感覺自由了，好像擺脫了原本因為缺乏自信而肩負的沉沉重擔。當這本書問世後佳評如潮，讓我覺得徹底解放了——能夠無拘無束地寫我想寫的東西。我想正是因為如此，寫《迷蛇記》花的時間要短得多。而且，自從《大洪將至》出版後，很幸運地，一些美好的經驗開始發生在我身上：我跟自己多年來隔著遙遠距離仰慕、崇拜的一些小說家見到面，甚至跟當中幾位站在同一個舞台上。今年初，我也以聯合國教科文組織駐地作家的身分在布拉格待了兩個月。我也覺得自己夠幸運，可以在一個作家社群中找到歸屬感。至少，對我來說，在這個相當孤立的職業中這是很重要的。」

「我身為作家的野心——我想這一點勝過任何事——就是為讀者帶來喜悅與快樂，向他們傳達我對角色還有故事場景的熱愛，還有讓他們體會我的角色們的感受。」

莎拉表示，她設定於現代布拉格的第三本書已逐漸成形，而且將比她寫過的其他故事都更偏向哥德式恐怖小說。

此為經過編輯的版本，原訪談稿於二〇一六年五月初次刊登於《東方日報》（*Eastern Daily Press*）。

讀書會討論

參考題例

1. 「我要用黃金填滿妳的傷口。」麥可這麼說。他一方面是想表達字面上的意思，確保珂拉在他們的婚姻中享有金錢上的優渥條件，藉此換取傷害珂拉的樂趣，但另一層意思是他要把珂拉重新塑造成比原本更美麗、更有趣的樣貌。珂拉從她可怕的婚姻中存活下來了，但絕對受到了創傷。你認為珂拉性格中的金礦層是什麼？

2. 許多人將莎拉・派瑞的文字與故事背景那個時代的維多利亞小說家放在一起比較，包括查爾斯・狄更斯和威爾基・柯林斯。你覺得《迷蛇記》的風格比較偏向舊時代還是現代？

3. 瑪莎可以選擇嫁給一個非常富有的男人，就像珂拉一樣，不過史賓塞比麥可善良得多。小說一開始，作者就告訴我們瑪莎認為史賓塞這類人很有用，只是她仍然不信任他們，而她最後選擇的是愛德華而非史賓塞。許多角色之間的關係是不對等的，例如珂拉與瑪莎、史賓塞與路克。你認為，將某人視為達成某個目的的手段，就必然會妨礙你愛他們嗎？

4. 如果是在現今社會，珂拉的兒子法蘭西斯可能會被診斷為有自閉症傾向。儘管他有一些障礙，卻還是從探索自然世界中得到很大樂趣。在維多利亞時代，舉止古怪似乎比較容易被人接納，至少就某個階層的男人而言。你認為，法蘭西斯在哪個時代，他的時代還是我們的時代，會活得比較快樂？

5. 威爾跟迷信的村民們意見不合，他們堅持蛇是上帝傳送的訊息，想要威爾以死後下地獄受到永恆磨難為主題布道。另一方面，他也跟珂拉爭辯不休，因為她對科學比對信仰更有興趣。威爾是英國國教會牧師，卻偷偷研讀達爾文。你認為，他相信信仰的重點在於遵循《聖經》的教誨，還是更偏重個人的信念？

6. 法蘭西斯問威爾什麼是「罪」的時候，威爾說罪就是試著做好某件事，卻差了那麼一點。當威爾和珂拉終於在樹林裡私會了，威爾的妻子還活著。你認為威爾會用他自己為「罪」下的定義來評斷這件事嗎？

7. 小說裡的其他角色經常評論珂拉的體型和男性化的穿著習慣。她相當排斥社會對她身為女性的角色期待，另一方面史黛拉．蘭森姆卻像是完美主婦的化身。儘管有著巨大差異，這兩人卻成了朋友。你認為，作者安排珂拉挽救情敵，而不是默默讓她溺死，是想向讀者傳達什麼訊息？

8. 珂拉在一個很糟的時機點寫了一封憤怒的信給路克，而那封信在路克其他希望都破滅時送到他的手上。若不是有這個不幸的巧合，我們還會覺得那封信很殘忍嗎？珂拉應該更溫和地表達她的想法，抑或她有權利生氣？

9. 小說中的一條支線劇情是娜歐蜜・班克斯的失蹤案。她和喬安娜・蘭森姆吵了一架，然後娜歐蜜離家出走了。在小說最後，她回來了，喬安娜則試著面對母親即將死亡的事實。你認為娜歐蜜和喬安娜兩人會從此維持長久的情誼，或是兩人間的差異太大而無法彌補？

10. 小說設定成要讓珂拉在兩個男人之間作抉擇，而最後她沒有選擇任何人。你認為這是對傳統文學情節的一種批判嗎？你覺得這本小說想傳達友情比愛情更珍貴、更持久的概念嗎？

迷蛇記
The Essex Serpent

作　　者　莎拉．派瑞
譯　　者　聞若婷
封面設計　莊謹銘
內文排版　高巧怡
行銷企畫　林瑀、陳慧敏
行銷統籌　駱漢琪
業務發行　邱紹溢
營運顧問　郭其彬
責任編輯　吳佳珍
總 編 輯　李亞南
出　　版　漫遊者文化事業股份有限公司
地　　址　台北市105松山區復興北路331號4樓
電　　話　（02）27152022
傳　　真　（02）27152021
服務信箱　service@azothbooks.com
營運統籌　大雁文化事業股份有限公司
地　　址　台北市105松山區復興北路333號11樓之4
劃撥帳號　50022001
戶　　名　漫遊者文化事業股份有限公司
初版一刷　2022 年 04 月
定　　價　新台幣 480 元

ISBN　978-986-489-609-7

國家圖書館出版品預行編目(CIP)資料

迷蛇記 / 莎拉．派瑞(Sarah Perry)作; 聞若婷譯. -- 初版. -- 臺北市 : 漫遊者文化事業股份有限公司, 2022.04
392面 ; 14.8×21公分
譯自 : The Essex Serpent
ISBN 978-986-489-609-7(平裝)

873.57　　111003449